REBELLE SEDUCTION

LA LIGUE DES REBELLES
TOME II

LAUREN SMITH

Traduction par
ANGÉLIQUE OLIVIA MOREAU

Traduction par
VALENTIN TRANSLATION

Titre original : His Wicked Seduction – Copyright Lauren Smith

Traduit de l'anglais (États-Unis) par Angélique Olivia Moreau et Valentin Translation - Copyright 2022

ISBN : 978-1-958196-23-6 (version e-book)

ISBN : 978-1-958196-24-3 (version papier)

CHAPITRE 1

2E RÈGLE DE LA LIGUE

« **N**ous ne devrons jamais séduire la sœur d'un autre membre. Auquel cas, le membre dont la sœur a été séduite serait en droit d'exiger réparation. »

Extrait de *la Gazette de la Lorgnette*, samedi 30 septembre 1820, colonne de Madame Société :

Cette semaine, Madame Société s'est penchée sur un des partis les plus célèbres de Londres, le marquis de Rochester. Membre de la tristement célèbre Ligue des rebelles, le marquis est décrit par les dames de la bonne société comme un diable aux cheveux flamboyants capable en privé de délices choquants.

Madame Société a remarqué qu'aucune dame n'a retenu bien longtemps l'intérêt de Rochester. Peut-être désire-t-il en secret une personne de bonne éducation qui a la tête sur les épaules ?

Madame Société aimerait connaître la réponse à cette question fascinante. Rochester profitera peut-être d'apaiser la douleur de son amour à sens unique envers une mystérieuse jeune femme. Devrions-nous essayer de deviner quelle demoiselle a eu la malchance – ou peut-être la chance – de conquérir le cœur ténébreux de notre marquis ?

LONDRES, DÉCEMBRE 1820

Elle va signer ma perte.

— Lucien ! Vous ne m'écoutez même pas, n'est-ce pas ? J'ai terriblement besoin d'un nouveau valet et vous rêvassez au lieu d'offrir des suggestions. Redescendez de votre nuage !

Lucien Russell, le marquis de Rochester, se tourna vers son ami Charles. Ils parcouraient Bond Street, Lucien surveillant attentivement une dame sans qu'elle s'en rende compte. Charles, quant à lui, appréciait simplement l'occasion d'être dehors. La rue était étonnamment bondée pour une heure aussi matinale, un jour d'hiver au temps tourmenté.

— Admettez-le, insista Charles.

Lucien lutta pour se concentrer sur son ami.

— Pardon ?

Le comte de Lonsdale braqua sur lui un regard sévère qui, au vu de son tempérament plutôt jovial, était quelque peu alarmant.

— À quoi songiez-vous ? Vous avez été bizarre toute la matinée.

Lucien grogna. Il n'avait pas l'intention de s'expliquer. Ses pensées coupables le mèneraient directement dans les flammes de l'Enfer... si sa place n'était pas déjà réservée. Tout ceci à cause d'une femme : Horatia Sheridan.

L'intéressée se trouvait au milieu de Bond Street, de l'autre côté de la rue ; une véritable beauté qui se démarquait des autres demoiselles. Un homme de pied vêtu de la livrée de Sheridan la suivait avec diligence, un grand carton dans les bras. Lucien aurait parié que c'était une nouvelle robe. Elle n'aurait pas dû se balader sur les trottoirs enneigés, alors que des véhicules passaient à toute vitesse, projetant de la neige boueuse. Il était frustré de songer qu'elle risquait un refroidissement simplement pour faire des emplettes. Ce qui le frustrait davantage était qu'il s'en préoccupe autant.

— Je sais que vous pensez que la plupart du temps, je suis un idiot, mais...

— Seulement la plupart du temps ?

Lucien ne put résister à la bataille verbale et Charles sourit.

— Comme je le disais, il est évident que cette petite balade n'est qu'une ruse. J'ai remarqué que nous nous sommes arrêtés plusieurs fois, en même temps qu'une certaine dame de notre connaissance de l'autre côté de la rue.

Charles avait gardé l'œil ouvert après tout. Lucien n'aurait pas dû être surpris. Il ne cherchait pas vraiment à dissimuler son intérêt pour Horatia Sheridan. Il était trop difficile de combattre l'attirance naturelle de son regard quand elle était là. Du haut de ses vingt ans, elle se mouvait avec la grâce naturelle d'une reine mûre et éduquée. Rares étaient les femmes capables d'accomplir un tel exploit. Depuis qu'il la connaissait, elle avait toujours été ainsi.

Quand il l'avait rencontrée, il avait déjà la vingtaine et elle, tout au plus quatorze ans. Elle avait été comme une petite sœur pour lui. Même alors, elle lui avait paru plus mature mentalement et émotionnellement que la plupart des femmes plus âgées. Il y avait quelque chose dans ses prunelles, dans la façon dont ses grands yeux bruns vous immobilisaient par leur intelligence. Et ces derniers mois, l'attirance...

— Vous feriez mieux d'arrêter de la fixer, entonna doucement Charles. Les gens commencent à s'en rendre compte.

— Elle ne devrait pas être dehors par ce temps. Son frère ferait une crise.

Lucien remonta ses gants en cuir, espérant contrecarrer les effets persistants du vent froid qui se glissait sous ses manches.

Charles éclata de rire, assez fort pour attirer l'attention des passants à proximité.

— Cédric l'aime, ainsi que la petite Audrey, mais nous savons tous les deux que cela ne les empêche pas de faire ce qu'elles veulent.

Il ne mentait pas. Lucien et Charles connaissaient Cédric, le vicomte Sheridan, depuis de nombreuses années, s'étant rapprochés lors d'une nuit sombre à l'université. Le souvenir du jour où lui, Charles, Cédric et deux autres, Godric et Ashton, s'étaient rencontrés pour la première fois le mettait toujours mal à l'aise. Cependant, ce qui s'était passé avait forgé un lien indissoluble entre les cinq hommes. Plus tard, Londres – ou du moins les gazettes de la bonne société –, les avaient baptisés la Ligue des rebelles.

La Ligue. C'était très amusant... sauf pour une chose. La nuit où ils avaient formé leur alliance, chacun des cinq hommes avait été marqué par le diable en personne : un homme du nom de Hugo Waverly, ancien étudiant de Cambridge, avait juré de se venger d'eux.

Et parfois, Lucien se demandait s'ils ne le méritaient pas un peu.

Il écarta ces sombres pensées, attiré par la vision d'Horatia qui s'arrêtait pour admirer une vitrine pleine de bonnets disposés sur des présentoirs. Son pauvre valet se dressait à son côté, se démenant avec le carton qu'il tenait dans les bras. Il hocha rapidement la tête quand Horatia lui fit remarquer un bonnet en particulier. Lucien était tenté d'aller lui parler, peut-être même de l'entraîner dans une ruelle juste pour avoir un moment seul avec elle. Cela étant, s'il ne faisait que lui parler, il craignait que l'intimité de cette conversation ne lui vaille une balle dans le cœur si son frère venait à l'apprendre.

Charles avait fait quelques pas de plus avant de s'arrêter et de se tourner pour donner un coup de pied à un tas de neige dans la rue.

— Si c'est ainsi que vous voulez passer la journée, alors je préfère partir. Je pourrais être au salon de Jackson à l'instant même, ou mieux encore, goûter aux faveurs de ces ravissantes demoiselles du Midnight Garden.

Lucien savait qu'il avait contrarié Charles en lui demandant de l'accompagner, mais il avait eu un sentiment étrange depuis son réveil, comme si quelqu'un marchait sur sa tombe. Depuis que Hugo Waverly était revenu à Londres, il avait gardé un œil sur les sœurs de Cédric, particulièrement Horatia. Waverly avait le don de créer des dommages collatéraux et Lucien aurait fait n'importe quoi pour veiller sur la sécurité de ces dames innocentes. Elle ne devait cependant pas savoir qu'il l'observait. Il venait de passer six ans à se montrer froid avec elle, priant pour qu'elle arrête de le regarder de son air doux et aimant.

C'était cruel de sa part, il l'admettait, mais s'il ne créait pas de distance, elle allait se retrouver étendue sous lui. Elle était trop bien pour cela et il était beaucoup trop dévoyé pour être digne d'elle, tel un démon amoureux d'un ange. Il la désirait comme il n'avait jamais désiré d'autres femmes, et il ne pourrait jamais l'avoir.

La raison en était simple. Sa réputation publique ne rendait pas justice à la véritable profondeur de sa débauche. Un homme tel que lui ne pouvait pas et ne devrait jamais être avec une femme comme Horatia. Elle était belle, intelligente et forte, et il la corromprait d'une seule nuit entre ses bras.

Dans la haute société, il y avait le scandale et puis le *scandale*. Pour une certaine classe de femme, être vue en compagnie du mauvais homme au mauvais endroit suffisait à détruire sa réputation et porter atteinte à ses perspectives. Ces créatures adorables méritaient seulement la plus grande courtoisie et bienséance.

Pour d'autres – les veuves toujours en quête d'amour, celles qui n'avaient nulle envie de se marier, mais qui cherchaient un peu de compagnie de temps à autre, et cette rare et ravissante espèce de femmes qui avaient le statut social et financier qui leur permettait de ne pas se soucier de ce que pensait la société – il y avait Lucien. Il les avait toutes séduites, leur enseignant à s'ouvrir à leurs désirs et leurs besoins les plus profonds, en quête de plaisir. Une femme ne s'était jamais plainte et aucune n'avait quitté son lit insatisfaite. Pourtant, à présent, il n'y avait qu'une seule couche qu'il convoitait, et il valait mieux qu'il n'y soit jamais invité.

Il regarda autour de lui et remarqua une calèche familière parmi les autres véhicules de la rue. La plupart s'étaient déplacés régulièrement et plus vite que les piétons, mais pas celui-ci. Il n'y avait rien d'inhabituel à cela. Comme tous les autres, le cocher était couvert d'un foulard pour se protéger du froid, mais chaque fois que Charles et lui avaient traversé une rue, la voiture les avait suivis.

— Charles, croyez-vous que nous sommes suivis ?

Celui-ci retira la neige de ses mains gantées quand il en tomba depuis la marquise d'un magasin proche.

— Quoi ? Pourquoi donc ?

— Je ne sais pas. Cette calèche. Cela fait plusieurs rues qu'elle ne nous lâche pas.

— Lucien, nous sommes dans un quartier populaire de Londres. Je suis sûr que quelqu'un fait des emplettes et ordonne à sa calèche de rester proche.

— Hum, dit-il seulement avant de braquer à nouveau son attention sur Horatia et son valet.

Un de ses gants de rechange s'échappa de son manteau et tomba à terre, sans que son serviteur ou elle s'en rendent compte. Lucien débattit un instant, ne sachant s'il devait intervenir, l'alertant ainsi du fait que Charles et lui l'avaient suivie. Quand elle poursuivit sa route, laissant son gant derrière elle, il prit sa décision.

Lucien rattrapa son ami qui le précédait toujours dans la rue.

— Je ne vous retiens pas. Horatia a laissé tomber un gant et j'aimerais le lui rendre.

— Vous voulez jouer les galants ? Allez-y. J'ai envie de faire un petit arrêt ici.

Il désigna une librairie.

— Très bien. Rattrapez-moi quand vous aurez fini.

Lucien serpenta à travers la circulation et avait à moitié traversé la rue quand le chaos éclata.

L'atmosphère de Bond Street changea du tout au tout quand des cris déchirèrent la quiétude. Le carrick qui l'avait suivi accéléra le long de la rue en direction de Lucien. Pourtant, plutôt que d'essayer d'arrêter l'équipage, le cocher fouetta les chevaux, les poussant directement vers Lucien.

Il était trop loin de l'autre côté de la rue pour revenir en arrière ; il devait se mettre en sécurité et écarter les autres du danger. Horatia ! Elle risquait de se faire piétiner quand il passerait devant elle. Le cœur de Lucien remonta dans sa gorge et il se précipita vers elle. Le cocher fouetta à nouveau les chevaux, comme s'il avait détecté que Lucien était déterminé à s'échapper.

— Horatia ! hurla Lucien à pleins poumons. Écartez-vous !

Il n'oublierait jamais son expression. Il vit sa confusion se changer en une joie véritable de le voir puis en terreur quand elle se rendit compte que le carrick se dirigeait droit vers eux.

Lucien traversa la rue quelques instants avant que les chevaux ne l'atteignent. Il bondit sur Horatia, la plaquant au sol dans une allée entre les magasins. Les roues du carrick tranchèrent la neige et la boue à quelques centimètres de ses bottes, les éclaboussant d'eau glacée.

Pendant un instant, Lucien fut incapable de bouger. Elle était vivante. Il avait réussi. Le véhicule ne les avait pas renversés...

Puis son corps parut réaliser qu'il y avait une femme sous lui. Une femme avec les plus belles courbes que Dieu ait jamais créées pour tenter un homme. Le bonnet d'Horatia était de guingois, révélant de longues boucles brillantes d'un brun foncé. Ses yeux sombres, si innocents, regardaient son visage avec émerveillement.

— Monseigneur..., murmura-t-elle d'une voix étourdie.

Ses mains gantées reposaient sur sa poitrine, le tenant à distance. Il les sentit trembler jusque dans ses os, et son corps répondit avec intérêt.

— Que diable se passe-t-il ?

Charles se précipita dans la ruelle, ses yeux gris brûlant de fureur.

— Avez-vous reconnu qui conduisait ce carrick ?

Il marqua alors un temps d'arrêt et regarda la scène avec un sourire.

— Horatia, ma chère, comment allez-vous ? Pas trop meurtrie, je l'espère ?

Charles ne s'était jamais soucié des titres ou de la politesse. Lucien non plus, d'ailleurs. Il ne fut donc pas surpris que son ami traite Horatia de la sorte.

— Oh, Charles ! s'exclama-t-elle.

Elle parut enfin se rendre compte qu'elle était étendue sur le dos dans une ruelle qui donnait sur Bond Street et que des gens jetaient des regards curieux à Lucien, allongé sur elle.

Celui-ci serra les dents. « Oh, Charles ! », disait-elle, mais Lucien était toujours « Milord ». Cela l'irritait qu'elle ne lui offre pas la même intimité... et cela ne tenait qu'à lui. Il ne manquait jamais une occasion de la repousser, simplement pour se retenir de l'entraîner vers l'alcôve la plus proche pour l'embrasser. Quelque chose en elle le transformait en un véritable barbare. Il pensait rarement à autre chose qu'au goût qu'elle aurait, à ses gémissements et ses soupirs, si seulement il pouvait la toucher.

— Lucien..., balbutia Horatia.

Entendre son nom sur ses lèvres était plus érotique que le soupir contenté d'une maîtresse.

— Que vient-il de se passer ?

— Je crains que quelqu'un ait juste essayé de me renverser et vous étiez, malheureusement, en travers de sa route, expliqua-t-il, s'inquiétant de l'expression confuse qui emplit les yeux sombres d'Horatia.

— Dites donc, Lucien, vous devriez vous retirer de la jeune fille ; elle est en train de devenir bleue, le taquina Charles. En plus, restez sur elle un peu plus longtemps et les gens vont commencer à jaser. Vous ne voudriez pas avoir à l'épouser juste pour lui avoir sauvé la vie, n'est-ce pas ?

Horatia avait le visage rouge et Lucien ne savait pas si c'était parce qu'elle manquait d'air ou parce qu'elle était étendue sous lui près d'une rue publique dans une position aussi compromettante. Il se décolla d'elle et se redressa. Charles rendit son chapeau à Lucien qui le reposa sur sa tête. Il épousseta la neige de ses vêtements d'une main tout en offrant l'autre à Horatia.

Son hésitation le frappa comme un uppercut. Enfin, elle posa sa main gantée dans la sienne et il l'aida à se redresser, tirant dessus juste assez pour qu'elle tombe dans ses bras. Il ne put s'empêcher de lui sourire.

S'il se penchait de quelques centimètres seulement, il pourrait l'embrasser, lui écarter les lèvres... Pendant un moment, il s'imagina le goût qu'elle aurait. Elle le regarda sans cligner des paupières, avec ces yeux adorables qui se réchauffèrent jusqu'à s'embraser d'un désir partagé. Ce serait tellement facile de...

— Hum.

Le valet brandit le carton avec une expression des plus pitoyables sur le visage.

— Milady..., croassa-t-il en lui montrant le paquet.

Il était aussi détrempé que l'étaient Horatia et Lucien.

Elle se libéra des bras de ce dernier.

— Oh, non !

Le sort qu'il lui avait jeté fut brisé quand elle se précipita pour ôter le carton des mains du valet.

— Oh, non, oh, non.

Quand elle se tourna, il vit que ses yeux luisaient de larmes.

— Ma robe. Elle est gâchée.

Des larmes pour une robe ? C'était un comportement plus adapté à sa jeune sœur, Audrey. L'adorable petite renarde était obsédée par la mode. Horatia, cependant, avait toujours été plus calme et de nature plus académique.

— Ne pouvez-vous pas en acheter une autre ? demanda Charles.

— Non... Je ne peux pas demander à Cédric de dépenser davantage.

Là, il la reconnaissait ! Sa Horatia était extrêmement frugale. Cédric était aussi riche que Crésus, mais Horatia refusait qu'il la gâte.

— Oh..., répondit Charles, un peu confus.

Il était dépensier ; ce n'était un secret pour personne.

Lucien prit le carton des mains du valet, l'observant d'un œil critique.

— C'est peut-être récupérable. Nous allons vous escorter chez vous et votre femme de chambre pourra s'en occuper.

Horatia jeta un regard incertain à Charles et à Lucien.

— Je ne vous force pas à faire un détour ? Peter et moi sommes parfaitement capables de rentrer à la maison tous seuls, n'est-ce pas, Peter ?

Elle adressa un regard déterminé à son valet, qui hocha hâtivement la tête.

— Nous nous débrouillerons, Messires.

— Balivernes, dit Lucien. Vous avez eu un choc et vous êtes trempée. Nous vous escortons chez vous. Fin de la discussion.

Il lui attrapa le coude d'une main et fourra à nouveau le paquet dans les mains de Peter.

Ils devaient offrir un bien étrange spectacle : Lucien et Charles qui flanquaient comme des gardes du corps une Horatia trempée jusqu'aux os, tandis que son valet les suivait de près, un carton détrempé à la main.

Lucien ignora les regards curieux et se contenta d'apprécier le soulagement de pouvoir raccompagner Horatia chez elle sans qu'elle subisse un autre incident mortel.

Lorsqu'ils atteignirent la résidence Sheridan, Horatia retira son manteau trempé de ses épaules et prit congé, s'enfuyant à l'étage avec le paquet. Lucien s'attarda dans le vestibule, observant le mouvement de ses jupes humides, se disant qu'il aurait aimé pouvoir la suivre dans sa chambre et s'introduire dans l'eau chaude du bain qu'elle allait sans doute prendre. L'image d'Horatia nue dans son bain n'était que légèrement moins tentante que le rêve qu'il avait fait d'elle la nuit précédente. Ces derniers temps, elle avait trop souvent hanté ses pensées.

— Devrions-nous attendre Cédric ? demanda Charles qui le rejoignit au pied des escaliers.

— Il n'est pas là ?

Charles secoua la tête.

— Le majordome a dit qu'il était à la recherche d'Horatia.

À la recherche de sa sœur ? Pourquoi donc ?

— Nous devrions attendre, suggéra Lucien. Venez, nous allons boire un peu de brandy.

Son ami sourit.

— Ah, voici le passe-temps que j'avais à l'esprit quand nous sommes partis ce matin.

Ils suivirent un valet jusqu'au petit salon pour attendre le retour de Cédric.

Charles s'installa dans un grand fauteuil en brocart, croisant une cheville sur son genou.

— Lucien, pensez-vous qu'Horatia va bien ?

— Je le suppose...

— Je voulais dire... compte tenu de son passé, expliqua Charles. Avec ses parents et l'accident de calèche. Vous étiez là. Pensez-vous que cela fera remonter les souvenirs ?

Lucien frissonna. Il parlait du jour où Cédric avait perdu ses parents. Ils traversaient la ville quand deux hommes avaient décidé de faire la course en carrick à travers les rues. Horatia, seulement âgée de quatorze ans, se trouvait dans la calèche avec ses parents. L'accident avait été terrible. Des chevaux hurlants, les pattes brisées, plusieurs passants blessés par l'épave du véhicule. Un jeune homme mort, un autre gravement blessé. Les parents de Cédric et d'Horatia n'avaient pas survécu à l'impact de la calèche quand elle avait roulé sur elle-même.

Horatia était restée coincée dans l'habitacle avec le corps de ses parents, incapable de sortir, étourdie par le choc. Elle n'avait même pas appelé à l'aide. Lorsque Lucien était arrivé sur les lieux, il avait grimpé par la portière de la calèche et avait ouvert la porte. Il l'avait appelée et elle l'avait regardé, les yeux pleins de terreur. Il l'avait sortie de la calèche et l'avait prise dans ses bras. Son estomac se serra au souvenir de son corps qui avait tremblé violemment contre lui.

— Elle est forte. Elle s'en remettra.

Les paroles de Lucien étaient faites pour le rassurer lui plus que Charles. Il devait croire qu'elle ne serait pas trop contrariée après les événements de la matinée.

Imaginer son affolement lui provoquait un grand vide dans la poitrine. Malgré sa résolution de faire de son mieux pour l'ignorer et faire semblant qu'elle n'existait pas, elle s'était imposée à toutes ses pensées au cours des derniers mois. Il connaissait exactement la responsable. La duchesse d'Essex, anciennement Miss Émily Parr.

Son ami, Godric, le duc d'Essex avait enlevé Miss Parr au début de l'automne. Le projet ne s'était pas déroulé comme prévu et quelques mois plus tôt, Godric s'était retrouvé la corde au cou.

Lucien se prit à sourire, ce qui aurait dû le décontenancer, étant donné que les liens sacrés du mariage étaient quelque chose qu'il craignait plus que la mort. Cela dit, il se savait quelque peu jaloux du bonheur pur que Godric trouvait auprès d'Émily. Leurs natures étaient diamétralement opposées et pourtant, ils étaient faits l'un pour l'autre.

Les événements qui avaient suivi l'enlèvement avaient ramené Lucien dans la sphère d'Horatia. Tous les efforts qu'il avait faits pour éviter discrètement les dîners et les bals s'étaient avérés vains. La Ligue appréciait tant Émily qu'aucun d'eux ne pouvait s'empêcher de venir quand elle les convoquait. Cédric appelait cela l'effet « caniche ». Eux qui étaient autrefois des rebelles dangereux se transformaient en de parfaits gentlemen en présence de la duchesse d'Essex. Si seulement Émily et Horatia n'étaient pas devenues des amies aussi proches, Lucien aurait pu l'éviter avec plus de facilité.

Qu'Horatia soit encore célibataire à l'âge de vingt ans le

surprenait. Comment se faisait-il qu'aucun autre homme n'ait eu envie de coucher avec cette créature aux grands yeux bruns et aux courbes faites pour être caressées ? Ou bien de passer une journée entière à planifier des blagues juste pour tirer de ses lèvres douces un rire profond ? Cependant, connaissant Cédric, il y avait probablement plusieurs jeunes gentlemen de la bonne société qui mouraient de peur à la perspective de venir lui demander la permission de courtiser sa sœur.

Lucien avait essayé de désaltérer sa soif d'Horatia entre les cuisses d'autres femmes, mais cela n'avait servi à rien. La nuit précédente, il avait tenté de coucher avec une femme et avait découvert qu'il n'était pas assez excité pour le faire. Si la nouvelle s'ébruitait, il deviendrait l'objet du ridicule. L'ironie que sa réputation de libertin soit endommagée par une femme innocente ne lui échappa pas. Actuellement, il redoutait l'arrivée de son ami, compte tenu du rêve qu'il avait fait la nuit précédente.

Horatia, dépouillée de tous ses vêtements, était étendue devant lui, les chevilles et les poignets liés aux barreaux du lit par de la soie rouge. Sa peau se couvrit de transpiration quand il remonta le long de son corps pour frotter son nez sur ses mamelons parfaits. Elle s'arqua contre son corps, faisant aller et venir son sexe contre lui, le brûlant avec la chaleur lascive de son excitation. Il enfonça sa langue dans sa bouche, la goûtant et empoignant son succulent derrière, le plaçant à l'angle idéal pour la pénétrer profondément. Le rêve s'était désintégré, le laissant avec une érection assez dure pour faire un trou dans le mur.

Il faudrait un miracle pour qu'il parvienne à contrôler son visage et à dissimuler sa culpabilité face à Cédric après avoir rêvé de faire de telles choses avec sa sœur.

Lucien regarda l'horloge sur le manteau. Midi allait bientôt sonner. Cédric aurait déjà dû être là.

Une sensation déstabilisante serpentait sous sa peau. Il avait déjà eu cette sensation, juste avant qu'une tempête n'éclate. L'inquiétude se noua à l'intérieur de lui, lui tordant l'estomac jusqu'à ce qu'il soit à peine capable de respirer. Des nuages sombres s'amassaient à l'horizon.

Charles fronça les sourcils et se pencha en avant sur sa chaise, l'inquiétude tiraillant les coins de sa bouche.

— Vous vous sentez bien ?

Une inspiration profonde. Puis deux. L'anxiété qui pesait dans sa poitrine s'apaisa.

— Je suppose que cela pourrait aller mieux. C'est simplement que...

Lucien hésita.

Charles prit la carafe de brandy et servit un autre verre à Lucien.

— Qu'y a-t-il ?

Lucien ouvrit la bouche, mais la porte s'ouvrit à la volée et Cédric apparut dans l'encadrement comme un démon ou un ange vengeur. Il entra d'un pas vif, un mot à la main, tandis que de l'autre, il serrait la canne à pommeau de tête de lion avec des jointures qui blanchissaient.

— Qu'est-ce qui ne va pas, Cédric ?

La rage de Cédric était évidente.

— Ce bâtard !

Il y eut un moment de silence alors que Lucien échangeait un regard inquiet avec Charles.

Celui-ci se redressa et se rendit vers la boîte à cigares posée sur la console qui longeait le mur opposé.

— Vous devrez être un peu plus précis. Il y a beaucoup de bâtards en circulation, dit-il en se passant le cigare sous les narines. Certains se trouvent même dans cette pièce.

Lucien se leva et se dirigea vers la fenêtre qui donnait sur la rue. Il aperçut la scène comique d'un dandy richement vêtu qui se pavanait avec un monocle, examinant les robes des différentes femmes qui passaient devant lui. L'homme parut sentir le regard de Lucien et leva la tête. Il se glaça. Quelque chose chez cet homme et dans ses yeux inexpressifs et froids éveilla ses nerfs, le déstabilisant.

L'avait-il déjà vu ? Un mauvais pressentiment remonta le long de sa colonne vertébrale. L'homme se détourna et disparut par une porte quelques maisons plus loin, en face de la maison de ville de Cédric.

Lucien braqua à nouveau son attention sur ses amis.

— Alors qui est ce bâtard ?

Cédric se jeta dans un fauteuil brocardé rouge et or, et tapota la botte droite du bout de sa canne.

— Qu'en pensez-vous ?

Le cœur de Lucien se glaça.

— Waverly.

Cédric hocha la tête.

— Ce n'est pas une nouvelle pour nous. Quelqu'un a essayé de renverser Lucien sur Bond Street. Horatia était à proximité. Heureusement, Lucien l'a écartée du danger.

Charles rapporta l'incident du matin à Cédric qui l'écouta sans dire un mot. Ils savaient tous de quoi Waverly était capable. Ce qui était peut-être plus inquiétant était le manque d'honneur complet de cet homme. Il n'avait aucun scrupule à attaquer ses ennemis par-derrière ou, semblait-il, leurs proches.

Lucien croisa les bras et s'appuya contre le mur face à Cédric. Sous sa fureur, ses yeux étaient encadrés par de fines rides de fureur.

— Ma sœur va bien ? demanda-t-il.

Lucien hocha la tête.

— Aussi bien qu'on pourrait s'y attendre dans ces circonstances. J'ai pu l'écarter, mais elle est terriblement contrariée. Heureusement, seule sa robe a été la victime de la malfaisance de Waverly.

Il réprima l'envie de retrouver ce scélérat pour l'étrangler à mains nues. Lucien savait pourtant qu'Horatia n'aimerait pas qu'il assassine un homme en son nom. Ses passions avaient tendance à le diriger plus qu'elles n'auraient dû le faire.

Bien qu'elle ne lui appartienne pas, il pouvait au moins la garder en sécurité. Horatia devait être protégée à tout prix.

— Cédric, demanda Charles, interrompant ses pensées. Pourquoi êtes-vous parti chercher Horatia ?

Le visage de Cédric s'obscurcit à nouveau.

— J'allais rejoindre Ashton et Godric à Tattersalls quand un de mes valets a trouvé cette lettre fourrée sous le heurtoir de la porte.

Il brandit le bout de papier.

Avec une certaine appréhension, Lucien prit le mot et le lut. Charles se tenait derrière lui, se penchant pour lire par-dessus son épaule. Le mot était écrit sur un papier épais et coûteux. Une écriture à l'encre noire, inconnue – clairement pas celle de Waverly –, en couvrait la surface avec une assurance sinistre.

Lucien lut les mots à voix haute pour que Charles les entende.

— « Les accidents de la route sont des événements terribles, n'est-ce pas ? »

Lucien tendit le mot à Cédric qui le fourra dans sa poche.

— Cela ne ressemble pas à l'écriture de Waverly. Sommes-nous certains qu'il s'agit de lui ?

Cédric haussa les épaules.

— Qui d'autre oserait me rappeler un événement aussi horrible ?

— Si c'est le passé auquel il se réfère, dit Lucien, le timing était peut-être délibéré.

Charles revint sur ses pas et se jeta dans un fauteuil, l'air sombre.

— Il nous a menacés par le passé, mais rien n'en a découlé. Qu'est-ce qui a changé ?

Les yeux du comte scintillaient comme du mercure, lumineux et toujours en mouvement.

— Je n'en sais absolument rien, dit Cédric en caressant sa tête de lion en argent. Il vient de passer les dernières années à l'étranger. Aujourd'hui, il est revenu et réitère ses menaces.

Lucien se demanda si, d'une certaine façon, son corps avait su que quelque chose était en mouvement. Il pouvait presque entendre le compte à rebours, mais il était vraiment difficile de savoir comment protéger ceux qu'il aimait s'il ne pouvait pas voir de quelle direction la menace proviendrait.

Cédric se redressa, se frottant le visage avec une main.

— Oublions ces mauvaises nouvelles. Je voudrais vous inviter à dîner tous les deux ce soir. Je comprends que c'est une histoire de dernière minute, mais Audrey est déterminée à voir toute la Ligue.

Il jeta un regard plein d'espoir à ses amis.

Charles sourit.

— Vous savez que je me ravis toujours de voir vos sœurs !

Cédric arqua un sourcil.

— Pas trop quand même, j'espère.

C'était un satané désagrément. Chaque fibre de la personne de Lucien lui ordonnait de désobéir à la deuxième règle de la Ligue. Il ne voulait pas que son désir l'embarque vers une situation où il se retrouverait face à Cédric sur un champ à l'aube ou quelque chose de tout aussi ridicule. Avec toute autre femme, il l'aurait mise dans son lit et aurait tourné la page. C'était impossible avec Horatia. Songer à elle suffisait à lui réchauffer les sangs et à lui provoquer des palpitations de douleur directement dans ses reins. Il se déplaça inconfortablement et ajusta ses culottes.

— Et vous, Lucien ? demanda Cédric en lui adressant un regard intense. N'osez pas me fournir une excuse !

Lucien avait révélé à Cédric voilà bien longtemps qu'il ne se sentait pas à l'aise en compagnie d'Horatia. Il avait dit que c'était parce qu'elle avait gâché une demande en fiançailles qu'il avait faite à une héritière des années auparavant, mais c'était une demi-vérité. Horatia s'était trouvée là, et la demande était tombée à plat quand elle avait versé un seau sur la tête de sa prétendante. À présent, son besoin d'éviter Horatia découlait plus de l'envie de l'emmener au lit le plus proche et de... Il secoua la tête, évacuant ces pensées.

Il commença à protester.

— Cédric, vous savez que je...

— Venez. Vous ne craignez pas mes sœurs, quand même ?

Seigneur ! Cette fois-ci, il n'y échapperait pas.

— Je viendrai.

— Fantastique ! Je vous attends à sept heures ! dit Cédric avec satisfaction.

— Fantastique, répéta Lucien d'une voix morne.

Comment allait-il y survivre ?

CHAPITRE 2

Horatia pressa deux doigts élancés sur ses tempes alors que sa sœur passait devant elle d'un pas énergique, la distrayant de sa lecture. Ce comportement était indigne d'une jeune femme, mais arrêter Audrey était comme tenter de maîtriser une tempête. Horatia essayait de se concentrer sur les mots, mais entre les gigotements chaotiques de sa cadette et le souvenir de l'incident du matin, elle s'en trouva incapable. Les derniers vestiges de sa peur lui laissaient un goût amer dans la bouche. Elle s'en voulait d'avoir la faiblesse de permettre à de telles angoisses de la gouverner. Une minute, elle se promenait, et la suivante, des chevaux avaient henni, les roues d'un carrick avaient filé à toute vitesse et de l'eau froide glacée l'avait trempée jusqu'aux os alors qu'elle s'écroulait sur le trottoir.

C'était comme si son enfance se répétait. La mort avait frappé sans crier gare et — encore une fois — elle avait été épargnée. Néanmoins, l'événement avait ravivé ses vieilles craintes. Comme par le passé, Lucien lui avait sauvé la vie. Il ne saurait jamais à quel point elle s'était sentie vivante lorsqu'il l'avait renversée sur la neige dans cette ruelle, ou la façon dont son cœur s'était ébattu tel un oiseau sauvage dans sa cage thoracique.

Le corps dur de Lucien, allongé sur elle, faisant pression sur sa personne... Il était si proche qu'elle avait aperçu des éclats verts sertis dans le brun de ses yeux, comme une forêt sombre qui l'attirait inexorablement. La crainte qui l'avait envahie à l'idée d'être piétinée avait été balayée par la vague de chaleur confuse qu'elle avait ressentie quand Lucien s'était déplacé sur elle, leurs hanches et leurs poitrines plaquées ensemble. Elle se remémora qu'elle avait failli se laisser compromettre. Si une personne conséquente l'avait vu étendu sur elle, le scandale aurait éclaté.

Elle n'oublierait jamais le visage de Lucien ni sa réaction féroce et protectrice. Cette protection n'égalait toutefois pas celle de son frère, qui s'était précipité à l'étage pour voir comment elle allait dès qu'il avait appris la nouvelle. Il leur avait montré une lettre contenant une vague menace à propos d'un accident de calèche. Pour les protéger, Cédric était tout disposé à les expédier toutes les deux en France, sous un faux nom. Elle avait dû jouer de toute sa diplomatie pour le convaincre qu'Audrey et elle étaient plus en sécurité dans cette demeure.

— Oh, Horatia, déride-toi ! Cédric a dit que ce soir, nous dînerions avec la Ligue !

Les yeux couleur cannelle d'Audrey étaient braqués sur le visage de sa sœur aînée. Elle avait pris l'air sombre d'Horatia pour de la tristesse et non de l'inquiétude.

— Audrey, cesse ces bonds infernaux.

Le ton d'Horatia était plus tranchant qu'elle en avait eu l'intention. Elle baissa la tête, ses doigts pressant plus profondément contre ses tempes alors que ses nerfs éprouvés s'enflammaient de douleur. Elle leva les yeux et vit le sourire d'Audrey s'évanouir.

— Et arrête de les appeler « la Ligue ». On dirait cette horrible Madame Société dans la *Gazette de la Lorgnette*.

— Je suis désolée, Horatia, je voulais seulement..., balbutia Audrey, une minuscule larme se formant au coin d'un œil. Avec tout ce qui s'est passé aujourd'hui, je voulais juste te remonter le moral.

Elle tourna les talons et se glissa hors de la pièce d'une foulée qui n'avait plus rien d'énergique.

Horatia lui emboîta le pas.

— Audrey, attends...

Mais elle s'arrêta et se laissa retomber sur son fauteuil, la tête toujours douloureuse.

Un instant plus tard, Ursula, sa bonne, entra d'un pas vif.

— Que se passe-t-il donc ? La pauvre fille a l'air désespérée.

Ursula, la quarantaine, était une femme potelée, mais attirante, aux cheveux blonds striés de gris. Cela faisait dix ans qu'elle travaillait chez les Sheridan et elle était pratiquement une figure maternelle pour Horatia.

— Elle se comportait comme une enfant, alors je lui ai fait une réflexion. J'ai essayé de m'excuser.

Horatia se défendit mollement : c'était elle qui était en faute, pas Audrey. Elle devrait s'assurer que son tempérament colérique ne nuise pas aux autres.

— Et à quoi devons-nous donc cette humeur indélicate ? Je sais que l'accident doit vous avoir effrayée, mais lord Rochester était présent et vous n'êtes pas blessée, n'est-ce pas ?

Ursula se dirigea vers la haute armoire et commença à chercher quelle robe Horatia pourrait porter ce soir-là.

C'était l'une des nombreuses choses que cette dernière admirait au sujet d'Ursula : sa capacité à aborder les situations et les problèmes avec un esprit rationnel et posé plus qu'avec ses émotions. À présent qu'elle avait déterminé que poussée par la colère, Horatia avait mal traité Audrey, elle discernerait sans aucun doute ce qui avait bouleversé sa maîtresse et trouverait des conseils à lui procurer.

— Non, vous avez raison. Je vais bien. Je suis un peu secouée, mais cela aurait pu être pire, dit Horatia.

En vérité, elle était paniquée à l'idée que Lucien vienne dîner ce soir. Quand elle avait rencontré le marquis de Rochester ce matin-là, eh bien... cela avait été explosif ! Son contact, son regard, son souffle chaud sur ses joues... Tout cela avait allumé au creux de son ventre un feu qui refusait de s'éteindre. Si seulement ils avaient pu demeurer aussi proches !

Elle ne pouvait s'empêcher de se demander où cela les aurait conduits. Aurait-il osé l'embrasser ? *bien entendu*, répondit sa voix intérieure. *C'est une canaille*. S'ils avaient été seuls, il aurait pu profiter de la situation... et Dieu sait qu'elle l'aurait laissé faire !

Le fait qu'il semble constamment disposé à l'éviter était une bénédiction. Pourtant, elle ne pouvait se retenir d'avoir envie de le voir, de humer son odeur quand il se tenait près d'elle, ou encore de sentir leurs mains se frôler au-dessus de la table du petit-déjeuner, alors qu'ils cherchaient tous les deux à se servir des œufs en même temps.

Aussi irrationnel que ce soit, elle convoitait même la lueur avide qui brûlait dans ses yeux de braise, un désir couvant sous leur surface noisette. Son cœur vint marteler contre ses côtes et ses paumes devinrent moites de sueur.

Ursula lui sortit une robe violette et des chaussons de Parme foncés.

— Malheureusement, votre nouvelle robe de Noël est bel et bien irrécupérable. Aucune femme ne peut être de bonne humeur après une telle tragédie.

Le ton d'Ursula était moitié taquin... moitié sarcastique.

— Oui, c'est dommage pour la robe.

La perte de son vêtement ne l'atteignait pas vraiment. C'était le genre de drame quotidien auquel on était préparée. Ce qui l'avait prise par surprise était Lucien. Enfonçant les doigts dans sa poitrine, elle avait levé les yeux vers lui, ne sentant pas le trottoir glacé. Il avait eu un regard sauvage. Ce changement soudain d'attitude l'avait terrifiée. C'était un côté de lui qu'elle n'avait encore jamais vu.

Elle avait été forcée de se confronter à la vérité qu'elle ne connaissait pas tout de lui. Des secrets et des passions le gouvernaient. Était-ce la raison pour laquelle les membres de la Ligue étaient si proches ? Partageaient-ils quelque chose qu'elle ne pouvait pas comprendre ? Était-ce la raison pour laquelle Lucien gardait ses distances ? Il peinait peut-être à maîtriser ses passions et c'était pour cela qu'il l'évitait.

Mais je ne suis pas le genre de femme qui met à l'épreuve le sang-froid d'un homme. Sa voix intérieure lui reprocha d'avoir la bêtise de penser qu'elle représentait une tentation pour Lucien. Elle n'était pas une séductrice. Il n'aurait eu qu'à lui adresser un mouvement de l'index pour qu'elle le rejoigne en courant. C'était pathétique, mais bien vrai. Heureusement pour elle, elle ne paraissait apparemment pas valoir la peine d'être séduite.

Elle laissa Ursula l'habiller puis sortit de sa chambre et se dirigea vers l'escalier. Un chat noir et blanc fit son apparition, ouvrant de grands yeux jaunes, une souris morte pendant mollement entre ses dents.

— Manchon ! Tu n'as pas le droit d'apporter tes cadeaux à l'intérieur !

Elle fila à la suite du chat. Manchon descendit rapidement les marches et, passant devant la porte d'entrée, il entra dans un parloir inoccupé. L'animal se glissa entre la cheminée en marbre et la grille, disparaissant avec sa prise.

— Oh, je n'y crois pas ! grogna Horatia en tirant sur la grille.

Manchon avait disparu dans l'âtre, peut-être même dans le conduit de la cheminée. Les convives arriveraient bientôt et elle ne pouvait pas risquer de se couvrir de suie. Heureusement, aucun serviteur n'allumerait le feu dans cette pièce le soir venu. Elle espérait que le chat possède assez de bon sens pour évacuer la cheminée avant le lendemain matin.

Manchon était l'un des deux chats en résidence à l'hôtel particulier des Sheridan, sur Curzon Street. L'autre, Mitaines, était une femelle noire. Cédric en avait fait cadeau à Audrey pour Noël quand elle était enfant. Elle avait également reçu une paire de mitaines et un manchon, et elle avait naturellement donné le même nom à ses chats. C'était typique d'Audrey à l'époque.

À présent, les félins étaient très vieux. Horatia redoutait le jour où elle en retrouverait un mort. C'étaient ses fidèles compagnons, gardiens de la bibliothèque, défenseurs de la cuisine.

Horatia était plus réservée et discrète qu'Audrey. Elle avait peu d'amies et passait souvent ses journées à lire ou à faire du cheval. Les chats venaient la rejoindre dans un fauteuil ou sur une banquette de fenêtre, enroulant leurs queues autour de leurs corps, ronronnant avec un amour inconditionnel. En leur présence, elle oubliait ses tracas, oubliait qu'elle désirait un homme qui ne lui avait témoigné que de la froideur.

Le heurtoir de la porte d'entrée se fit entendre. Audrey fila devant la porte ouverte de l'étude, le visage rayonnant d'excitation. Elle s'était manifestement remise des remontrances d'Horatia. Celle-ci hésita avant de la rejoindre dans le vestibule. Elle savait que Lucien serait là et comme toujours, elle était déchirée entre l'envie de le voir et la crainte du mépris impitoyable dont il faisait montre envers elle. Inspirant profondément, elle alla accueillir ses invités.

Son regard se posa directement sur Lucien. Lui seul la ravissait parmi le groupe d'hommes attirants qui occupaient le vestibule. Avec ses yeux noisette enflammés et ses cheveux roux foncé juste assez longs pour venir boucler au-dessus de son col, il était la tentation incarnée. Horatia serait volontiers tombée à ses pieds et lui aurait offert son corps, son cœur et son âme en cadeau. Il n'aurait pourtant fait que la rejeter, comme il le faisait d'ordinaire.

Le regard de Lucien se braqua sur elle tandis que le reste de la troupe se dirigeait vers le salon. Il demeura immobile, observant chacune de ses inspirations, chacun de ses mouvements. La lueur dans son regard la fit sursauter alors qu'une bouffée de chaleur descendit de ses seins jusqu'entre ses cuisses. Elle se sentit rougir. Lucien lui répondit par un sourire froid, comme s'il savait exactement l'effet qu'il avait sur elle.

Il lui offrit alors son bras et elle n'hésita pas plus d'une seconde avant de traverser le vestibule et de poser ses doigts sur sa manche. Il lui prit le bras plus fermement et la chaleur de ses doigts l'enflamma. Elle regarda autour d'elle, se demandant si quelqu'un s'en rendrait compte, mais personne ne la regardait. Incapable de résister, elle s'appuya contre lui, installant son bras au creux du sien, se délectant de cette chaleur à l'endroit où leurs corps se touchaient.

— Allons-y.

La voix de Lucien était douce et ténébreuse. Un ton plus adapté à la chambre à coucher qu'à un hall d'entrée.

La gorge sèche, elle parvint à hocher le menton en tremblant.

APRÈS LE DÎNER, LUCIEN ET LES AUTRES HOMMES S'ÉTAIENT lancés dans une partie de whist, mais il ne parvenait pas à se concentrer sur les cartes. Les jeunes femmes assises dans le coin de la pièce retenaient son attention. Ursula, une des bonnes des demoiselles Sheridan, était calée dans un fauteuil, plongée dans un épais volume et ne prêtant pas la moindre attention aux jeunes filles. Horatia et Audrey étaient assises de part et d'autre d'Émily, la jeune duchesse d'Essex. Émily et Horatia étaient vêtues de robes chatoyantes, tandis que celle d'Audrey était en mousseline rose clair. Elles rapprochaient leurs têtes pour échanger des murmures, lui évoquant les trois fées qui s'étaient échappées de la cour de la reine Mab dans *Roméo et Juliette*. De temps à autre, l'une d'elles coulait un regard vers les hommes avant de reprendre leur conversation secrète.

Lucien aurait donné n'importe quoi pour être une mouche posée sur le mur près d'elle, pour mieux voir les lèvres d'Horatia s'écarter et former chaque parole. Il aurait tout autant aimé que ces lèvres s'enroulent autour de son membre plein de désir, le suçant jusqu'à l'extase.

Seigneur ! Lucien se força à détourner le regard d'elle.

— De quoi croyez-vous qu'elles discutent ? lui demanda Charles.

Manifestement, il n'était pas le seul à être rongé par la curiosité.

— Dieu, j'aimerais bien le savoir ! avoua-t-il honnêtement alors qu'Audrey se mettait à pouffer.

Charles agita les doigts en direction de la jeune fille et lui envoya un baiser. Celle-ci rougit et leur tourna promptement le dos.

— Vous ne devriez pas l'encourager, Charles. Elle est jeune et impressionnable.

Lucien se souvenait malheureusement trop des dangers qu'on encourait quand une enfant éperdue d'amour vous collait aux basques.

— Qu'y a-t-il à encourager ? Cette petite chipie ne me porte pas le moindre intérêt, sourit Charles d'un air désabusé.

Il se cala contre le dossier de sa chaise, l'image même d'une aisance détendue.

— Quoi ? En êtes-vous certain ? J'ai toujours pensé que peut-être, elle...

Lucien laissa sa phrase en suspens quand il remarqua que l'in-téressée tournait la tête vers une direction bien précise... et ce n'était pas vers Charles.

— Oh, oh, dit Lucien à voix basse.

Audrey contemplait ouvertement le demi-frère de Godric, Jonathan.

— « Oh, oh », je ne vous le fais pas dire. Préparons-nous à un beau feu d'artifice. Cédric va mettre Jonathan en pièces.

Lucien faillit éclater de rire en avisant l'air suffisant de son ami.

— Vous *voulez* qu'il se fasse prendre, n'est-ce pas ?

Charles bâilla.

— Comme vous le savez, le mois qui vient de s'écouler a été d'un ennui mortel. Depuis que Tisdale a donné sa démission, je suis beaucoup moins sorti, sauf avec vous. Je crois que voir Cédric pourchasser Jonathan pour venger l'honneur d'Audrey me divertirait.

L'hilarité de Lucien s'évapora. Si Cédric apprenait qu'il désirait Horatia – et d'une manière qui ferait rougir une courtisane –, il était un homme mort.

Une fois la partie de whist terminée et les dernières gouttes de brandy avalées, les hommes décidèrent de clore la soirée.

— J'en ai eu assez.

Godric se tourna vers les dames.

— Venez, Ém. Il est temps de partir.

Émily ne jeta pas un seul regard à son mari. Elle avait une main sur l'épaule d'Horatia et une autre sur celle d'Audrey, adressant des propos secrets aux deux demoiselles. Aucun des hommes ne cherchait vraiment à comprendre ce que les femmes se chuchotaient. Lucien se dit que cela resterait toujours un des mystères de l'existence, comme de savoir pourquoi une femme avait besoin d'innombrables bonnets alors qu'ils étaient assurément laids et inutiles. C'était une véritable corvée de devoir dénouer des mètres de rubans superflus quand il voulait toucher les cheveux de celle qu'il embrassait.

— Voilà une alliance diabolique, fit remarquer Cédric.

Les sœurs Sheridan étaient déjà des chipies, alors y ajouter Émily était comme de craquer une allumette près d'un grand baril de poudre.

— Je ferais mieux de récupérer ma femme avant qu'elle ne cause des ennuis, répondit Godric.

Lucien ne manqua pas le ton satisfait avec lequel Godric prononça les mots « ma femme ».

Celui-ci se redressa puis la rejoignit discrètement, l'écartant du groupe en la soulevant dans ses bras.

— Godric !

Indignée, Émily battit des pieds.

— Reposez-moi immédiatement !

— Je ne crois pas, ma chère. Il est temps que je vous mette au lit.

Godric baissa la tête pour que leurs visages ne soient plus séparés que de quelques centimètres.

— Bon, si c'est nécessaire...

Elle tenta de paraître réticente, mais sa voix trahissait un essoufflement qui ne trompa personne. L'espace d'une seconde, Lucien fut saisi d'une profonde jalousie. Si Horatia n'était pas parente de son ami, lui aussi l'aurait portée hors de la pièce, vers le lit le plus proche.

— Bonne nuit, tout le monde ! s'écria Godric par-dessus son épaule alors qu'Émily et lui quittaient le salon.

Cédric secoua la tête, mais ses yeux pétillaient de gaieté.

— À les voir, on ne croirait pas qu'ils sont mariés.

— Ils ont vraiment de la chance d'être si amoureux que le mariage est une bénédiction plutôt qu'un fardeau, ajouta Ashton.

— Peut-être devrions-nous également nous éclipser ?

Jonathan jeta un regard nerveux en direction d'Audrey, qui le lui rendit avec espièglerie. Il séjournait à l'hôtel particulier d'Ashton afin de donner un peu d'intimité aux jeunes mariés avant de revenir s'installer avec eux. Godric avait octroyé à son demi-frère son propre domaine, mais il l'avait placé aux soins de quelqu'un d'autre le temps que Jonathan soit prêt à se poser et à gérer lui-même la propriété. En attendant, il vivrait avec Godric et sa jeune épouse.

— Après vous, Jonathan.

Ashton salua Lucien, Charles et Cédric du menton, puis il souhaita bonne nuit aux demoiselles Sheridan avant de partir avec l'ancien valet.

Cédric braqua un regard plein d'espoir sur ses compagnons restants.

— Vous pouvez passer la nuit ici, si vous voulez.

Charles accepta immédiatement.

— Je vais faire prévenir mon valet.

Lucien, cependant, se montra réticent.

Le sourire enthousiaste de Cédric s'évapora.

— Je comprendrai que vous refusiez, Lucien, mais j'espère que vous resterez. Après avoir reçu cette lettre mentionnant un accident de calèche, il serait judicieux d'être plusieurs pour monter la garde.

Son ami semblait si sincère que Lucien n'eut pas le cœur de l'abandonner.

— Très bien, c'est d'accord.

— Parfait ! s'exclamèrent Charles et Cédric à l'unisson.

Lucien eut l'impression qu'il venait de commettre une grave erreur de jugement dont il subirait rapidement les conséquences. Cela étant, il préférait demeurer afin de protéger Horatia. Elle serait plus en sécurité si son frère, Charles et lui-même montaient la garde. Elle n'était néanmoins pas à l'abri de tous les dangers. Lucien ressentit le désir de se faufiler dans sa chambre durant la nuit, de se glisser entre ses draps, de l'épingler sous lui et...

Bon sang ! Se retrouver sous le même toit qu'Horatia pour une nuit entière était à la fois sa plus grande tentation et son pire cauchemar.

CHAPITRE 3

Horatia n'avait toujours pas enfilé ses vêtements de nuit. L'agitation l'avait tenue éveillée bien après minuit. Savoir que Lucien était quelque part dans la maison la troublait, et elle s'inquiétait pour ce satané chat. Manchon aurait dû être roulé en boule sur le deuxième oreiller de son lit, mais il brillait par son absence. Il existait une possibilité qu'au passage, un valet ou une bonne aient refermé les grilles autour de la cheminée et qu'il ait été incapable de sortir.

Refusant de le laisser rester dans la cheminée froide toute la nuit, Horatia abandonna sa chambre et partit à la recherche de l'animal. Elle songea à tous les autres endroits où il pourrait être, et non à l'endroit où *elle* aurait voulu se trouver actuellement. Dans les bras de Lucien.

Cela faisait des mois qu'il n'était pas resté pour la nuit, et son frère était ravi de les accueillir, Charles et lui. Sans la Ligue, Cédric aurait été excessivement seul. Elle savait qu'il les aimait, Audrey et elle, mais il avait toujours voulu avoir des frères. On n'aurait pu manquer la façon dont il rayonnait quand ses amis venaient dîner, ou bien l'enthousiasme avec lequel il attendait ses après-midis à Berkley, son club pour gentlemen. C'était peut-être

"

parce qu'en leur présence, il pouvait se détendre et ne pas avoir à jouer au gardien.

Après la mort de leurs parents, Cédric avait assumé une responsabilité énorme, non seulement pour s'occuper d'Audrey et d'elle, mais également pour tout ce qui touchait aux affaires et à sa paierie. C'était bon de savoir qu'il avait de tels amis pour alléger ses fardeaux et les pressions familiales.

Elle descendit rapidement au rez-de-chaussée et passa devant le salon, où la fumée de cigare alourdissait l'atmosphère et des rires assourdis résonnaient contre la porte entrebâillée.

Au moins, quelqu'un passait une bonne soirée. Horatia sentit l'irritation picoter sous sa peau. Manifestement, Lucien aimait la torturer. Alternant des regards de braise et des sourires froids, il la rendait folle. Il était frustrant de ne pas savoir comment se comporter en sa présence, s'il fallait se montrer chaleureuse ou bien garder ses distances.

Un des hommes dit quelque chose et le rire profond de Lucien lui taquina les oreilles. L'envie lui contracta le ventre. Elle aurait voulu le faire rire de la sorte, être le centre de son attention.

Une petite ombre traversa le vestibule et fila par la porte de la bibliothèque.

— Manchon ! siffla Horatia, espérant tout à la fois appeler et gronder le félin rebelle. Cela étant, compte tenu de la nature des chats, elle savait que c'était impossible.

Horatia entra dans la bibliothèque, alluma une bougie et se mit à chercher sous les canapés et derrière les chaises. Elle entendit à peine le léger cliquetis quand quelqu'un la suivit et referma la porte. La flamme de la bougie qu'elle tenait à la main vacilla quand elle se retourna.

Lucien était à moins de deux mètres d'elle, la regardant en fermant à moitié les paupières. L'arôme du brandy était immanquable. La bougie faisait danser des ombres sur son visage séduisant, mettant en évidence une petite cicatrice près de son sourcil.

Encore quelques foulées lentes et il la dominait de toute sa taille. Horatia eut soudain une conscience aiguë de sa masculinité. Il était grand, large d'épaules, et la dépassait de plus d'une tête. Elle se savait plus grande que la moyenne, mais à côté de Lucien, elle se sentait petite, délicate et vulnérable. C'était étrange, mais elle aimait se sentir aussi désarmée en sa présence. Remplie de désir, elle parvint difficilement à se retenir de le toucher. Il était trop beau, trop viril. Auprès de lui, elle en était réduite à une créature sauvage et dévoyée qui aurait fait n'importe quoi pour avoir la chance de connaître le plaisir entre ses bras.

— Horatia.

Son nom coula de ses lèvres comme une délicieuse friandise, douce et décadente.

— Vous devriez être au lit.

La sensualité avec laquelle il prononça le mot « lit » lui donna le vertige.

— Je n'arrivais pas à dormir.

Il se pencha en avant, se rapprochant d'elle alors qu'il soufflait la bougie qu'elle tenait à la main. Horatia eut le souffle coupé par l'obscurité soudaine qui les enveloppa. Seul un rayon de lune éclairait leurs visages. Des volutes de fumée dansaient entre eux. Le sourire de Lucien lui faisait entrevoir un monde de plaisir.

— Il existe un petit remède charmant pour dormir que j'emploie toujours. Voulez-vous savoir lequel ?

Sa voix basse embrasa la peau d'Horatia.

Je ne devrais pas répondre. Je sais ce qu'il va dire.

— Quoi donc ? *Malédictions !*

Les faibles rayons de lune qui filtraient par les hautes fenêtres de la bibliothèque illuminèrent son visage quand il se pencha encore davantage vers elle.

Il lui sourit comme le chat du Cheshire.

— Je trouve la femme attirante la plus proche, me glisse dans son lit et m'enroule autour d'elle.

Elle sentait sur son visage son haleine mâtinée de brandy. Des picotements douloureux s'emparèrent de son corps et elle contint un halètement.

Il leva une main, caressant d'un doigt élégant les contours de sa pommette.

— Votre visage est chaud. Vous ai-je fait rougir ? J'aimerais aussi faire rougir d'autres parties de vous.

Lucien lui retira le bougeoir et le plaça sur une étagère.

Les genoux d'Horatia tressaillirent. Elle fit un pas en arrière et sa tête entra en collision avec l'étagère de la bibliothèque. Lucien élimina la distance entre eux et plaqua les mains des deux côtés de son visage. Leurs lèvres n'étaient plus qu'à quelques centimètres de distance.

— Devrais-je vous embrasser, Horatia ? C'est difficile de résister quand vous me regardez avec ces yeux sombres. Ils me supplient de vous embrasser. Le saviez-vous ?

Sa voix était un grognement doux qui alourdit les seins d'Horatia et fit durcir ses mamelons.

Incapable de parler, elle réussit à secouer la tête. Elle aurait voulu passer les bras autour de son cou et attirer sa bouche vers la sienne. Elle avait terriblement envie de passer les mains à travers ses cheveux roux foncé. Elle avait passé d'innombrables nuits à s'imaginer un tel moment, quand il serait assez proche pour la toucher, l'embrasser.

Un tourment lui déchira les entrailles. Il ne lui était pas destiné. Tout le monde savait qu'il n'accueillait dans son lit que des femmes belles et expérimentées. Lucien ne la considèrerait jamais vraiment de la sorte. Elle était raisonnablement attirante, mais pas vraiment un diamant sans égal. N'ayant rien à offrir à Lucien, il devait la taquiner comme n'importe quelle canaille le faisait avec une innocente. Il était le serpent, lui offrant un plaisir charnel. Tout ce qu'elle voulait sans pouvoir le posséder. C'était une chose terrible d'être amoureuse d'un tel diable.

Lucien colla ses lèvres à son oreille, traçant de son index un motif le long de sa clavicule avant de descendre sur sa poitrine, vers la vallée entre ses seins.

Elle inhala, ses seins pointant vers le haut.

— Vous avez bu, Milord, dit-elle. Quand il glissa un doigt sous le tissu de son corsage, frôlant un mamelon durci, elle poussa un halètement.

Le sourire coquin qu'il lui adressa était le péché incarné.

— J'admets...

Horatia leva la main et retira violemment ses mains de son corsage. Elle voulut déloger son autre bras pour pouvoir s'éloigner.

— Comment osez-vous ?

Lucien l'attrapa, la refit glisser vers la bibliothèque et la piégea avec son corps. Il referma le poing dans les boucles lâches de ses cheveux, faisant basculer sa tête en arrière. Elle leva les yeux pour rencontrer les siens. Dans ses prunelles, un désir insistant formait des tourbillons de couleurs changeantes.

— Dites-moi de vous lâcher, l'implora-t-il dans un murmure haletant. Dites-le-moi.

Elle leva les yeux vers lui, incapable d'exprimer la moindre protestation.

— Seigneur ! Je ne suis pas un saint. Je ne peux pas... Oh, au diable que tout ceci !

La chaleur de son souffle lui titilla les lèvres avant qu'il se mette à dévorer son cou avec un baiser lent et langoureux. Elle sentit une chaleur humide croître entre ses jambes et il sortit la langue pour mieux goûter sa peau. Elle gémit. Glissant une main sous ses fesses, Lucien la souleva, la plaquant contre sa verge rigide d'un mouvement brusque.

Les jambes d'Horatia tressautèrent contre lui, n'offrant pas la moindre résistance quand il les écarta avec sa cuisse. Il la fit remonter le long de sa jambe jusqu'à ce que ses orteils touchent à peine le sol. Le mouvement envoya des ondes de choc à travers tout son être et lui fit prendre une inspiration profonde. Les mains d'Horatia se posèrent sur ses épaules, cherchant à s'accrocher à lui. Les lèvres de Lucien retrouvèrent les siennes et elle fit remonter ses paumes de son cou jusqu'à ses cheveux, sentant les mèches murmurer contre sa peau. Elle y enfonça les doigts et tira dessus. Il poussa un grognement guttural et l'embrassa plus fort.

Elle n'aurait pas songé à lui dire non. Il n'existait rien au-delà de ce moment : son baiser, ses paumes qui glissaient sur elle, ses doigts qui s'enfonçaient dans sa chair d'un mouvement possessif, saisissant ses fesses jusqu'à ce qu'un rythme marqué palpite au plus profond d'elle. Il battait la mesure contre sa cuisse dure et musclée, l'inondant de sensations. Elle tenta de se frotter contre lui, de créer plus de friction. Elle aurait tout fait pour se rapprocher de lui, pour satisfaire son besoin de quelque chose qu'elle ne comprenait pas entièrement.

— Mon Dieu, vous êtes faite pour le péché, grogna Lucien en essayant d'enfoncer son autre main plus profondément à l'intérieur de son corsage.

Elle était faite pour le péché ? N'était-elle rien de plus qu'un corps qu'il aimerait conquérir ? Une tentation avec laquelle contenter ses besoins ? Ces paroles allumèrent un feu chez Horatia. Elle referma les ongles sur sa poitrine et enfonça les dents dans son épaule pour se libérer. Lucien se recula brusquement en poussant un juron étouffé, la laissant reposer les pieds par terre.

— Doucement, avec votre colère légendaire, ma chère, dit-il, imperturbable, avant de réessayer de l'embrasser.

Dans d'autres circonstances, elle aurait pu fondre dans ses bras. Mais il était allé trop loin. Horatia lui colla un coup de genou dans l'entrejambe.

Le silence emplit la pièce. Pendant un moment, Horatia se demanda si cela l'avait transformé en statue. Enfin, un gémissement, plusieurs octaves plus haut qu'avant s'échappa de ses lèvres alors qu'il titubait en arrière de plusieurs pas avant de tomber à genoux.

— Soyez maudite, Mademoiselle !

— C'est tout ce que vous méritez, espèce de... espèce de cul de cheval ! Elle se couvrit la bouche, choquée par son propre langage.

Malgré son grognement de douleur, Lucien ricana.

— Touché, ma belle. Touché. Il tendit à nouveau les bras vers elle, mais Horatia fila vers la porte.

༄

— Maudite créature ! J'allais m'excuser, murmura Lucien en titubant vers un fauteuil sur lequel il s'écroula.

L'engourdissement offert par le brandy s'était évaporé et la culpabilité s'enroula autour de lui comme un suaire. Il s'était comporté comme un véritable malotru. Il aurait dû se retenir de boire alors qu'elle n'était pas loin. Il devait exister un moyen de se rattraper pour ce manque de jugement.

Il se creusa les méninges pour trouver quelque chose, une façon de faire amende honorable. Il s'excuserait, bien sûr, mais les femmes étaient maîtresses dans l'art de cultiver la culpabilité... avec des intérêts ! Et pourquoi pas une breloque ? Un joli petit quelque chose qu'elle porterait avec une nouvelle robe... Une robe ! Il lui achèterait une nouvelle robe de Noël, pour remplacer celle qui avait été gâchée.

Horatia ne se faisait jamais plaisir, à part pour s'acheter une robe coûteuse en décembre. Pendant le reste de l'année, elle portait ses vêtements en soie habituels, à la mode, mais plutôt simples. Ce n'est que pendant les vacances de Noël qu'elle semblait incapable de résister à l'allure d'une ravissante robe. Il regretta de n'avoir pas pu voir celle de cette année avant qu'elle ne soit détruite.

Il lui achèterait quelque chose de neuf, avec un décolleté généreux – mais qui resterait tout de même acceptable en société –, réalisé en soie rouge vif, sa matière et sa couleur préférées. Il s'en imaginait déjà la sensation sous ses mains alors qu'il la caressait, l'explorait. Ses reins se serrèrent de désir et la douleur de sa récente blessure se raviva. Il était dûment puni pour ses actions inconsidérées.

❧

Dans sa chambre à l'étage, Horatia haletait, le visage rouge. Elle tremblait d'un mélange de désir et de regret. Même si cet homme était un impitoyable vaurien, elle ne l'en désirait pas moins. Elle se disait que cela faisait partie de la séduction qu'il dégageait, cette menace que sa passion se manifeste par un baiser explosif, une caresse qui demandait à toucher des parties encore couvertes. Il serait impossible de dormir, à présent.

Où était Ursula ? S'était-elle déjà retirée ? La femme de chambre ne manquait jamais de repousser l'heure de son coucher pour l'aider à se déshabiller. Mais Horatia était trop épuisée pour s'en inquiéter. Elle avait envie de dormir et ne voulait pas réveiller toute la maison à la recherche de sa femme de chambre.

Un léger grattement à la porte la fit se retourner, soulagée.

— Oh, Ursula, j'espérais...

Mais ce n'était pas sa bonne. Lucien était appuyé contre le montant de la porte. Il avait l'air moins saoul que tantôt, ce qui curieusement, ne la réconfortait absolument pas.

Elle pointa le menton.

— Que voulez-vous, Lucien ? N'avez-vous pas fait assez de dégâts pour la soirée ?

— Je suis désolé, Horatia. Je me suis bel et bien comporté comme le cul d'un cheval. Il afficha une ébauche de sourire.

— Eh bien, puisque nous sommes d'accord, vous pouvez partir. J'ai des choses à faire. De plus, si Cédric vous trouvait ici...

— Des choses ? Que pouvez-vous donc faire après minuit ? Rejoindre un amant secret, je suppose ?

L'idée même était ridicule. Elle n'aurait jamais regardé un autre homme alors qu'elle n'avait jamais désiré personne d'autre. Ce n'était pas rationnel d'aimer un homme qui ne lui portait pas d'intérêt réel, mais elle en était pourtant là. Quand elle était jeune, Lucien s'était montré extrêmement gentil avec elle. C'est lui qui l'avait secourue de la calèche de ses parents.

Des souvenirs indésirables chuchotèrent dans les coins de son cœur, tranchant profondément son âme. Ses parents allongés, leurs corps brisés, sans vie, comme des marionnettes dont on aurait tranché les ficelles. Leurs yeux ouverts, mais aveugles ; leurs têtes tournées à des angles douloureux et peu naturels. La calèche couchée sur le côté ; d'énormes éclats de bois encastrés dans les corps. Des gens qui criaient. Puis une lumière éclatante alors que la porte de la calèche s'ouvrit brusquement au-dessus d'elle, lui faisant apercevoir un halo de cheveux roux et des yeux noisette chaleureux. « Allons, ma chère, tendez les bras vers moi. C'est bien ! Prenez mes mains, Horatia, et j'assurerai votre sécurité.

La sécurité... Elle ne désirait rien de plus et, pendant une courte période, il avait tenu sa promesse. Mais quand elle avait gâché sa demande en mariage à une femme, il avait commencé à prendre ses distances. Cela n'avait fait que s'aggraver lorsqu'elle avait été introduite dans le monde deux ans auparavant. Il l'avait vue quand elle était entrée dans la salle de bal d'Almack et s'était éloigné, la laissant avec un sentiment d'abandon dans une salle remplie de visages inconnus. Là où auparavant, il n'avait été que distant, il s'était fait froid. Son cœur était maudit. Cela dit, tant qu'il restait célibataire, elle pouvait rêver à ce qui aurait pu être. Il était pitoyable qu'elle n'ait eu que des rêves auxquels se raccrocher, et encore pire d'aimer et de désirer un homme qui ne la verrait jamais vraiment.

— Partez, je vous en prie. Elle tira sur l'arrière de sa robe, épuisée.

Lucien remarqua qu'elle bataillait.

— Vous avez du mal ?

Avant qu'elle ne puisse protester, il avait refermé la porte et l'avait fait pivoter afin qu'elle se trouve dos face à lui. Il se mit alors à délacer sa robe.

Elle essaya de s'écarter de lui. Si quelqu'un les découvrait, ils le paieraient cher.

— Vous ne devriez pas être ici, et encore moins m'aider à me déshabiller !

Il lui tapota les fesses et elle en resta bouche bée, tiraillée entre le choc et l'excitation.

— Vous voulez retirer cette robe, oui ou non ?

Elle se libéra d'un mouvement brusque et il leva les mains en signe de capitulation.

— Très bien ! Dormez dedans toute la nuit. Peu m'importe.

Il était presque à la porte quand elle reprit la parole. Sa voix était faible, hésitante et incertaine.

— Lucien.

Il hésita, la main sur la poignée.

Lentement, elle lui offrit son dos. Elle était stupéfaite de voir qu'elle pouvait encore lui faire confiance après ce qu'il avait fait dans la bibliothèque.

Lucien se remit à la libérer de la robe. Elle connaissait sa réputation, savait qu'il avait connu des dizaines de femmes. Même si cela la dérangeait, elle ne pouvait que remarquer que ses doigts étaient plus maladroits que ce à quoi elle s'était attendue.

— Un vaurien n'a-t-il pas l'habitude de ce genre de choses ?

Lucien répondit par un grondement d'irritation, ses doigts tiraillant les lacets noués.

— Qui vous a emmaillotée de la sorte ? Un marin expert aurait pu faire de tels nœuds.

Avec un dernier tiraillement, elle fut libérée de son corset, puis il desserra son corsage. Le cœur d'Horatia s'emballa tandis qu'elle croisait les bras sur ses seins, les dissimulant à sa vue. Elle avait tant voulu se déshabiller qu'elle venait à peine de réaliser que Lucien était dans sa chambre et qu'elle était à moitié nue. Elle n'avait encore jamais été aussi vulnérable.

Elle l'entendit respirer fort entre ses dents. Il leva les mains vers son cou, les plaçant dans le creux entre ses épaules et sa gorge. Elle réprima un frisson de peur et de plaisir. Allait-il à nouveau l'embrasser ? Oserait-il en faire plus ? À grands cris, le corps et l'âme d'Horatia en réclamaient davantage, le priant de la prendre dans ses bras.

Seigneur, je cherche vraiment à être punie !

Lucien s'éclaircit la gorge et balbutia maladroitement :

— Je... Je suis désolé pour ce qui s'est passé tantôt. Je n'étais pas moi-même.

Le cœur d'Horatia fit un soubresaut. Elle se tourna pour le regarder par-dessus son épaule. Il gardait les yeux braqués sur la colonne de sa gorge, mais son expression était illisible.

— Vous êtes tout pardonné.

Elle aurait dû lui dire qu'elle n'avait pas voulu qu'il fasse une telle chose, mais au plus profond d'elle, elle savait qu'elle avait eu envie qu'il perde le contrôle et l'embrasse de la sorte.

Si seulement il n'avait pas été aussi froid, aussi impitoyable quand il l'avait embrassée, comme si elle n'était rien de plus qu'une autre conquête dans la longue liste des femmes qui priaient pour n'avoir ne serait-ce qu'une seconde de son attention.

❧

LE sang de Lucien battait la chamade dans les oreilles alors qu'il sentait sa maîtrise de soi s'estomper. Aussi immobile qu'une statue, Horatia respirait doucement comme si elle s'attendait à ce qu'il fasse autre chose. Il ferma les yeux, bannissant l'image de son corps nu sous le sien jusqu'à ce qu'il puisse invoquer la force de retirer ses mains d'elle et de faire un pas en arrière.

— Merci, souffla-t-elle.

— Je vous en prie.

Il aurait voulu la prendre dans ses bras et dévaster sa bouche, mais le moment était passé. Il reprit les rênes du peu de contrôle qui lui restait et la laissa seule.

Sortant de la chambre à coucher d'Horatia, il se hâta de regagner la sienne.

Il se trouvait fou de l'avoir touchée, embrassée, désirée. Il était un ardent défenseur de la règle de la Ligue qui excluait les sœurs de toute séduction. Combien de fois avait-il menacé Charles, sous peine de mort, de rester bien loin de sa propre sœur ?

Si Cédric venait à découvrir que je l'ai embrassée, que je l'ai aidée à se déshabiller... Lucien grimaça. Des hommes avaient tué pour des affronts plus petits envers l'honneur de leurs sœurs. Quant à Cédric... Il était un bon chrétien, mais dans une telle position, il serait judicieux de craindre Cédric plus que Dieu.

Lucien était en train de refermer sa porte quand Charles se précipita à l'intérieur.

— Que diable avez-vous fait ?

Charles ferma la porte, saisit Lucien par sa chemise et le poussa en arrière. Lucien trébucha et se cogna au lit derrière lui.

— Vous voulez bien m'expliquer pourquoi je vous ai vu sortir de la chambre d'Horatia ?

— Ce n'est pas ce que vous croyez. Nous n'avons pas...

— Ne me racontez pas de sornettes. Vous êtes encore moins doué pour le mensonge que pour le whist.

Les yeux gris de Charles étaient impénétrables.

— Vous n'êtes pas resté assez longtemps pour faire quoi que ce soit de sérieux, mais vous y *êtes* resté. Je veux savoir pourquoi.

— Je l'ai insultée plus tôt dans la soirée. Il fallait que je m'excuse.

— Et vous ne pouviez pas le faire dans le couloir ?

Lucien croisa les bras et lui rendit un regard noir.

— Je ne voulais pas qu'elle me claque la porte au nez, alors je suis entré à sa suite. Vous savez comment sont les femmes. Si on ne s'excuse pas immédiatement, elles vous gardent rancune pendant des millénaires. J'ai eu assez de maîtresses contrariées pour savoir quand j'ai besoin de demander pardon, juste pour avoir la paix.

— Vous traitez donc Horatia comme l'une de vos maîtresses ? demanda Charles en arquant un sourcil.

— Croyez-moi, Horatia est la dernière femme sur Terre que j'aimerais séduire.

Ce mensonge était lourd et amer sur sa langue. Il avait commencé à la séduire quelques minutes à peine auparavant. Mais il n'avait pas les pensées claires. Ce satané brandy lui retournait l'esprit. Cela lui rappela quand il avait fourré ses doigts dans son corsage. Seigneur, il aurait voulu retourner dans sa chambre, lui arracher ses vêtements et l'emmener au lit.

— Il n'y a aucune règle qui interdit d'être ami avec la sœur d'un des membres. Cédric ne vous tuerait pas pour cela. Mais ces dernières années, vous avez été froid avec elle. L'amitié est-elle hors de votre portée ?

Ce fut au tour de Charles de croiser les bras.

Lucien poussa un profond soupir et se cala en arrière sur son lit. Il était temps de ressusciter ce vieux mensonge. Il ne pouvait pas révéler à Charles la vérité. Cela aurait été comme d'en parler à Cédric.

— Vous souvenez-vous qu'il y a quelques années de cela, je courtisais Miss Mélanie Burns ?

— Bien sûr...

La voix de Charles s'éteignit.

Mélanie Burns, une des héritières les plus riches et les plus jolies qui soit, avait failli épouser Lucien. Au lieu de cela, après l'interférence d'Horatia, elle avait refusé sa demande et, un mois plus tard, elle était la fiancée d'Hugo Waverly en personne. Loin d'en vouloir véritablement à Horatia, il lui était reconnaissant. Elle lui avait épargné un mariage avec une femme qui avait fini par devenir l'épouse de son pire ennemi. Durant les quatre années suivantes, il s'était montré cordial, tout en maintenant une certaine distance. Puis elle avait fait sa sortie dans le monde l'année de ses dix-huit ans. Il n'oublierait jamais sa première soirée à Almack. Sa chevelure avait été artistiquement stylisée et sa robe était bien plus élégante que les tenues qu'elle portait au quotidien. Ce soir-là, elle avait été tout à fait captivante, et il n'avait pu que prendre ses jambes à son cou. Mettre de la distance entre eux avant de faire quelque chose de stupide. Ressusciter l'incident de la demande en mariage était son seul expédient pour justifier le fait qu'il l'évitait. S'il ne pouvait pas mettre les mains sur elle, il ne pouvait pas l'embrasser, ne pouvait pas lui faire l'amour, ne pouvait pas l'aimer. C'était pour le mieux, quoique ces derniers temps, cela fonctionnait de moins en moins.

— Êtes-vous en train de me dire qu'Horatia a eu quelque chose à voir avec Mélanie Burns ?

— Oui, répondit posément Lucien.

— Comment donc ? Elle n'était qu'une enfant à l'époque.

— Horatia était venue avec Cédric me rendre visite dans ma propriété du Kent. Mélanie Burns était là. J'étais en train de lui faire ma demande quand Horatia nous a versé dessus un seau rempli de l'eau de l'étang, depuis le toit du pavillon. Mélanie a été humiliée, sa robe a été abîmée et Horatia, cette petite chipie, a osé rire d'elle. J'ai eu beau lui présenter mes plus plates excuses par la suite, Mélanie a refusé de m'épouser.

— Puis elle a épousé Waverly. Si elle préfère les hommes de son genre, vous devriez remercier Horatia, pas la punir.

— Il y a autre chose. Horatia m'a dit qu'elle m'aimait. Elle n'avait que quatorze ans, grogna Lucien.

— Une toquade de jeunesse ! Ce n'est pas une raison pour vous montrer cruel, répondit Charles sans ménagement.

— J'ai dit à Horatia que je ne pourrai jamais l'aimer. Qu'elle ne signifiait rien pour moi.

Charles eut l'air d'avoir une épiphanie soudaine.

— Vous lui avez brisé le cœur.

— Qu'aurais-je pu faire d'autre ? J'étais beaucoup plus âgé qu'elle. À présent qu'elle a grandi, je ne veux pas qu'elle développe des vues sur moi. Je ne suis pas attiré par elle et je ne le serai jamais.

Du fond de son cœur noir, Lucien pria pour avoir l'air convaincant.

Charles demeura silencieux pendant un long moment.

— Ash m'a dit un jour qu'entre l'amour et la haine, il n'y a qu'un pas. Parfois, on peut le faire sans même s'en rendre compte.

— Vous n'êtes sérieusement pas en train de suggérer que j'aime Horatia ! Vous savez de quel genre de femme j'ai besoin. Elle est trop guindée pour moi. Je ne ressens rien pour elle, et certainement pas de *l'amour*. Ce déni laissa dans la bouche de Lucien un goût amer. Il en ressentait trop pour elle, et même si cela ne pouvait pas être de l'amour, c'était plus fort que du désir, et ainsi plus dangereux.

Charles fronça les sourcils, une étonnante tristesse au fond de ses prunelles grises.

— Insistez-vous autant pour l'éviter à cause de la deuxième règle de la Ligue ? N'avez-vous rien appris de Godric et d'Émily ?

— N'éviteriez-vous pas une femme si cela signifiait que votre ami pourrait se venger de vous ? Charles, vous me connaissez. Vous savez comment je suis avec les femmes. Je ne pouvais pas rester en sa présence plus longtemps sans désirer plus que l'amitié, et tout ce qui pourrait arriver au-delà risque de se terminer très mal. Je n'ai pas à vous rappeler à quel point Cédric est protecteur envers ses sœurs. Il a toujours pris la deuxième règle très au sérieux.

— Vous ne parvenez vraiment pas à vous contrôler en sa présence ? Votre seule solution est de vous montrer froid et cruel pour éviter la tentation ?

Son ami semblait déconcerté. Cela étant, Charles était le genre d'homme qui n'avait jamais été *tenté* par l'interdit : il y plongeait la tête la première.

— Malheureusement, c'est parfaitement le cas. Plus je la vois, plus je veux être avec elle. Nous savons tous les deux que je ne suis pas du genre à me marier, donc le temps passé avec elle ne peut avoir qu'une seule conclusion, dont personne n'aimerait le résultat.

Charles se passa la main dans les cheveux.

— Vous êtes un imbécile, et cela vous conduit à faire du mal à Horatia. Je ne peux pas rester ici avec l'envie que j'ai de vous donner des claques.

— Charles.

Lucien posa la main sur l'épaule de son ami qui se tournait pour partir, mais Charles le repoussa d'un coup d'épaule.

— Bonne soirée, Lucien.

Lucien regarda la porte qui se refermait. Une boule se forma dans sa gorge. Et si Charles avait raison ? Avait-il tenu Horatia à bonne distance pour éviter de faire plus que de coucher avec elle ?

Il aimait les femmes, mais il ne tombait pas *amoureux* d'elles. Ce n'était pas dans sa nature, et ses conquêtes l'avaient compris. Horatia méritait un homme capable de loyauté. Il ne pourrait jamais la posséder, pas comme maîtresse, pas en tant qu'épouse. Cédric ne lui accorderait jamais sa bénédiction et de toute façon, il y avait la seconde règle de la Ligue. Pourtant, la perspective de la posséder, de savoir qu'elle était à lui...

Pourquoi cela lui tordait-il autant le cœur, sachant que cela était complètement impossible ?

CHAPITRE 4

T ard le lendemain matin, quand Lucien descendit prendre son petit-déjeuner, il remarqua qu'Horatia et Charles brillaient tous les deux par leur absence.

— Où est Charles ? s'enquit-il, s'arrêtant à temps avant de demander également des nouvelles d'Horatia.

Cédric détourna les yeux de son assiette.

— Il a emmené Horatia à Hyde Park pour donner un peu d'exercice à mes montures arabes.

— Oh ?

La jalousie le poignarda comme un tisonnier chauffé à blanc. L'idée qu'Horatia soit avec quelqu'un d'autre – particulièrement Charles – lui faisait voir rouge.

Audrey était plus discrète que d'ordinaire. Sa gaieté adolescente, dont il s'amusait souvent quand il était en visite, paraissait avoir disparu.

Cédric aussi semblait l'avoir remarqué.

— Que vous arrive-t-il, ma chère ? D'abord, c'est Horatia qui fait une crise de déprime, et voici que vous affichez également une tête comme un jour sans pain.

Il n'était un secret pour personne que Cédric n'aimait pas voir ses sœurs malheureuses. Lucien le comprenait parfaitement.

Lui aussi avait une sœur, et la voir contrariée lui mettait les nerfs en pelote.

— J'avais envie d'aller faire des emplettes aujourd'hui, mais Horatia est partie faire du cheval et vous devez vous rendre à Lloyd's pour vos affaires. Je reste donc coincée ici sans personne.

Audrey se morfondait comme seule savait le faire une jolie jeune femme, ses lèvres arquées faisant la moue. Quand cette réaction n'eut aucun effet, elle y ajouta un reniflement théâtral. Ses yeux étincelaient de larmes claires comme des diamants. C'était toujours amusant de regarder Audrey essayer ses minauderies sur son frère aîné lorsqu'elle voulait quelque chose.

Lucien trouva immédiatement une solution pour sécher ses pleurs.

— Avec la permission de votre frère, je serais ravi de vous escorter. J'ai moi-même quelques courses à faire et j'aimerais avoir votre avis sur les dernières tendances.

Toutes traces de larmes disparurent alors qu'Audrey jetait un regard suppliant à son frère. Cédric hocha la tête.

— Très bien, mais prenez votre bonne avec vous.

Audrey fila vers sa chambre pour récupérer son réticule, son bonnet et sa pelisse. Quand elle revint, elle passa les bras autour du cou de son frère et l'embrassa sur la joue. Lucien étouffa un rire en avisant l'air déconcerté de son ami.

— Rien n'est trop beau pour votre bonheur, dit-il en tapotant le dos d'Audrey avant de l'écarter de lui avec précaution.

Elle quitta la pièce avec l'énergie intarissable d'un chiot.

Ah, si l'on pouvait redevenir aussi jeune ! songea Lucien.

Se retrouvant à nouveau seuls, Cédric demanda :

— Cela ne vous fait vraiment rien de l'escorter ?

Lucien sourit.

— Absolument. J'ai besoin de ses conseils sur quelques points de détail. Cette enfant maîtrise bien les tendances.

Audrey était intelligente, mais elle se remplissait le cerveau de bien trop de niaiseries concernant les différents types de robes et styles de bonnets. Cela étant, il n'aurait pas dû souhaiter qu'elle use de son intellect par ailleurs. Dieu seul savait si cette petite chipie deviendrait une hôtesse politique brillante ou bien finirait mariée à un membre de la Chambre des lords ! Il ne s'attendait pas à moins de sa part, mais l'idée même qu'elle possède un jour une influence sur un homme politique était terrifiante.

— Très bien, alors, je vous verrai tous les deux plus tard.

Cédric termina son café, reposa sa tasse et prit la canne calée contre le rebord de la table. Il ne la perdait jamais du regard, peut-être pour l'enjoindre à la vigilance. Il s'arrêta sur le seuil de la porte.

— Rappelez-vous de rester sur vos gardes, mon ami.

Une fois qu'Audrey fut prête à partir, Lucien ordonna à l'une des calèches de Cédric de les emmener à Bond Street. Avec Lucien pour escorte, Audrey n'aurait pas à craindre les importuns. Ils n'auraient pas regardé une femme en compagnie de Lucien. Il considérait ces hommes avec une condescendance profonde, comme les freluquets anodins qu'ils étaient. Le véritable danger pour Audrey était d'être vue en public avec quelqu'un tel que *lui*. Des rumeurs pourraient se propager à la vitesse d'un feu de forêt et la presse ne ferait qu'attiser les flammes.

Audrey lui tenait le bras en s'agitant, s'extasiant devant toutes les vitrines colorées qu'ils longeaient avant de finir par se décider pour une couturière à la mode. Sa bonne, Gillian, une jeune fille discrète de l'âge d'Audrey vêtue d'une robe de coton grise, leur emboîtait le pas.

— Madame Ella est la meilleure couturière de Londres, déclara-t-elle. C'est elle qui avait réalisé la jolie robe d'Horatia, celle que ce maudit cocher a abîmée.

Manifestement, la chance souriait à Lucien. C'était l'endroit parfait pour acheter une nouvelle robe à Horatia.

Il ne haussa pas la voix pour éviter qu'on les entende.

— Audrey, accepteriez-vous de me faire une faveur ?

— Volontiers, répondit-elle avec un sourire malicieux, mais vous m'en devrez une pour plus tard.

Il n'avait rien dit qui risque de trahir ses intentions, mais c'était comme si elle savait qu'elle l'avait pris au piège. Si elle avait été homme, Audrey aurait fait une politicienne extraordinaire.

Il essaya de paraître désinvolte.

— Tant que cela demeure dans les limites de la loi et que votre frère ne sera pas tenu de me défier en duel, je vous le promets.

— Excellent. Nous sommes d'accord.

Il vit ses prunelles brunes pétiller de malice et il comprit qu'il le regretterait un jour.

— Pour quelle raison avez-vous besoin de mon aide ?

— Je voudrais remplacer la robe abîmée de votre sœur, mais je ne souhaite pas acheter exactement le même modèle. Je veux quelque chose de mieux. Quelque chose de rouge, peut-être...

Sa voix mourut à l'instant où Audrey, choquée, en resta bouche bée.

— Vous voulez acheter une robe à Horatia ?

— Euh... oui.

Il retint son souffle, attendant qu'Audrey lui révèle qu'elle connaissait ses secrets. Heureusement, elle n'en fit rien.

Son expression passa de la surprise au calcul. Elle braqua sur lui un regard perspicace, comme si elle savait quelque chose sur lui-même qu'il ignorait. C'était particulièrement troublant.

— Très bien. Rouge, dites-vous ? De la soie, peut-être ? suggéra-t-elle avec un sourire qui était au-delà de tout soupçon d'innocence.

Elle ne pouvait rien savoir sur ses visites au Jardin de Minuit – tristement célèbre – ni sur les jeux auxquels il s'adonnait. Il attachait des femmes avec des liens en soie rouge afin de pouvoir prendre tout son temps pour les amener, criantes, jusqu'au paroxysme de l'extase. Il payait une somme généreuse pour tenir ses intérêts secrets. Pourtant, la jeune fille paraissait indiquer qu'elle en savait sur lui plus qu'elle l'aurait dû.

— Le rouge lui siérait très bien, j'en conviens. Je ne sais absolument pas pourquoi elle n'en porte pas plus souvent.

Audrey se tourna et alla étreindre la femme d'âge mûr majestueuse qui fit son apparition au fond de la boutique.

— Madame Ella !

— Miss Audrey ! Je suis heureuse de vous revoir. J'ai gardé ces gants de York fauve que vous avez admirés il y a quelques jours.

Madame Ella écarta de son visage une boucle brune et présenta une petite boîte à gants. Audrey réprima à peine un cri de joie.

Madame Ella s'inclina lorsqu'elle vit Lucien s'attarder dans l'encadrement de la porte.

— Bonjour, Milord.

Lucien inclina la tête et s'approcha d'elle. Il l'avait déjà rencontrée plusieurs années auparavant, quand il était passé avec sa mère et sa sœur Lysandra pour se procurer la garde-robe de cette dernière pour sa première saison dans le monde. De toute évidence, Madame Ella avait une excellente mémoire.

Audrey prit les choses en main et exigea d'avoir l'attention de Madame Ella.

— Nous sommes ici pour commander une nouvelle robe pour ma sœur.

Les sourcils de la couturière se plissèrent d'inquiétude.

— Elle n'était pas satisfaite de ma création ?

— Au contraire. Elle l'adorait, mais elle a subi un sort funeste.

Audrey relata alors les événements de la veille.

— Je vois. À quoi songiez-vous, Miss Sheridan ?

— Une robe de bal verte recouverte de satin rouge. Brodez les manches avec des motifs en forme de houx et agrémentez l'ourlet d'une bande de dentelle belge blanche. Et un bandeau en satin vert sous sa poitrine !

Audrey se tourna vers Lucien, le mesurant attentivement du regard avant d'ajouter :

— Décorez aussi le décolleté de brindilles de gui synthétiques.

Lucien et Madame Ella, surpris, levèrent la tête d'un même mouvement.

— Du gui ? souffla Lucien à Audrey.

Audrey pouffa.

— Ne voyez-vous pas, Lucien ? Elle sera tellement belle dans cette robe ! Enveloppée comme un cadeau de Noël ravissant.

Audrey haussa les sourcils de manière suggestive.

— Et on dit que *je* suis diabolique, se dit Lucien en aparté.

Si l'image qu'Audrey lui avait fourrée dans le crâne était proche de la réalité, Horatia serait un cadeau de Noël qu'il aurait envie de déballer. Avec ce gui niché contre ses seins, il serait tenté d'embrasser chaque centimètre carré de sa poitrine pour honorer la tradition comme il se devait.

— Va-t-elle porter une telle robe ? lui demanda-t-il alors.

Le coût du vêtement ne le dérangeait pas, mais si Horatia refusait de le porter, ce serait un crime abominable contre la robe, la couturière et les pensées discourtoises qu'il entretenait actuellement.

— Elle la portera si vous le lui demandez, répondit Audrey dont l'attention était alors braquée sur les gants qu'elle avait retirés de la boîte.

Elle en frotta un contre sa joue, poussa un soupir de plaisir et les replaça dans la boîte.

— Que voulez-vous dire par là ?

Le souffle court, Lucien attendait sa réponse. Que savait-elle exactement ?

Audrey haussa les épaules.

— Elle apprécie votre opinion. Si vous lui offrez cette robe et lui demandez de la porter, elle le fera.

Sa réponse semblait si résolue que Lucien ne put que la croire.

— Alors, voici notre commande, Madame Ella : tout ce que Miss Audrey vient de dire.

— Je serais ravie, Milord. Miss Audrey a très bon goût.

Lucien tapota la main satinée de l'intéressée.

— En effet.

Puis il demanda à la modiste de lui faire parvenir la facture pour la robe et les gants. Alors qu'ils quittaient le magasin, il attira Audrey à l'écart tandis que la bonne se faisait discrète à quelques pas de là.

— Vous ne devez pas informer Cédric que j'ai acheté cette robe. Vous comprenez ? Mentez si vous le devez. Dites que c'est vous qui l'avez achetée.

— Pourquoi devrais-je...

Lucien l'interrompit.

— Je ne peux pas acheter un tel cadeau à une femme sans que la bonne société tout entière pense qu'elle est ma maîtresse, y compris votre frère. Songez aux conséquences !

Quand elle ouvrit de grands yeux et lui adressa un petit hochement de tête, il sut qu'elle avait compris. La réputation de sa sœur était primordiale.

❦

Horatia agrippait sa pelisse en velours bleu foncé, serrant plus près de son visage la capuche doublée d'hermine. Charles fit claquer les rênes sur le dos des chevaux, les exhortant à accélérer l'allure. Ils se dirigeaient vers Bond Street où Audrey avait sans nul doute entraîné Lucien pour faire quelques emplettes, Cédric étant occupé par ailleurs.

— Pourquoi êtes-vous si pressé, Charles ?

Elle se pencha en arrière dans la calèche et jeta par-dessus son épaule un regard vers Ursula, qui voyageait à l'arrière.

— Nous avions à peine commencé à chevaucher dans le parc avant que vous insistiez pour que nous rapportions les montures aux écuries.

Quand Charles lui coula un regard, elle vit que ses prunelles grises étaient étrangement turbulentes, reflétant les nuages d'hiver orageux qui pesaient sur eux.

— Je viens de me rappeler que je dois emmener Audrey voir

Avery. Il est de retour à Londres, vous savez. J'aurais des problèmes si je ne l'amenais pas en ville pour passer l'après-midi avec lui. Il adore votre sœur. Vous êtes la bienvenue.

Il lui lança un autre regard.

Horatia secoua la tête. Elle ne se sentait absolument pas sociable pour le moment.

— Vous n'avez pas besoin de me ramener à la maison. Ursula et moi pouvons louer un fiacre pour rentrer.

Il souffla comme s'il s'offusquait de l'idée de la laisser seule.

— C'est ridicule ! J'aperçois Lucien, là-bas. Il est avec votre sœur. Je vais lui demander de vous raccompagner.

Il avait prononcé la phrase d'une manière curieusement tendue, comme s'il était tiraillé sur cette question.

— Cela ne vous dérange pas que je vous laisse avec Lucien ?

— Non, pas du tout. Il veillera à ce que je sois bien rentrée, comme il l'a toujours fait.

Elle ne savait pas pourquoi elle avait ajouté cette dernière affirmation, mais elle jugeait nécessaire de rassurer Charles.

Elle posa sur son bras une main gantée qu'il ne parut même pas remarquer.

— Charles, êtes-vous souffrant ?

Il se tendit.

— Non, je vais bien. J'ai eu beaucoup de soucis, ces derniers temps. Ne vous inquiétez pas pour moi.

Elle le regarda pendant un long moment, se demandant si elle devait s'enquérir plus en détail de la nature de sa détresse. Charles était toujours taciturne à propos de ce genre de choses. Son frère soutenait constamment que Charles était incapable de garder un secret, mais Horatia savait que ce n'était pas le cas. Sur les questions de cœur, le comte de Lonsdale était muet comme une tombe. Elle braqua de nouveau son attention sur la rue.

Quand ils arrivèrent à la hauteur de Lucien et d'Audrey, Charles les appela et leur fit signe de s'approcher. Puis il bondit à terre pour aider Ursula à descendre.

— Lucien, j'ai besoin que vous rameniez Horatia. Audrey et moi nous sommes engagés à déjeuner avec Avery, n'est-ce pas ?

Il adressa un regard appuyé à Audrey.

Elle cligna des paupières, puis le souvenir lui revint.

— Absolument, oui !

Avant que Lucien ne puisse protester, Horatia et Ursula furent laissées à sa charge tandis qu'Audrey et Gillian, sa bonne, usurpaient la place de sa sœur aînée dans le carrick. Puis Charles disparut au bout de la rue à toute vitesse.

— Charles vous a-t-il vraiment abandonnée juste pour pouvoir passer l'après-midi dehors avec votre sœur et mon frère ? lui demanda Lucien d'un ton presque stupéfait.

— Apparemment.

Horatia était tout aussi abasourdie. Elle rougit en se rendant compte qu'elle s'était appuyée contre lui alors qu'ils regardaient la voiture partir. Elle s'écarta avec une profonde réticence, ne manquant pas la façon dont la main de Lucien s'attarda sur ses reins, comme s'il souhaitait la garder près de lui. Elle ressentit un léger pincement au cœur.

Lucien demanda à son cocher qui patientait toujours de les ramener lui, Horatia et la bonne à Curzon Street. Il aida Horatia à grimper à l'intérieur, lui cédant la banquette tournée vers l'avant. La calèche démarra avant que Lucien ne se soit installé et il fut projeté sur la jeune femme. Celle-ci poussa un cri, plus de surprise que de douleur. Il s'écarta d'elle maladroitement, se confondant en excuses.

— Vous êtes certaine d'aller bien ? insista-t-il.

— Je vais bien, Milord.

Elle s'efforça de garder un ton froid, déterminée à effacer le souvenir du baiser impitoyable et des caresses enflammées de la veille.

— Vous m'avez surprise, c'est tout. Je ne suis pas aussi délicate que vous paraissez le croire.

Le voyant grimacer, elle devina qu'il se remémorait sa rencontre avec son genou. Elle s'en amusa.

— Avez-vous passé un agréable moment avec Audrey ? demanda-t-elle après un silence maladroit.

— Oui, elle m'a convaincu d'acheter son cadeau de Noël plus tôt cette année.

— C'est gentil de votre part, répondit Horatia en repensant aux présents qu'elle avait reçus de sa part.

Tous les ans, Lucien lui achetait un livre qu'elle chérissait secrètement de tout son cœur, même si elle savait que c'était simplement pour ne pas montrer de favoritisme envers Audrey. Sa sœur était la préférée de tout le monde. Normalement, cela ne dérangeait pas Horatia, mais quand c'était Lucien, elle se sentait frappée en plein cœur. Celui-ci la fixait à présent de ses yeux noisette comme s'il avait été capable de lire dans ses pensées.

— Je *vous* ai aussi acheté un cadeau, mais il ne sera pas prêt avant au moins quelques jours. Madame Ella m'a assuré que cela prendrait moins d'une semaine.

— Madame Ella ?

Horatia sentit son cœur faire un soubresaut.

— Je me suis dit que vous auriez peut-être envie d'une robe, puisque la précédente a été abîmée.

— Vous m'avez acheté... une robe ?

Tout son corps se tendit à la pensée de porter une chose qu'il lui aurait offerte. L'excitation s'empara d'elle.

— Préféreriez-vous que je vous offre un autre roman ? Je peux encore annuler la commande...

— Non !

Elle était si pleine d'espoir qu'elle avait du mal à respirer.

— Une robe me convient parfaitement. Cependant, j'espère que vous avez eu le bon sens de ne pas le dire à mon frère.

— Dieu m'en préserve ! s'exclama-t-il en lui décochant son sourire de vaurien dévastateur. Votre sœur et moi avons imaginé ce vêtement juste pour vous en cette saison de Noël, et ce serait dommage de ne pas la porter.

Horatia se mordit la lèvre alors que l'excitation bouillonnait en elle. Il était scandaleux qu'il lui achète une robe, mais elle en était secrètement ravie. Cela signifiait qu'il pensait à elle.

La calèche s'arrêta devant Sheridan House et Lucien en sortit. Il fit le tour du véhicule et demanda au valet qui s'approchait de s'occuper d'Ursula tandis que lui-même aidait Horatia à descendre. Ursula et le valet disparurent à l'intérieur, laissant Lucien et Horatia seuls pendant un moment.

Elle lui offrit sa main, mais il l'ignora et s'avança pour la prendre par la taille, la déposant à terre. Elle fut emportée par une violente vague de chaleur alors qu'il la faisait glisser contre toute la longueur de son corps. Quand il la posa à terre, elle leva les yeux vers son visage.

— Il vient de geler. Je ne voudrais pas que vous glissiez, dit-il.

La roue d'une calèche qui passait par là s'enfonça alors dans une flaque de neige fondue, projetant une éclaboussure glaciale. Lucien plaqua Horatia contre lui et la protégea de son corps. Il grimaça quand l'eau glacée détrempa ses vêtements.

Il était mouillé... encore une fois ! Il ne savait cependant pas pourquoi il *la* sentait frissonner contre lui. Des gouttelettes d'eau perlaient sur les cils de Lucien et dégoulinaient de la mèche de cheveux mouillés qui lui tombaient devant les yeux. Horatia le contempla, fascinée par la façon dont les gouttes brillantes comme des diamants s'accrochaient à ses longs cils sombres.

— Diable ! J'ai dû offenser les dieux des calèches dans une vie antérieure.

Il la regardait avec dans les yeux une lueur sauvage qui évoquait un loup, aussi glaciale que farouche. Si elle le laissait faire, la passion de Lucien risquait de signer sa perte. Elle vit alors que ses lèvres étaient légèrement bleues et qu'il tremblait. Elle brûlait d'envie de les réchauffer d'un baiser. C'était une idée ridicule, mais elle avait vraiment envie de les goûter à nouveau, juste... une petite...

— Je devrais y aller, murmura Lucien.

— Restez.

— Je ne le devrais pas.

Le souffle chaud de Lucien sur son visage lui réchauffa les sangs.

— Entrez au moins un moment pour faire sécher votre manteau près du feu.

Tout ce que j'ai toujours voulu est de m'occuper de vous, Lucien. Laissez-moi m'occuper de vous.

— C'est plus sage, en effet. Je n'ai pas envie d'attraper froid à cause de mes vêtements mouillés. Maudits soient les dieux des calèches !

Lucien ne fit aucun mouvement pour s'écarter d'elle quand elle se tourna, toujours collée à lui alors qu'ils atteignaient la porte. Elle sentit son souffle lui chatouiller le cou et si elle trembla, ce n'était pas de froid. La porte s'ouvrit brusquement puis le majordome et un valet les firent entrer. Un soupir lui échappa quand la réalité la rattrapa et qu'elle fut forcée de s'écarter de Lucien. Pourquoi devaient-ils toujours se séparer ?

⚜

Une fois à l'intérieur, Horatia l'emmena au parloir pour se réchauffer, mais à leur grande surprise, le feu était éteint. Lucien ôta son manteau de laine humide et considéra l'âtre froid en haussant un sourcil. Pendant un moment, elle le regarda sans rien dire. Il baissa les yeux, se demandant ce qu'elle contemplait de la sorte. Il se rendit compte que sa chemise collait à ses membres, soulignant ses avant-bras et ses biceps. Se tournant vers elle, il avisa ses yeux écarquillés et ses joues écarlates. Horatia passa à la hâte devant lui pour se rendre vers l'âtre dont elle retira la grille. Il se mordit l'intérieur de la lèvre pour se retenir de sourire. Elle aimait ce qu'elle voyait, il en était certain.

Un écho grave et colérique annonça la présence dans le conduit de la cheminée soit d'un fantôme, soit d'un chat.

— *Miaaaaou.*

— Manchon !

Horatia se mit à quatre pattes pour regarder à l'intérieur de la cheminée.

— Descends de là tout de suite !

Elle fourra les mains dans les confins couverts de suie du conduit.

L'arrière-train d'Horatia était offert à la vue de Lucien alors qu'elle essayait en vain d'amadouer le félin entêté. Le froid glacial qu'il ressentait toujours se dissipa sous la vague de chaleur qui s'abattit sur lui. Quelles sensations auraient ses hanches sous ses mains ? Comment son nom sonnerait-il si ses lèvres le gémissaient ? Lucien secoua la tête, essayant d'effacer ces images et − plus important encore − décourageant une réaction enthousiaste dans ses reins.

— Allons, laissez-moi voir si je peux le faire sortir.

Lucien s'agenouilla à côté d'elle. Ayant l'avantage de posséder des bras plus longs, il parvenait à atteindre la crevasse dans laquelle le félin rebelle s'était logé.

— Je le vois. La question est de savoir si je suis en mesure de l'atteindre. Vous devriez vous protéger les yeux, ma douce.

Ce mot tendre lui était venu machinalement. Il leva les bras, attrapa le chat par la peau du cou et le fit redescendre de force. Lucien toussa quand le mouvement délogea un nuage de suie qui s'abattit tout autour de lui et d'Horatia. Ils basculèrent tous les deux hors de l'âtre et s'écroulèrent sur le plancher.

Dans sa fuite, Manchon poussa un sifflement et se jeta sur Horatia. Il enfonça les griffes dans les bras de sa maîtresse avant de se propulser hors du parloir, laissant dans son sillage des empreintes de pas noires. La jeune femme éternua et essaya de se redresser. Lucien lui saisit les poignets, mais il vit qu'il avait du sang sur les mains. Les avant-bras d'Horatia avaient été griffés par l'échappée pas si tendre de Manchon.

Celle-ci, couverte de suie et serrant ses bras ensanglantés, avait l'air absolument misérable. Quelque chose se contracta dans la poitrine de Lucien. Elle était si courageuse ! Elle n'avait pas poussé le moindre cri de douleur. À sa place, il aurait braillé comme un ours blessé, mais pas elle, pas Horatia. Elle se mordit la lèvre inférieure, cligna des paupières pour en chasser les larmes, et il ressentit l'envie puissante de la prendre dans ses bras pour l'embrasser avec passion.

— Allons, allons nous en occuper.

Il passa un bras autour de ses épaules et la conduisit dans le couloir puis jusqu'à l'escalier qui menait à sa chambre. Il demanda à un valet d'apporter de l'eau chaude et des bandages, puis d'allumer un feu dans la chambre d'Horatia, en supposant que ce satané chat ne s'y soit pas d'abord réfugié.

Quelques instants plus tard, la gouvernante de Cédric, une femme d'âge mûr aux tempes grisonnantes, entra dans la pièce, chargée de l'eau et des bandages.

— Et voici...

Elle grimaça en avisant les blessures d'Horatia.

— Oh, ma pauvre petite !

— Merci, Mme Stanwick. Pourriez-vous nous apporter du thé chaud ? demanda Horatia.

Les lèvres de la gouvernante s'écartèrent de surprise.

— Je ne devrais pas vous laisser seule...

— Cela ne prendra qu'une minute. Laissez la porte ouverte si cela vous rassure.

Le ton de Lucien tenait plus de l'ordre que de la suggestion.

— Très bien, Milord, je serai vite de retour.

Mme Stanwick plaça les bandages et l'eau chaude sur la console et alla chercher du thé.

— Vous n'êtes pas forcé de rester. Je peux m'en occuper, dit Horatia.

— C'est ridicule ! Je me suis toujours occupé de vous quand vous étiez jeune, n'est-ce pas ?

Les mots étaient sortis avant qu'il ne puisse les retenir. L'air déconcerté d'Horatia, souligné par ses yeux ronds, la faisait paraître très jeune ! Elle ne ressemblait en rien à ses compagnes habituelles. Il les aimait délicates, mais plantureuses. Horatia affichait des courbes généreuses et un beau visage, mais il lui manquait cette expression de passion calculatrice que toutes ses conquêtes avaient possédée jusque-là.

Lucien la poussa pour la faire s'asseoir sur son lit alors qu'il retirait les serviettes en tissu des mains du valet. Ce dernier alluma le feu tandis que Lucien nettoyait ses mains couvertes de suie. Le feu qui gagnait en intensité crépita alors qu'il léchait les bûches. Il s'y réchauffa le dos, se sentant d'une humeur étrangement tendre.

La lèvre inférieure d'Horatia trembla une seconde avant qu'elle ouvre la bouche.

— Chut...

Il mouilla une serviette, ôta la suie des mains d'Horatia et essuya le sang séché. Après avoir appliqué un peu de baume sur ses coupures, il enroula les bandages bien serrés autour de ses bras. Puis il s'essuya le visage avec une serviette, imitant Horatia. Lucien remarqua qu'elle avait oublié quelques endroits.

— Quoi ? demanda-t-elle quand elle le surprit à la regarder.

— Ne bougez pas.

Il captura son menton et lui inclina la tête en arrière.

Elle écarta les genoux, l'autorisant à se rapprocher d'elle. Il frotta le rebord humide de sa serviette sur la pointe de son nez retroussé, résistant à l'envie soudaine de l'embrasser. Puis il essuya une tache de suie juste au-dessus de sa clavicule. Horatia donnait l'air de retenir son souffle.

Une fois qu'il eût terminé, il laissa tomber la serviette et posa les mains sur sa peau. Il traça les contours de sa lèvre inférieure avec la chair de son pouce droit, sentant sa rondeur. Les lèvres d'Horatia se refermèrent sur son pouce en un doux baiser. La caresse moite de sa langue le fit se contracter entièrement. Hypnotisé, il retira son pouce et se pencha en avant, unissant leurs lèvres.

Sa langue exploratrice la força à écarter les lèvres. Les mains de Lucien se refermèrent autour de ses hanches, la maintenant immobile alors qu'il se plaquait dans le berceau de son corps.

La barrière de leurs vêtements ne semblait pas avoir d'importance. Horatia émit un petit bruit de satisfaction alors que sa langue se déplaçait en accord avec celle de Lucien. Pendant un court instant, il parvint à oublier qu'elle était innocente et représentait tout ce qu'il ne pourrait jamais avoir. Elle n'était qu'une autre femme ravissante qu'il allait initier à un nouveau monde de sombres passions, et ses ronronnements gutturaux faillirent le faire basculer. Il fit descendre ses mains le long de ses cuisses, retroussant ses jupes et ses jupons, savourant la sensation de la peau satinée sous ses doigts.

Horatia haleta et se recula d'un geste saccadé. Leurs bouches se séparèrent avec un petit claquement.

La réalité s'abattit sur eux. Il tituba en arrière et essaya de rassembler ses esprits.

Horatia cligna des paupières, ses yeux bruns chauds et languissants. Quand il la vit pointer une langue rose pour s'humecter les lèvres, il eut envie de la reprendre dans ses bras.

Elle battit des cils.

— Je suis désolée... Vous m'avez simplement surprise.

— Non. C'est mieux ainsi. Nous ne pouvons pas... Cela ne s'est jamais produit. Vous m'entendez ?

— Mais...

Horatia se toucha les lèvres, ses yeux remontant machinalement vers le visage de Lucien, incapable de détourner le regard.

Il fallait qu'il mette de la distance entre eux, et pas seulement sur le plan physique.

— Écoutez-moi, Horatia. Je suis un vaurien au sang chaud. Je me laisse emporter. Vous n'auriez pas dû m'encourager.

Les prunelles de la jeune femme brûlèrent d'un feu à peine dissimulé.

— *Vous* encourager ? Je n'ai rien fait de tel.

— Vous vous êtes humecté les lèvres et m'avez lancé un regard de désir. Cela rend un homme incapable de vous résister. Il était évident que vous aviez envie d'un baiser, et je me suis senti obligé de vous satisfaire.

— Vous m'avez embrassée par *pitié* ?

Elle semblait déchirée entre la douleur et la colère.

Il hésita, mais se rattrapa en une seconde.

— Oui.

La voix d'Horatia trembla et ses yeux s'assombrirent de larmes.

— Je... Je vous en prie, partez.

— Volontiers.

Il quitta la pièce, claquant la porte derrière lui.

❦

CET HOMME NE PEUT-IL JAMAIS FERMER MA PORTE normalement ?

Enfonçant le visage dans ses oreillers, Horatia prit plusieurs inspirations profondes qui n'eurent aucun effet. Elle réprima l'envie de pleurer, mais les larmes n'en coururent pas moins sur ses joues. C'est alors que Manchon émergea de sous le lit, fit un bond et vint se lover contre son ventre en ronronnant.

Il y avait quelque chose de réconfortant dans l'amour inconditionnel de l'animal. Ce n'est qu'après avoir caressé la fourrure soyeuse du chat qu'elle finit par se calmer, mais il lui fallut encore un bon moment avant de pouvoir examiner le problème de manière rationnelle.

Au fil des ans, elle avait entendu les murmures des bonnes et des valets à propos du genre d'hommes qu'était Lucien. Et bien sûr, les avertissements de son frère résonnaient toujours à l'intérieur de sa tête. « *Ne faites jamais confiance aux hommes, Horatia. Si durant un bal, quelqu'un vous propose de vous montrer les jardins, partez et venez me trouver. Vous ne voulez pas finir avec quelqu'un comme Lucien. Ces hommes vous déroberont votre innocence, briseront votre cœur et réduiront à néant toute opportunité de faire un bon mariage. La rumeur va bon train et pour nous, rien ne compte plus que la réputation.*

Lucien ne voulait pas d'une femme innocente. Il voulait dans son lit une créature sauvage et dévoyée. Capturer son attention allait requérir quelque chose de radical. La journée lui avait donné la certitude qu'il ressentait pour elle une légère attirance. Si elle parvenait simplement à se rapprocher suffisamment de lui pour qu'il puisse l'exprimer... Mais c'était impossible ! La plupart du temps, il possédait suffisamment de jugeote pour rester à l'écart. Si seulement il existait un moyen de contraindre le marquis entêté à la voir comme une femme et pas seulement la sœur de son ami !

Les yeux d'Horatia se posèrent sur le tiroir ouvert de sa coiffeuse. Un masque vénitien argenté y reposait, vestige de la mascarade d'une saison précédente. Cela lui donna une idée. Elle devait devenir quelqu'un d'autre, le type de femme qu'il rechercherait.

Mais comment s'y prendre ? La chose devrait se produire loin du regard attentif de son frère. Quelque part de sombre, peut-être de nuit, pour qu'elle ait moins de chance d'être vue. Si elle parvenait à interagir avec Lucien dans un endroit où elle pourrait porter un masque, il ne la reconnaîtrait peut-être pas. Certes, quand elle parlerait, le risque qu'il la reconnaisse était élevé, mais si elle obtenait ce qu'elle désirait, ils ne se diraient pas grand-chose.

Elle avait seulement besoin de l'occasion de le convaincre qu'elle méritait son attention. Elle voulait être la séductrice qu'il éveillait en elle. Si elle lui prouvait qu'elle était passionnée, Lucien la demanderait peut-être en mariage.

Je suis si vaniteuse ! Cette pensée amère lui fit l'effet d'une claque violente. Lucien ne la demanderait jamais en mariage. Il se servirait d'elle puis passerait à autre chose. Cela dit, il avait été autrefois à deux doigts de se marier. Alors pourquoi pas une deuxième fois ? Et une petite voix dans sa tête lui chuchota qu'être dévastée par les mains de Lucien en vaudrait la peine. Même si elle passait le reste de sa vie en vieille célibataire esseulée, une nuit avec lui valait mieux que de connaître une existence entière auprès d'un homme pour lequel elle n'avait aucun sentiment.

Se forçant à se concentrer sur son idée, elle passa en revue les lieux de rencontre clandestins. Ce plan semblait tout droit sorti de l'esprit d'Audrey... Audrey ! C'était la solution. Dès le retour de sa sœur, Horatia la consulterait. Elle ne lui révèlerait pas ses intentions, mais elle pouvait solliciter ses conseils sur la manière de soudoyer un des valets de Lucien afin qu'il lui révèle les activités nocturnes du marquis et les endroits qu'il fréquentait.

Pour la première fois depuis plusieurs jours, Horatia sourit de bonheur.

CHAPITRE 5

Bouillonnant de rage et la mâchoire douloureusement crispée, Lucien entra dans son hôtel particulier de Half Moon Street. La journée avait été un désastre. Il s'était autorisé à perdre le contrôle, à trop se rapprocher d'elle... et il s'était délecté de chaque instant.

Si les yeux bruns expressifs d'Horatia ne l'avaient pas imploré de l'embrasser...

La porte des quartiers des serviteurs s'ouvrit pour laisser passer Félix, son valet, les bras chargés d'une pile de chemises blanches fraîchement repassées.

— Félix, je sors ce soir. Préparez mes affaires.

Le valet opina et se dirigea rapidement vers la chambre de Lucien. Les mains de ce dernier tressaillaient de l'envie de casser quelque chose. Il déboula dans le salon et attrapa la première chose qui lui tomba sous la main, un vase oriental coûteux. Il jeta le bras en arrière et...

— Lucien, tout va bien ?

Il vit que son frère Lawrence se tenait à quelques mètres derrière lui, dans l'encadrement de la porte. Hormis le fait qu'il avait cinq ans de moins, il lui ressemblait comme deux gouttes d'eau. Sa colère bouillonnant encore profondément à l'intérieur de lui comme un volcan endormi, Lucien braqua à présent le vase sur son importun de frère.

Lawrence fit un pas en arrière, levant les mains en signe de capitulation.

— Si vous le cassez, Mère sera vraiment contrariée. Elle a dépensé une fortune pour vous le ramener de Shanghai. À l'entendre, tel Hannibal, elle a loué une caravane entière d'éléphants sur une partie du trajet.

Avec une grimace hargneuse, Lucien reposa le vase sur la console en merisier et contempla son frère qui souriait d'un air suffisant.

— Je vous croyais en France.

Son frère haussa les épaules d'un geste indifférent.

— Je suis revenu avec Avery.

— Avez-vous trouvé un logement ?

— Pas encore.

— Alors vous devez rester ici, répondit Lucien.

Mais son cœur n'y était pas. Il n'était pas d'humeur à accueillir des invités, pas même sa propre famille. Était-ce si mal de vouloir un peu de paix et de calme, le temps de résoudre cet embrouillamini d'émotions qui le torturaient ?

Son frère se débarrassa d'une particule de poussière invisible sur la manche de son manteau.

— Je ne suis ici que pour quelques jours et je ne voudrais pas m'imposer, surtout puisque vous paraissez avoir des problèmes pressants de décoration d'intérieur.

Lawrence était bien connu pour son sarcasme. Quand ils étaient plus jeunes, Lucien avait eu des mots – et bien plus – avec lui à propos de ce genre de remarques.

— Ce n'est pas parce que nous ne sommes plus des enfants que je ne vais pas vous tirer les oreilles.

— Essayez toujours.

D'un geste bon enfant, Lucien envoya le poing vers son frère qui fit un pas dansant en arrière. Ils éclatèrent de rire et Lucien découvrit que sa colère s'évapora. Que Dieu bénisse Lawrence !

— Si vous ne souhaitez pas passer la nuit ici, qu'est-ce qui vous amène ? demanda Lucien. J'aurais cru que vous seriez passé voir Mère directement.

Il fut soudain frappé d'une pensée terrible.

— Elle n'est pas là, n'est-ce pas ?

Lucien s'attendait à moitié à ce que la formidable lady Rochester bondisse hors d'un placard. Sa mère s'était cachée à plus d'une occasion pour épier sa progéniture, révélant alors sa présence et terrifiant ses enfants. C'était la raison pour laquelle Linus, le plus jeune frère de Lucien, refusait de fermer les portes du placard de sa chambre à coucher.

Bien entendu, elle le faisait par amour. C'était même une plaisanterie au sein de la famille. Elle avait été tellement éprise de leur père qu'elle avait insisté pour donner à chacun de leurs enfants un nom commençant par L, comme « love ». Ils se nommaient donc Lucien, Lawrence, Linus et Lysandra. Avery avait été la seule exception à la lubie de leur mère. Tout le portrait de leur père, il portait le même nom que lui. Les autres Russell avaient hérité des traits de leur génitrice.

— Mère est dans le Kent, dit Lawrence. Elle nous a informés par lettre qu'elle voulait passer Noël à la maison. N'avez-vous rien reçu ?

Lawrence semblait vraiment surpris, puisque Lucien était le plus assidu de la fratrie en matière de correspondance.

— J'ai eu quelques soucis, ces derniers temps.

Un euphémisme considérable, s'il en était ! Son étude était jonchée de lettres encore non décachetées. La dernière missive de sa mère résidait sans nul doute au milieu du désordre de son bureau. Lucien se frotta la mâchoire avec le pouce et l'index.

— Mère s'attend-elle à ce que j'aille lui rendre visite ?

— Seigneur, non ! Elle ne serait pas contre, mais je pense qu'elle est ravie qu'on la laisse seule pour tourmenter Linus et Lysandra, ricana Lawrence. Ils se trouvent en ce moment tous les deux en sa compagnie. Que Dieu les protège !

— Et Cambridge ? Linus doit sûrement avoir fini à présent.

Un filin de culpabilité lui traversa la poitrine, s'enroulant autour de ses côtes. Avait-il été tellement consommé par ses propres soucis qu'il avait perdu le fil de la vie de ses frères et sœurs ?

Lawrence haussa à nouveau les épaules.

— Il y a peu, à vrai dire.

— Si vous repartez dans quelques jours, vous devez dîner avec moi ce soir.

Lucien n'avait plus envie de rester seul et il espérait que son frère accepte. Lawrence représenterait une distraction bienvenue et l'empêcherait de s'attarder sur des désirs sans issue.

Lawrence afficha un sourire chafouin.

— Pour tout vous dire, j'ai prévu de passer la soirée au Jardin de Minuit. Vous êtes le bienvenu. Vous manquez à Madame Chanson.

Le Jardin de Minuit était un club discret qui recelait des scandales cachés et des rendez-vous romantiques. Le secret le plus public de Londres ! Madame Chanson l'avait adapté aux besoins de chaque individu, homme ou femme, suffisamment riches pour payer l'adhésion. Elle faisait venir les plus belles dames, engageait seulement les hommes les plus beaux, et la décadence de l'environnement promettaient toutes sortes de plaisirs coupables. Elle avait également acquis la sympathie et le patronage de ceux qui étaient nécessaires pour garder les portes ouvertes.

Jusqu'à une époque récente, Lucien avait été un visiteur assidu. Mais depuis qu'il s'était retrouvé plongé dans la vie d'Horatia Sheridan, il n'y était plus retourné en quête de plaisirs. L'unique occasion s'était terminée par une déception mutuelle.

C'est peut-être ce dont j'ai besoin... Quelques galipettes pour effacer de mon esprit l'image d'Horatia. Lucien fit courir une paume sur sa mâchoire avant de hocher la tête.

— Je crois que je vais accepter. J'ai été trop mélancolique ces derniers temps et j'aurais besoin de me dérider.

Son frère éclata de rire.

— Vous et d'autres parties de votre personne, je suppose.

Lucien l'ignora.

— Pour quelle heure avez-vous réservé ?

— Vingt-et-une heures. Il vous faudra un masque. Ce mois-ci, Madame Chanson a le cœur à la mascarade et elle demande à tous ses visiteurs d'en porter. La rumeur dit qu'une délégation italienne est arrivée, et c'est par égard pour eux.

Lucien fronça les sourcils. Possédait-il encore un masque ? Sûrement ! Il avait assisté à bon nombre de mascarades à Vaux-hall pendant la saison et un certain nombre d'entre elles avaient requis des masques.

— Je ferais mieux d'aller en chercher un.

Il se dirigea vers les escaliers.

— Alors je vous retrouve au Jardin vers neuf heures, lui cria Lawrence.

— Félix ! appela Lucien.

Le valet passa la tête dans la chambre de son maître.

— Milord ?

— Changement de plans. Sortez mes plus belles culottes, des bottes et une chemise en soie. Le tout de couleur noire. Ai-je toujours un masque vénitien assorti ?

Félix haussa les sourcils.

— Vous habillez-vous pour une occasion particulière, Milord ? J'ai cru comprendre que les enlèvements ne comptaient pas parmi vos intérêts.

Les yeux du valet étaient froids, mais Lucien y décela une lueur d'amusement.

Lucien oubliait souvent que ce qui était considéré comme des secrets entre gentlemen était parfois de notoriété publique parmi le personnel. Il se référait sans doute à l'aventure de Miss Emily Parr quelques mois auparavant.

— Les enlèvements, lorsqu'ils sont effectués correctement, peuvent s'avérer tout à fait satisfaisants. Mais ne craignez rien, Félix. Ce soir, je vais au Jardin. Madame Chanson demande à tous les clients de porter un masque.

— Ah. Les Italiens doivent être de retour. Eh bien, vous avez de la chance, Milord. J'ai conservé un joli demi-masque que vous aviez porté l'année dernière. Il devrait être splendidement assorti à la tenue que vous avez sélectionnée pour ce soir.

Félix alla ouvrir une des commodes dont il parcourut le contenu avant de trouver ce qu'il cherchait. Il le posa sur une console et se glissa dans le vestiaire pour aller chercher les vêtements de soirée de Lucien.

Celui-ci quitta sa chambre pour se rendre à la petite salle de bain où il avait une baignoire. Il tira sur la cordelette de la cloche afin de signaler aux serviteurs du rez-de-chaussée qu'il souhaitait prendre un bain. Il mettrait un moment à couler, aussi demanda-t-il à un valet d'aller lui chercher quelques lettres non décachetées dans son étude.

Une fois la baignoire remplie, il se glissa profondément dans l'eau chaude et laissa la tension se relâcher. Se retrouver en présence d'Horatia le mettait toujours dans tous ses états. Il s'éclaboussa le visage et se frotta la peau, essayant d'en retirer le souvenir du corps de la jeune femme contre le sien. De la suie s'accrochait toujours à ses cheveux et il la récura soigneusement, ne voulant rien laisser qui pourrait lui rappeler à quel point il était passé près de perdre la raison.

Plus il passait de temps avec elle, plus il courait le risque de céder à des désirs charnels qui trahiraient ses principes, détruiraient la réputation d'Horatia et provoqueraient la colère de son frère. Pourtant, la perspective de lui enseigner comment accéder à ses passions était trop tentante. C'est là que reposait toute son excitation.

Contrairement aux autres hommes, il ne passait pas ses journées à énumérer ses conquêtes, mais il était plutôt fier d'aider les femmes à conquérir leur âme et leur corps en acceptant leurs besoins et en apprenant à s'épanouir au lit. La passion était une chose faite pour être partagée entre un homme et une femme, et il n'avait jamais aimé l'idée qu'une femme puisse simplement rester allongée sous lui comme un poids mort. Le sexe était une exploration mutuelle, un don partagé, pas quelque chose de volé ou de dérobé par l'autre. Ainsi, même s'il ne se débarrassait jamais de sa réputation de vaurien, du côté de ses femmes, c'était un tout autre son de cloche. Pour elles, il était un libérateur, même si leur relation avait été brève.

Après son bain, Félix l'aida à s'habiller, puis Lucien y alla. Un valet lui héla une calèche de location, de sorte qu'on ne le reconnaisse pas en arrivant. Le Jardin n'était pas un endroit où les armoiries du marquis de Rochester auraient dû être vues. Lucien garda son masque, s'assurant que le ruban soit bien noué quand son fiacre s'arrêta devant l'hôtel particulier en stuc qui renfermait le Jardin de Minuit.

Un valet se précipita à sa rencontre et inclina la tête d'un geste respectueux.

— Milord.

Le valet ne connaissait pas sa véritable identité, mais dans le Jardin, on donnait du lord ou du lady à tous les visiteurs. À défaut d'autre chose, c'était bon pour les affaires.

— Madame est-elle là ? demanda Lucien au valet en le suivant jusqu'en haut des marches.

Le jeune homme acquiesça et lui ouvrit la porte.

De jour comme de nuit, le Jardin de Minuit était toujours plongé dans la pénombre, évoquant l'ambiance d'un rendez-vous de minuit. Des appliques dorées ornaient le vestibule et les couloirs qui menaient à différentes chambres. Il y en avait au moins vingt, réparties sur trois étages. Les murs affichaient un coloris bordeaux profond orné de finitions dorées et le mobilier était richement brocardé. Tout avait été sélectionné pour offrir décadence et sensualité aux clients qui payaient pour venir satisfaire leurs désirs.

Pendant de nombreuses années, Lucien avait hanté ces pièces à la recherche de compagnes qui ne le craindraient pas, ni lui ni ses désirs, et auraient l'assurance qu'il saurait maîtriser les plaisirs de leur corps. Il avait espéré trouver un jour quelqu'un en qui il aurait pu avoir confiance en retour, mais ce n'était pas encore arrivé. Depuis l'enlèvement d'Émily Parr, il avait rechigné à reprendre ses vieilles habitudes. Il voulait créer un lien entre lui-même et sa compagne de lit. Les unions brèves et sauvages, ou bien le plaisir lent de séduire une femme pour qu'elle accepte d'être attachée n'étaient pas la même chose que de savourer une femme pour laquelle il avait vraiment des sentiments. Cependant, après ses confrontations frustrantes avec Horatia, il avait terriblement envie de se soulager.

Madame Chanson, une femme plantureuse qui frôlait la cinquantaine, émergea d'une pièce voisine en compagnie d'une femme que Lucien reconnut : Évangeline Mirabeau, ancienne maîtresse du duc d'Essex. Elle le regarda fixement et il comprit qu'elle le reconnaissait aussi. Elle le salua froidement du menton. Après son aide indirecte contre une menace qui avait pesé sur Godric quelques mois auparavant, il ressentait une appréciation nouvelle – quoique limitée – pour la Française.

— Milord, vous êtes de retour ! J'avais craint que vous ne veniez plus puisque Madame Société vous a peint comme épris et prêt à laisser vos anciennes pratiques derrière vous. Je suis ravie de vous voir revenir.

Elle avait une voix basse et capiteuse, avec une note de sensualité qui lui rappelait les nuits qu'il avait passées ici. Ses cheveux blonds et ses yeux gris, qui semblaient toujours à moitié fermés, lui donnaient l'air de s'être réveillée après une nuit d'ébats diaboliques.

— Madame Chanson, quel plaisir de vous revoir ! Ne croyez pas tout ce que vous lisez. Madame Société se trompe bien souvent.

Il lui sourit et elle lui adressa un clin d'œil. Elle n'avait eu aucun mal à le reconnaître même masqué. Sa taille et la couleur particulière de ses cheveux le trahissaient instantanément auprès de ceux qui le connaissaient.

—Je vous en veux, Milord.

Elle le taquina avec une affection née d'années d'amitié.

— Je n'apprécie pas que vous soyez resté absent aussi longtemps.

— Vous pourrez me punir plus tard, répliqua-t-il en lui adressant son sourire le plus canaille, celui capable de faire rougir même cette tenancière expérimentée.

— Je le ferai peut-être, répondit-elle.

Madame Chanson ne couchait jamais avec ses clients, mais elle faisait une exception pour Lucien. En plus d'une occasion, elle l'avait pratiquement supplié, et il avait été ravi de lui céder.

Il ne cesserait jamais d'être une canaille.

— J'ai entendu dire que mon frère avait réservé une chambre pour ce soir ?

— Effectivement. Puis-je vous escorter jusqu'à sa chambre ?

— Oui, merci.

Lucien la suivit dans le couloir vers l'une des plus belles chambres, celle qui avait une terrasse à portes-fenêtres qui donnait sur les jardins en contrebas. Lawrence avait certainement déboursé une somme généreuse pour ce privilège. Madame Chanson toqua légèrement à la porte.

Quand la voix étouffée de Lawrence lui dit d'entrer, elle l'ouvrit. Ce dernier était assis sur une causeuse, occupé à faire becqueter des raisins à une jeune femme à la poitrine généreuse. Tous les deux portaient des masques.

— Grand frère, dit Lawrence.

— Petit frère, répondit Lucien d'un ton amusé.

La jeune femme se redressa dans les bras de Lawrence.

— Milord, le salua-t-elle avec un sourire malicieux.

Lawrence ricana.

— N'hésitez pas à nous rejoindre.

Avec un sourire, il empoigna le sein droit de la femme qui poussa un petit cri faussement choqué.

— Il y a largement assez de raisin.

Lucien se tourna vers Madame Chanson.

— Avez-vous quelqu'un de nouveau qui pourrait m'intéresser ?

Elle hésita un instant.

— Absolument... Une jeune femme s'est présentée il n'y a pas une demi-heure. Une dame de qualité, dirais-je. Je lui ai offert les services de mes meilleurs hommes, mais elle a souhaité que je lui organise un rendez-vous avec un homme d'un statut social égal. Je lui ai dit que plusieurs gentlemen fréquentaient la maison et que si je parvenais à organiser la chose, elle pourrait passer la nuit avec l'un d'eux. Sans mentionner de noms, je lui ai fait comprendre que vous arriveriez bientôt. Elle a semblé très intéressée quand je lui ai peint votre portrait. Je sais que je n'aurais pas dû m'avancer et lui offrir votre compagnie, Milord...

Intrigant... Que les femmes mariées cherchent leur plaisir ailleurs quand leur lit conjugal devenait froid n'était pas inhabituel. Mais ce soir, il n'avait pas envie d'une femme blasée. Cela dit, une jeune femme de qualité... et en plus, pas encore aguerrie à l'atmosphère du Jardin. Cela l'intéressait, bien sûr.

— Une innocente ?

Madame Chanson hocha la tête.

— Je le crois, oui. Elle le dissimule bien, mais je vois l'innocence dans ses yeux. Je sais que ces femmes ne sont habituellement pas à votre goût...

Normalement, la tenancière aurait eu raison. Les femmes innocentes ne l'avaient jamais vraiment attiré, et l'on courait toujours le risque qu'elles se fassent des idées après leur première fois. Néanmoins, les masques signifiaient que cette femme savait ce qu'elle cherchait, et cela le rassura. Il voulait quelqu'un de doux et de gentil, quelqu'un qui lui évoquait celle qui lui était refusée. Il pourrait fermer les yeux et se représenter Horatia, sentir son corps sous le sien...

— Je me sens aventureux, Madame. Envoyez-la-moi, je vous en prie. Ne lui dites pas mon nom.

— Bien entendu. Madame Chanson s'inclina et sortit par la porte dans un froufrou de soie pourpre.

Lawrence recommença à faire becqueter des raisins à sa compagne. Lucien ôta sa redingote et son gilet, les jetant sur la chaise la plus proche avant de prendre la carafe de brandy posée sur une console. Cela ne le gênait pas de se retrouver dans la même pièce avec son frère cadet pendant qu'il séduisait sa conquête actuelle. Lucien était même ouvert au partage, mais ce soir-là, il avait besoin d'un verre et de sa propre femme. Il n'y avait rien de plus relaxant que d'avoir une femme à tenir et à embrasser alors que ses frustrations avaient été intolérables. Contrairement à d'autres, Lucien ne passait pas sa colère avec la boxe ou la boisson. Il préférait une belle femme et un lit robuste. Il se disait souvent que le monde serait meilleur si plus d'hommes prenaient ce pli.

On toqua à la porte.

— Entrez.

Quand elle s'ouvrit, Lucien faillit laisser tomber son brandy. La jeune femme qui se tenait dans l'encadrement portait un masque argenté, mais il la reconnut malgré la distance.

Horatia.

Il avait passé trop de nuits à s'imaginer la séduisant pour oublier même un centimètre de sa silhouette. Il était soulagé que son masque dissimule son identité.

Que diable cette bécasse faisait-elle ici ? L'endroit était empli de loups prêts à se jeter sur elle, comme il avait d'ailleurs envie de le faire...

Il se remémora les paroles de Madame Chanson. La jeune femme s'était montrée intéressée par lui dès qu'on le lui avait décrit. Était-elle venue à la recherche d'un homme qui lui ressemblait afin de satisfaire ses propres désirs frustrés ? Ou avait-elle été encore plus rusée et découvert qu'il devait venir ici ce soir ? Lucien se prit à sourire. Quelles que soient ses raisons, il allait lui faire connaître l'étendue de son imprudence. Il lui ferait regretter sa décision et il s'amuserait de l'embarrasser dans le processus.

Sa robe de soirée en soie blanche chatoyante était surmontée d'un filetage argenté. Affichant un décolleté arrondi audacieux, le corsage était réalisé en soie georgette diaphane qui était froncée et plissée. La robe avait des manches courtes du même tissu, qui paraissait augmenter l'effet de son décolleté. La jupe, en soie de la même couleur, débutait juste sous ses seins. Bien que légèrement froncée, elle collait à sa silhouette lorsqu'elle se déplaçait. En bref, elle était magnifique et son corps réagit en conséquence. Elle se tourna quand la porte se referma derrière elle, surprise, dévoilant le dos plongeant de sa robe.

— Entrez, je vous en prie, ronronna-t-il en s'approchant d'elle et en lui prenant le bras.

Elle leva les yeux vers lui et il décela une étincelle de reconnaissance dans ses yeux bruns dissimulés par son masque argenté. Elle savait que c'était lui. Lucien jeta un œil à son frère qui était bien trop occupé par sa propre compagne pour reconnaître la proie de Lucien.

— Je crois qu'on m'a peut-être dirigée vers la mauvaise chambre, dit-elle en respirant violemment tout en tentant de se libérer de son emprise.

Lucien la plaqua contre la longueur de son corps.

— Absolument pas, ma petite colombe. Allons, venez vous asseoir avec moi.

Lucien l'installa sur ses genoux sur le fauteuil le plus proche. Elle manqua pousser un cri de terreur.

Cela va être vraiment amusant. Il la plaqua contre son corps, lui faisant ressentir toute la longueur de son être collé à elle. Elle restait rigide dans ses bras, mais il se chargerait vite de la détendre.

— Vous avez peur ? lui demanda-t-il dans un chuchotement bas destiné à elle seule.

À sa surprise, elle lui répondit d'un petit hochement de tête.

— Un peu.

Il ne put contenir un sourire.

— Parfois, avoir un peu peur avec une personne en qui l'on a confiance peut être une bonne chose.

Avant qu'elle ne puisse protester, il lui fit lever le menton avec un doigt, exposant son cou. Elle déglutit fort et il put voir son pouls battre dans sa gorge quand il baissa la tête et couvrit son cou de longs baisers délicats.

⁂

Horatia pouvait à peine respirer, encore moins penser. C'était sans aucun doute parce que son plan avait tout à la fois fonctionné et complètement échoué. Une heure plus tôt, elle avait localisé le mystérieux Jardin de Minuit. Elle avait déboursé une somme rondelette pour soudoyer un des valets de Lucien afin qu'il lui dise où était le Jardin et confirme que son maître s'y trouverait ce soir-là. Elle était arrivée par fiacre de location et avait payé Madame Chanson pour s'assurer d'être la dame choisie pour Lucien pour la soirée. Elle avait dû expliquer à Madame Chanson que son seul désir était de passer la soirée avec le marquis. La propriétaire du Jardin de Minuit lui avait adressé un regard entendu et lui avait assuré qu'elle passerait la nuit avec Lucien et personne d'autre. Horatia était quelque peu rassurée.

Elle avait eu le bon sens de ne pas révéler son identité à la tenancière, mais elle n'avait pas songé à ce qui se passerait par la suite. Étant dénuée d'expérience, Horatia n'avait pas vraiment été préparée à la séduction incroyablement rapide de Lucien. Elle se retrouvait sur ses genoux, à quelques mètres seulement de son frère Lawrence – qu'elle reconnut aisément malgré son masque –, alors qu'il prenait du bon temps avec une autre femme.

— Pourquoi êtes-vous si tendue, ma colombe ?

Les grandes mains de Lucien lui massèrent les épaules, une onde de plaisir émanant de la force de ses doigts qui pressaient contre ses muscles contractés. Horatia ressentit la tentation puissante de se détendre sous ses caresses, de fondre contre lui. Il aurait été tellement facile de se rendre. C'était ce qu'elle voulait, après tout.

— Lui faites-vous peur, Lucien ? Le taquina Lawrence entre deux bouchées de raisin.

— Peut-être.

Lucien prit le menton d'Horatia dans sa paume, la forçant à le regarder dans les yeux.

— Vous avez toujours peur ?

Malgré la gravité de sa question, les coins de sa bouche relevés révélaient à Horatia qu'il contenait à peine son hilarité.

— Je ne suis pas habitué à avoir un public, Milord, parvint-elle à dire en jetant un regard nerveux en direction de Lawrence.

Une rougeur traîtresse lui monta au visage, que le masque ne parvint à dissimuler qu'à moitié.

Lawrence redressa légèrement l'échine avant de se pencher dans leur direction.

— Dites-moi, mon frère, comment parvenez-vous toujours à coucher avec les femmes les plus naïvement charmantes ? Elle rougit comme une jeune mariée !

Il perdit tout intérêt pour sa propre compagne et la repoussa quand elle se pencha vers lui d'un geste possessif.

Les doigts de Lucien glissèrent le long du dos d'Horatia et s'enfoncèrent dans ses hanches, la tenant immobile sur ses genoux tandis qu'il l'étudiait.

— Préféreriez-vous mon frère à moi ? Je pense qu'il vous prendrait si vous me trouvez trop effrayant.

La voix de Lucien évoquait le chocolat fondu... et était un péché aussi savoureux. Horatia regarda successivement les deux hommes, tellement similaires avec leurs vêtements noirs, leurs masques et leurs cheveux roux foncé.

— Je vous préférerais vous et vous seul, Milord, dit Horatia.

Elle décela une lueur de triomphe dans ses yeux et aurait voulu le gifler pour sa présomption.

Lucien referma une main ferme sur sa nuque et la fit s'avancer pour rencontrer ses lèvres. Il la récompensa d'une pénétration profonde de sa langue, jouant avec la sienne sur un rythme sensuel et suggestif qui la fit haleter quand il déplaça ses lèvres vers son cou, descendant vers sa clavicule.

— Avez-vous une autre chambre, mon frère ? Ou bien dois-je vous convaincre de faire un tour dans les jardins avec votre compagne ?

Lucien ne paraissait pas avoir le moindre scrupule à chasser son cadet.

Lawrence inclina la tête vers la droite en direction d'une porte dorée.

— Il y a une chambre à coucher par là.

Sans regarder son frère, Lucien continua d'explorer les indentations du cou et de la clavicule d'Horatia avec ses lèvres et sa langue.

— Alors, prenez votre femme et allez-y.

Avec un soupir, Lawrence se redressa et entraîna sa compagne à sa suite.

— Laissez le raisin, ajouta Lucien quand il vit Lawrence tendre la main vers l'assiette, poussant ce dernier à lui rappeler en bougonnant que c'était lui qui avait payé la chambre.

Horatia s'agita nerveusement quand il revint la torturer avec sa bouche. Elle posa les mains sur ses larges épaules tout en regardant Lawrence et sa compagne quitter la pièce et refermer la porte derrière eux.

— Bon, et si nous nous mettions à l'aise ?

Lucien la fit glisser de ses genoux, la laissant sur son fauteuil alors qu'il se dressait devant elle, les jambes écartées pendant qu'il retirait sa chemise et la jetait de côté. Quand il posa les mains sur les attaches de ses culottes, le cœur d'Horatia fit un bond dans sa gorge. Il sourit et lui prit le menton, lui inclinant la tête en arrière pour qu'elle lève à nouveau les yeux vers lui.

— Revoici cette charmante rougeur. Je trouve cela charmant, mais je me demande... Rougissez-vous de pudeur ou bien par innocence ? Vous ne connaissez certainement ni l'une, ni l'autre, dans votre profession ?

Comment *osait*-il ? Lucien savait bien que son histoire était qu'elle avait demandé quelqu'un d'un statut social égal et voilà qu'il l'accusait de... Horatia se redressa d'un bond, se rapprochant malheureusement plus de lui qu'il était sage. Toute réponse qu'elle aurait pu lui fournir fut neutralisée par la bouche de Lucien. Il lui saisit les poignets et les tordit derrière son corps pour les maintenir captifs contre le creux de ses reins. Il libéra une main pour lisser le filetage argenté de sa robe au-dessus de la courbe de ses fesses avant de l'attirer brusquement contre lui.

— Vous sentez comme je vous désire ? murmura-t-il contre elle.

Une meilleure question, décida Horatia, aurait été de savoir comment elle aurait pu ne *pas* le sentir. Le renflement du sexe de Lucien contre son bassin provoqua chez Horatia une pulsation aiguë entre ses jambes. Lucien la libéra et se déplaça vers la causeuse que venait de libérer son frère. Il souleva l'assiette de raisins et s'assit.

— Venez me rejoindre, dit-il en tapotant l'espace inoccupé à côté de lui.

— Mais..., commença-t-elle.

Plus les minutes s'écoulaient, plus elle regrettait son plan déluré. Il existait sûrement une façon plus rationnelle de le contraindre à l'apprécier. Quoique, peut-être pas...

— Maintenant.

Son ordre n'était pas cinglant, mais il promettait de la punir si elle refusait.

Elle alla prendre rapidement possession de la causeuse, lissant sa robe avec des mains agitées. Le corsage de la robe s'accrochait à ses seins, entravant davantage sa respiration. Elle l'avait fait confectionner plusieurs années en arrière, avant que ses courbes ne se développent. C'était la seule robe que Lucien ne l'avait jamais vue porter. Horatia n'avait jamais été aussi consciente de son corps qu'elle l'était en ce moment. Le corsage serrait ses seins, ses mamelons frottaient contre le tissu et l'espace entre ses cuisses était humide et plein de picotements. La distance évidente entre eux parut contrarier Lucien.

— Plus près, grogna-t-il.

Elle s'approcha d'un pas traînant.

Il ne sembla toutefois pas satisfait avant qu'elle soit assez proche pour que sa propre hanche droite presse fermement contre la hanche gauche d'Horatia. Il lui entoura la taille d'un bras, la rapprochant brusquement avant de la lâcher. La chaleur de sa peau nue était incroyablement délicieuse contre la fine soie de sa robe. Les muscles de sa poitrine nue étaient bosselés et angulaires, sculptés et beaux, comme des câbles d'acier reliés par une fine couche de peau.

— Vous aimez ce que vous voyez ? La taquina Lucien.

Horatia ne savait pas s'il était sûr de lui répondre. Elle dévora son corps du regard, s'imaginant ce que ce serait de se retrouver à nouveau dans ses bras. Elle s'humecta les lèvres, remarquant ses yeux braqués sur sa langue. Il prit un raisin sur l'assiette et se le fourra dans la bouche avant de lui tendre un autre grain. Elle cligna simplement des paupières, décontenancée par l'intimité de se faire nourrir par lui.

— Ouvrez bien en grand pour moi, l'encouragea-t-il.

Sa voix lui brûla le ventre. Elle évoquait autre chose que d'offrir sa bouche pour manger du raisin.

Il ne savait pas qui elle était et il la séduisait comme une femme normale, pas comme quelqu'un qu'il évitait. Elle était à deux doigts de risquer sa vertu ne serait-ce que pour laisser Lucien la rendre folle de passion. Aussi inconsidérés que soient ses actes, le désir qu'elle ressentait pour lui était bien plus fort.

Elle lui ôta le grain de raisin des doigts avec ses lèvres, la saveur sucrée lui tirant un gémissement. Mais elle eut à peine le temps d'avaler avant que Lucien ne se penche en avant et capture sa bouche. Le baiser commença sur une note douce, lente et taquine, puis le goût sucré monta directement à la tête d'Horatia. Un petit bruit de plaisir lui échappa.

L'assiette de raisins se renversa au sol. Lucien lui saisit les hanches et la tira vers le bas pour l'allonger sous lui sur le canapé. D'une main experte, il retroussa ses jupes et lui écarta les genoux afin de pouvoir se glisser dans le berceau accueillant de ses cuisses. Une de ses paumes caressait l'extérieur de sa cuisse, jouant avec les rubans de son bas. Il approfondit le baiser, couvrant son corps du sien et frottant les hanches contre les siennes d'un rythme lent. Sa langue ne rencontra aucune résistance quand il la glissa entre les lèvres d'Horatia. Il avait le goût d'un verre de sherry enivrant quand on avait le ventre vide. Mais le canapé était beaucoup trop étroit pour faire ce dont leurs corps qui fusionnaient avaient besoin.

Horatia rit quand Lucien, tentant de mieux se positionner, faillit dégringoler. Il sourit et se pressa fermement contre elle, essayant une fois de plus d'affirmer sa domination. Cette fois-ci, un de ses genoux glissa, l'envoyant bouler à terre.

— Tonnerre ! C'est un lit qu'il nous faut, gronda-t-il.

Il s'arracha à elle puis la remit brusquement sur pieds. Dès qu'elle fut libérée du poids de son corps, elle reprit légèrement ses esprits et se débattit contre l'emprise dominatrice qu'il maintenait sur sa personne.

— Ne vous envolez pas encore, ma petite colombe, ronronna-t-il comme un chat qui attirerait un moineau près du sol. Je ne vous ai pas encore suffisamment goûtée.

Horatia trébucha en arrière, mais fut sauvée par la prise ferme sur son poignet alors qu'il l'entraînait vers le lit tout près de là.

— Allongez-vous, dit-il en tendant l'index.

Horatia regimba, ses pieds s'emmêlant quand elle tenta de reculer.

— Quoi ?

Pour toute réponse, Lucien la saisit et l'y allongea lui-même. Elle était encore en train de se remettre du choc de s'être fait jeter sur le lit quand il tira de sa poche plusieurs longues bandes de soie rouge. Il lui saisit la main droite et la noua rapidement à la colonne du lit. Horatia tenta de se libérer, mais c'était peine perdue. Lucien amena son autre poignet vers la colonne opposée et l'y attacha aussi.

Horatia avait suffisamment de mou dans ses liens pour s'éloigner du lit de quelques centimètres seulement. La panique s'empara d'elle et elle se mit à hyperventiler. Que prévoyait-il de faire ? Devait-elle lui révéler qui elle était ? S'il l'avait su, elle était certaine qu'il s'arrêterait, mais elle serait alors en sécurité. Sans amour, mais en sécurité. Elle se dit qu'il lisait dans ses pensées quand il posa la paume sur sa joue et tourna le visage vers lui.

— Vous me faites confiance ?

Ses yeux étaient ténébreux et sa voix rocailleuse, mais elle se sentait envoûtée.

— J'ai besoin de votre confiance absolue. Je ne vous apporterai que du plaisir, pas de la douleur.

Son visage exprimait la passion, mais en dessous, il n'y avait qu'un besoin désespéré qu'elle lui fasse confiance. Et elle le faisait.

Pourtant, la respiration rapide d'Horatia ne s'apaisait pas. Elle lutta pour rester concentrée sur son visage et non le fait d'être attachée à un lit. Elle ne s'était encore jamais sentie aussi impuissante, aussi exposée. C'était un risque extraordinaire de lui faire confiance dans une telle situation.

— Si je vous fais confiance, allez-vous prendre soin de moi ? Je n'ai jamais...

Elle fut incapable de terminer sa phrase.

Derrière le masque de Lucien, la compréhension adoucit l'intensité de son regard.

— Je vous promets de prendre soin de vous. Si quelque chose vous fait mal, dites-le-moi immédiatement. Vous comprenez ?

— Oui, Milord.

À quel point elle aspirait désespérément à souffler son nom ! Elle ne pouvait toutefois pas se révéler et gâcher la magie de cette soirée.

— Cette nuit, quand nous aurons terminé, vous aurez compris les voies de la passion, lui assura Lucien avant de s'avancer pour la déshabiller.

CHAPITRE 6

Lucien commença par lui ôter ses chaussons argentés avant de les poser à terre. Ses paumes glissèrent le long de ses mollets puis de ses cuisses afin de détacher ses bas et décrocher ses jarretières. Il n'eut aucun mal à lui retirer ses bas et embrassa la peau sensible derrière ses chevilles. Laissant ses mains explorer son corps, il pouvait sentir tous les tremblements, tous les frissons de sa partenaire.

Il se força à se concentrer uniquement sur Horatia et non sur sa propre excitation. Le plaisir de la jeune femme devait passer avant le sien, car il ne pourrait pas la posséder complètement. Il l'amènerait jusqu'à ses limites, mais il ne déroberait pas son innocence... en tout cas pas de la façon qui comptait pour les dots et les mariages.

S'agenouillant entre ses jambes écartées, il l'encouragea à replier les genoux et à s'offrir davantage. Il avait besoin de la savoir grande ouverte sous sa langue. Glissant lentement les mains sous sa robe jusqu'à ses hanches, il observa ses dessous. D'ordinaire, les femmes du Jardin négligeaient d'en enfiler, mais Horatia avait assez de jupons pour décorer les remparts d'un château.

— Vous n'êtes pas un peu trop habillée pour l'occasion ?

— Je porte ce qui est conseillé à une lady comme il faut, rougit-elle.

— Une lady comme il faut ? Je n'ai aucun intérêt pour ce genre de personnes. Pas ce soir, ma chère. Ces jupons doivent disparaître.

Il se glissa hors du lit et alla récupérer le petit canif posé sur la causeuse avant de revenir vers elle. Elle écarquilla les yeux et sa poitrine fut secouée de respirations effrayées. Elle fixait la lame.

— Vous allez..., commença-t-elle.

— Je ne vais pas vous faire de mal. Je ne souhaite pas vous ôter votre robe, alors je vais trancher vos jupons.

Il passa une main le long de sa taille. Avec une précision rapide, il trancha ses jupons en deux jusqu'à ce qu'ils retombent de part et d'autre de son corps, mais il ne les retira pas. Il enfonça ses mains dans le tissu et le déchira encore un peu plus. Enfin, elle se retrouva exposée à son regard, nue, sa robe retroussée autour de ses hanches comme un halo scintillant.

Lucien posa les mains sur ses genoux relevés, observant son sexe. Elle était humide, tumescente et parfaite. Il aimait regarder le corps des femmes, mais cela ne lui avait encore jamais provoqué cet étrange sentiment d'euphorie. Savoir qu'elle le désirait de la sorte lui donnait un coup au cœur. Ce serait peut-être la seule fois où il pourrait être avec elle, et il allait savourer chaque moment de plaisir qu'il avait l'intention de lui donner, quelle que soit la souffrance qu'il ressentirait après coup.

Il amorça une longue série de baisers le long de l'intérieur de sa cuisse gauche, et les seins d'Horatia pointèrent brusquement contre son corsage. Il faillit sourire, appréciant la secousse de panique qu'il venait de provoquer. Elle savait qu'il ne lui ferait aucun mal, mais s'imaginer ce qu'il allait faire l'excitait et la rendait nerveuse. C'était là tout le plaisir d'être attachée. Il était libre de lui faire connaître des choses merveilleuses et il faudrait qu'elle l'accepte sans rien précipiter ou exiger, simplement en acceptant les choses telles qu'elles venaient. Cela dit, des suppliques étaient toujours les bienvenues.

— Que faites-vous ?

Le tremblement dans la voix d'Horatia atténuait la bravade de sa question.

— Allons, vous me surprenez ! Personne ne vous a jamais goûtée ?

Il connaissait parfaitement la réponse, mais il aimait feindre l'ignorance.

— Goûtée ?

Elle tressauta sous son emprise, essayant de déloger ses mains qui la maintenaient ouverte sous lui.

Pour toute réponse, il fit courir sa langue contre la peau sensible à quelques centimètres seulement de son intimité. Elle trembla et essaya à nouveau de le repousser, mais il la bloquait, les épaules calées entre ses genoux.

— Mais vous ne pouvez pas !

Lui écartant la vulve à deux mains, il lui donna un premier coup de langue délicat. Un cri choqué étranglé s'échappa d'Horatia et elle bascula la tête en arrière, refermant les poings sur les draps aux coins du lit. Cette fois, Lucien fit tournoyer sa langue, énivré par sa saveur. Sensuel, le gémissement d'encouragement de la jeune femme ne fit qu'intensifier la douleur dans ses reins.

— Encore ? demanda-t-il, son souffle chaud venant taquiner l'intérieur de sa cuisse.

— Oui.

Cette réponse hésitante était mâtinée d'un besoin que ni l'un ni l'autre n'aurait pu nier.

Il baissa à nouveau la tête, déterminé cette fois à ne pas s'arrêter pour quelque raison que ce soit. Il commença à la lécher, caressant de la langue ses points sensibles, suçant la petite boule de nerfs turgescente jusqu'à ce qu'Horatia se contorsionne désespérément sous lui.

— Je... Je ne me sens pas bien, dit-elle.

Surpris, Lucien s'arrêta et la regarda. Haletante, elle avait les yeux fermés et les paillettes argentées de son masque brillaient comme une nuée d'étoiles en travers de son nez et de ses joues.

Le portrait même d'une femme défaite et au bord de l'extase. Il n'avait jamais rien vu de plus beau.

— Je vous ai fait mal ? demanda-t-il, inquiet.

— J'ai le ventre... noué. Comme si mon cœur y battait là et non dans ma poitrine, confessa-t-elle.

Elle était si innocente qu'elle ne reconnaissait même pas l'excitation qu'elle ressentait.

— Ce n'est pas un malaise, ma chère, mais le désir. Cela ne vous rendra pas malade. Soyez courageuse et je vous montrerai à quel point cela peut être merveilleux.

Lucien sentit les muscles d'Horatia se tendre sous ses mains. Il devrait la pousser à se détendre. Remontant le long de son corps, il fixa ses hanches dans le berceau de ses jambes et déposa une pluie de baisers depuis la courbe de ses seins jusqu'à sa bouche. Après un baiser profond et passionné, elle fondit à nouveau et se refit langoureuse entre ses bras.

— Voilà. Vous vous sentez mieux ? souffla-t-il à son oreille avant de la lécher et de lui mordiller délicatement le lobe.

— Oui, avoua-t-elle en haussant les hanches vers les siennes.

— C'est bien.

Lucien enfonça profondément un doigt dans son intimité, la sentant à nouveau se contracter.

— Détendez-vous.

Il s'efforça de la distraire par la danse de sa langue à l'intérieur de sa bouche et amorça un rythme tendre avec son doigt. Elle l'adopta à la perfection. La langue d'Horatia se fit plus exigeante et il sourit contre ses lèvres tout en enfonçant un deuxième doigt dans l'étroitesse de son intimité. Elle réagit en inclinant les hanches et en arquant le dos, se pressant davantage contre lui. Lucien accéléra le rythme, se délectant d'entendre la respiration d'Horatia s'accélérer alors qu'elle entamait cette délicieuse montée vers le summum.

※

Cette sensation puissante et aiguë dans la matrice d'Horatia gagna à nouveau en intensité. Elle était en train de mourir, son corps brûlait, explosait, se préparait à un moment terrifiant. Elle grimpait plus haut, presque à bout de souffle, le cœur battant, la vision trouble. Elle avait oublié qui elle était, où elle se trouvait. Seul l'ancrait ce diable aux cheveux roux au-dessus d'elle, cet ange déchu au masque noir qui l'avait séduite afin qu'elle commette un péché délicieux.

— Si proche ! Je vous sens vous contracter autour de moi à l'intérieur de vous.

Puis il mordit la peau entre son épaule et son cou. Plongeant en elle, ses doigts se firent plus rapides, plus insistants, adoptant un rythme impitoyable. Horatia n'y tint plus. Les derniers vestiges de son contrôle lui échappèrent et elle poussa un cri quand elle se sentit basculer du haut d'une falaise, flottant dans le vide comme si elle ne pesait plus rien. Un frisson à l'état pur ! Pourquoi ne pouvait-elle pas agripper Lucien et se raccrocher à lui, tentant de se sauver en ancrant sa vie à ces larges épaules qui la surmontaient ? Au lieu de cela, elle périssait sous sa personne. Mais cela avait peut-être toujours été son intention. Elle se sentit mourir dans des éclats de douleur et de plaisir alors qu'une chaleur pleine de fourmillements se diffusait à travers son corps qui lâchait prise.

࿂

Pendant un bref instant, Lucien crut presque qu'il l'avait tuée de plaisir. Horatia avait tremblé si violemment et avait crié si fort qu'il avait regretté tous les actes qui avaient conduit à cet instant. Il avait vu la peur dans ses doux yeux bruns, mais il n'avait ressenti aucune bouffée de plaisir à l'idée de l'avoir causée. Au lieu de cela, il s'était frénétiquement libéré de ses culottes pour satisfaire son plaisir douloureux avec sa main libre.

Il cria quelque chose d'incompréhensible quand il jouit et dut lutter de toutes ses forces pour ne pas s'écrouler sur elle après coup. Quelque part durant leur expérience, il lui avait mordu le cou, l'ecchymose qui rougissait témoignant de sa possessivité. Cela lui provoqua un accès de fierté primale qui céda rapidement la place à l'inquiétude quand Horatia ouvrit lentement les paupières. Leurs profondeurs brunes étaient voilées par les vestiges de leur passion.

— Je ne suis pas morte ?

Il tenta de réprimer un rire avant d'embrasser ses lèvres tremblantes. Il n'avait encore jamais embrassé une femme afin d'apaiser ses craintes. Il n'avait jamais eu à le faire. Aucune des femmes qu'il avait connues auparavant n'avait eu peur de lui et elles avaient été prêtes à explorer leurs passions. Horatia ignorait pratiquement tout de l'amour physique et de ce côté de sa personne, et il avait dû l'effrayer. Il n'avait pas voulu lui faire peur, simplement l'exciter. Désirer lui donner du plaisir et la réconforter à mesure égale était étrange, mais cela sonnait tellement juste ! Il n'aurait pas plus pu nier que le soleil se levait à l'est qu'il aurait pu dénier à Horatia le réconfort dont elle avait désespérément besoin après son premier orgasme.

— Peut-être un peu. Il existe bien une raison pour laquelle on appelle cela « la petite mort ». Mais je vous assure que vous êtes bien vivante, dit-il entre deux baisers réconfortants.

Horatia poussa un long soupir de soulagement plus que de contentement. Elle avait l'air d'avoir mille questions à lui poser, mais elle n'en prononça aucune.

— Vous vous sentez toujours mal ? demanda-t-il une fois qu'il eut retiré sa main d'entre ses jambes et eut refermé ses culottes.

— Non. C'est plutôt tout le contraire.

Lucien faillit sourire, mais craignant soudain qu'elle se soit blessée en se débattant, il tendit le bras pour détacher ses mains des colonnes du lit. Il observa ses poignets, y cherchant la moindre ecchymose. Il n'en trouva pas.

Une étrange palpitation s'épanouit en lui. Elle avait été la première femme à lui faire vraiment confiance de la sorte, à lui céder entièrement son corps. La seule femme qu'il ne pourrait jamais posséder était la première avec laquelle il n'avait ressenti aucune inhibition, mais plutôt une liberté totale. D'autres avaient accepté d'être attachées, mais aucune n'avait réagi à la façon d'Horatia, comme si se soumettre à lui était également source de plaisir pour elle. Elle avait besoin de lui faire confiance ; il avait besoin de cette confiance. Elle lui correspondait parfaitement. *Le destin est une maîtresse cruelle et inflexible*, décida Lucien.

— Vous aussi avez trouvé votre plaisir ?

Le demi-masque argenté ne parvenait pas à dissimuler la rougeur de ses joues.

— Oui, répondit-il en lui adressant un sourire.

Elle avisa ses jupons détruits, retroussés jusqu'au-dessus de sa taille, et leva les yeux vers lui.

— Que vais-je faire ? Je ne peux pas m'en aller de la sorte.

Les lambeaux de vêtements déchirés étaient visibles sous sa robe.

Lucien étudia le vêtement puis fit un geste vague en direction de ses jambes.

— Levez vite vos jupes, mon amour. Je vais en découper le plus possible pour que vous puissiez vous en libérer.

Horatia saisit sa robe et la souleva tandis que Lucien, le canif à la main, prenait soin de découper les vestiges des jupons détruits qui pendaient trop bas. C'était une solution de fortune, mais la jeune femme ne croiserait certainement personne de sa connaissance.

Une fois qu'il eut fini, il posa le couteau et lui prit la main.

— Que diriez-vous d'une promenade dans les jardins ? Je sais qu'il risque de faire froid, mais je vous promets de vous tenir chaud.

Lucien ne savait pas pourquoi il le lui avait proposé. Beaucoup trop romantique, cela risquait de lui donner de fausses idées. Il avait rempli son objectif, mais c'était dans l'espoir que cela la terrifie et l'éloigne de lui. Au lieu de cela, elle *rayonnait*. Qu'elle soit maudite !

☙❧

HORATIA RENFILA SES BAS PUIS SES CHAUSSONS TANDIS QUE Lucien s'habillait. Ils sortirent par la porte de la terrasse, enjambant des plaques de neige qui s'étaient amassées le long du sentier pavé. Au-dessus d'eux, le ciel nocturne ne montrait pas le moindre nuage et les étoiles lumineuses scintillaient. Horatia ne cesserait jamais de s'émerveiller de la beauté du ciel en hiver. En été, on pouvait voir d'innombrables étoiles, mais leur lueur était capricieuse et floue. Les étoiles d'hiver brillaient avec une précision cristalline dans le ciel sombre comme du velours. Elles lui faisaient penser à elle-même, vaillantes dans la lumière de la solitude éternelle. Horatia fut tirée de ses réflexions quand elle se rendit compte que l'attention de Lucien était braquée sur elle.

— Aimez-vous les étoiles ? demanda-t-il en enroulant doucement le bras autour de ses hanches et en la serrant contre lui.

Elle rougit. Ce simple geste suffit à lui provoquer des vagues de plaisir. À cet instant, être avec lui semblait très différent de ses fantasmes torturés ou de la dure réalité de leur relation tendue. Le masque noir de Lucien se fondait si bien dans le ciel nocturne que seuls ses yeux noisette et son sourire séducteur ressortaient dans l'obscurité.

— J'adore les étoiles en hiver. Elles semblent plus lumineuses. Plus fortes, mais si seules.

Elle traça la forme des constellations dans son esprit.

— Les avez-vous étudiées ? demanda-t-il en détournant le regard d'elle pour contempler le ciel.

— Oh, absolument. L'astronomie est un de mes plaisirs coupables. Aud... je veux dire ma petite sœur m'a souvent fait me sentir stupide de les aimer autant, mais elle ne comprend pas. Étudier les étoiles est comme d'étudier l'étendue de l'éternité. J'ai l'impression que quand je regarde le ciel, je contemple le miroir de la création et vois des schémas divins tracés bien longtemps avant que j'existe, et qui se poursuivront longtemps après ma disparition. Cela met les choses en perspective.

— C'est très beau.

Le ton de Lucien était si doux qu'elle en frissonna. Comprenait-il ce qu'elle voulait dire ? Trop souvent, des prétendants irrités lui avaient dit qu'elle avait tendance à converser philosophiquement. C'est peut-être la raison pour laquelle elle faisait tapisserie sur le marché du mariage, mais elle n'en avait cure. Ces opinions n'avaient aucune importance et ceux qui les détenaient étaient indignes de son intérêt.

Il afficha un sourire dévoyé.

— Accepteriez-vous de m'enseigner, ô, ravissante astronome ?

Elle lui rendit son sourire taquin.

— Je pensais que j'étais votre petite colombe ?

Il la tira vers lui jusqu'à ce qu'elle plaque le dos contre sa poitrine. Puis il frotta le nez contre son cou, ses lèvres dansant contre sa peau.

— Vous m'avez vraiment surprise ce soir. Je ne m'attendais pas à une philosophe érudite. Je découvre que j'aime la profondeur de votre esprit. Un changement d'appellation est requis. Désormais, vous êtes ma ravissante astronome.

— C'est un peu romantique, mais je ne vais pas m'en plaindre.

Elle retourna la tête vers lui, l'autorisant à lui dérober un baiser profond avant d'ajouter :

— Je ne vais absolument pas m'en plaindre.

Elle savait qu'elle était particulièrement romantique. Lucien y avait contribué avec les romans qu'il lui offrait toutes les années à Noël. Que des histoires d'amour !

— Alors, guidez-moi à travers les cieux !

Horatia tendit une main pour pointer vers le ciel.

— Voyez-vous le trio d'étoiles à la suite l'une de l'autre ? demanda-t-elle en désignant un endroit juste au-dessus des toits de la ville. Là ?

— Oui, murmura-t-il, son souffle réchauffant le cou de la jeune femme.

— C'est la ceinture d'Orion. Et l'étoile située à l'extrême nord-est représente son épée.

— C'est beau, répondit-il.

Elle se retourna dans ses bras pour marquer son accord, mais ils se trouvèrent alors nez à nez. Il ne regardait pas du tout les étoiles.

— Milord, vous ne regardiez pas !

— Si fait. Je vois les étoiles dans vos yeux.

Ces paroles étaient trop merveilleuses, trop parfaites. Horatia, en mal d'amour, de *son* amour, les buvait, sachant parfaitement que c'était imprudent. Elle avait attendu la moitié de sa vie pour que Lucien la considère comme une femme, et s'il croyait qu'elle était une riche courtisane, cela n'avait pas d'importance. Elle pouvait prétendre qu'il connaissait la vérité, qu'il savait que c'était elle. Il resserra les bras autour de sa taille quand elle s'approcha de lui pour l'embrasser. Horatia était prête à se livrer à son nouveau plaisir coupable – les lèvres de Lucien –, quand un duo de voix à proximité la fit sursauter.

— Vous avez entendu ?

— Quoi donc ?

La bouche de Lucien lui mordillait le cou, la distrayant alors qu'elle parcourait sa peau soyeuse.

Elle lui donna un coup de coude alors que la brise froide légère leur apporta à nouveau l'écho des voix.

— Ceci !

Elle sentit Lucien se raidir contre son dos.

— Je reconnais une des voix. Venez. Ne faites pas de bruit.

Il lui prit la main et la conduisit à travers le labyrinthe des haies jusqu'à ce qu'ils se retrouvent bien plus proches de ceux qui discutaient. Horatia ne reconnaissait aucun des deux hommes, mais leurs propos la terrifièrent.

— J'exige que la question des Sheridan soit réglée dans les plus brefs délais. La voix de l'homme était raffinée, mais froide.

Réglée ? Horatia ouvrit la bouche, mais Lucien plaqua une main sur ses lèvres.

— Oui, Monsieur, bien sûr, dit l'autre homme comme s'ils discutaient d'une tâche ménagère quotidienne. Tout est arrangé. Nous n'avons plus qu'à attendre le bon moment. Cela nécessite de la patience. Heureusement, cette qualité ne me fait pas défaut.

— Bien. J'apprécie un homme qui comprend ces choses. Il ne doit pas y avoir d'erreurs. Voici une traite pour la première partie qui vous est due.

L'autre homme poussa un grondement bas.

— Je vous ai dit que je n'accepte pas les traites. Seulement des espèces. Je ne veux pas qu'on puisse remonter à vous comme à moi.

— Je vous assure que ce n'est pas ce genre de compte en banque, souffla le gentleman quand il comprit que ce n'était pas là la question. Très bien. Je vois que la prudence non plus ne vous fait pas défaut. Je n'ai actuellement pas assez de pièces sur moi. Revenons ici demain matin ; nous ne croiserons pas les visiteurs de ce soir dans le jardin et personne n'arrivera pour les activités de la soirée à une heure aussi matinale.

— Je vous attendrai. Et le reste de la somme ?

— Pas un penny de plus tant que les conditions ne seront pas remplies... et qu'on remplisse une tombe de terre.

CHAPITRE 7

Audrey Sheridan était enfin seule avec lord Lonsdale. Lady Lonsdale, la mère de Charles, était partie se coucher, pensant qu'Audrey était déjà rentrée chez elle. Toutefois, prétextant avoir oublié un gant, Audrey était revenue et avait prié Charles de la laisser rester un peu plus longtemps. Cela lui donnait plus de temps pour accomplir sa mission. À savoir : se laisser si bien compromettre qu'elle n'aurait plus qu'à se marier. Elle courait cependant un risque, car elle ne vouait pas à Charles d'intérêt véritable.

C'était Jonathan qu'elle souhaitait épouser, le demi-frère cadet du duc d'Essex. Mais comme trouver un moment seule avec lui était presque impossible, elle avait dû se rabattre sur une stratégie plus rusée. Si elle parvenait à pousser Charles à la compromettre, elle réussirait peut-être à convaincre son frère qu'il ferait mieux de la marier rapidement. Il ne la laisserait jamais épouser Charles, elle en était certaine. Son projet était de le persuader que Jonathan était un choix plus judicieux.

Audrey avait même parlé à Émily de son plan, espérant que celle-ci saurait comment l'aider. La jeune femme maîtrisait bien les meilleures astuces pour déjouer son frère et sa fringante Ligue des Rebelles. Mais Émily l'avait prévenue que cela comprenait trop d'incertitudes et de risques, et elle lui avait demandé d'attendre. Elle avait eu l'intention d'aborder le sujet avec Ashton, leur ami mutuel, se disant qu'il était plus à même de raisonner Cédric.

Cependant, Audrey ne brillait pas par sa patience. *Horatia* avait hérité de ce trait, ce que sa cadette lui enviait. Aucun homme ne la dorlotait jamais ou la traitait comme un bébé qui s'accrochait toujours aux jupons de sa mère. Les hommes traitaient Horatia avec respect. Si Audrey se mariait, les gens seraient peut-être alors contraints de la prendre au sérieux, elle aussi.

— Avez-vous trouvé ce que vous cherchiez ?

La voix profonde de Charles interrompit ses réflexions déterminées et il s'assit à côté d'elle sur le canapé.

— Oui. J'avais laissé tomber mon gant derrière le canapé.

Ils étaient installés dans le salon de Charles, complètement seuls. Celui-ci n'avait pas fait preuve du moindre soupçon quand elle avait demandé à rester un peu plus longtemps pour retrouver son gant « disparu ». Le temps était venu de dévoiler ses cartes et de voir si elle était aussi astucieuse qu'elle le pensait.

Charles se prélassait sur les coussins en velours rouge, ses cheveux dorés ébouriffés comme s'il venait de se réveiller d'une sieste agréable. Audrey sentit son cœur s'emballer, plus à cause de l'excitation et de la culpabilité que d'une attirance véritable. Mais elle était une Sheridan. Le frisson du jeu la faisait vibrer. La situation présente n'échappait pas à la règle.

Audrey se redressa et lissa sa robe de mousseline rose, essayant de contenir le tremblement de ses mains. Elle savait que ce soir, elle était ravissante. Elle espérait que cela suffirait pour séduire Charles. Ses cheveux brun roux étaient lâchés à la Grecque, contenus par des rubans bleu pervenche. En dépit de ses efforts, ses mains ne cessèrent pas de trembler alors qu'elle s'approchait de la causeuse. Charles la dévisagea curieusement.

— Que vous arrive-t-il, ma chère ? Vous êtes restée terriblement silencieuse ce soir. Vous n'avez même pas essayé de me parler des dernières tendances de Paris.

Audrey retint un soupir. Elle était sur le point de le mettre très en colère et elle le regrettait déjà.

— *Vous* ne vous souciez sûrement pas de savoir quels styles de robes sont le plus à la mode ?

Elle plissa le nez avant de se glisser à ses côtés, lui adressant un sourire faussement timide.

Charles ricana, mais c'était un son hésitant, comme s'il avait perçu que quelque chose avait changé.

— Bon... C'était un plaisir de revoir Avery, n'est-ce pas ?

Charles déglutit fort quand Audrey se rapprocha de plusieurs centimètres. Il posa la main droite à plat sur le canapé, comme s'il espérait qu'elle ferait office de barrière entre leurs corps. Audrey la regarda puis, du bout du doigt, elle traça dessus un motif sensuel. Il sursauta et retira brusquement sa main.

— Audrey, l'avertit-il alors qu'elle glissait le long des derniers centimètres qui les séparaient encore, se retrouvant pressée contre lui.

Elle sentait la chaleur de son corps émaner de son veston bleu foncé et de ses culottes fauves.

— Chut, mon amour. Ne dites plus rien.

Elle se plaqua contre lui, avançant les lèvres.

Charles se raidit puis tendit les mains comme s'il essayait de repousser un esprit maléfique. Ses yeux étaient emplis de panique et Audrey pouffa, légèrement coupable, mais ravie de lire la terreur sur le visage de la canaille. Le tristement célèbre Charles Humphrey, comte de Lonsdale et vaurien de première, avait donc peur d'*elle* ? Elle se faufila sous ses bras tendus et sauta sur ses genoux, enroulant les bras autour de son cou.

Il cacarda comme une oie effrayée et dégringola de la causeuse. Audrey, s'agrippant à son cou de toutes ses forces, tomba à plat sur lui. Il grogna sous elle et essaya de la déloger.

— Embrassez-moi, Charles.

Puis Audrey s'empara de sa bouche par surprise.

Il se débattit moins fort. Audrey ne connaissait rien aux baisers, mais l'acte n'était pas aussi romantique qu'elle s'y était attendue. Sous elle, Charles restait la bouche fermée et il la fusillait du regard. Elle cligna des paupières et se recula de quelques centimètres.

— Avez-vous fini de m'accoster ? demanda-t-il.

Audrey fronça les sourcils et tenta de reconquérir ses lèvres, mais il refusait toujours de coopérer. Elle soupira, se rassit et plissa le front.

— Vous êtes censé au moins me rendre mon baiser. Je ne sais pas si j'en ai suffisamment fait pour être compromise comme il se doit.

Audrey croisa les bras.

Charles bondit de son siège si vite qu'Audrey tomba à la renverse. Il se redressa à la hâte et vint se positionner derrière la causeuse, comme si le mobilier le protégerait d'elle. Elle se dit que ce devait être la première fois qu'il était obligé de repousser des avances non désirées.

— Compromise comme il se doit ? lâcha-t-il. Audrey, au nom de Dieu, à quoi jouez-vous ?

— J'ai envie de me marier. J'ai envie d'être heureuse. Voilà mon intention.

Elle lissa ses jupes et remonta sur la causeuse. Trébuchant, il prit la fuite, les bras tendus. Il bondit vers la porte, mais Audrey avait le pied léger et elle se jeta dessus pile au moment où il l'ouvrait, se précipitant à la fois contre lui et la porte.

Charles la regarda en clignant rapidement des paupières.

— Mademoiselle, avez-vous perdu la tête ?

— Certainement pas ! Je sais exactement ce que je fais.

Elle fit courir les doigts le long de sa poitrine et frénétiquement, presque comme une fille, Charles lui écarta la main d'une tape comme s'il s'agissait d'une mouche qu'il aurait voulu chasser.

— Audrey... vous n'y pensez pas.

Il la souleva soudain par la taille et l'écarta à bras-le-corps afin de tenter une retraite précipitée.

— Revenez ici ! dit-elle en se jetant sur lui.

Essayant de l'éviter, il fit un tour sur lui-même et trébucha sur l'accoudoir d'un canapé. Le souffle coupé, il atterrit sur le dos sur le canapé et Audrey en profita pour lui grimper dessus.

— À présent, touchez-moi. C'est ce que vous êtes censé faire ensuite.

— Seigneur Dieu, Audrey ! Vous êtes une dame de qualité ! Vous ne devriez pas vous comporter de la sorte !

— Si cela me permet de me marier, je ferais le nécessaire !

Elle essaya de se pencher pour l'embrasser.

— Je refuse catégoriquement de vous épouser. C'est hors de question ! Votre frère...

Elle pouffa.

— Oh, je n'ai absolument pas envie de *vous* épouser. Ce serait ridicule.

Charles ignora le coup porté à son amour-propre.

— Alors, pourquoi essayer de me séduire ?

— Parce que quand je dirai à Cédric que vous m'avez compromise, il entendra raison et me laissera me marier.

— Après m'avoir tué !

— Oh, il n'irait pas jusque-là. À ce niveau-là, il sera simplement soulagé que je me sois décidée pour quelqu'un d'autre que vous.

— D'abord, vous essayez de me séduire, ensuite vous me dites que je ne suis pas une option viable, et enfin, vous me faites savoir que n'importe qui représenterait un meilleur choix ? Vous ne remportez pas exactement mon soutien, Audrey.

— Honnêtement ! Charles, nous connaissons tous les deux votre réputation et... Que faites-vous ?

Il la saisit par le haut des bras et, d'un mouvement rapide, il la fit basculer sous lui sur le canapé.

— Je devrais vous enseigner une bonne leçon, grogna-t-il. Si je n'entre pas en ligne de compte, alors de qui s'agit-il ?

Il l'épingla contre les coussins et se pencha sur elle avec une expression ténébreuse.

— Vous êtes la dernière personne que Cédric me laisserait épouser. Il connaît votre réputation mieux que personne. Je serai en mesure de suggérer un meilleur candidat et il acceptera pour que je ne sois pas contrainte de vous épouser.

— Vous oubliez un détail. Votre frère est l'un de mes amis les plus proches. Il y a des chances pour qu'il me croie si je lui dis que c'est vous qui m'avez séduit.

Il avait refermé les mains sur les bras de la jeune fille, prenant soin de ne pas lui faire mal.

— Il ne croira jamais que *j'*ai essayé de vous embrasser, répliqua Audrey d'un ton hautain. Je suis l'enfant innocente et adorée. Vous êtes la canaille confirmée.

— Vous êtes trop intelligente pour votre propre bien, dit Charles d'un ton sombre. Mais je vous le rappelle : votre frère me tuerait en duel. Est-ce vraiment ce que vous voulez ?

— C'est du bluff. Il ne tuerait pas son ami, insista-t-elle. Il en parle simplement pour effrayer les hommes faibles et indignes, comme un test instauré par un dieu grec. Le problème est que, comme ces dieux, il les rend impossibles à passer.

— Si c'est vraiment ce que vous croyez, vous êtes vraiment une enfant. Votre frère n'hésiterait pas à me tuer s'il pensait que j'ai eu le moindre geste déplacé à votre égard.

Allons, Charles n'était pas sérieux ! Cédric n'aurait jamais fait une telle chose... Du moins, pas à ses amis. Les yeux d'Audrey se remplirent de larmes. Personne ne comprenait sa frustration ; encore moins son frère. Pas un seul de ses prétendants potentiels n'avait cherché à la recontacter après que Cédric leur eut fait peur. Il n'était pas juste d'être reléguée au second plan concernant les attentions des hommes. Comment était-elle censée se marier si aucun homme n'osait la regarder ?

Elle ne désirait pas tant le mariage que l'homme lui-même. Elle détestait entendre les autres demoiselles parler de leurs prétendants. Alors que les filles de son âge ignoraient tout des relations entre les hommes et les femmes, Audrey avait observé Émily et Godric avec assiduité, et elle leur enviait ce qu'ils avaient. Elle voulait être désirée et aimée. Cédric lui avait donné tout l'amour que pouvait offrir un frère, mais ce n'était pas suffisant. Audrey avait des aspirations, tant physiques qu'émotionnelles, auxquelles elle n'avait plus le désir de résister. Le mariage représentait la meilleure solution et Jonathan était le seul homme qu'elle désirait désespérément. Elle aurait fait n'importe quoi pour le faire sien.

Audrey avait même demandé conseil à une personne dont elle pouvait garantir la franchise sur de tels sujets. Évangéline Mirabeau, ancienne maîtresse du duc d'Essex, avait la réputation d'être l'une des femmes les plus recherchées de Londres. Au cours des derniers mois, elle avait accepté de prendre le thé avec Audrey une fois par semaine. Elle représentait une source d'informations inestimable et étonnamment, les deux femmes étaient devenues de bonnes amies. Il y avait chez la Française une intrépidité qu'Audrey admirait. Récemment, Évangéline s'était efforcée de lui enseigner l'art de la séduction afin qu'elle puisse conquérir Jonathan. Mais elle devait d'abord commencer par Charles.

Audrey avait besoin de faire bouger les choses pour atteindre son objectif. Se représentant en détail sa robe favorite déchirée, elle parvint à se faire pleurer. Une ravissante traînée de larmes théâtrales coula le long de ses joues.

— Ne vous avisez pas de faire cela ! aboya Charles. Si vous pensez que...

Audrey cligna des paupières pour faire redoubler ses pleurs.

— Bon sang, grogna Charles. Audrey, ma chère, vous savez que je n'avais pas l'intention de... C'est-à-dire...

Les paroles de Charles moururent sur ses lèvres.

— J'ai juste envie de me marier ! se lamenta Audrey en s'arrachant à ses mains.

Elle se jeta contre le dossier de la causeuse et enfonça le

visage au creux de son coude, une ruse qui avait fonctionné sur son frère à d'innombrables reprises.

Charles s'assit à côté d'elle, lui tapotant maladroitement le dos.

— Allons, allons, ma chère. Tout va s'arranger. Vous verrez.

— Vous ne comprenez pas. Cédric fait fuir tous mes prétendants. Personne ne veut plus me demander ma main. Même ma dot a cessé d'attirer à notre porte les gentlemen les plus courageux.

— Et votre solution est de vous compromettre ? Audrey, ce n'est pas la chose ni la plus intelligente pour vous ni la plus sûre pour moi. Pourquoi n'en avez-vous pas parlé à Cédric ?

— Pour qu'il me crie dessus ? Qu'il soutienne catégoriquement qu'aucun homme n'est assez bien ? Je suis désespérée, Charles. J'ai des besoins et des envies...

— Euh... Je ne crois pas que vous ayez besoin de m'éclairer davantage à ce sujet, et vous ne devriez également jamais parler d'une telle chose à votre frère. Jamais !

— Oh, c'est *tellement* plus facile pour les hommes. Vous pouvez aller vous trouver une maîtresse et...

Charles l'interrompit.

— Oui, c'est plus facile pour nous. Je ne vous envie pas votre position dans l'existence.

Il paraissait comprendre. Il n'était pas une canaille pour rien. Il comprenait mieux les femmes que la plupart des gens et il devait savoir qu'elles désiraient le plaisir autant que les hommes. Il était indéniablement injuste qu'elles possèdent moins de libertés, du moins les femmes célibataires.

Audrey n'avait jamais cru que les femmes étaient des créatures moins importantes ou qu'elles méritaient d'être restreintes. Quelque chose au plus profond de son âme criait à l'injustice imposée par l'Église, par les tribunaux... et même par la presse. Elle n'aurait toutefois pas pu l'expliquer à la plupart des hommes. Ils avaient toujours une pléthore de raisons pour justifier pourquoi les femmes n'étaient pas leurs égales et elles donnaient toutes à Audrey l'envie de pousser des cris d'indignation. Son unique moyen d'expression dans ce monde était tel qu'elle devait le garder secret, même vis-à-vis de Cédric. Ou d'Horatia. Cela dit, il lui donnait une voix là où avant, elle n'en avait eu aucune.

Pourtant, en tant que femme mariée, elle aurait pu faire bien davantage. Elle pourrait changer et cesser d'être simplement une petite sœur protégée. Peut-être pourrait-elle s'efforcer d'amener des changements pour les autres femmes. Au fond, c'était ce qui lui importait le plus. Avoir le droit de faire comme elle l'entendait et voir ce même droit ouvert à d'autres.

— Alors, quel était votre plan ? Que je vous compromette pour que vous puissiez convaincre Cédric de vous marier rapidement ?

— Je connais sa manière de penser. En outre, j'ai demandé à Émily de parler à Ashton, et elle m'a rapporté qu'il avait promis de convaincre Cédric d'accepter que je me marie. Il était censé recommander Jonathan comme candidat de choix. Ce soir était simplement destiné à accélérer les choses.

Charles sourit.

— Je me doutais bien qu'il vous plaisait.

— Oh, oui, beaucoup ! Mais il ne me remarque même pas…

— Oh, que si, ma chère. Oh, que si ! Je vous l'assure.

— Vraiment ?

— D'ailleurs, ricana Charles, vous lui faites terriblement peur.

Audrey lui enfonça son coude dans les côtes.

— Cela ne me rassure absolument pas.

— Si vous désirez Jonathan, nous allons devoir faire preuve de prudence. Comme tout ce qui touche à votre frère, c'est toujours un bon conseil. Quant à Jonathan, vous devriez lui faire ce que vous m'avez fait ce soir. Les hommes aiment les femmes agressives. Coincez-le, embrassez-le, faites-lui savoir que vous le désirez.

Il y avait une lueur taquine dans les yeux de Charles, mais ses conseils étaient identiques à ceux d'Évangéline.

— Cela signifie-t-il que vous allez m'aider ?

Elle ouvrit grand les yeux, lui adressant son plus beau regard de biche capable de faire fondre à ses pieds n'importe quel homme.

— Bien sûr. Cependant, si l'affaire tourne mal, vous devez me promettre de ne pas laisser votre frère hyper protecteur me tirer dessus. J'aimerais bien rester en vie.

— Qu'allez-vous faire ? demanda Audrey.

— Je vais vous ramener chez vous ce soir et donner l'impression que vous avez été compromise. Tant et si bien qu'il aura certainement envie de me tuer.

Audrey rougit quand elle comprit son sous-entendu.

— Et comment nous y prendrons-nous ?

Charles la prit par la main et la fit se redresser.

— Vous verrez.

❦

Charles fit appeler une calèche et, quelques minutes plus tard, Audrey et Gillian, sa servante, roulaient sur les routes pavées obscures en direction de Curzon Street.

— Venez à côté de moi. Nous devons arranger vos vêtements et vos cheveux.

Charles tapota l'espace vide de son côté de la calèche.

— Miss ! souffla Gillian en saisissant le bras d'Audrey pour l'arrêter. Ne le faites pas !

Gillian avait été laissée dans la calèche pendant l'aventure d'Audrey à l'intérieur, ce qui avait été préférable.

— Ne soyez pas aussi chochotte, Gillian. Ne voulez-vous pas que je me marie ? Je préfère largement être maîtresse de ma propre demeure. Pensez-y ! Vous pourriez devenir la suivante d'une maîtresse de maison. Ne serait-ce pas mieux ?

Audrey pria afin que Gillian possède ne serait-ce qu'une once d'ambition.

La bonne se mordit la lèvre inférieure.

— Je ne dirai rien, Miss Audrey, mais seulement parce que je sais que le mariage vous rendrait heureuse.

Elle se tourna vers Charles.

— Vous ne l'embrasserez pas et ne ferez rien d'autre sans mon accord.

— Où étiez-vous il y a un quart d'heure ? marmonna Charles.

Un sourire involontaire monta aux lèvres d'Audrey. D'ordinaire timide, sa bonne faisait preuve d'un rare courage qu'elle ne pouvait qu'applaudir.

Quand Audrey vint s'asseoir à côté de lui, il lui prit immédiatement le visage entre les mains, puis il lui fit bouffer les cheveux pour les ébouriffer. Comme un artiste, il libéra quelques mèches et boucles par-ci par-là avant de hocher la tête, satisfait.

Audrey baissa les yeux vers sa robe.

— Et mes vêtements ?

Charles fronça les sourcils.

— Ma chère, je vais devoir aller plus loin. Avec votre consentement, bien sûr.

— Oh ?

— Oui. Vos cheveux sont en désordre, mais vos vêtements... et puis vos lèvres, bien sûr.

— Qu'en est-il ?

Audrey se toucha la bouche, ne comprenant pas de quoi il parlait.

— Vous devez les mordre fort pour plus de réalisme.

Elle lui obéit et se mordit la lèvre avant de se pincer les joues pour leur ajouter un peu plus de couleur. Charles se mit à écraser la robe autour de ses genoux pour la froisser. Puis il fit descendre une de ses manches sur son épaule. Enfin, il lui saisit le menton et l'examina soigneusement alors que la calèche ralentissait.

— Cela devrait faire l'affaire, dit-il avec un sourire approbateur.

Audrey leva une main tremblante vers ses lèvres. Elles avaient l'air d'avoir gonflé et elle comprit alors ce que Charles avait voulu dire. Elle avait bel et bien l'air compromise, et elle avait d'ailleurs l'impression de l'être.

— Qu'en pensez-vous, Gillian ? demanda Charles.

— J'en pense que je vous aurais giflé si je l'avais vue rentrer à la maison de la sorte.

— C'est parfait ! dit Audrey.

— Vous êtes prête à jouer votre rôle ?

Quand le véhicule s'arrêta, le visage amusé de Charles endossa une expression irritée, adoptant le masque d'un vaurien en colère.

— Juste un détail supplémentaire.

Elle déchira le haut de sa robe, laissant une bretelle tomber sur son épaule.

Audrey feignit elle aussi la rage et le laissa l'entraîner à l'extérieur de la calèche, jusqu'à la porte d'entrée de la maison de son frère. Elle réprima un petit rire quand Charles se mit à battre la porte avec le poing. En fin de compte, si Cédric ne le tuait pas, il aurait bien de la chance.

CHAPITRE 8

Seul dans son étude, Cédric s'affaissa dans un fauteuil et étira les jambes vers le feu. Les braises crépitaient et crachotaient, reflétant son humeur. Il avait matière à se tracasser, particulièrement pour la sécurité de ses sœurs. D'une main, il faisait machinalement tourner sa canne ornée d'une tête de lion argentée. C'était une vieille habitude qui irritait autrefois sa mère, paix à son âme.

L'horloge de la cheminée tiquait dans le silence pesant, un son qui lui écorchait les oreilles. Il détestait une maison vide, du plus profond de lui. Depuis la mort de ses parents, il n'y avait eu que lui et ses sœurs. C'était souvent suffisant. Mais ce soir-là, il était seul et les sombres pensées qui l'assaillaient manquaient le submerger. Il trembla, saisi par la désagréable sensation que quelque chose ne tournait pas rond.

La canne lui échappa, tombant sur le tapis avec un bruit sourd. Il appuya ses coudes sur ses genoux et enfonça le visage entre ses mains. Était-il possible que sa vie se désagrège lentement ? Audrey avait effectué sa sortie dans le monde plus tôt dans l'année, durant la saison creuse londonienne, et bien trop de prétendants avaient investi sa demeure pendant les mois d'octobre et de novembre. Heureusement, il avait réussi à les effrayer tous.

Audrey avait versé des larmes pitoyables pendant des semaines après que son dernier prétendant se fut enfui lorsque Cédric avait menacé de lui tirer dessus. Si ce dandy était incapable de résister à une simple menace, alors il n'était pas digne du temps que sa sœur lui consacrerait. Audrey avait besoin d'un homme véritable, pas de quelqu'un qui débiterait des sornettes durant les dîners de famille et les fêtes de Noël. Et les enfants ! Il ne laisserait pas Audrey porter la progéniture d'un imbécile couard. Il faudrait qu'on lui passe sur le corps !

Puis il y avait Horatia. Comment aurait-il pu ignorer ce problème épineux ? Cela ne l'aurait absolument pas dérangé qu'elle demeure sous son toit et ne se marie jamais, mais il savait que c'était égoïste et il ressentait en elle une profonde tristesse. Si seulement il avait su quoi faire pour la rendre heureuse ! Depuis le mariage de Godric, il avait vu quelques moments d'excitation pétiller dans ses yeux, mais il ne savait pas ce qui les avait causés.

La porte de son étude s'ouvrit. Le maître d'hôtel s'avança, aperçut Cédric et s'adressa à lui.

— Vous avez un visiteur, Milord.

— Ah, oui ? Qui est-ce ? demanda-t-il en se redressant.

La soirée allait peut-être s'animer un peu.

— Lord Lennox, Milord.

— Faites-le entrer.

Cédric sourit quand son ami entra d'un pas nonchalant. Il était ravi de le voir.

— Ash, pauvre diable ! Qu'est-ce qui vous amène donc ?

Cédric lui serra chaleureusement la main. Même s'ils ne s'étaient pas vus depuis la veille, il avait l'impression que cela faisait une éternité. La mélancolie lui faisait souvent cet effet-là.

— Je me suis dit que j'allais profiter de la soirée avec vous. Jonathan dîne avec Émily et Godric.

— Et Horatia, ajouta Cédric.

Sa sœur lui avait dit qu'elle avait prévu de dîner chez les Essex.

— Ah, oui ? Il n'en a pas parlé..., dit Ashton en fronçant les sourcils. Il a dû oublier.

— J'ai cru comprendre que cela s'est fait à la dernière minute. Puis-je vous servir un brandy ?

— Oui, merci.

Ashton retira sa redingote bleu foncé d'un coup d'épaule. Si Audrey avait été là, elle se serait extasiée sur les oiseaux délicatement brodés de fils d'or qui ornaient le gilet argenté. Un vol d'hirondelles, si Cédric ne se trompait pas. Bien que ce soit Charles qui soit leur référence en matière de mode, Ashton était toujours élégant et présentable. Cédric, d'un autre côté, avait tendance à enfiler ce que son valet lui sortait pour la journée. C'était là tout l'intérêt qu'il portait à son apparence, au grand dam de son valet. Le pauvre homme aurait probablement préféré avoir un maître qui appréciait davantage le temps et le soin qu'il prenait à s'occuper de sa garde-robe, mais Cédric n'arrivait pas à s'en soucier.

Il versa un verre à son ami et les deux hommes s'installèrent près du feu.

— Et où est la jeune Audrey ce soir ? s'enquit Ashton.

— Elle dîne chez Charles.

— Oh ?

Cette unique syllabe évoquait un sous-entendu si marqué que Cédric cligna des paupières et scruta son ami. Il mijotait quelque chose.

— Elle est déjà allée dîner chez lui, fit-il remarquer.

— Ce n'est plus une petite fille, Cédric. C'est une jeune lady qui vient d'entrer dans le monde. Un dîner avec Charles sans chaperon digne de ce nom flirte avec le compromis.

Le ton grave d'Ashton était lourd d'avertissements.

Cette implication fit se hérisser Cédric.

— Elle est allée dîner à l'invitation de la comtesse de Lonsdale, et elle a emmené sa bonne.

La mère de Charles avait certainement protégé Audrey de

toute inconvenance, mais il admit qu'il aurait été mieux d'inclure un chaperon. On n'était jamais trop prudent.

— À ce propos...

Ashton attendit que Cédric lève les yeux vers lui.

— J'attendais d'ailleurs d'avoir l'occasion de vous entretenir d'Audrey.

Cédric haussa un sourcil en avalant une gorgée de brandy. La brûlure dans sa gorge l'apaisa.

— À quel sujet ?

— Je crois que vous devriez songer à l'établir.

Cédric savait ce que voulait dire Ashton, mais il feignit l'ignorance afin de prendre un moment pour se contenir.

— L'établir ?

— La marier.

Ce mot lui fit l'effet d'un boulet de canon.

Cédric reposa son brandy et fusilla son ami du regard.

— Non que mes sœurs vous concernent, mais... pourquoi donc ?

— J'ai parlé à Émily et...

— Oh, mon Dieu, murmura Cédric.

Leurs souffrances aux mains de cette duchesse indiscrète ne cesseraient-elles donc jamais ? Il avait beau adorer Émily, elle le faisait parfois tourner en bourrique.

— Émily possède une bien meilleure compréhension de ces questions que vous ou moi, Cédric.

Ashton se laissa glisser jusqu'au rebord de sa chaise, appuyant les mains sur ses genoux.

— Et elle est devenue l'une des confidentes d'Audrey. Émily est venue me trouver, si cela peut vous rassurer. Pour ma part, je n'avais pas l'intention de vous entretenir d'un sujet aussi délicat, mais elle a affirmé que j'étais le seul à pouvoir le faire.

— Allons donc...

Cédric s'autorisa un brin de sarcasme.

— C'est vrai. Elle pense que vous seriez moins enclin à *me* tirer dessus si je vous suggère quelque chose d'aussi choquant que le mariage.

Ashton aussi savait manier le sarcasme.

— Êtes-vous donc candidat ? demanda prudemment Cédric en resserrant les doigts autour de son verre.

— Bien sûr que non. Audrey est une femme ravissante, mais je n'ai pas envie de m'unir avec quelqu'un comme elle.

— Vous vous trouvez trop bien pour ma sœur, Lennox ?

Cédric abattit son verre sur la console qui séparait leurs fauteuils.

Ashton lui adressa un sourire mélancolique.

— Vous savez que mon entreprise de transport exige mon attention constante et des déplacements fréquents, et elle est une Londonienne dans l'âme. Ce serait très injuste envers une jeune mariée. Et vous, mon ami, êtes en train d'essayer de détourner l'attention sur moi, au lieu d'elle.

— D'accord, d'accord. Mais vous ne m'en auriez pas parlé si vous n'aviez pas une suggestion sous la main, n'est-ce pas ?

Ce n'était pas vraiment une question. Ashton aurait longuement ressassé cette discussion et aurait trouvé des options.

— J'ai pensé que Jonathan serait un parti convenable. Il n'est pas beaucoup plus âgé qu'elle. L'écart entre dix-huit et vingt-quatre ans n'est pas si considérable.

Cédric faillit recracher son brandy, ce qui aurait certainement abîmé les tapis.

— Jonathan ? clapota-t-il. Vous n'êtes pas sérieux !

— Je suis très sérieux. Vous n'objectez tout de même pas à cause de ses origines ?

La question était insultante. Cédric n'avait jamais fait grand cas des titres et ne se souciait guère des origines de Jonathan.

— Non, bien sûr que non.

— Alors, qu'est-ce qui vous contrarie ? Il aurait besoin d'un coup de pouce pour entrer en société. Épouser Audrey lui permettrait facilement de s'établir.

— S'établir ? Ma sœur n'est pas une simple marche sur l'échelle sociale ! tonna-t-il.

— Je ne dis pas qu'elle l'est, alors cessez de vous égosiller.

Comme toujours, Ashton gardait son calme.

— Écoutez, Cédric. Audrey est très éprise de Jonathan. Elle a dit à Émily qu'elle songeait à encourager une relation. Pourquoi ne pas la laisser faire ? Jonathan est un homme bien.

— C'est un Saint-Laurent.

Ashton n'était tout de même pas en train de suggérer qu'Audrey épouse un libertin ! Elle avait besoin d'un homme bon et loyal qui saurait assagir ses emportements et, plus important encore, ne hanterait pas le lit d'autres femmes. Il y avait certainement un homme en Angleterre qui aurait fait un partenaire plus approprié.

Ashton hocha la tête.

— Certes, Godric a connu quelques années difficiles, mais il est heureux avec Émily et loyal envers elle. Vous le savez bien.

— Qui nous dit que Jonathan fera de même ?

— J'ai passé beaucoup de temps avec lui ces derniers temps et il prend sa nouvelle vie très au sérieux. Bien sûr, il n'est pas innocent. Comme vous l'avez dit, c'est un Saint-Laurent. Mais il ne séduit plus activement les femmes, pas comme nous le faisions à son âge. S'il épouse Audrey, je crois qu'il adoptera sans problème la vie conjugale.

— Et moi qui pensais que vous aviez sincèrement envie de me voir ce soir ! dit Cédric en plissant les yeux. Non, au lieu de cela, vous avez failli défoncer ma porte pour discuter de prétendants et d'un mariage pour Audrey ! On dirait presque une réunion d'affaires. Souhaitez-vous discuter du développement du marché du porc salé ? Ou bien devrais-je investir dans la nouvelle entreprise ferroviaire de M. Stephenson à Stockton ?

— Qu'est-ce qui vous trouble vraiment, Cédric ?

— Rien ne me trouble.

Peu lui importait que son grognement le fasse passer pour un ours blessé.

Ashton se cala contre le dossier de son fauteuil comme s'il savait qu'il resterait un bon moment.

— Vous mentez très mal.

Cédric ne savait pas pourquoi cela le mettait en rage, mais il eut soudain envie de coller à Ashton un œil au beurre noir.

— Et vous êtes un ami épouvantable.

Seuls les yeux écarquillés d'Ashton indiquèrent sa surprise.

— Vous avez peut-être raison. Je suis venu pour discuter de l'avenir d'Audrey sans songer à l'effet que cela aurait sur vous.

Cédric se sentait de plus en plus mal à l'aise. Il savait que son ami avait raison, maudit soit-il, mais il était terriblement gêné d'être incapable de mieux se contrôler.

— Voulez-vous que je m'en aille ? demanda Ashton.

Cédric se tourna à nouveau vers le feu. Le silence tendu devint étouffant. Ashton quitta son siège.

— Pas besoin de me raccompagner.

Il lui adressa un adieu du menton.

Ce n'est que lorsqu'il eut atteint la porte du salon que Cédric l'appela.

— Vous n'avez pas terminé votre brandy.

Ashton regarda de nouveau le verre abandonné sur la table.

— Je suppose que ce serait impoli de ma part de laisser le verre à moitié plein.

— Terriblement.

Cédric lui adressa une ébauche de sourire quasi imperceptible. Ashton revint et, d'un geste théâtral, se rassit profondément dans son fauteuil comme s'il n'avait pas prévu de s'en aller de sitôt.

— Bon, puisque je n'ai pas fini de boire, nous avons largement le temps de parler.

Cédric prit quelques instants pour rassembler correctement ses pensées.

— Je ne suis pas un bon frère, Ash. Horatia est terriblement malheureuse, Audrey est affligée par mon comportement grossier envers ses prétendants, et la vérité est que je fais tout ce qui est en mon pouvoir pour ne pas finir tout seul ici.

C'était là le cœur du problème. Il ne voulait pas se retrouver dans une maison vide, sans famille, avec juste le silence et son personnel. C'était sa plus grande peur, excepté celle de perdre ceux qu'il aimait.

— Examinons un problème à la fois, d'accord ? Premièrement, vous ne serez pas seul. La Ligue infiltre constamment votre vie – et parfois votre maison – à nos fins néfastes habituelles.

L'étincelle qui pétillait dans les yeux d'Ashton lui prodiguait un réconfort sans pareil.

— Que vos sœurs décident peut-être un jour de partir ne vous condamne pas à une solitude éternelle. Vous savez que vous pouvez contacter n'importe lequel d'entre nous à n'importe quel moment au moindre signe de mélancolie. Cela dit, pour ce qui est d'Audrey, vous connaissez mon opinion sur la question. Mariez-la vite à un homme bien, et si c'est Jonathan, vous la verrez souvent. Elle vous aime beaucoup trop pour vous abandonner au profit de n'importe quel époux. Notre politique n'a-t-elle pas toujours été « plus on est de fous... » ?

Cédric grommela.

— Diable ! Je déteste vous voir si raisonnable. J'ai l'air d'un dandy entêté qui craint de perdre le contrôle sur quelque chose qu'il n'a d'ailleurs jamais réellement maîtrisé.

— Vous n'êtes pas un dandy. Entêté ? Absolument. Mais un dandy ? Jamais.

— Vous avez beaucoup de chance que je vous apprécie. Sans quoi je serais tenté de vous tirer dessus après tout.

Ash sourit.

— Oui, oui. Maintenant, parlons d'Horatia. Pourquoi est-elle malheureuse ?

— C'est bien là le problème. Je n'en ai aucune idée.

— Pas la moindre ?

Ashton sembla surpris.

— Elle se morfond, soupire, et ses yeux semblent souvent rouges comme si elle avait pleuré. Et puis il y a eu ce matin, avec Charles.

— Encore Charles ? Nota Ashton.

— Il a proposé de l'emmener faire du cheval, chose dont elle est ordinairement friande, mais au début, elle a refusé. Ce n'est que lorsque j'ai mentionné que Lucien et Audrey s'apprêtaient à descendre prendre le petit-déjeuner qu'elle a semblée pressée de partir.

— Je crois que vous possédez déjà la réponse à sa tristesse.

— Ah oui ? À quoi diable Ash jouait-il ?

— Bien sûr. Horatia n'a aucun problème avec sa sœur, n'est-ce pas ?

Cédric fit tournoyer son verre de brandy, réfléchissant à l'étrange tournant des événements du matin.

— Eh bien, non, à part leurs querelles habituelles.

— Et l'autre personne que vous avez mentionnée était... ? L'incita Ashton.

— Lucien ? Pourquoi devrait-elle...

Cédric ne voulait pas réfléchir à ce que cela signifiait.

— C'est ce que nous devons découvrir, dit Ashton.

— Mais Lucien remarque à peine sa présence !

— C'est peut-être là le problème. Personne n'aime être ignoré, et encore moins délibérément.

— Elle s'en est contentée pendant des années ! Ce n'est que depuis septembre, à l'arrivée d'Émily, qu'Horatia a commencé à présenter des signes de tristesse.

Les yeux d'Ashton se rétrécirent.

— Comme c'est curieux !

— Pas vraiment. Lucien lui reproche d'avoir détruit sa relation avec Mélanie Burns, il y a plusieurs années de cela.

Cela désarçonna complètement le baron aux cheveux blonds.

— Pardon ?

Cédric lui relata le secret longtemps enfoui de cette journée dans les jardins, quand il avait emmené ses sœurs au domaine de Lucien dans le Kent.

— Elle lui a dit qu'elle était amoureuse de lui ? C'est peut-être cela. Elle l'est toujours, suggéra Ashton.

— Comment pourrait-elle aimer quelqu'un qui ne lui prête pas la moindre attention ?

Sa sœur était plus intelligente que cela. Elle ne reposerait pas ses espoirs sur un tel homme. Horatia était raisonnable, pas imbécile.

Ashton soupira.

— L'expression « amour non partagé » vous est-elle inconnue ?

— Je ne plaisante pas, Ash.

— Moi non plus. Il est probable qu'Horatia soit toujours amoureuse de Lucien. Elle l'a vu trop souvent ces derniers temps et a été contrariée de subir son détachement.

— Si c'est le cas, c'est ma faute. Je l'ai poussé à rester ici plus souvent sans songer à ce qu'il ressentait à cet égard... ou ce qu'*elle* ressentait, par la même occasion.

— Ne vous punissez pas. Il est parfaitement probable que Lucien considère Horatia comme une forme de tentation, et la traiter avec froideur est un moyen de garder ses distances.

— Que diable voulez-vous dire ?

Ashton avala une gorgée de brandy.

— Nous avons des règles, rappelez-vous, et Lucien a une sœur. Il comprend l'instinct fraternel de protéger celles qui sont à notre charge. Il est possible qu'il craigne qu'Horatia devienne un jour la cible, aussi involontairement soit-il, de son charme naturel.

Ashton se frotta la mâchoire.

— C'est pour cela qu'il reste froid avec elle, dans l'espoir que cette déclaration d'amour d'antan ne ressurgisse jamais.

— Je ne vous suis pas. Dites-vous qu'il *désire* ma sœur ?

L'idée que Lucien puisse ne serait-ce que penser à Horatia comme il le faisait pour les autres femmes fit bouillonner les sangs de Cédric. Il refusait de le croire.

Son ami se contenta de sourire.

— Peu importe, Cédric. N'en parlons plus pour ce soir.

Ashton avala une autre gorgée de sa boisson.

Des coups soudains à la porte d'entrée tirèrent les deux hommes de leurs pensées.

— Qui diable cela peut-il être ? marmonna Cédric.

Ash et lui abandonnèrent leur brandy et se rendirent dans le vestibule où un valet fatigué allait déjà ouvrir la porte.

Charles entra en trombe, tirant derrière lui une Audrey échevelée, contrariée et les lèvres enflées. Cédric, qui était ce soir exceptionnellement attentif à sa sœur, évalua en un instant cette situation clairement dangereuse. Quelqu'un avait embrassé sa sœur, assez fort pour donner à ses lèvres l'apparence singulière d'avoir été piquées par des abeilles. En outre, elle était bouleversée, mais sans larmoiements. Non, elle était plutôt en rage comme un chat qui montrait les griffes.

— Que se passe-t-il donc ? commença Cédric.

— Sheridan ! lâcha Charles en poussant Audrey plus avant dans le vestibule alors que le valet fermait la porte.

— Charles ? répondit Cédric, choqué.

— Vous devez faire quelque chose au sujet de votre sœur ! Donnez-la au premier crétin que vous croiserez à Hyde Park, mais pour l'amour de Dieu, mariez-la !

Après l'invective violente de Charles, un silence de mort régna sur le vestibule.

— Oh, non, dit Ashton.

Cela allait mal se terminer.

CHAPITRE 9

« P as un penny de plus tant que les conditions ne seront pas remplies et qu'on remplisse une tombe de terre. »

Le cœur d'Horatia remonta dans sa gorge alors qu'elle s'efforçait d'écouter la voix basse de l'autre côté de la haie du jardin.

— Oh, mon Dieu ! s'écria-t-elle.

— Quel saligaud ! s'exclama Lucien au même moment.

Prenant Horatia par la main, il l'entraîna dans le labyrinthe des haies pour la ramener dans leur chambre.

— Nous devons partir tout de suite, dit-il avec rudesse.

— Je peux rentrer toute seule, répliqua-t-elle sans parvenir à maîtriser le tremblement de sa voix.

— Hors de question, Horatia. Je vous emmène chez Godric.

La jeune femme se figea.

— Comment... Quand avez-vous compris ?

Ses mains volèrent jusqu'à son masque, toujours bien en place.

— Compris quoi ? lui demanda Lucien en s'emparant de son manteau qu'il plaça sur ses épaules.

— Quand avez-vous compris qui j'étais ?

Elle luttait pour garder son calme malgré le galop sauvage de son cœur, et elle resserra son manteau autour d'elle.

— À l'instant où vous êtes entrée.

L'estomac d'Horatia fit une descente vertigineuse jusque dans ses talons.

— Ce que nous avons fait... C'était...

Elle n'avait pas les mots pour en exprimer davantage.

— Et vous saviez !

Son ton sonnait plus accusateur qu'elle ne l'avait voulu. Lucien comprit que c'était bien *lui* qu'elle avait voulu séduire.

— Ce soir a été une leçon pour vous enseigner à faire attention aux hommes, répondit-il. Une dame de votre rang ne devrait pas se trouver ici. Que penserait Cédric s'il venait à l'apprendre ?

— Et le jardin ? Les étoiles ? C'était aussi un mensonge ?

La lèvre inférieure d'Horatia trembla, mais la colère qu'elle aurait voulu pouvoir invoquer ne se manifesta pas. Elle se sentait meurtrie et blessée intérieurement. Pourquoi, chaque fois que Lucien la blessait, perdait-elle l'envie de se battre ? Ne cherchait-elle pas querelle parce qu'elle avait trop de sentiments pour lui ?

— Tout ce qui s'est passé ce soir était un mensonge, poursuivit-il. Au fond, vous le saviez. Je vous ai donné ce que vous recherchiez tout en conservant votre vertu, du moins au sens le plus littéral du terme. Certains n'auraient pas eu cette considération. C'est pour votre bien que j'ai joué le jeu.

— Mon bien ? N'osez pas galvauder ce qui s'est passé entre nous !

Horatia grimaça à s'entendre d'une voix si stridente. Sa main droite se leva, comme pour le gifler.

— Je ne vais pas vous laisser faire !

— Allez-y, ma chère. Frappez-moi, pour mes actes crapuleux et mes manigances ignobles. Mais nous avons des soucis plus immédiats.

Lucien attendit patiemment qu'elle lui donne une claque, mais Horatia, les larmes aux yeux, secoua simplement la tête et fit un pas en arrière.

— Même si vous le méritez, je ne pourrais jamais vous faire du mal volontairement.

Elle se détourna de lui. Chose qui, apparemment, ne servit qu'à aiguillonner la colère de Lucien. Il la suivit en trombe jusqu'à la porte, la saisit par les épaules et lui fit faire volte-face.

— Je ne veux pas que vous ressentiez quoi que ce soit pour moi, siffla-t-il. Pas d'amour, pas de pitié, pas même de bonté. Vous comprenez ?

Horatia réussit à lui rendre un triste sourire.

— Je comprends. Mais cela ne change en rien mes sentiments.

Ses paroles semblèrent allumer un feu en lui.

Il se pressa fort contre elle, ses mains parcourant l'intégralité de son corps. Puis il abattit sa bouche sur la sienne, la brûlant par la violence de son baiser. Horatia fondit contre lui, sachant qu'il la détestait d'agir ainsi. Il lui saisit le derrière, la serra convulsivement contre son corps, exigeant par son agression qu'elle hurle et se débatte. C'était comme s'il ressentait l'envie de la blesser, mais que rien ne pourrait égaler la façon dont il avait trahi son cœur.

— Repoussez-moi, bon sang ! gronda-t-il. Frappez-moi. Détestez-moi.

Mais Horatia ne lui offrit que des lèvres douces et des caresses agréables jusqu'à ce qu'il s'écarte.

Elle pointa le menton, sans crainte et déterminée à le lui prouver.

— Je n'en ferai rien. Vous essayez de me faire peur exprès. Cela ne fonctionnera pas. Vous ne me feriez jamais de mal.

Le grognement profond qu'il poussa était sauvage, la mettant en garde de ne pas s'approcher.

L'air sombre, il l'écarta pour pouvoir ouvrir la porte, puis il la traîna derrière lui par le poignet jusqu'à ce qu'ils quittent enfin la maison qui abritait le Jardin de Minuit. Lucien ordonna au valet posté pas très loin d'appeler un fiacre de location.

Lorsque le véhicule arriva, Lucien la poussa à l'intérieur et demanda au cocher de se rendre à Half Moon Street. Il ne s'excusa pas. Il ne prononça pas la moindre parole. Il s'arracha son masque et, quand il la surprit à le regarder, il se pencha vers Horatia pour lui ôter également le sien avant de les jeter tous deux sur le plancher. Elle gardait les yeux braqués sur lui.

— Cessez de me regarder ! s'écria Lucien.

Horatia eut un mouvement de recul, mais elle ne détourna pas le regard.

— Vous m'avez bien entendu ?

— Je pense que tout Londres vous a entendu.

Son ton était étonnamment posé. Elle était plutôt fière de lui tenir tête de la sorte.

— Alors, faites ce que je vous dis.

— Mes sentiments à votre égard ne me forcent pas à vous obéir. Particulièrement lorsque vous êtes aussi grossier. Ce n'est pas comme si nous étions mariés.

— Puisse le ciel m'épargner ce destin !

Malgré ses paroles cruelles, Horatia fut incapable de lui obéir, incapable de détourner le regard de la profondeur de ses yeux noisette. Il ne savait pas à quel point elle se sentait vivante quand il la touchait. Même sa brusquerie la faisait se consumer de désir. Elle aurait voulu se débattre, répondre à sa passion, mais tant qu'il ne lui rendrait pas son amour, elle ne pouvait pas céder à cette partie d'elle-même. Ils ne pourraient plus revenir en arrière si elle lui faisait voir le côté le plus sombre de sa nature, ces désirs secrets et interdits qu'elle aspirait à contenter entre ses bras. Il valait mieux qu'il ne sache jamais à quel point ils étaient véritablement similaires.

Le reste du trajet en calèche se déroula dans le silence. Lorsqu'ils parvinrent à Essex House, Lucien lui ordonna de ne pas bouger. Cette fois, elle lui obéit, mais seulement parce qu'elle avait besoin d'un moment de solitude afin de reprendre le contrôle de ses émotions.

Une fois que Lucien eût quitté le véhicule, les larmes reprirent. Elle renifla et s'essuya les yeux, essayant de ravaler cette boule douloureuse coincée dans sa gorge. La soirée avait été un rêve vraiment merveilleux... jusqu'à ce que Lucien gâche tout. Quel imbécile borné ! Comment avait-il pu feindre des émotions aussi tendres ? Ne l'appellerait-il plus jamais « son adorable astronome » ? Cela aussi avait-il été un mensonge ?

Dieu ! C'est moi qui suis une idiote.

Elle avait admis deux fois au cours de la soirée qu'elle avait des sentiments pour lui, et n'avait reçu que son mépris en retour. Horatia n'était plus une enfant, mais il semblait clair que Lucien la considérait toujours comme son ennemie. Elle n'était même pas digne d'une seconde chance.

Elle se remémora alors ce moment sur le lit, quand il l'avait menée à un summum de plaisir et l'avait réconfortée alors qu'elle était emportée par un tourbillon effrayant de sensations. Comment était-elle censée réconcilier l'image de cet homme doux et séduisant avec le tyran autoritaire qu'il était devenu une fois son masque retiré ? Il pouvait se montrer aussi différent que le jour et la nuit, et cette oscillation constante entre les deux extrêmes la rendait folle.

Horatia s'essuya le visage à la hâte quand elle entendit approcher plusieurs voix. Elle se décala pour permettre à Émily, Jonathan, Godric et Lucien de monter. C'était serré. Les trois gentlemen s'étaient comprimés du même côté pour céder la banquette opposée aux dames.

— Aïe, Jonathan, c'est mon genou ! siffla Lucien.

— N'est-ce pas confortable ? plaisanta Jonathan.

Godric grogna quand Lucien lui enfonça un coude dans les côtes en essayant de s'installer.

Horatia se prit à sourire involontairement en voyant les trois hommes adultes qui gigotaient les uns contre les autres comme des écoliers agités.

— Allez-vous nous dire de quoi il s'agit, Lucien ? demanda Godric une fois que la calèche se remit en route, cette fois-ci vers Curzon Street.

— Je vous expliquerai une fois que nous serons arrivés chez

Cédric. C'est mieux si j'en informe tout le monde en même temps. De la sorte, si quelqu'un a des questions, je n'aurai pas à me répéter.

Du regard, il prévint Horatia de ne rien dire.

— Très bien, grommela Godric qui essaya à nouveau de se mettre à l'aise, l'air résolument revêche.

Émily se pencha vers Horatia et lui chuchota :

— Où étiez-vous ce soir ? Je pensais que vous veniez dîner ?

— C'est une longue histoire, dont je ne pourrais vous faire part que lorsque nous serons seules. Mais pourriez-vous me couvrir ? Si Cédric vous pose la question, pourriez-vous lui dire que j'ai dîné avec vous ?

— Absolument, lui assura Émily. Je le ferai savoir aux autres.

— À quoi conspirez-vous ?

Godric regardait les deux femmes avec curiosité.

— Probablement un coup contre le Parlement, dit Lucien d'un ton aigre.

— Ne soyez pas bête. C'était il y a des semaines ! Nous sommes passées à l'Europe, à présent, répliqua Émily avec un sourire diabolique.

Godric ravala un rire.

— Vous avez de toute évidence trop de temps à tuer, ma chère. Je vais devoir corriger cela quand nous serons rentrés.

Il adressa à sa femme un large sourire qu'elle lui rendit au centuple.

— Cela dit, à quoi complotiez-vous *vraiment* ? demanda-t-il.

— Cela ne vous regarde pas, mon cher.

Émily osait à présent sourire à son époux qui fronçait les sourcils.

— Ce qui vous concerne me regarde.

— Bien sûr, mon cher, en convint-elle comme s'ils avaient déjà eu cette discussion des dizaines de fois.

— Émily, dit Godric en croisant les bras.

— Cela ne *me* concerne pas. Alors cela ne vous concerne pas non plus.

Quand il commença à protester, elle lui donna un coup de pied dans le tibia avec la pointe de sa botte.

— Aïe ! souffla-t-il d'indignation plus que de douleur.

— Oh, je suis terriblement désolée. Vous ai-je fait mal ? Que je suis maladroite ! On est vraiment à l'étroit dans cette calèche.

— Je vais vous le faire payer, ma chère.

— Et je pense que je vais beaucoup apprécier.

Durant une brève seconde, Horatia craignit que le couple de jeunes mariés oublie que quatre autres personnes se trouvaient dans la calèche et se lance dans des démonstrations publiques d'affection.

Horatia enviait l'amour qui liait si clairement Godric et Émily. Connaîtrait-elle la même chose un jour ? La balance n'avait pas l'air de peser en sa faveur.

Lorsque la calèche parvint à la maison de Cédric, Lucien en sortit d'un bond et gravit le perron en coup de vent. Godric fut le suivant, aidant sa femme à descendre. Jonathan était le prochain, mais il attendit patiemment d'aider Horatia. Elle remarqua le duo de masques reposant sur le plancher de la calèche et elle les ramassa ; l'un noir et l'autre argenté. Elle se mordilla la lèvre inférieure. Ce soir, le dernier de ses rêves d'enfance avait été réduit à néant. Jamais plus elle entretiendrait des pensées aussi stupides sur l'amour et le bonheur. Elle aurait aimé avoir la force de jeter ces masques, mais ses doigts refusaient de les lâcher. Elle sortit de la calèche et accepta la main ferme que lui tendait Jonathan.

— Merci, murmura-t-elle.

— Je vous en prie, répondit-il avec un sourire sincèrement affectueux.

Jonathan était un véritable gentleman et c'était dommage qu'Audrey fût si entichée de lui. C'est d'un homme comme lui qu'Horatia aurait dû tomber amoureuse. Au moins, elle aurait été respectée. Peut-être pas aimée, mais c'était un fait qu'elle allait devoir accepter. Elle était condamnée à ne plus jamais aimer.

— Nous ne sommes manifestement pas les premiers venus,

fit observer Jonathan en venant la rejoindre sur le seuil de la porte.

Ils tombèrent sur un spectacle déplaisant. Tenant Audrey à bras-le-corps, Ashton la retenait. Cédric était en train d'étrangler Charles contre le mur. Les pieds de ce dernier ne touchaient plus terre et son visage avait adopté une teinte violette peu naturelle.

— Que diable ? lâcha Jonathan.

Godric s'était déjà précipité pour écarter Cédric de Charles.

— Que se passe-t-il ? demanda Lucien.

Se débattant pour se libérer, Audrey assena un bon coup de coude dans les côtes d'Ashton. Quand elle essaya de lui en donner un deuxième, ce dernier la projeta délicatement dans les bras surpris de Jonathan.

— Tenez-la ! lui ordonna-t-il. Et faites attention, elle a des coudes comme des tisonniers !

Les bras de Jonathan se refermèrent sur la taille d'Audrey et il la tint prisonnière. À présent qu'Ashton était libre, il soupira et se passa la main sur les côtes.

— Il semblerait que Charles ait compromis Audrey ce soir, dit Ashton, répondant enfin aux questions de Godric et de Lucien.

— Quoi ?

Émily, incrédule, tourna brusquement la tête vers Ashton.

Godric réussit enfin à arracher Cédric de la personne de Charles qui s'écroula à quatre pattes, la respiration sifflante.

— Cédric, nous n'avons pas le temps ! l'interrompit Lucien. Il s'est produit quelque chose d'important. Ne me regardez pas de la sorte, c'est plus important que l'honneur de votre sœur.

— Qu'est-ce qui pourrait être plus important ?

— Votre propre sécurité et celle de tous ceux qui vont sont chers.

— De quoi parlez-vous ? Vous ne voulez quand même pas parler de ce mot laissé à ma porte, n'est-ce pas ? Je croyais que nous avions convenu qu'il s'agissait de menaces en l'air ?

— Je serais heureux de vous l'expliquer, mais nous devrions

envoyer les femmes à l'étage. Nous avons beaucoup de choses à discuter, et je n'ai pas le temps de traiter avec l'hystérie féminine, répliqua Lucien.

Sa remarque insensible lui valut un sourcil arqué de la part d'Émily et un regard noir de celle d'Audrey.

Godric s'approcha, prêt à ce que son épouse proteste.

— Je suis tout à fait d'accord. C'est une question qui ne peut être partagée avec des dames, dit-elle pourtant en levant la main. Nous nous retirerons à l'étage, comme vous nous l'avez demandé si poliment. Je préfère largement être en compagnie de femmes hystériques que d'hommes ridicules. Mesdemoiselles ?

Émily fit signe à Audrey et Horatia de la suivre. Celle-ci fut la première à rejoindre l'étage, mais Audrey n'était pas encore libérée de l'emprise de Jonathan.

— Lâchez-moi ! gronda-t-elle.

Il baissa les yeux vers elle, la tenant toujours dans ses bras, comme s'il était surpris qu'elle s'y trouve encore. Audrey lui écrasa les orteils et il fit un bond en arrière en poussant un cri. Elle souffla et suivit Émily et sa sœur d'un pas décidé. Cédric leur emboîta le pas jusqu'à la chambre d'Horatia et verrouilla la porte une fois qu'elles furent à l'intérieur. Audrey poussa des jurons infâmes qu'aucune femme et guère de marins connaissaient — certains étaient même en français —, et elle les couronna par un coup de pied énergique dans la porte. Malheureusement, ses chaussons n'étaient pas une arme des plus efficaces et elle laissa échapper un glapissement de douleur. Elle sautilla follement d'avant en arrière, serrant ses orteils meurtris.

— Pourquoi les avez-vous laissés nous enfermer de la sorte ? geignit Audrey.

— Parce que vous n'avez pas été soumise aux indignités que j'ai dû subir lorsque ces hommes n'obtiennent pas ce qu'ils veulent. C'est particulièrement désagréable d'être malmenée, et bien plus indigne que cela.

Émily lissa ses jupes en velours bleu nuit et s'assit sur le lit d'Horatia, la regardant avec impatience.

— En plus, je crois qu'Horatia est parfaitement au fait de la situation.

Venant rejoindre Émily sur le lit en boitant, Audrey regarda sa sœur.

— Eh bien ?

— Très bien, soupira Horatia. Mais vous ne devez pas dire un mot tant que je n'aurai pas terminé. Non, Audrey, pas même un petit.

L'intéressée, dont les lèvres s'étaient déjà ouvertes, s'interrompit et les referma.

Après le bref récit des événements de la nuit − fortement édité pour des questions de bienséance −, Horatia attendit qu'une de ses compagnes reprenne la parole. L'inquiétude assombrissait les yeux d'Émily, leur donnant une teinte pourpre plus profonde. Audrey cligna des paupières, en resta bouche bée puis répéta le mouvement.

— C'est plus grave que ce que je pensais. Une menace de mort pèse sur votre frère ?

Horatia hocha la tête.

— Lucien croit savoir qui est derrière cela, mais il ne comprend pas pourquoi ces hommes en discutaient dans un tel endroit.

— Les Jardins de Minuit sont réputés pour leur discrétion, dit Émily. C'est ce que tout le monde recherche, alors personne n'écoute les affaires privées des autres.

Horatia pinça les lèvres pendant un moment.

— Il existe une autre possibilité. Peut-être voulaient-ils être entendus ?

— Mais pourquoi ? demanda Audrey. Quel avantage cela leur donnerait-il ? À présent, nous savons que Cédric est en danger et nous sommes à même de le protéger.

Horatia croisa le regard d'Émily, lisant les pensées de l'autre femme.

— Audrey, te rappelles-tu quand Cédric t'a emmenée chasser une fois ? Il avait demandé à un jardinier de donner des coups dans les fourrés pour faire sortir les faisans de leurs cachettes. Peut-être secouent-ils les buissons et attendent-ils qu'ils s'envolent tous en même temps.

Audrey pâlit.

— Oh, non ! Cela signifierait que cet homme a conçu un plan et sait probablement comment Cédric et les autres vont réagir.

— Exactement, confirma Émily. Puisqu'ils ne reconnaîtront pas le piège et ne sauront pas comment y échapper même si nous les mettons en garde, ce sera à nous de les protéger d'eux-mêmes.

Pendant un long moment, elles restèrent toutes silencieuses alors qu'elles réfléchissaient à la tâche dangereuse qui les attendait.

— Vous êtes vraiment amoureuse de Lucien ? demanda Émily, ayant la miséricorde de changer de sujet.

La chaleur qui monta aux joues d'Horatia trahissait tout espoir de le nier.

— Je le suis. C'est stupide et imbécile d'aimer quelqu'un comme lui, mais je n'y peux rien.

Émily émit un rire délicat, mais son regard resta aiguisé.

— Je suis tombée amoureuse de Godric de la même façon. J'étais convaincue durant tout le processus que cela allait déboucher sur un désastre ou une peine de cœur, mais non !

Horatia y réfléchit en se mordillant la lèvre inférieure.

— Godric vous aime ; Lucien ne m'aime pas. Je pense qu'il ne m'apprécie même pas vraiment.

Émily renifla, mais pas de façon inélégante.

— Je pense qu'il existe une chance pour qu'il tombe amoureux de vous. J'ai appris quelques petites choses sur ces hommes. Lucien ne vous aurait pas embrassée s'il n'en avait pas eu envie. Plus encore, j'ai décelé à votre égard des signes de possessivité et de jalousie, pas de dégoût.

Horatia tenta de lui cacher que son cœur frétillait d'excitation.

— Ah oui ?

— Oh, absolument. Il fusille du regard tout homme qui vous

fait un baisemain, et il vous escorte toujours à table quand nous dînons ensemble.

C'étaient des arguments valides, mais ils ne démontraient pas vraiment que Lucien lui vouait un amour éternel.

— Revenons-en à présent à cette histoire d'assassinat. Nous savons que Waverly veut la mort des membres de la Ligue, et il semblerait bien qu'il souhaite commencer par votre frère. Je suis sûre que Lucien était contrarié.

— Je ne sais pas si c'était Waverly, dit Horatia. Lucien a dit qu'il reconnaissait la voix, mais il ne m'a pas dit à qui elle appartenait.

— À ma connaissance, Waverly est le seul homme qui revient dans leurs conversations quand ils mentionnent des ennemis, a dit Émily.

— Pas étonnant qu'ils nous aient envoyées à l'étage, songea Horatia. Ces hommes insensés prévoient certainement de partir en guerre et de nous mettre à l'abri du danger. C'est attentionné.

— Attentionné ? contesta Audrey. Ils veulent gâcher notre plaisir.

— Je ne pense pas qu'une menace soit une partie de plaisir, dit Émily. Cela étant, même si cela part d'une bonne intention, nous tenir à l'écart est une erreur.

— Alors nous devrions formuler notre propre plan, déclara Horatia. Nous sommes capables de plus qu'ils veulent bien l'admettre.

Si la vie de son frère était vraiment en danger, elle n'allait certainement pas laisser les hommes se débrouiller seuls. Elle protégerait son frère selon ses propres termes.

— C'est une excellente idée !

Audrey se redressa d'un bond comme si elles planifiaient une fête.

Émily était déjà en pleine réflexion.

— Effectivement. Mais d'abord, j'aimerais savoir pourquoi Cédric essayait de tuer Charles. C'est le pire moment pour que la

Ligue se retrouve divisée, et je ne peux m'empêcher de me souvenir de notre dernière conversation, Audrey.

Audrey rougit.

— Je... Je sais que vous aviez dit que vous parleriez à Ashton à propos de Jonathan, mais j'ai perdu patience.

Horatia laissa échapper un rire.

— Tu as toujours été trop impulsive.

Émily pinça les lèvres comme si elle se préparait à une catastrophe.

— Audrey, qu'avez-vous fait exactement ?

— J'ai convaincu Charles de m'aider.

Horatia plissa les paupières.

— De t'aider *comment* ?

— Il m'a peut-être initiée aux subtilités du baiser, avoua Audrey.

— Audrey ! dit Horatia, choquée.

Sa sœur n'intègrerait-elle donc jamais que ses actions entraînaient des conséquences ? Elle admettait qu'elle était mal placée pour dire quoi que ce soit, compte tenu des événements de sa propre soirée, mais elle savait que Lucien ne serait jamais contraint de l'épouser. Si Audrey ne se montrait pas plus prudente, Charles et elle pourraient bien finir fiancés.

— L'expérience a été intrigante, puisque je ne ressens pas de véritable attirance pour Charles.

— Audrey, vous ne l'avez quand même pas laissé vous embrasser ? insista Émily. Pas étonnant que Cédric ait eu des envies de meurtre. Je vous avais mise en garde de...

— Il ne s'est rien passé, excepté que je l'ai embrassé. Il ne m'a même pas rendu mon baiser. Et pour ceci, dit-elle en désignant son apparence échevelée, il a simplement arrangé mes vêtements et mes cheveux puis m'a dit de me mordre un peu les lèvres. Je voulais que Cédric *pense* que j'avais été compromise. J'avais espéré qu'il me permettrait d'épouser Jonathan à la place...

Horatia resta bouche bée devant l'impudence de sa sœur. *Suis-je la seule Sheridan saine d'esprit de la famille ?* Dès que la question lui vint à l'esprit, elle étouffa un grognement d'embarras. En vérité, elle ne valait pas mieux qu'Audrey.

— Et il l'a fait pour vous aider ?

Émily semblait douteuse.

— Absolument, confirma Audrey. Mais il m'a fallu le convaincre. Il était vraiment en colère contre moi, particulière-ment puisque je l'ai accosté dans son propre salon. Le pauvre a dû se réfugier derrière un canapé pour m'échapper.

L'image était tout simplement trop amusante : Charles qui escaladait les meubles afin d'échapper aux baisers d'une ravissante débutante. Horatia dut se mordre le poing pour réprimer un grand éclat de rire.

Émily n'eut pas la même retenue.

— J'aurais donné n'importe quoi pour assister à la scène ! dit-elle, hilare, tentant de reprendre sa respiration.

Horatia essuyait ses larmes. Audrey, redevenue elle-même, imita Charles qui avait dégringolé du canapé lorsqu'elle l'avait embrassé. Elle émit un cri théâtral et s'affaissa à terre avec un bruit sourd. À présent, Horatia riait si fort qu'elle parvenait à peine à respirer.

৩৯৩

UN ÉTAGE PLUS BAS, LUCIEN ET LES AUTRES MEMBRES DE LA Ligue levèrent les yeux vers le plafond du salon. Les bras croisés, il haussa un sourcil en entendant les bruits étranges au-dessus de leurs têtes.

Il y eut un cri fort, un bruit sourd et des éclats de rire débridés.

— Que se passe-t-il là-haut ? demanda Charles.

— Elles sont probablement en train de sauter sur les lits, grommela Cédric.

— Ce ne sont plus des enfants, rétorqua Lucien. Quelqu'un devrait les en informer.

— Pensez-vous qu'il soit sage de les laisser seules là-haut ? demanda Godric.

Sa tête était inclinée comme un chien qui entendrait des bruits étranges.

— Elles vont bien.

À présent qu'il leur avait communiqué les informations les plus pertinentes, Lucien devait leur rappeler l'objectif de cette réunion. Des vies étaient en danger.

— Alors, qu'allons-nous faire pour contrer cette menace ?

— Waverly ne l'emportera pas, dit Cédric avec assurance. Nous sommes capables de nous défendre.

— Quoi qu'il en soit, dit Godric, il serait malavisé que l'un d'entre nous ne conserve pas un œil sur vous et vos sœurs. Même si Waverly a l'intention de vous tuer, elles risqueraient de devenir des dommages collatéraux.

— Je n'ai pas l'intention de les laisser quitter la maison, déclara Cédric. Si elles y sont vraiment obligées, ce sera sous escorte.

— N'oubliez pas la facilité avec laquelle nos défenses ont été pénétrées, ici même, à l'automne dernier, leur rappela Ashton. C'est passé très près, avec cet homme qui a enlevé Émily. C'est une maison, pas une forteresse.

Lucien s'engagea à ne plus se sentir aussi incapable de protéger Horatia.

Mais Cédric refusait de se laisser détourner si facilement de sa précédente source de colère.

— Avant de discuter d'Horatia, je dois défendre Audrey contre ce parfait scélérat, dit-il en tendant un index vers Charles, qui l'a séduite dans une maudite calèche !

— Je ne l'ai pas séduite, Cédric.

Charles leva les mains pour se défendre au cas où Cédric se jetterait à nouveau sur lui.

— Je vous avais prévenu qu'elle ferait mieux de se marier bientôt. C'est une chance qu'elle soit venue à moi en premier. Un autre homme aurait pu abuser de la situation.

— Me dites-vous que vous ne l'avez pas touchée ? demanda Cédric.

— La toucher ? Si, mais je ne l'ai pas embrassée. Elle m'a demandé de l'arranger pour lui donner l'air d'avoir été compromise.

— L'*air* d'avoir été compromise ? Espèce de *saligaud* !

Cédric eut l'air prêt à bondir à nouveau sur Charles.

— Des femmes ont été perdues de réputation pour une chose aussi simple qu'un regard enflammé, et vous choisissez « d'arranger » ma sœur ? Que se passerait-il si la *Gazette de la Lorgnette* avait eu vent de son apparence ? Elle ne trouverait jamais de prétendant.

Ashton s'interposa entre eux, levant une main pour empêcher Cédric d'avancer.

— Allons, Messieurs, dit-il d'un ton résolu qui arrêta les deux hommes. Allons-nous devoir régler la question dans un ring ?

— Je ne le recommanderais pas, dit Godric avec un sourire en coin. Mais si c'est le cas, je parie dix livres sur Charles.

Cédric et Charles échangèrent des regards prudents avant de refuser, en partie parce qu'aucun des autres ne voulait relever le pari. Ashton laissa retomber sa main quand il fut certain que Cédric ne réessaierait pas de tuer Charles et Lucien poussa un soupir de soulagement. Il n'avait aucun désir de s'interposer entre ses amis. Charles était champion de boxe et Lucien ne voulait pas se retrouver avec un œil au beurre noir simplement parce qu'il avait voulu imposer la paix. Si Ashton voulait y risquer son propre visage, c'était à lui de voir.

Jonathan, qui était resté à l'écart du groupe, prit soudain la parole.

— C'est ainsi que se déroulent toutes vos réunions de la Ligue ? Nous pourrions nous concentrer sur le vrai problème et sur l'importance de protéger les dames.

Ashton se tourna vers Cédric et s'exprima durement.

— Vous avez raison, Jonathan. Revenons-en au problème qui nous intéresse. Je pense qu'il vaudrait mieux, Cédric, que vous emmeniez Horatia et Audrey loin de Londres, du moins jusqu'à ce que nous autres réglions cette affaire.

— Vous voulez que je m'enfuie, la queue entre les jambes ?

Cédric avait l'air choqué et indigné par cette idée.

— Vous savez que je ne vous demanderais jamais une telle chose.

La voix d'Ashton s'était radoucie.

— Mais pour l'amour de vos sœurs, oui. Vous les emmèneriez jusqu'au bout de la Terre pour les protéger. Nous le savons tous.

La résistance féroce de Cédric flancha contre le pouvoir de persuasion de la demande raisonnable d'Ashton.

Cédric s'affaissa.

— Et où voulez-vous que je me rende ?

— Un endroit où Waverly ne penserait pas immédiatement à vous chercher, proposa Godric.

Le cœur de Lucien s'emballa quand il trouva l'endroit parfait pour garder Horatia en sécurité.

— Et pourquoi pas mon domaine du Kent ? Vous pourriez y emmener vos sœurs et y rester jusqu'au Nouvel An. Ma mère est en résidence avec Lysandra et Linus, aussi, aurez-vous de la compagnie.

Il n'avait pas besoin d'ajouter que si les hommes d'Hugo devaient s'enquérir discrètement de l'endroit où ils avaient pu se rendre, la propriété de Lucien serait le dernier nom sur leur liste.

Éloigner les sœurs Sheridan de Londres était un très bon plan. Tout était bon pour les écarter du danger... et tenir Horatia à bonne distance de sa personne. C'était faire d'une pierre deux coups, comme disait le proverbe.

— C'est une excellente idée, en convint Ashton. Nous autres pourrons rester ici pour tenter de résoudre ce problème. Lucien, vous accompagnerez Cédric et ses sœurs, bien sûr.

— Quoi ? Clapota Lucien.

C'était la pire idée de tous les temps. Aller se terrer dans son domaine en compagnie d'Horatia, alors qu'il connaissait tous les coins secrets dans lesquels il aurait pu l'entraîner ? Damnation !

— Je serai plus utile pour m'occuper des hommes d'Hugo, le contra-t-il.

— C'est votre domaine, lui rappela Ashton d'un ton ferme. Et vous avez également été le premier visé par ces attaques. Vous escorterez Cédric et ses sœurs. Espérons que ce problème sera résolu avant Noël ! Sans quoi, vous passerez les fêtes auprès de votre famille.

Cela ne rendait pas la situation plus attrayante. Lucien réprima l'envie de taper du pied comme un petit garçon en colère. Jonathan lui adressa un regard sympathique, comme s'il avait compris l'effet qu'aurait sur lui la présence d'Horatia. Était-ce ce que l'ancien valet ressentait en présence d'Audrey ? Partageait-il l'intérêt que lui portait la benjamine des Sheridan ?

Il essayait de se comporter décemment et de tourner le dos à la tentation, et voilà qu'Ashton lui offrait pratiquement Horatia sur un plateau d'argent. Il avait besoin qu'elle soit en sécurité, pas simplement de Waverly, mais également de lui-même. L'avoir si près de son lit dans sa propre demeure était loin d'être sûr.

Mais quel autre choix avait-il ?

— Très bien, dit Lucien de mauvaise grâce. J'accompagnerai Cédric.

Il ne voulait pas passer des heures dans une calèche avec Horatia, et il ne désirait absolument pas se retrouver coincé dans son domaine avec elle pendant les vacances. Savoir que sa mère serait là n'arrangerait rien. Elle avait l'habitude agaçante d'intervenir dans ses affaires, et il craignait qu'elle n'interfère avec Horatia. Sa mère avait un faible pour les Sheridan, Horatia en particulier. Laisser sa mère s'approcher de la jeune femme lui causerait trop de problèmes à son goût.

— Quand devons-nous partir ? demanda Cédric à Ashton.

— Dès que possible. Pensez-vous que vos sœurs pourraient être prêtes à l'aube ?

Cédric lâcha un grand éclat de rire.

— À l'aube demain ? Absolument pas. Vous devez donner à

Audrey au moins une journée pour faire ses bagages, sans quoi cette petite diablesse me harcèlera jusqu'au Kent.

— Un jour, alors, mais je veux vous voir, vous et vos bagages, dans vos calèches avant le point du jour.

Ashton était très sérieux.

— Demain matin, Godric et moi nous rendrons au Jardin de Minuit pour essayer de surprendre les deux hommes de ce soir durant leur rendez-vous. J'aimerais voir de mes propres yeux s'il existe bien la preuve que c'était Waverly. Il faut qu'on sache à qui nous avons à faire.

— À présent que tout est réglé, grogna Cédric, cela vous dérangerait-il de tous ficher le camp de ma demeure ?

— Très bonne idée, dit Godric.

Son regard se perdit alors au plafond.

— C'est très calme, là-haut, fit remarquer Jonathan.

— Trop calme, en convint Lucien.

Soudain anxieux, les six hommes sortirent du salon et gravirent l'escalier qui menait à la chambre d'Horatia. La porte était toujours verrouillée. Lucien colla l'oreille contre le bois et écouta. À l'intérieur, tout était silencieux.

CHAPITRE 10

— Les entendez-vous ? demanda Charles.

Cédric posa un doigt sur ses lèvres.

Lucien tendit l'oreille pour essayer d'entendre le moindre bruissement ou craquement, mais peine perdue ! Avec précaution, Cédric déverrouilla et ouvrit la porte. La chambre était vide. Les fenêtres étaient fermées et verrouillées et il n'y avait aucun signe des femmes.

— Ash ? dit Godric dans un murmure imperceptible.

Ashton hocha la tête et entra, son regard pénétrant se posant de partout. Les femmes n'avaient pas l'air de s'être cachées. Aucun signe de départ précipité. Elles avaient tout bonnement disparu.

— Où diable est mon épouse ? s'écria Godric, déchirant le silence.

Comme pour répondre à sa question, un valet grimpa les marches et remit à Cédric une feuille de papier. Abasourdi, il la déplia et la lut à haute voix.

Mes chers Messieurs,

Nous vous attendons dans la salle à manger. Veuillez ne pas vous joindre à nous tant que vous n'aurez pas décidé d'un plan d'action pour contrecarrer la menace qui pèse sur lord Sheridan. Nous serons plus que ravies de vous faire part de nos opinions à ce sujet, mais en vérité, nous vous soupçonnons de ne pas vouloir entendre nos pensées. C'est là un défaut de la gent masculine et nous ne vous en tiendrons pas rigueur. À l'avenir, cependant, il serait sage de ne pas nous enfermer dans une chambre. Résister à un défi nous est impossible, chose que vous devriez pourtant savoir. Mieux vaut ne pas se frotter aux femmes intelligentes.

Cordialement,
La Société des Ladies Rebelles

— « Cordialement » ? railla Lucien.

— « La Société des Ladies Rebelles » ? ajouta Jonathan, perplexe.

— Que le ciel nous vienne en aide ! grogna Ashton en se passant la main dans les cheveux. Elles se sont donné une appellation.

— Je vous parie une centaine de livres qu'Émily est derrière tout cela. C'est pour se gausser de nous, dit Charles d'un ton très sérieux.

— Nous verrons bien si elles seront encore rebelles quand nous en aurons fini avec elles.

Cédric retroussa les manches de sa chemise blanche puis le groupe descendit à la salle à manger. Ils la trouvèrent vide. Le valet réapparut et Cédric se dit qu'il n'était peut-être jamais reparti. S'éclaircissant poliment la gorge, il tendit à Cédric un deuxième mot.

— Un autre mot ? À quoi jouent-elles ?

Il manqua déchirer le papier en le dépliant. Encore une fois, il le lut à haute voix.

Avez-vous sincèrement cru que nous révèlerions aussi simplement l'étendue de notre astuce ? Vous nous avez grandement sous-

estimées. Quelle injustice de nous avoir cru incapables de vous déconcerter pendant au moins quelques minutes ! Peut-être devriez-vous nous chercher à l'endroit où nous aurions dû être et celui où nous nous sommes déplacées.

Nos salutations,
La Société des Ladies Rebelles

— JE VAIS LA TUER, DIT CÉDRIC.

Peu importe à laquelle des trois femmes rebelles il faisait référence.

La Ligue des Rebelles repartit vers le salon. Cédric ouvrit la porte à la volée. Émily était assise devant la cheminée, un tambour à broder à la main, occupée à piquer le tissu avec une fine aiguille pointue. Audrey parcourait un de ses nombreux magazines de mode, les yeux braqués sur les gravures, insensible à toute distraction.

Horatia s'était positionnée sur la banquette de fenêtre, assez près d'une bougie pour pouvoir lire son roman. Lucien put lire le titre de loin. C'était *Lady Eustache et le Marquis Joyeux*, le roman qu'il lui avait offert au Noël précédent. Pour une raison quelconque, l'idée qu'elle lui fasse la nique avec son propre cadeau était hilarante. Il fut saisi d'une hilarité soudaine, particulièrement quand il repéra une légère rougeur remonter le long de ses joues. Il avait choisi ce livre pour la choquer, sachant pour l'avoir lu en personne l'année précédente qu'il contenait des passages explicites.

— Hum, fit Cédric en s'éclaircissant la gorge.

Trois paires d'yeux féminins se braquèrent sur lui, chacune ne reflétant guère plus qu'une légère curiosité.

Émily sourit.

— Ah. Vous voilà.

— Votre petite réunion est terminée ? demanda Audrey en reposant son magazine et en souriant à son frère.

La manière dont elle avait dit « votre petite réunion »

confirma à Lucien qu'elles s'amusaient à leurs dépens. Ou peut-être s'était-elle trahie par la façon dont elle se mordait la lèvre inférieure pour s'empêcher de rire ? Quoi qu'il en soit, les sœurs de Cédric avaient défié les hommes et ils n'étaient pas d'humeur à jouer. Particulièrement pas Cédric.

— Vous, dit-il en désignant Audrey. Au lit, tout de suite !

Son doigt accusateur se braqua ensuite sur Émily.

— Depuis quand brodez-vous ? Je me rappelle clairement que vous m'aviez dit que c'était une perte totale de temps.

— Au vu de votre comportement cruel de ce soir, quand vous nous avez exclues de vos décisions, j'ai décidé de reprendre cette activité plutôt inutile, répondit Émily comme s'ils discutaient de la météo.

Elle leva poliment le tambour à broder, qui était orné de fleurs encadrant une simple phrase que tous les hommes présents parvinrent à lire : « Ne défiez jamais une femme ». Lucien ne savait pas comment elle était parvenue à broder cela en si peu de temps.

— Nous vous avons tenues à l'écart parce que cette question ne vous concerne absolument pas, Mesdames. En outre, c'est une situation délicate et dangereuse, dit Cédric.

— Hum, répondit Émily, un son féminin qui résonnait d'une étrange condescendance. Peut-être que nous les femmes sommes en train de vous tirer d'une situation dangereuse, mais n'avons pas trouvé bon de vous informer de nos intentions. Si vous insistez pour nous laisser dans le noir, nous poursuivrons nos efforts pour vous garder tous en vie, même si vous nous en croyez incapables.

Godric fronça les sourcils.

— Personne n'a dit que vous étiez incapables. Vous savez que nous ne le pensons pas, Émily.

Horatia vola à la défense de cette dernière.

— Elle a raison. Garder des secrets ne servira qu'à nous diviser et nous mettra tous en danger. Expliquez-vous, Cédric. Je ne quitterai pas cette maison tant que vous ne m'aurez pas révélé ce que vous et les autres avez prévu.

— Très bien. Je vous en parlerai demain matin, mais pas ce soir. Il est tard et tout le monde a besoin de repos, répliqua son frère.

— Sornettes ! Vous pouvez nous le dire tout de suite, insista Émily.

— Godric, récupérez votre épouse et ramenez-la chez vous avant que je m'en serve comme d'une pelote à épingles, menaça Cédric.

Godric, qui essayait de cacher un sourire en coin appréciateur, paraissait trouver particulièrement amusante la ruse qu'avait jouée sa femme aux autres hommes. Cela dit, il s'exécuta rapidement en entendant l'impatience de Cédric.

— Venez, Ém. Je crois que vous vous êtes fait suffisamment comprendre.

Il prit le cercle brodé et le jeta sur un fauteuil vide à proximité. Puis il passa un bras autour de la taille d'Émily pour l'attirer contre lui, déposant un baiser sur son front.

— Vous ne le laisserez pas se servir de moi comme d'une pelote à épingles, mon chéri ? lui demanda-t-elle en passant son bras dans le sien après qu'il l'eut libérée.

— Jamais, ma chère. Il est tout simplement contrarié de n'avoir pas compris comment vous êtes sortie de la chambre d'Horatia alors qu'il vous y avait enfermées, ou comment vous êtes arrivées ici sans être détectées.

Émily jeta un regard arrogant en direction de Cédric.

— Et il ne trouvera jamais.

— Mais vous me le direz, n'est-ce pas ?

Godric regardait sa femme avec adoration.

— Peut-être, si vous m'y incitez suffisamment.

— Me demandez-vous de vous séduire ?

— Que pourrais-je demander d'autre ? répliqua Émily en riant.

— Oh, pour l'amour de Dieu ! Emmenez-la, Godric, plaida Cédric.

Assister à ce genre de tendres taquineries le mettait toujours dans tous ses états.

— Il a raison, Émily. Nous devrions rentrer.

Il l'escorta hors de la pièce, collé à elle.

— Je devrais y aller aussi.

Ashton s'inclina et emboîta le pas à Godric et Émily.

— Jonathan, auriez-vous la gentillesse de ramener Audrey à l'étage ? Elle ne m'a manifestement pas entendu quand je lui ai dit d'aller se coucher, dit Cédric.

Jonathan essaya de protester.

— Vu les circonstances, ce soir, je préférerais me porter pâle, après votre réaction envers Charles...

— Contrairement à Charles, vous avez le sens de l'honneur. Je vous fais suffisamment confiance pour accompagner ma sœur à l'étage.

Charles et Lucien observaient la scène avec un amusement non négligeable. Cédric ne se rendait manifestement pas compte de la position dans laquelle il avait placé Jonathan. Lucien ouvrit la bouche pour dire quelque chose, mais il y réfléchit à deux fois quand il remarqua l'air sombre de Cédric.

— Et vous !

Cédric braqua enfin sa colère vers Horatia, mais il se trouva incapable d'en faire quoi que ce soit.

— Eh bien, euh, je verrai plus tard.

Il se tourna vers Charles et, sans prévenir, lui colla une droite dans l'œil.

— Ceci est pour avoir compromis ma sœur, espèce de fripouille. J'espère que cela noircira correctement votre portrait et incitera les femmes à se raccrocher à leur sens moral en votre présence, du moins pendant une semaine.

Charles grogna, les mains plaquées sur son visage.

— J'ai juste aidé Audrey. Si vous ne pouvez pas le

comprendre, je vais prendre congé. On se reverra quand vous vous serez calmé.

Il adressa à tous une révérence moqueuse et s'en alla. Sans une parole de plus, Cédric quitta alors le salon, claquant la porte derrière lui.

Audrey regarda les deux autres hommes, Lucien et Jonathan, qui se trouvaient à l'autre extrémité du salon. Ce dernier la regarda avec hésitation, puis il se tourna vers Lucien qui haussa les épaules d'un geste indifférent. Elle se mordit la lèvre, essayant de ne pas sourire. Le voir se tortiller était vraiment amusant.

— Miss Audrey, voudriez-vous bien m'accompagner à l'étage ? Je voudrais...

Mais Audrey l'interrompit.

— Non, je ne pense pas, déclara-t-elle.

Tous les hommes s'étaient montrés tellement rustres ce soir-là qu'elle refusait de céder du terrain, même si c'était lui.

Elle se plongea à nouveau dans son magazine de mode. Les yeux de Jonathan se rétrécirent. Elle feignit un bâillement, notant la façon dont ses narines s'évasaient et ses poings se serraient. Elle trouvait un malin plaisir à le contrarier. Elle savait qu'il souhaitait seulement cimenter sa position dans la Ligue et qu'elle ne lui facilitait pas la tâche.

— Elle a besoin d'une main ferme, Jonathan. Montrez-lui qui est aux commandes, l'encouragea Lucien, tout sourire, en s'appuyant contre le mur.

Jonathan grimaça et se dirigea jusqu'à la chaise d'Audrey.

— Miss Audrey.

Cette fois-ci, son ton était clairement un avertissement.

— Vous allez venir avec moi immédiatement.

Pointant le menton, Audrey déclara la guerre.

— Vous n'*oseriez* pas me toucher, pas après ce que mon frère a fait à Charles.

Secrètement, elle espérait qu'il en aurait l'audace. Le frisson de le faire s'escrimer à capturer son attention lui donnait des palpitations.

— Audrey, ne l'encourage pas, l'interrompit Horatia qui voyait clairement la tempête se préparer.

Elle abandonna son livre et se redressa, mais Lucien se décolla du mur pour lui bloquer le passage. Horatia se laissa retomber sur son siège, croisa le regard d'Audrey et secoua le menton pour la mettre en garde.

— J'oserai vous toucher et plus encore, espèce de petite rebelle, dit Jonathan.

Sans lui donner le temps de réagir, il la prit dans ses bras.

Audrey donna des coups de pied et se débattit. Il était en train de gâcher la façon dont elle avait planifié leur rencontre. Ce n'était pas censé se passer ainsi. Elle voulait être séduite ! Quand ses protestations s'avérèrent futiles, elle riposta d'un geste qui fonctionnait avec les petits enfants et les animaux turbulents.

Elle roula son magazine et commença à le frapper à la tête en criant :

— Prenez ceci, espèce de bête !

Jonathan ne broncha pas sous cet assaut, même quand il reçut un bon coup entre les yeux.

Il la regarda avec un tel degré d'irritation que des étincelles parurent voler.

— Ah, je suis une bête ?

Jonathan sortit de la pièce en la tenant toujours entre ses bras, et il la porta jusqu'en haut des marches. Quand il atteignit sa chambre, il faillit enfoncer la porte d'un coup de pied. Audrey abandonna son magazine et recommença à se débattre.

Seigneur, comme il est fort ! songea-t-elle avec un pincement soudain de désir. Elle n'avait pas envisagé de se sentir dépassée de la sorte, et certainement pas de l'apprécier autant. Se faire malmener avait peut-être des avantages, après tout. Et s'il perdait le contrôle de lui-même et lui arrachait ses vêtements ? L'excitation vertigineuse qui s'empara d'elle la rendit muette.

Il s'avança vers son lit et soudain, elle fit un vol plané. Cet homme horrible l'avait jetée ! Elle frappa le matelas avec un cri de surprise et bascula de l'autre côté, atterrissant à terre avec un bruit sourd douloureux.

— Aïe ! souffla-t-elle, ressentant une douleur à la hanche gauche.

Elle était déjà tombée à terre deux fois et la troisième était vraiment de trop. Elle essaya de se redresser et un petit geignement s'échappa de ses lèvres. Cette fois, elle était certaine de s'être fait un bleu. Un instant plus tard, Jonathan venait la reprendre dans ses bras, la reposant plus délicatement sur son couvre-lit rose.

— Je suis vraiment désolé, Miss Audrey. Je me suis laissé emporter, je n'avais pas l'intention de...

Le visage de Jonathan était rouge d'embarras. Une boucle de cheveux blond cendré retombait sur son front et Audrey tendit la main pour l'écarter. Son contact le fit reculer, mais la jeune femme était trop envoûtée par la proximité de ses lèvres.

Elle n'avait pas oublié les innombrables conversations qu'elle avait eues avec certaines des femmes de chambre les plus bavardes. Elles l'avaient éclairée sur un certain nombre d'intimités secrètes entre un homme et une femme. Sur la façon dont les langues pouvaient se toucher, dont le corps d'un homme durcissait, et même sur le fait qu'un homme et une femme pouvaient s'embrasser sous la taille pour accroître leur plaisir. Audrey avait absorbé ses histoires avec fascination et le désir de s'en faire sa propre expérience n'avait fait que croître.

Mais ce n'est qu'après avoir rencontré Évangéline Mirabeau qu'elle avait appris plus spécifiquement comment convaincre un homme de coucher avec elle. Toutes les façons pour le forcer à réagir, pour l'appâter par le désir...

Comme une femme affamée repérant une assiette de nourriture, elle enroula les doigts autour de la cravate de Jonathan et tira dessus. La bouche étonnée du jeune homme entra alors en collision avec la sienne et elle lécha la commissure de ses lèvres avec le bout de sa langue pour tenter de les lui faire écarter. Il ne résista qu'un instant avant de pousser un grognement et de grimper sur elle sur le lit. Les mains de Jonathan retroussèrent sa robe au-dessus de ses genoux et elle écarta les jambes sous son corps.

Il savait embrasser et elle apprenait rapidement. Il faisait danser fiévreusement ses lèvres et sa langue contre celles d'Audrey avec un abandon sauvage dont elle avait seulement rêvé jusqu'ici.

— Vous avez tellement bon goût, dit-il en déposant une série de baisers le long de sa joue jusque vers son oreille.

Audrey fut prise dans une tourmente de panique, de plaisir et de fascination qui parcoururent son corps en même temps. Plus, elle avait besoin de plus, tout de suite ! Elle desserra sa cravate et fit glisser les mains d'Audrey vers sa gorge, le long de ses épaules et sous son gilet, qu'il se mit alors à retirer. N'interrompant pas le baiser, il se débarrassa de sa veste et plaqua à nouveau la jeune fille sous lui.

Une de ses mains calleuses lui caressait la jambe – des mains de travailleur, réalisa-t-elle – et pour une raison inexplicable, cela lui plut. Il ne se contentait pas d'exister : il vivait, et cela lui enflammait les sangs et la remplissait d'une étrange imprudence. Elle voulait être avec lui, vivre comme il le faisait et connaître des choses avec lui. Il n'était pas un gentleman désœuvré, mais un homme qui avait gagné sa vie tout comme elle aurait aimé gagner la sienne.

Une bouffée de désir se manifesta dans son entrejambe. Elle se tendit, effrayée par la sensation de perdre le contrôle des réactions de son corps. Au même moment, Jonathan se pressa profondément contre elle, comme s'il avait su comment elle allait réagir. Audrey gémit et se cambra, parcourant avec les mains son corps puissamment musclé. Il n'avait pas vécu une vie de désœuvrement ; il était fait de muscles d'acier soutenus par une sensualité primale. Il suffit qu'il lui mordille la lèvre inférieure et frotte son pelvis contre son intimité pour qu'elle fonde complètement contre lui. Une des mains d'Audrey s'égara sous sa taille, cherchant dans son pantalon le renflement qu'il plaquait contre elle avec ferveur. Il poussa un grognement involontaire. Ils formaient une symphonie d'instincts primaires, des sensations exotiques et des sons palpitants qui s'unissaient pour composer un moment parfait qui aurait dû durer éternellement... mais qui ne le fit pas.

Se rappelant ce qu'Évangéline lui avait dit de faire, elle fit descendre une de ses mains jusqu'à l'entrejambe de Jonathan et caressa la hampe rigide qui pressait contre l'avant de ses culottes. Il siffla contre ses lèvres puis manqua rugir en conquérant sa bouche avec avidité. Elle essaya de refermer les doigts autour de la plus grande surface possible de son membre et elle le pressa. On lui avait dit que c'était la meilleure façon de stimuler l'intérêt d'un homme, aussi s'assura-t-elle de refermer le poing le plus fort possible.

Quelque chose parut se déplacer un peu sous ses mains, comme des boules de relaxation chinoises.

Jonathan glapit. Son visage devint un cri silencieux. Cette expression n'était-elle pourtant pas censée arriver plus tard ? Elle se rendit vite compte que ce n'était pas une expression de plaisir. Au contraire !

Jonathan s'arracha d'Audrey et se précipita sur sa veste. Sans regarder en arrière, il fit un sprint hors de la pièce. Enfin, c'était plus une claudication, les jambes arquées. Audrey demeura étendue immobile sur son lit pendant un long moment en peinant à reprendre sa respiration, essayant d'apaiser ses halètements profonds et la déception qu'elle ressentait à présent. Elle avait été si proche du but ! Qu'est-ce qui avait mal tourné ? Une chose était claire cependant : embrasser Charles ne lui avait pas provoqué ces sensations-là !

LE SALON CONTENAIT DES BOUGIES, UN FEU DE CHEMINÉE ET deux personnes qui n'auraient pas dû se trouver dans la même pièce. Horatia, qui ne voulait pas s'avouer vaincue, s'était à nouveau blottie sur la banquette de la fenêtre, sa robe argentée enroulée autour de ses chaussons, les genoux nichés sous son menton. Elle serrait les doigts sur son roman, *Lady Eustache et le Marquis Joyeux*, essayant de se concentrer sur les pages et non sur le marquis de chair et de sang assis près du feu. Durant le court laps de temps qui avait séparé le rapport de force entre Jonathan et Audrey, et le départ précipité de ce dernier peu après, Horatia et Lucien s'étaient retrouvés pris dans leur propre bataille. Bien que le regard de Lucien se porte sur les flammes vermillon de la cheminée, elle sentait son attention sur elle. C'était comme si ses pensées étaient devenues physiques et caressaient sa peau, l'incendiant d'une conscience qu'elle était incapable d'ignorer.

— Comment trouvez-vous votre roman ? Amusant ? Banal ? Particulièrement affreux ?

Le silence froid de la pièce succomba à la chaleur surprenante de sa voix.

Elle n'aurait pas dû répondre, mais c'était plus fort qu'elle.

— Ce n'est peut-être pas un chef-d'œuvre littéraire, mais...

— Mais ?

Lucien se retourna sur son fauteuil, appuyant un coude sur l'accoudoir et posant son menton dans sa paume, ayant l'air très intéressée par ce qu'elle avait à dire.

— Eh bien, c'est simplement que Lady Eustache est une héroïne particulièrement irritante.

Horatia feuilleta machinalement les pages qu'elle avait déjà lues avant d'oser couler un regard dans sa direction.

— Je suis d'accord. Eustache est un bien piètre exemple de personnage féminin. Il lui manque toutes les qualités positives susceptibles d'attirer un homme.

— Lesquelles, je vous prie ?

Horatia ferma le volume et le regarda avec curiosité.

— L'astuce, l'ingéniosité, l'intelligence, dit Lucien.

— Vous ne préférez pas que les femmes soient douces, modestes et obéissantes ?

— Une telle femme m'ennuierait terriblement. Certes, une femme peut être douce, mais si en plus, elle était modeste et obéissante, elle priverait un homme de toutes les joies d'une femme complexe. Et une femme se doit d'être complexe. On surestime les choses simples et les gens simples. Mais revenons à ce livre. L'intrigue doit forcément vous pousser à continuer, malgré le manque décevant de complexité de Lady Eustache ?

— Je dois admettre que oui. Eustache ne cesse de se fourrer dans les situations les plus absurdes. Par exemple, à la page quatorze, elle se retrouve enfermée dans une tour. Une tour ! Quelle femme est suffisamment insipide pour s'abandonner aux caprices de l'homme dès le début de l'histoire ?

— Il est stupide de se laisser enfermer dans une tour, mais faire confiance à un homme... dans certaines circonstances, peut être des plus palpitant. N'êtes-vous pas d'accord ?

Les yeux de Lucien étaient comme du miel, mais ses paroles lui avaient rappelé la morsure qui suivait souvent une telle douceur.

— Palpitant, oui, mais en fin de compte pas satisfaisant, vu que la confiance paraît débouler sur la trahison.

Elle revint à son livre, essayant de se concentrer sur Lady Eustache et sa folle échappée du château du marquis en plein milieu de la nuit. Quelles foutaises ! Pourtant, le personnage du Marquis Joyeux conservait également son attention, peut-être plus qu'il ne le méritait, un peu comme le marquis bien réel assis à seulement quelques pas d'elle.

— « En fin de compte pas satisfaisant » ? Je me souviens de vos cris de plaisir alors que mes doigts...

— Arrêtez ! siffla-t-elle en refermant brusquement son livre. Ou bien avez-vous oublié comment cela s'est terminé ?

Il sourit d'un air diabolique.

— Il faudrait m'y forcer.

— Oh ? Qui se comporte comme une enfant ?

Lucien ferma les yeux et s'humecta les lèvres.

— Je sens toujours votre saveur. Même si cela fait des heures, je ne peux m'empêcher de me demander si mes souvenirs vous rendent justice. Frémiriez-vous sous moi ? Gémiriez-vous mon nom en un plaisir indici...

Lady Eustache et le Marquis Joyeux connurent sa vengeance en atteignant Lucien en plein visage. Il poussa un juron, plaqua une main sur son nez et jeta un regard noir à Horatia qui était toujours assise sur la petite banquette de fenêtre qui donnait sur le jardin de derrière. Elle regardait actuellement le plafond. Lucien se redressa et se dirigea vers elle, une lueur prédatrice dans le regard.

— Que faites-vous ? Horatia s'aplatit contre la vitre froide, les mains plaquées derrière elle contre le verre glacé.

— Je pense qu'il est temps que je vous enseigne une leçon, et puisque vous n'avez plus rien à me lancer, l'occasion est parfaite.

D'un pas déterminé, il se rendit jusqu'à la banquette de fenêtre, les mains sur les hanches.

Horatia pointa le menton.

— Être dans la même pièce que vous est une punition suffisante.

Elle croisa les bras devant elle, adoptant une posture qu'elle espérait imposante, mais qui ne fit qu'attirer les yeux de Lucien vers ses seins.

— Être avec moi est une punition ?

Horatia se demanda si elle ne s'était pas mal exprimée.

— Je suppose qu'une meilleure question serait de savoir pourquoi vous me voyez comme une punition alors que vous affirmez que vous m'aimez ? Et ne le niez pas. Je peux voir vos pupilles dilatées et votre respiration qui s'accélère.

Cet arrogant vaurien avait raison ! Son cœur s'emballait et sa respiration était irrégulière.

— Me désirez-vous toujours, même après tout ce que j'ai fait ?

Il se pencha et lui saisit le visage entre les mains, passant tendrement les lèvres sur les siennes. Horatia oscilla vers lui, en désirant plus que ce contact douloureusement bref entre leurs bouches.

— Pourquoi ? répéta-t-il à voix basse en lui mordillant la lèvre inférieure.

Horatia refusait de répondre. Il savait très bien pourquoi. Il lui plaqua le dos contre la fenêtre et elle sentit la vitre couverte de givre lui brûler les omoplates. Il fit remonter la main le long de ses cuisses, dévoilant ses jambes à sa caresse et retroussant les jupes argentées jusqu'à sa taille. Lucien inséra un genou puis l'autre entre ses cuisses tandis qu'il s'agenouillait sur la banquette, l'emprisonnant contre la fenêtre. Il lui écarta les jambes pour pouvoir la soulever contre son corps et il la fit se mettre à califourchon sur lui. Les genoux d'Horatia lui serrèrent les hanches, se moulant à lui.

— Vous n'avez pas répondu à ma question.

— Laquelle ? demanda-t-elle, étourdie par le plaisir.

Elle sentit son corps se remplir d'un rire silencieux et pour une raison qui la mit en colère, il provoqua une vague de clarté. Horatia s'inclina en arrière et serra le poing, le lançant en direction du ventre de Lucien. Dans un grand souffle, il se plia en deux et ils tombèrent ensemble de la banquette. Horatia entendit sa robe craquer quand elle dégringola à côté de Lucien. Il était étendu sur le dos, une main refermée sur la zone meurtrie.

— Seigneur Dieu ! hurla-t-il. Je suis certain que vous venez de me détruire les intestins. C'est votre frère qui vous a appris à donner de tels uppercuts ? Charles courait peut-être plus de risque que je l'avais cru ; j'aurais dû accepter le pari de Godric.

— Vous l'avez mérité pour m'avoir aguichée aussi insupportablement. Vous avez de la chance que j'admire tellement votre visage, sans quoi je vous arracherais les yeux.

Elle plissa les paupières et se mit maladroitement à genoux, le fusillant du regard.

— Vous êtes devenue une vraie harpie maintenant que vous êtes vieille, vous savez ? plaisanta Lucien.

— Une harpie ? *Vieille* ?

Horatia était embarrassée par sa voix aiguë et elle serra les poings, prête à lui donner un nouveau coup.

— Cela fait combien de temps ? Trois saisons ? Vous êtes pratiquement une relique, ma chère. Vous avez même des chats pour compléter le tableau.

Lucien regarda la porte du salon où Manchon était assis et se léchait nonchalamment une patte à la chaussette blanche. Le chat s'interrompit quand il prit les deux Humains à le regarder.

— *Miaou* ?

Horatia ne put se retenir de rire. Cela irrita clairement Manchon qui s'en alla, sa queue touffue battant l'air comme un plumeau. Horatia se reprit et alla récupérer la pauvre Lady Eustache. Plusieurs pages étaient pliées, comme des ailes brisées. La gorge d'Horatia se resserra. Elle s'était toujours efforcée de garder ses livres en bonne condition, en particulier ceux que Lucien lui avait offerts. Pourquoi la mettait-il constamment dans tous ses états ?

❧

LUCIEN, TOUJOURS À TERRE, S'APPUYA SUR LES COUDES, LES jambes croisées aux chevilles, et il la contempla, les paupières à demi fermées. Il avait aimé la tarauder, mais la douleur résignée qu'il lisait dans ses yeux le mettait à présent mal à l'aise. Elle essayait de raplatir les pages du roman et son manque de succès la désolait.

— C'est juste un livre. Je peux vous en acheter un autre.

Les yeux bruns d'Horatia s'embuèrent.

— Ce ne serait pas la même chose.

— Ne me dites pas qu'au cours des dernières minutes, vous avez développé une affinité particulière pour Lady Eustache.

Il essayait de la taquiner, mais elle ne souriait pas.

— Ce n'est pas pour Lady Eustache que j'ai une affinité.

Horatia se redressa, ne remarquant apparemment pas la déchirure de sa robe près de son épaule. Le tissu argenté retombait sur son épaule gauche, exposant une partie de la courbe laiteuse de sa poitrine. Lucien pria en silence pour que la robe s'écarte davantage. Son mamelon aurait-il la couleur d'une pêche satinée ou bien d'une baie rouge sucrée ? Il avait terriblement envie de connaître son goût, d'explorer ce mamelon avec sa bouche, sa langue. Aimerait-elle être léchée, mordue ou sucée ? Toutes ces questions lui semblèrent tout à coup vitales. Il devait connaître les réponses. Lucien poussa un geignement de protestation quand Horatia remonta la manche déchirée, lui dissimulant cette poitrine tentante.

— Si vous voulez bien m'excuser.

Elle voulut partir, mais il se redressa d'un bond et attrapa l'arrière de sa robe, la faisant piler net. Elle passa un bras derrière elle et saisit le poignet qui lui tenait la robe, enfonçant ses ongles dans sa peau. La douleur ne le fit même pas grimacer.

— Lâchez-moi.

— Répondez à ma question.

Il se prit à sourire, sachant qu'elle allait céder. Sans quoi il ne la laisserait pas partir.

— Vous connaissez la réponse, répondit-elle en libérant son poignet et en croisant les bras.

Elle détourna le visage de lui.

— Vous n'êtes pas amusante, ce soir, marmonna Lucien.

— Depuis quand voulez-vous que je sois amusante, ou même que *je* prenne du bon temps ? Je crois me rappeler que votre vocation et de mettre mon cœur et mon âme en lambeaux puis de les écraser sous votre botte. Et félicitations, Lucien, vous avez réussi. Bravo ! Maintenant, je vous prie de me laisser partir, pour que je puisse être tranquille quand je commencerai à pleurer. Je vous en prie, épargnez-moi l'humiliation de m'effondrer en votre présence.

Sa voix était si ferme qu'il était difficile de croire qu'elle était au bord des larmes. Mais le tremblement quasi imperceptible de ses lèvres rose pâle était éloquent.

— Je vous promets de vous laisser partir si vous répondez franchement à ma question.

Il baissa la voix, s'exprimant plus doucement.

— Me désirez-vous toujours après tout ce que je vous ai fait ?

— Qu'est-ce que vous croyez ?

Horatia cligna des paupières pour contrer le scintillement des larmes.

— J'ai l'impression d'être une souris prisonnière d'un chat. Vous êtes pire que Manchon. Vous me donnez des coups de patte, me griffez, m'excitez, m'électrisez par vos frasques sauvages, mais ce n'est qu'un jeu pour vous. Vous me séduisez parce que vous vous ennuyez. Vous vous délectez de me donner l'espoir que vous me rendiez mes affections, puis détruisez tous mes rêves. Je vous en supplie, Lucien. Tuez-moi tout de suite ou laissez-moi seule pour toujours, mais pour l'amour de Dieu, cessez cette danse infernale. Je suis à l'agonie chaque minute de chaque heure de chaque journée, redoutant ce que vous allez inventer pour torturer mon cœur. Cessez de me faire souffrir et arrêtez.

Lucien était stupéfait. Il ne se serait jamais attendu à une telle honnêteté à propos de quelque chose d'aussi privé. Ses yeux d'un brun profond l'aveuglaient. La douleur de sa voix le perça au cœur, y laissant des cicatrices qu'il méritait entièrement. Elle avait raison. Il avait fait tout son possible pour l'ignorer ces dernières années, seulement pour la taquiner quand il ne parvenait pas à rester loin d'elle, et à quoi cela avait-il servi ?

Pourquoi avait-il continué à torturer Horatia ? La traiter aussi impitoyablement lui avait donné la triste satisfaction de parvenir à contrôler le désir qu'il avait d'elle, même si dernièrement, cela s'était fait de plus en plus difficile. Lentement, il desserra sa prise sur sa robe. Ils restèrent immobiles un moment, puis Horatia, serrant son livre contre elle comme un bouclier, fuit la pièce et remonta les escaliers en coup de vent. Lucien ferma les yeux en entendant le son distant de sa porte qui se refermait.

Quelque chose avait changé ce soir. Il ignorait quoi, pourtant il le sentait au plus profond de lui. C'était comme s'il avait été mis sur un cap et qu'il lui était impossible de faire machine arrière. Qui plus est, il n'en avait pas envie. La seule chose qu'il savait était que sa vocation – comme l'avait appelée Horatia – avait changé.

À partir du lendemain, il n'ennuierait ni ne taquinerait plus jamais Horatia, et ne serait d'ailleurs plus froid envers elle. Il maintiendrait avec elle une distance polie, quoique chaleureuse. Et une fois que cette terrible histoire avec Waverly serait réglée, il se mettrait en quête d'une épouse. Si Godric pouvait se poser alors lui aussi. Seulement, ce ne pourrait pas être avec Horatia.

Cédric n'approuverait jamais ce mariage. Si Lucien était à sa place, lui non plus ne l'aurait pas autorisé. Cédric l'avait vu coucher avec deux femmes à la fois, et savait que Lucien avait fait des choses au lit que même des membres de la Ligue ne se seraient pas permis. Stupidement, il s'était vanté de telles conquêtes et des méthodes de séduction astucieuses qu'il avait utilisées.

Non, Cédric ne permettrait jamais à sa sœur de se marier avec un homme tel que lui. Lucien ne trouverait pas non plus une femme qui éveillerait ses passions. Cela étant, il avait toujours su qu'il était condamné à un mariage sans amour. Il trouverait une gentille fille discrète, l'épouserait rapidement et poursuivrait le cours de son existence. Quand Horatia le verrait marié, elle serait alors capable de tourner la page. *Et le passé sera véritablement enterré*, songea-t-il.

Un corps noir élégant et couvert de fourrure apparut dans l'encadrement de la porte du salon. Manchon était de retour. Lucien, trop fatigué pour aller appeler un fiacre qui le ramènerait à Half Moon Street, décida de rester là, à la chaleur du feu, brûlant toujours du souvenir de la silhouette d'Horatia contre lui. Il se dirigea vers le canapé qui longeait le mur, tapota quelques coussins et s'y jeta dessus. Le feu crépitait, la seule lumière qui restait dans la pièce après qu'il eut éteint les bougies. Manchon émit un drôle de petit roucoulement et bondit sur la poitrine de Lucien.

Comme Cédric, il aimait tous les animaux, et il se mit à grattouiller le vieux chat derrière les oreilles. Le ronronnement qui s'ensuivit était fort, mais apaisant. Alors que le sommeil commençait à s'abattre sur lui, il se demanda s'il pouvait rester célibataire le reste de sa vie, avec un chat comme Manchon pour toute compagnie. Ou peut-être passerait-il ses journées au Jardin de Minuit, dont les dames étaient toujours prêtes à faire de ses rêves une réalité.

Toutefois, ce n'était pas de ces dames dont il rêva, mais d'une beauté larmoyante dans une robe argentée déchirée. Une Cendrillon dont le prince charmant n'avait pas dansé avec elle au bal, ne l'avait pas embrassée avant les douze coups de minuit. Dans le palais sombre de ses rêves, il tenait un chausson en satin d'argent oublié, et il pleurait pour tout ce qu'il ne pourrait pas connaître.

CHAPITRE 11

L e lendemain matin, Horatia enfila une robe du matin
en soie chevronnée française d'une couleur rose foncé,
et elle descendit le grand escalier. La maison était
calme, ce qui signifiait que Cédric et Audrey dormaient encore.
Elle traversa la maison d'un pas encore plus léger que d'ordinaire.
Passant devant le salon, l'étonnement la fit piler net puis reculer
de quelques pas pour jeter un coup d'œil discret par la porte
ouverte.

Dans le coin opposé de la pièce, Lucien était étendu sur le
dos, endormi sur le récamier. Manchon, ce diable de petit félin
était étiré sur le dos en travers du ventre de Lucien, une patte
levée en l'air, l'extrême bout de sa queue frétillant. Lucien avait
posé une main à plat sur le ventre du chat, le caressant avec des
doigts étonnamment gracieux. C'était le genre de caresses qu'on
faisait quand on était à moitié endormi... ou à moitié éveillé.

Ce spectacle fit naître une douleur en Horatia. Elle ne saurait
jamais si Lucien la caresserait ainsi au lit. C'est à ce moment-là
qu'elle comprit qu'il n'était pas reparti la veille au soir. Elle
ressentit une pincée de remords. Elle avait été une hôtesse
horrible ! Une chambre et un lit aux draps propres auraient dû

être mis à sa disposition. Lucien n'aurait pas dû subir l'inconfort d'un récamier.

Horatia fit un pas hésitant à l'intérieur, mais quand il la vit, Manchon bougea et se mit à ronronner. Craignant de réveiller Lucien, elle battit en retraite vers la salle du petit-déjeuner où un repas chaud l'attendait déjà. Le parfum capiteux du café fraîchement moulu dansait dans le couloir. Horatia, préférant le thé, prit soin de s'en préparer une tasse chaude avec beaucoup de sucre. Elle venait à peine de mordiller dans son toast qu'un Lucien encore ensommeillé vint la rejoindre.

Même lorsqu'il bâillait et passait une main à travers ses cheveux roux ébouriffés, il était un dieu parmi les hommes. Il lui adressa un sourire étonnamment penaud qui l'aurait envoyée directement à terre si elle n'avait pas déjà été assise. Il reflétait une certaine timidité à l'idée d'avoir fait quelque chose d'aussi diaboliquement intime la nuit précédente. Horatia cessa de respirer quand il tira sur son gilet froissé et tenta de rajuster sa cravate. Était-ce ainsi que ses maîtresses le voyaient après une nuit de passion ? Si c'était le cas, elles auraient certainement insisté pour le ramener directement au lit. Du moins était-ce ce qu'*elle* aurait voulu faire. Cette pensée la fit rougir, chose que Lucien parut ignorer.

— 'jour, dit-il en s'asseyant en face d'elle.

— Bonjour, parvint-elle à répondre.

Elle était surprise par ce changement, ce manque d'hostilité froide ou de flirt détaché. À quoi jouait-il ?

— Le café est-il encore chaud ? demanda-t-il.

— Oui, on vient de le préparer.

Elle se pencha pour lui en verser une tasse.

— Fantastique ! Deux sucres, s'il vous plaît, demanda-t-il alors qu'elle lui glissait sa tasse et sa soucoupe.

Elle ajouta hâtivement deux cubes au liquide. C'était étrange ; elle avait cru qu'il le prendrait noir et corsé.

Lucien sourit de son air perplexe.

— Je n'ai jamais pu avaler ce breuvage s'il n'est pas sucré.

Selon mon frère Lawrence, c'est là une de mes plus grandes failles.

Horatia pouffa malgré son intention de rester stoïque.

— Alors peut-être devriez-vous savoir que j'ai vu Lawrence mettre *trois* sucres dans son thé un après-midi, au printemps dernier.

Elle avait relayé l'information dans un murmure de conspiratrice.

— Il s'y essaie quand personne ne le regarde, poursuivit-elle.

— Quel hypocrite ! Je peux boire du thé sans rien et cette petite fouine ose me critiquer ? Oh, ce que je ne dois pas subir ! déplora-t-il d'un ton théâtral en se mettant une main sur le cœur. Je me vengerai la prochaine fois que je me retrouverai face à lui sur un ring de boxe, lança-t-il avec une emphase dramatique.

Horatia grimaça en s'imaginant Lucien frapper son frère cadet au nez assez fort pour faire gicler du sang. Cela dit, les hommes faisaient souvent les choses les plus stupides du monde. Son propre frère en était la preuve évidente.

— J'espère que vous avez bien dormi ? dit Lucien, sautant du coq à l'âne.

— Oui, relativement bien, mais... oh, vous auriez dû demander aux serviteurs de vous préparer une chambre, Lucien. Dormir sur ce récamier a dû être terriblement inconfortable.

Elle sentit son visage se réchauffer pendant qu'elle parlait. C'était une admission claire de ses manquements en tant qu'hôtesse. Heureusement, sa mère n'était plus là pour y assister.

Il haussa les épaules et goûta son café.

— Ne dites pas de bêtises. Ce n'est pas grave. Je suis un peu raide, mais je n'en méritais pas davantage. Ce qui m'amène au sujet dont j'ai besoin de vous entretenir.

Horatia secoua la tête, tentant de l'empêcher de dire quoi que ce soit qui ruinerait un agréable début de journée.

Mais il leva la main et toutes les protestations qu'elle aurait pu émettre moururent sur ses lèvres.

— Écoutez-moi bien, Horatia. Je vous présente mes excuses

les plus sincères pour ce qui s'est passé hier soir et tout ce que j'ai dit. C'était puéril et cruel. Je ne possède aucune raison de vous ignorer ou de me montrer aussi froid. Aussi, je vous prie d'accepter mes excuses et de me dire que vous acceptiez que nous mettions le passé derrière nous.

Il tendit une main en travers de la table pour la lui offrir. Avant de pouvoir s'en empêcher, Horatia glissa les doigts dans sa prise ferme.

— Amis ? demanda-t-il.

Elle trouvait cette simple connexion plus intime que n'importe quel baiser qu'il avait pu lui donner. C'était un contact qu'il lui avait offert par amitié et avec de bonnes intentions, pas parce qu'il jouait avec elle... Et cela l'effrayait. Cela lui rappelait qu'elle en voudrait toujours plus. Mais elle acceptait volontiers ce qu'il lui proposait.

— Amis, en convint-elle.

— Excellent, dit-il.

Il aperçut le journal posé près de son coude.

— Est-ce le *Morning Post* ?

— Oui, vous le voulez ?

Elle fit glisser le journal vers lui.

Lucien aimait lire les nouvelles. Elle ne savait pas s'il se préoccupait réellement des derniers potins politiques ou sociaux, ou bien s'il l'utilisait simplement comme bouclier durant le petit-déjeuner, mais il avait eu cette habitude depuis qu'ils se connaissaient. Horatia le regarda prendre le journal et l'ouvrir d'un geste, le dissimulant au reste du monde. Elle comprenait ce besoin mieux que personne. Chaque année, elle utilisait ses cadeaux de Noël – les livres qu'il lui offrait – comme une sorte de refuge. Elle avait passé plus d'un après-midi à lire, confortablement installée dans la bibliothèque, plutôt que de se joindre à Audrey et à Cédric pour faire le tour de Hyde Park. Il était plus facile de se cacher que de faire face aux réalités du monde. Elle ne voulait pas partir à la chasse au mari, pas quand elle était déjà amoureuse de quelqu'un.

— Voulez-vous un toast ? proposa-t-elle en poussant un plateau dans sa direction. Sa barrière de papier retomba entre ses doigts, lui permettant de jeter un œil au plateau par-dessus les pages.

— Volontiers. Il tendit la main vers le plateau et après avoir pris un toast, il revint à son journal. Horatia cligna des yeux. Se pouvait-il qu'ils s'entendent si bien ? Malheureusement, ses réflexions silencieuses sur cette question furent interrompues quand Audrey et Cédric déboulèrent dans la salle du petit-déjeuner en se disputant comme des enfants.

— Une journée ? Une seule journée ? Cédric, je n'aurai pas le temps de me préparer ! C'est à peine suffisant pour que ma bonne emballe mes chapeaux alors encore moins ma garde-robe tout entière ! Devons-nous partir aussi vite ?

— Je suis désolé. Dois-je demander aux assassins tapis dans l'ombre de vous donner plus de temps pour vous préparer ?

— Ne soyez pas aussi dramatique, lui dit Audrey. Cela vous sied mal.

— Qu'arrivera-t-il dans une journée ? demanda poliment Horatia, espérant apaiser la colère croissante d'Audrey.

Sa cadette se retourna vers elle, cherchant une alliée.

— Dis-lui, Horatia. Dis-lui qu'une seule journée pour faire ses bagages pour aller dans le Kent ne suffit largement pas.

— Lucien, aidez-moi et dites-lui qu'elle n'a pas besoin d'emporter *chacun* de ses vêtements avec elle ? le pria Cédric en se jetant sur le siège à côté de son ami.

— Pourquoi allons-nous dans le Kent ? demanda Horatia.

Elle ne s'était jamais rendue dans le Kent qu'à un seul endroit, et il était impossible que Cédric les y envoie. Pas après ce qu'elle avait fait la dernière fois. Elle n'avait été qu'une enfant, mais l'embarras la rongea comme si c'était hier.

Lucien touilla une cuillère dans son café, le porta jusqu'à ses lèvres et croisa son regard par-dessus le rebord de la tasse.

— Vous, Audrey et Cédric, avez été invités à rejoindre ma

famille pour les vacances de Noël. Nous partons pour ma propriété demain, avant l'aube.

— Tu vois ! Cela ne nous laisse pas le temps !

Audrey ponctua sa protestation d'un regard noir envers Lucien, qui avait abandonné son journal et lui adressait un sourire un peu trop doucereux.

Horatia ne le connaissait que trop bien. Sa petite sœur ferait bien de prendre garde, sans quoi Lucien l'entraînerait à faire quelque chose qu'elle ne voulait pas faire.

— Nous serons certainement un fardeau inutile, surtout pendant les vacances.

Horatia implora son frère du regard, cherchant son soutien.

— Désolé, Horatia, mais Ashton m'a donné des ordres.

— Le laissez-vous toujours vous dicter votre vie ? dit sèchement Audrey.

Ce ne fut pas Cédric qui répondit, mais Lucien.

— Votre frère entend la sagesse de ses amis quand votre sécurité pourrait bien dépendre de nos conseils. Je ne serais pas trop contrarié à votre place, Mesdemoiselles. Mère va insister pour vous emmener faire des emplettes en ville jusqu'à ce que vous ayez plus de vêtements que vos malles peuvent en contenir. Cela ne serait-il pas formidable ?

Lucien était un charmeur dans l'âme.

Audrey se laissa tomber sur la chaise qui jouxtait celle d'Horatia et poussa un soupir.

— Je pense être capable de le tolérer. J'adore lady Rochester. Elle lit *La Belle Assemblée*, vous savez.

Lucien sourit et le cœur d'Horatia fit la culbute. Tous ceux qui connaissaient lady Rochester étaient au fait de ses obsessions, notamment la mode.

— Hum... en effet, murmura-t-il en sirotant son café.

Audrey se lança dans une longue discussion sur les différents types de fichus et les styles appropriés pour passer la soirée dehors. Les hommes répondirent par de faibles grognements d'agrément chaque fois qu'elle semblait s'arrêter pour requérir leur attention. Non pas qu'elle paraisse se soucier de leur réaction... et eux non plus. Si elle avait demandé mille livres et un nouveau cheval, ils auraient sans doute accepté aussi, ne serait-ce que pour continuer à prétendre qu'ils écoutaient son discours.

Horatia termina son petit-déjeuner et se faufila discrètement hors de la pièce, chose qu'elle trouvait facile chaque fois qu'Audrey discutait de mode. Horatia ne mettrait que deux heures à faire ses bagages et à être prête à partir. Cependant, il ne pouvait rien faire au sujet des palpitations dans son ventre quand elle se rendit compte qu'ils seraient tous les quatre pressés de façon très inconfortable dans une calèche pendant de longues heures. Malgré ce désir nouveau de Lucien de se montrer poli avec elle, elle ressentait toujours en elle une gêne profondément enracinée. Il devait bien mijoter quelque chose, et elle redoutait ce qu'il lui réservait.

CHAPITRE 12

Quelque chose ne tournait pas rond. Ashton s'agita inconfortablement dans ses bottes noires montantes. Les jardins derrière le Jardin de Minuit étaient frisquets et son souffle créait de petits nuages pâles alors qu'il patientait à l'abri de grands arbustes, attendant de voir où les deux hommes de la veille se retrouveraient.

Lucien avait formellement soutenu qu'il avait reconnu la voix de Waverly comme celle qui donnait des ordres au tueur à gages. Mais il était aisé de laisser ses préjugés colorer ses souvenirs. Depuis que la Ligue avait affronté Waverly cette nuit-là, près de la rivière Cam, quand il avait tenté de noyer Charles, Waverly avait cessé d'être un simple mortel pour devenir un croque-mitaine. Un homme innocent avait péri durant leur bagarre, et leur hostilité était née. Ce n'était qu'une question de temps avant que quelqu'un ne paie pour la vie perdue cette nuit-là.

Ashton savait qu'il était absurde de rejeter la responsabilité de toutes leurs mésaventures sur Waverly, mais cet homme paraissait avoir un don pour semer le trouble et la zizanie. Il avait fait de son mieux pour ne pas entretenir de telles pensées.

Cela dit, si Lucien avait bien entendu, Waverly allait enfin mettre sa menace à exécution.

Ashton était encore capable d'entendre le cri cruel de Waverly depuis la berge opposée, après qu'ils eurent tiré Charles de la rivière. « Vous allez payer ! Tous jusqu'au dernier ! Aucun de vous, bande de rebelles, ne connaîtra de longues années paisibles ! Vous m'entendez ? Vous êtes tous damnés ! » Leur ennemi étreignait le corps de l'homme qui était mort. C'était une vision qu'Ashton ne parvenait pas à effacer de son esprit, pas plus que la culpabilité qu'elle recelait. Peut-être avait-il raison. Peut-être étaient-ils tous damnés.

C'est Charles qui souffrait le plus. Il se réveillait encore parfois en criant, incapable de reconnaître les gens qui l'entouraient et se plaignant de l'eau qui remplissait ses poumons. Lorsque d'aventure, ils passaient la nuit sous le même toit, Ashton parvenait à réconforter Charles si rapidement qu'il ne réveillait jamais personne. C'est la raison pour laquelle le pauvre homme se levait toujours si tard.

Godric vint le rejoindre et s'accroupit, ses bottes crissant sur la neige.

— Cela ne me plaît pas, Ash. L'endroit est bien trop tranquille.

Tous deux étaient arrivés au point du jour pour demander si quelqu'un avait vu Waverly ou s'il existait la moindre preuve capable de remonter à lui ou à ses mercenaires. Jusque-là, ils n'avaient rien trouvé, et Ashton ne s'était pas attendu à ce qu'ils le fassent. La plupart des visiteurs de la veille étaient partis à pied ou en calèche aux premières lueurs de l'aube afin de reprendre le cours de leurs vies.

— À moi non plus.

C'est trop audacieux et une trop belle coïncidence que Lucien les ait entendus. Ashton s'accroupit profondément, restant en équilibre sur la plante des pieds alors qu'il traçait du bout de l'index des marques laissées par une botte. Une série d'empreintes les avaient menés à l'écart du lieu de rencontre de la veille, pile à l'endroit où Godric et lui étaient en train d'attendre.

— Pensez-vous qu'il ait une autre cible à l'esprit ? demanda Godric.

— Vous voulez dire qu'il nous manipule pour qu'on s'efforce de protéger Cédric, alors que c'est un autre d'entre nous qu'il a l'intention de tuer ?

Ashton arqua un sourcil.

— C'est certainement possible. J'aimerais savoir comment mieux nous protéger. Si nous nous dispersons, cela diminuerait notre avantage numérique, mais nous serions plus difficiles à trouver. Si nous restons ensemble, il aura moins de mal à concentrer ses ressources. Dans les deux cas, nous serions en danger.

— Il est parfois dommage que nous possédions une certaine moralité. Pour ma part, j'aimerais bien envoyer ce pitoyable tas de crotte au tombeau.

Les yeux de Godric étaient aussi acérés que des poignards de jade.

— Si je n'avais pas peur d'y perdre mon âme, j'aurais mis fin à sa vie à Cambridge, affirma solennellement Ashton.

Godric plaça une main sur son épaule.

— Nos âmes ont été suffisamment entachées cette nuit-là, et nous devions bien sauver Charles de la noyade. Si c'était à recommencer, je laisserais Waverly s'échapper. Je choisirais cent fois la vie de Charles à la mort de Waverly, dit Godric.

— Ce n'est pas un choix que je regrette, mais cet homme représente une menace. Il faut qu'on fasse quelque chose.

— Nous sommes d'accord.

Godric frotta ses mains gantées pour les réchauffer.

— Il est dix heures et demie à présent, dit Ashton en examinant sa montre à gousset. Nous devrions prévenir Lucien avant qu'il s'en aille avec Charles. Je pense que nous autres devrions rester à Londres, mais garder le contact. Je veux que tout le monde se retrouve chez vous, Godric, tous les soirs à dix heures.

Je ne veux pas qu'il arrive malheur à quiconque par manque d'attention.

— Je demanderai à Jonathan d'emménager avec Émily et moi, pour que vous n'ayez pas à vous inquiéter de lui, suggéra Godric.

— Il est très bien là où il est. Je préférerais vraiment le garder sous mon toit. Il possède des instincts excellents. Je crois que je vais aussi accueillir Charles pour les vacances. Je les garderai tous les deux auprès de moi jusqu'à ce que tout cela soit terminé, et nous pourrons poursuivre notre enquête ici.

— Nous n'aurons alors qu'à nous défendre contre Waverly sur trois fronts.

Godric et Ashton s'apprêtaient à revenir sur leurs pas entre les haies quand un homme vêtu d'une cape et d'un chapeau sortit par la porte la plus proche. Il se dirigea droit vers eux. Ils s'accroupirent derrière un grand bosquet alors que l'homme les dépassait d'un pas assuré, sa cape bouffant derrière lui comme un drapeau noir. Il se rendit directement jusqu'à l'endroit un peu plus loin, là où Ashton et Godric s'étaient trouvés quelques secondes plus tôt, et il parut attendre avec une impatience visible.

— Pensez-vous que c'est l'un des hommes ?

Godric désigna leur suspect du menton.

— Je pense que c'est très probable, murmura Ashton. Restez ici et surveillez la porte de la maison. Je vais essayer de regarder de plus près cet homme mystérieux.

Ashton se servit du couvert offert par d'autres buissons pour se dissimuler alors qu'il évoluait discrètement le long du chemin le plus proche créé par les arbustes. À travers le feuillage épais, il distinguait les mouvements de la cape de l'homme qui faisait les cent pas. Il n'y voyait pas assez clairement à travers les buissons pour avoir un aperçu de cet individu. Aussi fut-il forcé de lever la tête ou de jeter un œil autour du dernier buisson, à l'endroit où le chemin prenait fin. Il choisit de passer la tête sur le côté au lieu de par dessus le buisson.

Une brindille se rompit sous sa chaussure et le son fit piler net l'homme agité. Il se retourna et leurs yeux se rencontrèrent. Ce fut bref, mais Ashton eut le temps de voir la prudence froide se changer en action décisive. L'homme sortit un pistolet de son manteau et il fit feu. Le tir résonna comme un coup de tonnerre et une lance de feu traversa Ashton. Il jura et serra son bras gauche. Quand il retira sa main, son gant noir luisait de sang.

— Ash !

Godric courut dans sa direction, cherchant le moindre signe du tireur, mais l'homme avait disparu. Il n'était pas retourné à la Maison et ils ne voyaient pas dans quelle direction il avait pu se rendre.

— Partons-nous à sa poursuite ? demanda Godric. Je n'ai pas vu dans quelle direction il est parti.

— Moi non plus. Il a dû avoir prévu un plan d'évasion.

— Ce bâtard rusé ! dit Godric. Pourquoi vous a-t-il tiré dessus ?

Ash haussa les épaules en grimaçant.

— Il m'a vu regarder de derrière le buisson et a réagi. Je pense qu'il a tiré parce qu'il m'a reconnu.

— C'est une bonne chose qu'il vous ait raté.

Ashton trébucha et se retint à la manche de Godric.

— Ce... Ce n'est pas le cas.

Du sang se mit à couler généreusement de son bras gauche. Le duo revint rapidement à l'intérieur du Jardin de Minuit.

— Quoi ? Ash, vous saignez ! Bon sang, mon ami, pourquoi ne m'avez-vous pas dit que vous aviez reçu une balle ?

Le visage de Godric devint blanc comme du marbre.

— Veuillez me pardonner si j'ai l'esprit un peu embrouillé par la douleur, répondit Ashton avec sarcasme. Cela fait aussi terriblement mal. Pourrait-on nous en aller avant que je perde davantage de sang ?

— Oui, bien sûr. Allons-y.

Son ami le saisit par son bras valide et l'aida à regagner la porte qui menait à l'intérieur de la maison.

Madame Chanson, la propriétaire du Jardin de Minuit, les rejoignit en courant.

— Ai-je entendu un coup de feu ? demanda-t-elle d'un ton paniqué.

— Oui. Apparemment, l'homme que nous recherchions ne souhaitait pas qu'on le retrouve.

— Devrais-je contacter la police ?

— Je crains qu'il ne soit parti depuis longtemps. Et puis vous devez songer à votre anonymat. Pourriez-vous appeler ma calèche immédiatement ? Et demandez à un médecin de se rendre à ma résidence en toute hâte.

Godric saisit fermement le bras droit d'Ashton pour éviter que son ami blessé ne s'écroule. Tout en parlant, il retira sa cravate et en fit un garrot de fortune.

La voiture de Godric se présenta et il aida Ashton à y grimper. La balle, quelle que soit la voie sinistre qu'elle avait emprun-tée, avait laissé une mauvaise plaie dans le bras d'Ashton.

— Ma maison n'est pas loin, nous allons pouvoir y attendre l'arrivée du médecin. Émily pourra prendre soin de vous en attendant.

— Vous me soumettriez aux petits soins de votre épouse ?

Ashton poussa un ricanement douloureux tout en resserrant la main sur sa blessure.

— Bien entendu.

— Vous ai-je déjà fait du tort ? Pourquoi laisseriez-vous Émily s'occuper de moi ? Je risquerais de perdre le bras pour combler son désir de jouer à l'infirmière.

— Je redoute davantage ce qu'Émily me ferait si je lui refuse le droit de nous aider.

Ashton poussa un grognement de douleur et sa vision devint floue. Godric cria au cocher d'aller plus vite.

— Restez éveillé, Ash, aboya Godric alors qu'Ashton céda à la tentation de fermer les paupières juste un instant.

— J'essaie, marmonna-t-il. C'est la première fois durant toutes nos aventures que je me fais tirer dessus. On entend des soldats en parler avec un certain degré de fierté et de bravade. Je peux témoigner que l'expérience est largement surfaite.

Il fronça les sourcils en regardant son bras attaché.

— Peut-être pourriez-vous me distraire ?

— Absolument. J'ai passé toute la nuit dernière à essayer de séduire ma femme pour qu'elle me dise comment ses compagnes et elles se sont échappées de leur chambre hier soir et sont entrées dans le salon sans que nous les voyions. Mais malgré tous mes efforts, elle n'a rien divulgué. Quelles sont vos théories ?

Ashton serra les dents, essayant de formuler une réponse.

— Je dirais qu'elles ont convaincu l'un des serviteurs de les laisser sortir et qu'elles sont entrées discrètement dans la salle à manger pendant que nous étions toujours dans le salon. Puis quand nous sommes montés à l'étage, elles se sont à nouveau déplacées et nous ont attendus.

— C'est ce que j'ai supposé aussi. Pourtant, je ne parviens toujours pas à comprendre comment Émily a brodé la phrase *Ne défiez jamais une femme* aussi rapidement. Je sais aussi qu'elle n'a jamais brodé de toute sa vie.

Ashton sourit, mais son expression se transforma en grimace alors que la calèche s'arrêtait devant Essex House. Un valet vint à la portière. Il l'ouvrit et aida Godric à faire sortir Ashton puis à lui faire gravir les marches jusqu'à la porte de la maison.

— Merci, Timmons. Nous attendons un médecin. Introduisez-le immédiatement.

Godric fit passer le bras valide d'Ashton autour de ses épaules et aida son ami à entrer.

Émily attendait au sommet des escaliers et, avec un cri de panique, elle se précipita pour les aider.

— Que lui est-il arrivé ? demanda-t-elle.

Godric lui fit signe d'ouvrir la porte du salon. Émily s'exécuta puis appela une servante pour qu'elle amène de l'eau et des linges.

— Allongez-le sur le canapé, Godric.

Émily indiqua un meuble en brocart bleu et or. Elle s'empressa d'aider Ashton à s'asseoir. Godric et Émily échangèrent un regard inquiet en l'entendant prendre une profonde inspiration tremblante.

— Nous avons fait quérir un médecin, lui dit Godric.

— C'est parfait, s'il ne se vide pas de son sang avant, répondit sèchement Émily.

Godric saisit Ashton par les épaules et regarda son ami dans les yeux.

— Avez-vous l'intention de vous vider de votre sang, Ash ? demanda-t-il, ne plaisantant qu'à moitié.

— Non, Votre Grâce, répondit l'intéressé en secouant la tête.

Il ricana. La perte de sang le faisait se sentir un peu bête, pas parce qu'il en perdait beaucoup, mais parce que la vue du sang lui donnait parfois le vertige. En outre, voir son ami se quereller avec sa femme était bien trop amusant.

— Vous voyez ? Il va s'en sortir, ma chère.

Godric enroula un bras autour de ses épaules et la serra contre lui.

— Ne me donnez pas du *ma chère*, Godric. S'il ose mourir dans mon salon, je le ressusciterai juste pour pouvoir le tuer de mes propres mains !

Émily l'aida à retirer le bandage souillé qui entourait son bras puis ôta délicatement le manteau d'Ashton.

— Et ce sera votre tour juste après.

La servante revint avec des chiffons et un bol d'eau. Émily ne mit que quelques secondes à retirer la chemise d'Ashton, puis elle se servit d'une large bande de tissu pour confectionner un nouveau garrot. Son époux l'aida, prenant note de l'état de la blessure.

— Apparemment, la balle est passée à travers. L'os semble intact, dit Godric.

Mais Émily était trop occupée à faire des roucoulades à Ashton en lui plaçant un chiffon mouillé sur le front.

Ashton la regarda, admirant la façon dont elle s'occupait de lui. Godric avait bien de la chance. Il ne pouvait s'empêcher de se demander s'il connaîtrait un jour le même bonheur. Il avait toujours considéré les relations avec le but de gagner quelque chose en affaires. Cela lui avait valu bon nombre de partenaires de lit, mais jamais l'amour. Peut-être devenait-il un imbécile sentimental.

C'est la perte de sang, rien de plus. Un homme est confronté à la mort et il commence à penser à toutes sortes de choses insensées.

— Comment cela s'est-il produit ? demanda Émily.

— Ash et moi étions au Jardin de Minuit dans l'espoir de surprendre les hommes que Lucien a entendus hier soir. Ils avaient dit qu'ils s'y retrouveraient ce matin. Le malfrat a surpris Ashton l'épiant et lui a tiré dessus avant de s'enfuir. Nous n'avons même pas eu l'occasion de les prendre en chasse.

— Avez-vous vu qui c'était ?

Émily écarta les cheveux blond pâle d'Ashton de son visage. Il accueillit ses gestes doux avec un petit soupir.

— Personne de ma connaissance, même si l'inverse n'est peut-être pas vrai.

Émily ferma les yeux.

— Croyez-vous encore que Waverly est derrière tout cela ?

Il hocha la tête.

— Beaucoup nous détestent, quelques-uns nous méprisent, mais il a été le seul à proclamer qu'il souhaitait notre mort.

Émily resta silencieuse un long moment. Elle s'assit à côté d'Ashton, plaquant le linge froid contre sa tête.

Ashton occupait une place importante dans son cœur. Il avait plaidé sa cause auprès de Godric, et avait été le premier à voir qu'ils étaient amoureux. Sans sa tête froide et son cœur chaleureux, le couple n'aurait peut-être jamais cru suffisamment à leur amour mutuel.

Ashton commença à fermer les yeux et Émily lui donna une bonne gifle sur la joue.

— N'osez pas vous endormir, Ashton !

La réaction abasourdie de ce dernier face à cet assaut parut amuser Godric. Il en fallait beaucoup pour choquer Ashton.

— Vous m'avez frappé ? demanda-t-il, choqué par le comportement d'Émily.

— Et je le referai si vous fermez les yeux, menaça-t-elle.

Ashton eut le culot d'émettre un petit rire.

— À présent, je comprends ce que Charles doit ressentir au quotidien. Cela dit, je suis certain qu'il y a beaucoup de bénéfices pour compenser.

Émily lui sourit malgré son inquiétude. Si Ashton avait assez d'énergie pour la taquiner, il n'était pas encore mort.

Un valet apparut à la porte du salon, les informant qu'ils avaient un visiteur.

— Ce doit être le médecin, devina Émily en faisant un bon pour courir vers la porte.

Mais ce n'était pas lui. C'était Anne Chessley, fille du baron Chessley : l'une des meilleures amies d'Émily.

— Anne ? dit-elle d'un ton déçu.

Malgré la distance, Godric n'eut aucun mal à voir qu'Anne semblait navrée.

— Devrais-je m'en aller ? Je ne voudrais pas m'imposer.

Anne se mordilla la lèvre inférieure, affichant un air indécis tandis qu'Émily la faisait rentrer.

— Non, veuillez entrer. J'attendais simplement quelqu'un d'autre.

Émily tentait de cacher la vérité, mais Anne n'était pas bête.

— Était-ce du sang là dehors, sur la neige qui recouvre les marches ? J'en vois ici aussi.

Anne désigna une traînée de gouttelettes qui menait vers le salon.

— Euh... Quoi ?

— C'est du sang, je ne me trompe pas.

Abandonnant son manchon, elle se pencha pour coller un doigt dans l'éclaboussure la plus proche. Son doigt ganté lui revint rouge vif.

— Émilie, vous n'avez pas *tué* Godric, n'est-ce pas ? Je veux dire... je suis certaine que vous auriez eu une bonne raison de le faire, mais c'est stupide de laisser une traînée de sang.

Le regard d'Anne balaya la pièce, cherchant la vérité.

— Un meurtre ? Bonté divine ! Non, Anne. Où allez-vous chercher de telles absurdités ?

Émily essaya de la conduire vers une autre pièce, mais Anne, qui était relativement forte pour une femme, se libéra et ouvrit la porte du salon.

Derrière elle, Émily était figée sur place, craignant que son amie s'évanouisse face au spectacle de Godric prenant soin d'un Ashton à demi nu. Une chemise sanglante reposait sur le sol près de ses pieds.

— Oh mon Dieu ! souffla Anne, choquée.

Ashton tourna la tête dans sa direction, ses yeux bleu clair à présent voilés par la douleur.

— Miss Chessley, je vous demande pardon pour ma tenue indécente. Comme vous pouvez le voir, on m'a tiré dessus ce matin. Cela fait terriblement mal, finit de s'excuser Ashton, à bout de souffle. Alors, si cela ne vous dérange pas, une certaine intimité serait appréciée.

— Pardonnez-moi, Lord Lennox, c'est moi qui vous dérange.

Anne recula si rapidement qu'elle écrasa les orteils d'Émily. Celle-ci couina et s'écarta d'un bond.

— Désolée, murmura Anne en battant en retraite vers le vestibule, loin d'Ashton et de tout ce sang. Qu'est-il arrivé à Lord Lennox ? S'est-il battu en duel ? demanda-t-elle dans un murmure scandalisé.

— Ne soyez pas bête. Il est trop pondéré pour cela. Non, c'est une histoire beaucoup plus compliquée, j'en ai peur. Voulez-vous m'accompagner au parloir pour prendre le thé ? proposa Émily.

— Si cela ne vous dérange pas trop.

À ce moment précis, Timmons, le valet, passa par la porte d'entrée, suivi par le médecin. Les deux hommes se rendirent directement au salon et fermèrent la porte. Émily poussa un soupir de soulagement.

— C'était lui que je m'étais attendue à voir lorsque vous êtes arrivée, expliqua Émily, alors qu'elle et Anne entraient dans le parloir. Je suis certaine que la blessure n'est pas si grave. Du moins, elle n'en avait pas l'air une fois que Godric l'avait nettoyée.

Elle jeta un œil en arrière, vers l'endroit où le médecin avait disparu. Le sang l'avait paniquée, mais à présent, elle était certaine qu'Ashton s'en sortirait. S'il avait encore assez d'énergie pour la taquiner et parler à Anne, il n'était pas encore prêt pour l'au-delà. Madame Société n'avait-elle pas toujours dit dans ses articles qu'aucune balle ne pourrait jamais tuer un rebelle ?

Une bonne leur a apporté un plateau de thé et Émily narra rapidement les événements inquiétants de la veille ainsi que le flirt avec la mort qu'avait connu Ashton dans la matinée. Émily se sentait toujours libre de parler avec Anne, surtout en ce qui concernait son mari et la Ligue.

C'était Anne la première qui l'avait renseignée sur – ou plutôt mise en garde contre – la Ligue des Rebelles. Anne avait rencontré Cédric et ne connaissait les autres que de réputation, car la Ligue et elle-même fuyaient comme la peste les événements sociaux de la saison.

Cédric avait brièvement courtisé Anne durant l'année qui avait précédé l'enlèvement d'Émily. Il n'avait pas réussi à la séduire et avait malheureusement complètement abandonné l'affaire. Émily pensait que c'était dommage, mais Anne ne voulait pas se marier. Elle était satisfaite de vivre avec son père et d'élever des pur-sang destinés à la course. De cette façon, elle conservait sa fortune et ses terres, mais elle se sentait également seule. Du moins, c'était ce qu'Émily soupçonnait.

— Alors, où sont les autres rebelles ? demanda Anne en avalant une petite gorgée de thé.

— Charles, Jonathan, Ashton et Godric sont toujours à

Londres. Mais Cédric et Lucien sont en route vers la propriété de Lucien dans le Kent. Vous devez ne le répéter à personne !

Un soupçon d'émotion passa si brièvement sur le visage d'Anne qu'Émily se dit qu'elle se l'était imaginé. Était-il possible qu'Anne ait ressenti quelque chose pour Cédric après tout ? Elle n'avait jamais rien exprimé d'autre qu'une légère irritation devant ses tentatives de séduction. Mais dès qu'il avait cessé de lui rendre visite, Anne avait commencé à se présenter chez les Essex à une fréquence surprenante. Anne ne s'enquérait jamais de Cédric, du moins pas directement, mais elle demandait où se trouvaient les autres membres de la Ligue chaque fois qu'elle passait.

— Votre père et vous-même passerez les vacances à Londres ? demanda Émily.

— Oui. Mais j'aurais préféré que non. La neige est beaucoup plus jolie à la campagne à cette époque de l'année et j'aime géné-ralement faire un tour à cheval le matin de Noël.

Émily poussa un soupir nostalgique.

— Cela a l'air charmant. Il est dommage que Cédric parte dans le Kent. J'aurais pu le persuader de nous emmener faire un tour dans son carrick avec son duo de juments arabes.

À la mention des Arabes de Cédric, les yeux d'Anne s'illu-minèrent.

— Est-il vrai qu'il les a remportées lors d'un pari avec un cheikh ?

— Ne vous a-t-il pas raconté cette histoire en personne ?

Émily était sincèrement surprise. Elle savait qu'une partie de la raison pour laquelle Cédric avait courtisé Anne était qu'il avait envie d'accoupler ses juments aux étalons de la jeune femme.

— J'avais seulement entendu les rumeurs dans les journaux.

Anne semblait contrariée.

— Quand vous le reverrez, je lui dirai de vous raconter. Je ne pourrais jamais faire justice à cette histoire.

C'était la vérité. À l'époque où Cédric lui avait raconté l'anecdote, elle avait été relativement distraite par Godric et le reste de la Ligue, vu qu'elle était leur prisonnière à l'époque.

— Si sa sécurité ne nous préoccupait pas autant, j'insisterais pour que vous et moi partions dans le Kent. Mais en l'état, Godric est déjà à deux doigts de m'enfermer dans une maudite tour afin de garantir ma sécurité.

— J'imagine que lord Sheridan rechigne à partir dans le Kent ? fit intelligemment remarquer Anne.

Émily acquiesça. Elle avait été surprise que Cédric n'ait pas protesté davantage pour rester à Londres, du moins aux dires de Godric. Cédric était incroyablement courageux et cela avait dû le ronger de devoir tourner le dos à un combat, particulièrement si Waverly était impliqué.

Quand les dames eurent fini leur thé, Anne se redressa et se dirigea vers la sortie.

— Anne, aimeriez-vous venir dîner ce soir, avec votre père ? Je sais que c'est à la dernière minute. Je promets que d'ici là, j'aurais fait laver le sang de mon entrée, plaisanta Émily.

Son amie sourit et hocha légèrement la tête.

— Père et moi serions ravis. À ce soir.

Anne prit congé et Émily braqua à nouveau son attention sur le salon. Elle carra les épaules et entra, impatiente de voir comment allaient Ashton et son mari.

CHAPITRE 13

La propriété familiale des Russell dans le nord du Kent, à dix kilomètres à l'est du village d'Hexby, était plongée dans le chaos le plus total. Jane, la marquise de Rochester, se trouvait à deux doigts d'étrangler son cadet, un certain Linus Winston Russell. Même si elle était bien placée pour savoir qu'elle avait donné naissance à ce garnement vingt-et-un ans auparavant, elle aurait parfois pu jurer qu'il avait cessé de mûrir à l'âge de huit ans.

En équilibre précaire, le jeune homme en question se tenait sur une échelle branlante dans l'entrée de Rochester Hall. Il tenait une branche de ce que Lady Rochester craignait être du gui. Cet enfant allait se prendre une raclée quand elle lui mettrait la main dessus. Elle avait trouvé son ouvrage dans toute la maison. Toutes les portes, fenêtres et alcôves étaient ornées de cette plante toxique redoutée. Le chaos et l'inconvenance qui découleraient de cette petite plaisanterie risqueraient d'ébranler les fondations mêmes de Rochester Hall.

Dieu savait cependant que ses enfants étaient suffisamment dévoyés pour n'avoir nul besoin d'un brin de gui ! C'était dans leur sang et malheureusement, ce n'était pas de leur père qu'ils tenaient.

Linus, aussi roux que le reste de la fratrie, était actuellement en train d'essuyer la sueur de son front avant de tendre à nouveau les bras vers le haut du chambranle pour y attacher le gui. Le gilet vert forêt et les culottes qu'il portait étaient bien taillés. Doté du corps d'un homme, il n'était plus son bébé.

Lady Rochester contint une larme rebelle. Comment son enfant avait-il grandi si vite ? N'était-ce pas hier seulement qu'il avait placé une grenouille dans le lit de Lysandra ainsi que des punaises sur le fauteuil de bureau de Lucien ? Ce devait être les fêtes de fin d'années qui éveillaient en elle toutes ces émotions stupides ! Elle dévala les escaliers à la hâte pour aller mettre un terme aux bouffonneries de son cadet.

— Linus Winston Bartholomew Russell !

Elle cria son nom d'un ton si impérieux que l'intéressé laissa tomber le gui avec un cri d'alarme et chercha maladroitement à se rattraper à l'échelle qui vacillait.

— Maman ?

Il se tourna vers elle avec hésitation alors qu'elle le fusillait du regard depuis le sol, son pied battant le plancher avec colère.

— Descendez de là immédiatement, aboya-t-elle.

Linus manqua dégringoler de l'échelle et ses bottes claquèrent fort sur le sol en marbre.

— Que faites-vous ? demanda-t-elle.

— Rien.

D'un coup de pied nonchalant, il essaya de projeter le gui sous un meuble. Comme si elle n'allait pas s'en rendre compte !

Lady Rochester l'attrapa par l'oreille. Elle était à deux doigts de l'entraîner de force vers l'ancienne nursery quand le heurtoir de la porte d'entrée résonna à quatre reprises. Ce sursis apparent fit sourire Linus et il se libéra de l'emprise de sa mère.

— Je n'en ai pas encore terminé avec vous. Il *y aura* un prix à payer.

Elle lui adressa l'un de ses regards meurtriers avant que son visage ne se transforme pour afficher un sourire adapté aux invités. D'un geste de la main, elle éloigna le majordome, qui s'avançait vers l'entrée.

— Je vais répondre, M. Jenkins.

Elle ouvrit la porte et découvrit une agréable surprise. Son fils aîné, Lucien, était là, accompagné de son ami proche, le Vicomte Sheridan, et ses deux sœurs.

— Mère ! la salua chaleureusement Lucien en se penchant pour l'embrasser sur la joue.

— Lucien, mon cher garçon, c'est si merveilleux de vous voir ! Mais cela l'aurait été encore plus si vous m'aviez envoyé un mot à l'avance. Surtout puisque vous avez amené des invités.

Ces dernières paroles furent prononcées avec une légère mise en garde.

Lucien baissa la tête.

— Pardonnez-nous de vous prendre par surprise, Mère, mais il était important pour nous de venir tout de suite.

Lucien offrit son bras à Horatia pour l'escorter à l'intérieur et Cédric fit de même pour Audrey.

— Ah oui ? Lady Rochester plissa les paupières.

— C'est une longue histoire, Mère ; je vous expliquerai plus tard. Pourrions-nous avoir du thé ? Le voyage a été terriblement long et fatigant.

— Oui, bien sûr. Par ici. C'est un plaisir de vous voir tous, Lord Sheridan, Miss Sheridan et Miss Audrey.

Lady Rochester laissa Cédric lui faire un baisemain et étreignit les deux jeunes filles avec enthousiasme. Puis elle les guida jusqu'au salon le plus proche où un jeune valet costaud attendait ses ordres. Il s'appelait, Gordon, si les souvenirs de Lucien étaient exacts ; un des remplacements récents qu'elle avait dû acquérir.

— Du thé et des scones, s'il vous plaît, Gordon, dit-elle.

Le serviteur hocha la tête et alla s'exécuter.

Lady Rochester aperçut son plus jeune enfant qui essayait de se faufiler en douce hors du salon.

— Linus !

Il se figea en plein mouvement, courbant les épaules d'un air résigné avant de soupirer et de revenir dans le parloir. Elle braqua sur Linus un regard qui lui promettait la misère s'il essayait à nouveau de s'échapper.

— Veuillez accueillir nos invités.

— Bon après-midi, répondit-il en s'inclinant devant Cédric et ses sœurs.

La mine d'Audrey n'échappa pas à Lady Rochester et elle essaya de réprimer l'envie de rire. Linus et Audrey étaient bons amis, autant que pouvaient l'être un homme et une femme sans que les complications de leur genre respectif s'en mêlent. « Complices » serait peut-être une description plus appropriée. Cela étant dit, ils étaient à présent à un âge où il aurait été malavisé de les laisser seuls ensemble.

Lucien se coula dans le fauteuil qu'il avait choisi, parfaitement à son aise. Lady Rochester regarda l'aîné de sa couvée de diablotins discuter avec le plus jeune.

— Comment allez-vous, Lucien ? demanda Linus.

— Bien. Et vous ? Comment était Cambridge ?

— Très bien, mais je suis content d'avoir fini, admit Linus.

— Je veux bien le croire, ricana Cédric.

Il n'était un secret pour personne qu'il avait tout aimé de l'école... sauf l'enseignement.

Gordon revint avec un plateau à thé et Linus alla s'asseoir sur une causeuse à côté d'Audrey. Lady Rochester s'amusa profondément d'étudier leur interaction du coin de l'œil, alors qu'ils pensaient que les autres discutaient sans leur prêter attention. Audrey donna un petit coup de coude à Linus. Celui-ci regarda l'arme du crime et, à la seconde où l'occasion se présenta, il lui pinça le bras pour se venger. Audrey laissa échapper un petit son étranglé qui tenait à la fois du *aïe* et du *ouille*.

Elle rougit et leva sa tasse comme un bouclier.

— Le thé est vraiment chaud.

— Vraiment ?

Lady Rochester étudia la théière, essayant de ne pas rire devant l'espièglerie de la jeunesse.

— À présent, Lord Sheridan, puis-je vous offrir des chambres au domaine jusqu'après le Nouvel An ? Ce serait très agréable de vous avoir tous ici pour fêter la Noël. La maison débordera de vie, vous verrez. Je viens d'inviter les Cavendish, de Brighton.

— Nous serions ravis de rester, Lady Rochester, répondit Cédric.

— Les Cavendish seront là ? demanda Audrey avec enthousiasme.

Les Cavendish étaient de vieux amis des familles Russell et Sheridan. Il n'était pas difficile de deviner la source de l'enthousiasme d'Audrey. Les hommes éligibles étaient toujours excitants pour une jeune femme.

— Toute la famille sera ici. J'espère que Mme Cavendish et moi-même parviendrons à marier un de nos enfants avant notre mort.

Elle lança cette affirmation avec une joie intérieure, attendant que le feu d'artifice commence.

— Mère ! dit Lucien, s'étranglant sur son scone.

— Oh, ne me regardez pas avec cet air horrifié, Lucien. Voilà des années que j'ai perdu tout espoir vous concernant. Mais peut-être puis-je convaincre Lysandra de se décider pour Gregory Cavendish. Il est bel homme et bien nanti, vous savez.

Linus la regarda avec terreur.

— Maman, juste parce que c'est un type excellent ne signifie pas que Lysa veuille de lui, ou même qu'il veuille d'elle.

Linus semblait insister pour défendre sa sœur, probablement parce qu'il pensait qu'il n'existait pas de destin pire que le mariage.

— Un type excellent ? Où avez-vous appris un tel langage ?

Lady Rochester soupira et leva les yeux au ciel, priant Dieu de lui expliquer pourquoi elle avait été accablée par une progéniture aussi obstinée.

Linus sourit et prit un scone. Ils savaient tous les deux que la contrarier était une des véritables joies de la vie du jeune homme.

Il reprit la parole après avoir avalé sa dernière bouchée de scone.

— Lord Sheridan, puis-je escorter Miss Audrey à l'extérieur ? Je suis sûr qu'elle a envie d'un peu d'air frais après le long trajet en calèche.

— Pas sans chaperon, entonna Lady Rochester.

— Mais, Maman, protesta Linus.

Audrey posa une main sur son bras pour lui indiquer de se taire.

— Ma sœur nous chaperonnera. N'est-ce pas, Horatia ?

— Oui, bien sûr, répondit cette dernière.

— Si je ne suis pas inquiet, Lady Rochester, vous n'avez aucune raison de l'être, la rassura Cédric.

— Je suppose que c'est sûr, oui.

🙵

— Venez, dit Linus en offrant son bras à Audrey.

Horatia suivit le duo hors du salon et jusque dans le couloir. Linus et Audrey se rapprochèrent immédiatement pour s'échanger des murmures, à présent que Lady Rochester ne pouvait plus les voir.

Horatia grogna en entendant sa sœur pouffer d'un air coquin. Linus devait certainement planifier un mauvais coup et il était déterminé à y impliquer Audrey. Tel qu'elle connaissait Linus – ce qui était malheureusement très bien –, Horatia devina que ce devait être une blague quelconque. De temps à autre, Linus et Audrey la regardaient par-dessus leurs épaules, comme s'ils craignaient qu'elle entende ce qu'ils complotaient.

Horatia leva les mains en signe de capitulation.

— Tant que je ne suis pas victime de vos machinations, je ne gâcherai pas votre plaisir.

— Je ne fais aucune promesse, dit Linus.

Le gredin avait beau avoir un an de plus qu'elle, il n'était pas aussi mûr. C'était la raison pour laquelle il s'était toujours mieux entendu avec Audrey. Horatia avait perdu le compte des après-midi où Lysandra et elle avaient été les victimes des plaisanteries de ce duo diabolique.

— Linus, où est Lysa ? demanda Horatia.

Elle préférait aller trouver son amie plutôt que de s'attarder en leur présence. Son rôle de chaperon était absurde. Tout le monde le savait excepté lady Rochester.

— La dernière fois où je l'ai vue, elle était à la bibliothèque. Sur ce, Audrey et lui filèrent jusqu'en haut des marches et disparurent à sa vue.

Horatia se retrouva seule dans l'immense entrée de Rochester Hall. C'était une belle maison de campagne géorgienne avec des pierres sablonneuses à l'extérieur et du marbre à l'intérieur. Elle admira les tapisseries accrochées aux murs qui représentaient diverses scènes de bonheur pastoral. Les observant, elle perdit la notion du temps, se souvenant de la dernière fois où elle s'était trouvée là. Le souvenir était encore si vif qu'elle le sentit émerger des confins de sa mémoire pour venir l'envelopper entièrement.

CHAPITRE 14

ochester Hall, Kent, 1815

RC'était un jour de mai parfait et le parfum enivrant des fleurs embaumait les jardins. Horatia traversait paresseusement le labyrinthe des hautes haies, à la recherche de Linus et d'Audrey. À quatorze ans, elle était trop âgée pour aimer jouer à cache-cache, mais elle acceptait par égard pour les autres enfants. Elle avait compté jusqu'à cent et peinait à présent à retrouver les autres sur les immenses terrains du domaine de lord Rochester. *Lord Rochester*, soupira-t-elle en pensant à son titre. Il avait vingt-six ans, était un ami proche de son frère et était incroyablement beau.

Elle savait également que Lucien était dévergondé ; elle l'avait entendu chuchoter dans le quartier des serviteurs, ainsi que dans d'autres endroits. Au début, elle avait pensé qu'il était étrange que le marquis ait été comparé à une porte sortie de ses gonds. Toutefois, après avoir entendu son frère parler à ses amis, elle avait appris qu'un « dévergondé » n'avait pas la moindre connexion avec la serrurerie. Après avoir supplié une des femmes de ménage de leur hôtel particulier de Londres, elle avait appris ce que signifiait le terme *dévergondé* dans ce contexte précis.

À partir de cet instant, elle avait été désespérément envoûtée par le marquis. À quatorze ans, elle savait qu'elle était trop jeune pour lui, mais son cœur ne se souciait manifestement pas de la différence d'âge. Elle avait failli pousser un cri de joie quand la veille, Cédric lui avait dit en rentrant qu'ils passeraient le week-end avec Lucien dans sa propriété.

Malheureusement, à leur arrivée, Horatia avait appris qu'une belle et jeune héritière nommée Mélanie Burns serait également de la partie. C'est avec une certaine mesure d'indignation que ce matin-là, Horatia avait été conduite par une vieille bonne jusqu'à la nursery – de tous les endroits imaginables ! – pendant que Cédric, Lucien, lady Rochester et Miss Burns prenaient le thé. L'après-midi, Lysandra s'exerçait à broder tandis que les autres enfants, Linus, Audrey et elle-même, avaient été envoyés à l'extérieur pour jouer dans les jardins tant que le temps le permettait. Horatia poussa un soupir, qui fut interrompu quand deux grandes mains se refermèrent sur ses yeux.

— Devinez qui ? demanda une voix profonde avec un petit ricanement taquin.

Le cœur d'Horatia s'arrêta un instant avant de se mettre à frémir comme un colibri.

— Lord Rochester ?

Elle savait que c'était lui. Elle pourrait rester aveugle pendant mille ans qu'elle reconnaîtrait encore cette voix, ainsi que son parfum de bois de santal et de pin. Être en sa présence lui rappelait toujours Noël, même au printemps.

— Comment avez-vous su que c'était moi, espèce de petit garçon manqué ?

Normalement, elle n'aurait pas apprécié qu'il l'appelle de la sorte, mais alors qu'il la lâchait pour tirer sur ses boucles brunes, les regardant rebondir alors qu'elle levait les yeux vers lui, peu lui importait le surnom qu'il lui donnait. Elle bascula la tête en arrière. Il était glorieusement grand, comme Achille dans *l'Iliade*. Avec une chevelure roux foncé et des yeux noisette qui pétillaient, il était un dieu... ou du moins, il s'en rapprochait.

Horatia sentit à l'intérieur de son corps des contorsions

qu'elle ne comprenait pas. Avec n'importe qui d'autre, cette avalanche de sensations physiques l'aurait absolument terrifiée, mais pas avec Lucien. Lorsqu'elle était avec lui, elle lui faisait confiance, l'adorait, et rien n'aurait pu lui arracher cette confiance, pas même l'éveil en elle de la féminité.

— Profitez-vous du soleil, petite Horatia ?

Il baissa la main et lui ébouriffa les cheveux, le prix à payer pour avoir refusé de porter un de ces affreux bonnets.

— Oui, le temps est agréable, répondit-elle avec ce qu'elle espérait être un ton mûr.

Elle osa même lever le menton, sur la défensive, mais Lucien rit comme s'il lisait en elle.

— Je passe ma journée à parler affaires, politique et autres sujets ennuyeux avec les adultes, alors n'osez pas grandir trop vite.

Il sourit et lui prit la main, qu'elle lui céda sans hésitation.

— Maintenant, faisons le tour du jardin et parlons de toute autre chose. Qu'en dites-vous ?

— Seulement si vous me promettez de tout me dire de vos conquêtes illicites.

Lucien resserra sa prise sur sa main et il la fit s'arrêter. Il la dévisagea, choqué.

— Et que savez-vous de mes « conquêtes illicites » ? demanda-t-il, légèrement à cran.

— Pas grand-chose, je le crains. Personne ne me dit jamais quoi que ce soit.

Horatia se mordilla la lèvre inférieure, craignant de devoir payer le prix de son audace.

— Et il n'y a pas de raison pour que cela change, répondit Lucien en se remettant en mouvement.

— Alors de quoi parlerons-nous ?

Horatia devait presque faire des bonds pour rester à sa hauteur, mais en émergeant de derrière la haie la plus proche, Lucien se figea. Miss Burns était assise sur un banc en pierre, les mains repliées dans son giron. Elle était parfaite, vêtue d'une robe d'un bleu ravissant qui rehaussait sa chevelure blond pâle et ses yeux bruns. Horatia ravala une vague de jalousie, sachant qu'elle ne deviendrait jamais aussi belle. Son propre menton était trop pointu, son nez trop retroussé, et elle ne possédait aucun des traits classiques encadrés par le bonnet de Miss Burns.

— Pardonnez-moi cette intrusion, Miss Burns, dit Lucien en souriant à la jeune femme.

Une douleur comprima la poitrine d'Horatia. Quelque chose clochait. Elle... elle avait du mal à respirer.

— Milord, quel plaisir de vous voir.

Miss Burns lui rendit son sourire et Lucien desserra sa prise sur la petite main d'Horatia.

Une appréhension accablante la submergea. Ses instincts lui criaient que cela sonnait faux.

— Euh, vous pouvez continuer, Horatia. Je suis sûr que les autres enfants vous cherchent.

Il lui lâcha la main et lui tapota le crâne d'un geste fraternel, scellant le sort de la jeune fille. La douleur que son congé désintéressé lui causa était telle qu'il aurait tout aussi bien pu la gifler.

— Oui, allez jouer, dit Miss Burns avant de braquer son large sourire vers Lucien qui l'avait rejointe sur le banc.

Horatia eut l'impression qu'on venait de lui retirer un tapis de sous les pieds. Lucien ne lui prêtait toutefois plus la moindre attention. Il tendit le bras et posa une main sur celle de Miss Burns, lui caressant lentement le poignet avec le pouce. La jeune femme rougit et pouffa.

Horatia s'enfuit.

Une seconde de plus de ce spectacle et elle aurait pu mourir.

Elle courut si frénétiquement qu'elle ne regardait pas où elle allait et entra en collision avec lady Rochester. La ravissante matrone lui saisit le menton et lui fit lever la tête.

— Qu'est-ce qui ne va pas, ma chère ? demanda-t-elle.

Horatia était au bord des larmes.

— Ce n'est rien, haleta-t-elle en essayant de reprendre sa respiration.

— Il y a sûrement quelque chose. Allons, dites-moi ce qui vous contrarie. Ce doit être quelque chose de grave pour qu'une jeune femme si posée que vous ait l'air aussi affligée.

Lady Rochester s'était toujours montrée très gentille envers Audrey et elle. C'est comme si elle avait conscience de ne pas pouvoir remplacer leur mère, mais s'y essayait quand même, chose dont Horatia lui était reconnaissante.

— C'est Miss Burns. Je ne peux pas la supporter. Et il l'*apprécie* !

Il ne semblait pas y avoir de façon plus claire de le dire.

— Par *lui*, vous voulez dire Lucien ? demanda Lady Rochester.

Horatia opina en tremblant.

— Il est avec elle en ce moment. Ils se tiennent la main.

Les sourcils de lady Rochester firent une embardée.

— Vraiment ? Oh, non... Eh bien, nous ne le tolèrerons pas.

— Quoi ?

Horatia ne s'était pas attendue à une telle sortie de la part de lady Rochester. Après tout, Miss Burns était son invitée.

— Nous ne pouvons pas permettre à Lucien de s'impliquer avec ce genre de personne. Cela n'ira pas.

— Ce genre de personne ? répéta bêtement Horatia.

Était-elle secrètement de basse extraction ? Ou pire encore, Française ?

Lady Rochester soupira et prit la main de l'adolescente.

— Miss Burns est jolie, riche et accomplie, mais elle n'est pas une femme correcte. Je suis amie avec sa mère, mais elle ? Je n'en veux pas comme belle-fille. Elle méprise les enfants. Je l'ai surprise une fois à tordre le bras de Linus pour le forcer à bien se tenir. Il y a la discipline et puis il y a les abus, et être un bon parent permet de reconnaître la différence. Je tremble en songeant à ce qu'elle ferait subir à mes petits-enfants. C'est pour cela que nous devons les arrêter.

— Nous allons les arrêter ? demanda Horatia qui sentit l'espoir renaître dans sa poitrine.

— Bien sûr. Mon fils est trop aveuglé par les charmes de Miss Burns pour connaître les besoins de son cœur.

— Comment allons-nous faire ?

Horatia était redevenue sérieuse. C'était de son cœur que Lucien avait besoin et elle aurait tout fait pour le protéger d'une femme aussi horrible.

— Je ne sais pas. Il faudra qu'on trouve quelque chose. À présent, séchez-vous les yeux, ma petite, et allons trouver les autres. Je suis sûre que Linus et Audrey mijotent quelque chose. J'espère que vous allez pouvoir déjouer toutes les machinations qu'ils ont prévu de faire.

Lady Rochester lui sourit, la traitant toujours comme l'adulte qu'elle aurait voulu être.

Horatia entra une fois de plus dans les jardins et évita le chemin qui la conduirait à l'endroit où Lucien et Miss Burns étaient assis. Finalement, elle parvint à un kiosque peint en blanc orné sur le côté d'un treillis couvert de roses. Gâchant cette scène idyllique, un petit garçon était là. Il avait à peu près le même âge qu'elle, mais était moitié moins mûr. *Linus*. Il escaladait le treillis, tenant un grand seau d'eau en métal. Il laissa tomber des éclaboussures alors qu'il montait sur le toit du kiosque, disparaissant à sa vue. Audrey attendit son retour en bas du treillis. Son tablier blanc couvert de terre et les joues toutes roses, elle regarda le champion des bêtises redescendre.

— Linus, que faites-vous ? demanda Horatia.

L'intéressé éclata de rire.

— Nous allons renverser ces seaux d'eau sur la prochaine personne qui viendra s'asseoir dans ce kiosque.

Il lui montra le deuxième seau qu'il tenait d'un ton hautain.

— Vous n'en ferez rien. Votre mère m'a demandé de mettre un frein à toutes les bêtises que vous pourriez trouver à faire. Alors, remontez pour récupérer cet autre seau.

Horatia tapa du pied.

— Non, c'est vous qui allez le faire, la défia-t-il. À moins que vous ayez peur.

— Très bien. Je le ferai.

Horatia passa devant lui à toute vitesse et commença à escalader le treillis.

— Tous les deux, rentrez à la maison !

Elle glissa plusieurs fois, ce qui lui valut des coupures et des égratignures sur les mains, à l'endroit où des épines lui rentrèrent dans la peau. Elle était presque parvenue au sommet quand elle entendit des voix. Linus et Audrey lui tirèrent la langue et s'enfuirent, l'abandonnant aux nouveaux arrivants. Grimper là-haut lui attirerait des ennuis, même si c'était pour contrecarrer le plan sinistre de Linus. Elle aurait mieux fait de se cacher. Elle gravit les derniers centimètres pour grimper sur le toit. Le seau d'eau était situé près du trou qui se trouvait au milieu. Horatia vit Lucien et Miss Burns s'approcher du kiosque et y entrer jusqu'à ce qu'ils se retrouvent en son centre, directement sous elle. Horatia retint son souffle, craignant de bouger au cas où ils l'auraient entendue.

— Miss Burns, puis-je vous poser une question ? commença Lucien.

— Oui, lui répondit la voix mélodieuse de Miss Burns.

Horatia regarda la scène se dérouler avec un mélange d'horreur et de révulsion.

— Nous nous connaissons depuis deux mois et j'ai appris à apprécier le temps que nous passons ensemble. Aussi indécent qu'il soit de vous faire ma demande sans en parler au préalable à votre père, envisageriez-vous de m'épouser ?

Horatia savait que Lucien était sûrement en train d'adresser à Miss Burns l'un de ses plus beaux sourires.

— Vous voulez m'épouser ? répondit l'intéressée avec une surprise feinte.

Horatia enfonça un poing dans sa bouche pour se retenir de crier. Il ne pouvait pas l'épouser, c'était impossible ! Il fallait qu'on l'empêche de commettre cette erreur ! Horatia s'empara du seau d'eau et le renversa. L'eau se déversa en une cascade folle sur la tête de Miss Burns. Puis, incapable de s'en empêcher, elle laissa également tomber le seau par le trou. Par Dieu ou par la grâce du diable, il atterrit pile sur la jeune femme, s'encastrant comme un casque médiéval.

— Bon sang ! tonna Lucien tandis que Miss Burns poussait un cri de harpie qui résonna à travers le métal.

Incapable de se retenir, Horatia se mit à pouffer. Miss Burns retira le seau… Seulement pour dégringoler dans les escaliers et s'étaler la tête la première dans un parterre de fleurs. Avec un autre cri de rage, elle regagna les jardins d'un pas vif. Lucien fit quelques pas comme pour la suivre, mais il leva alors la tête et son regard croisa celui d'Horatia à travers les lattes du toit du kiosque.

— Horatia Sheridan, descendez de là tout de suite !

Il sortit du kiosque en coup de vent.

Horatia descendit du toit, tremblant de peur de tous ses membres. Quand elle parvint à sa portée, Lucien la saisit par la taille et l'arracha au treillis. Horatia sentit d'autres épines s'enfoncer dans sa peau, mais elle n'osa pas émettre le moindre son, même pas un gémissement de douleur.

— Pourquoi avez-vous fait cela ? gronda-t-il, un feu brûlant dans ses yeux noisette.

Son ton la terrifiait et elle déglutit.

— Je…

Serrant le tissu de sa robe dans ses poings, elle s'éloigna d'un pas.

— Allez-vous enfin me répondre ?

Il ne lui aurait jamais fait de mal, pas physiquement, mais l'idée qu'il soit en colère contre elle faisait valdinguer son cœur contre ses côtes.

— Vous ne pouvez pas l'épouser, l'implora-t-elle.

— Quoi ?

Lucien semblait en colère et confus.

— Elle est horrible. Vous ne pouvez pas l'épouser. Vous ne pouvez pas.

— C'est à moi seul de décider qui j'épouse. C'est compris ? Cela ne vous regarde absolument pas.

— Mais je vous aime.

Elle n'avait jamais articulé cette pensée, n'avait même pas su qu'elle le pensait aussi sincèrement. Mais une fois qu'elle eut prononcé ces paroles, elle sut qu'elles étaient vraies. À quatorze ans, Horatia était tombée amoureuse de Lucien.

Ces paroles réduisirent l'intéressé au silence, mais pas pour très longtemps.

— Vous ne savez absolument rien de l'amour. Vous n'êtes qu'une enfant, cracha-t-il.

Elle le regarda avec de la douleur dans les yeux, perclus d'une humiliation qui ne faisait qu'exacerber le déchirement de son cœur. Elle posa une main sur sa bouche pour taire son cri de souffrance, à la fois du corps et de l'âme.

—Je... je suis désolée, dit-elle.

Les larmes brouillèrent sa vision et la douleur emplit tous ses mouvements.

Lucien ne la regardait pas : il avait le regard braqué droit devant lui. Miss Burns était revenue au kiosque et avait tout vu. Elle leur décocha à tous les deux un regard haineux et se détourna.

Lucien souffla un juron.

— Ne prenez pas la peine de vous excuser. Je ne vous pardonnerai jamais ce que vous avez fait aujourd'hui.

Il tourna les talons et se précipita à la suite de Miss Burns.

Horatia resta assise en tremblant pendant de longues minutes sur le sol du kiosque. Quelque chose au fond de sa poitrine était en train de se briser, et ce n'est que lorsqu'elle se souvint enfin de respirer qu'elle réalisa que ce devait être son cœur.

CHAPITRE 15

Horatia détestait le fait que ce souvenir parvienne toujours à la faire pleurer aux pires moments. Elle cligna des paupières et se tourna en entendant une petite toux polie. Appuyé au mur à quelques mètres de là, Lucien la regardait.

— Tout va bien ? demanda-t-il en s'écartant de la paroi pour venir la rejoindre.

— Oui.

Lucien fronça les sourcils et lui saisit le menton dans une main pour tourner son visage vers le sien.

— Je sais toujours quand vous mentez, dit-il comme si cette découverte le surprenait.

— Oui, et je déteste cela.

Il fallait qu'elle s'éloigne de lui. Elle avait besoin d'espace pour respirer.

Il la suivit quand elle s'en alla pour choisir une pièce au hasard dans laquelle elle pourrait espérer se cacher de lui. Elle ferma la porte et enclencha la serrure, se détendant quand Lucien tourna la poignée et fut incapable d'entrer. S'appuyant contre la porte, elle l'entendit s'éloigner. Son pouls ralentit dans sa poitrine.

Soudain, une des bibliothèques de l'étude pivota. Lucien, tout sourire, en émergea puis remit la bibliothèque en place. Horatia en resta bouche bée. Rochester Hall avait des passages secrets ? Pourquoi n'en avait-elle pas eu connaissance ? Elle n'avait manifestement pas été assez curieuse pendant son enfance.

— Pourquoi détestez-vous le fait que je puisse vous lire si facilement ? demanda-t-il.

Horatia étudia la pièce en fronçant légèrement les sourcils. C'était l'étude de Lucien. Son odeur emplissait l'atmosphère et une pile désordonnée de lettres jonchait son grand bureau. Elle n'aurait pas pu choisir un pire endroit pour tenter de lui échapper. Il était partout. Elle n'aurait nulle part où l'éviter dans cette propriété. Il existait probablement à travers toute la maison des passages qui reliaient toutes les pièces entre elles.

— Lucien, pourriez-vous me laisser seule ? Nous nous sommes réconciliés. Ne pouvons-nous pas passer à autre chose ?

Elle lui tourna le dos, mais il s'approcha avec un petit rire.

— Ma chère Horatia, je crains que vous et moi ne soyons comme l'Angleterre et la France. Nous nous disputons et nous nous battons, et c'est là que réside le plaisir de notre relation.

Il écarta une mèche de cheveux qui était venue s'enrouler sur l'épaule d'Horatia. Elle eut un mouvement de recul, mais sans déplaisir. Même le plus léger soupçon de chaleur émanant de lui était quelque chose qu'elle ne pourrait pas tolérer très longtemps sans avoir envie de se retourner dans son étreinte et de le prier de l'embrasser.

— Je suis lasse de lutter contre vous, Lucien. Cela ne m'a causé que du chagrin.

Elle se déplaça vers la fenêtre qui se trouvait derrière son bureau et donnait sur les jardins enneigés. Les fleurs étaient toutes flétries et recouvertes de glace, et elle fut choquée de sympathiser à ce point avec des végétaux. Elle avait l'impression que son cœur était pareil : flétri et gelé. Lucien refusait pourtant de la laisser tranquille. Il se tenait juste derrière elle, de douces vagues d'une chaleur intermittente émanant de lui, lui réchauffant le dos.

— Alors je vais vous laisser, mais si vous me permettez d'abord d'honorer la tradition. J'ai entendu dire que cela porte malheur d'ignorer de telles choses.

Elle sentait sur son cou son souffle qui lui provoquait des frissons d'anticipation. Qui aurait cru que le mot *tradition* pouvait être aussi séduisant ?

Horatia se tourna vers lui et, n'ayant pas réalisé qu'il était si proche, se retrouva nez à nez avec lui.

— La tradition ? demanda-t-elle.

Les yeux de Lucien s'élevèrent vers un endroit au-dessus de leurs têtes. Une branche de gui était accrochée au bois qui surplombait la grande fenêtre.

— Mais si quelqu'un entrait et nous surprenait...

Elle n'acheva pas sa phrase, concentrée sur ses lèvres.

— C'est mon étude. Personne ne viendra nous déranger. En plus, vous avez verrouillé la porte.

Il leva le bras pour lui caresser la joue du revers de la main, puis le bout de ses doigts dansa sur son cou avant de se refermer sur sa nuque. Il lui massa le cuir chevelu avec des mouvements tendres tout en la rapprochant de lui. Quand elle se retrouva plaquée contre la longueur de son corps, son autre main vint se fixer autour de sa taille. Elle gémit et il étouffa ce son avec ses lèvres, la conquérant avec une langue possessive.

— J'en ai eu envie toute la journée, dit-il entre deux baisers langoureux.

— Vraiment ? demanda-t-elle faiblement en se collant à lui plus qu'il n'était sage ou approprié de le faire.

— Oh, oui !

La main qu'il avait posée sur sa taille descendit jusqu'à ses fesses et il la serra fort, la pressant contre la preuve de son désir.

— Vous ai-je déjà dit que vous aviez très bon goût ? murmura-t-il en frôlant ses lèvres d'un geste taquin.

Horatia secoua très légèrement la tête.

— Vous avez un goût divin, mais coupable, poursuivit-il.

Puis il fit courir sa langue jusqu'à son oreille gauche, tiraillant son lobe entre ses dents.

Les genoux d'Horatia cédèrent. Elle s'accrocha à ses bras pour se retenir de s'écrouler comme une poupée de chiffon. Seigneur, les choses qu'il faisait pour l'affaiblir ! N'avait-elle pas pris la résolution, pas plus tard que ce matin même, de tourner la page ?

— Lucien, souffla-t-elle.

— « Lucien, oui » ou « Lucien, arrêtez-vous » ?

Il fit courir un doigt sur le mamelon durci de son sein droit à travers la soie de sa robe.

— Encore, parvint-elle seulement à dire.

Avec un grondement de désir, il la cala dans le coin entre ses étagères et le mur. Une de ses mains plongea vers ses jupes, les retroussant pour pouvoir empoigner une de ses cuisses. D'un geste rapide, il dénuda sa jambe et l'enroula autour de lui afin de pouvoir s'enfoncer plus profondément dans le berceau accueillant de son corps. Elle bascula la tête en arrière, lui accordant l'accès à son menton et à son cou. Puis il la dévora de baisers comme un homme affamé.

La proximité de leurs corps était à la fois saisissante et enchanteresse. Horatia s'abandonna à la séduction de Lucien. Comment avait-elle pu vouloir qu'il la laisse tranquille ? Pour un seul baiser, elle aurait marché sur des braises ; pour un coup d'œil enflammé, elle aurait affronté ses cauchemars les plus sombres. La seule pensée d'Horatia – hormis « encore, encore » – était qu'elle aurait fait n'importe quoi pour lui. Même après toutes ces années, cela n'avait pas changé. Alors comment aurait-elle pu se convaincre du contraire ?

❧

Lucien était incapable de s'arrêter. Elle avait refermé les poings sur ses cheveux et sa bouche soyeuse accueillait sa langue avec une intensité téméraire qu'il n'avait jamais encore reçue de la part d'une femme. Il avait connu d'innombrables amantes et maîtresses, mais aucune n'avait cédé le contrôle comme le faisait Horatia. Elle ne se perdait pas. Elle était toujours elle-même, des douces boucles de ses cheveux châtain à la pointe de ses chaussons bleus. Pourtant, quand elle l'embrassait, elle oubliait la prudence, la morale et l'hésitation d'une façon qui lui donnait désespérément envie de la posséder.

Il avait toujours été fier de sa maîtrise de soi. Bien sûr, ces derniers temps, elle paraissait s'être évaporée, et Horatia avait poussé le peu qu'il lui restait jusqu'à ses limites. Il voulait s'enfoncer si profondément en elle qu'il n'en sortirait jamais, voulait se perdre dans ses yeux et se noyer dans la symphonie de ses cris essoufflés. Il n'avait songé à rien d'autre durant tout le voyage en calèche jusqu'au Kent. Chaque fois qu'une boucle des cheveux de la jeune femme avait été délogée par un nid-de-poule, il l'avait contemplée avec l'envie de caresser le sommet de ses seins. Quand elle s'était endormie, ses lèvres s'étaient adoucies en une courbe séduisante. Généralement, en sa présence, elle pinçait fermement la bouche. Les choses qu'il voulait que ces lèvres lui fassent lui tirèrent un grognement impuissant et il se pressa davantage contre elle.

À travers la brume de son désir, Lucien eut soudain conscience d'une voix qui appelait son nom, et ce n'était pas Horatia. C'était comme s'il s'était pris un seau d'eau sur la tête... puis le seau en personne ! C'était Cédric, à l'extérieur de la porte de l'étude.

— Lucien, espèce de diable ! Où vous êtes-vous enfui ?

Avec regret, il s'écarta d'Horatia, plaquant un index sur ses lèvres pour l'enjoindre au silence.

— Vite, sous mon bureau, dit-il dans un murmure rauque.

HORATIA SE RÉFUGIA SOUS LE BUREAU, PLUS QUE JAMAIS reconnaissante qu'il s'agisse d'un gros monstre encombrant et non d'une création aux pieds délicats. Calant ses jupes sous elle, elle se recroquevilla alors que Lucien allait déverrouiller la porte avant de se positionner devant le bureau, bloquant le petit espace entre le bureau et le sol. Horatia retint son souffle quand son frère ouvrit la porte de l'étude et pénétra dans la pièce.

— Vous voilà ! Je me suis dit qu'on pourrait faire une partie de billard pour tuer le temps jusqu'au dîner. Qu'en dites-vous ? proposa Cédric d'un ton plein d'espoir.

Horatia entendit Lucien s'éclaircir la gorge.

— Euh, oui. Excellent. Allez-y. J'arrive tout de suite. J'ai juste une lettre dont je dois m'occuper en premier.

— Lucien, vous allez bien ? Vous avez l'air un peu perturbé.

— Bien sûr. C'est une réaction naturelle aux vociférations de ma mère concernant le mariage... quelle que soit sa cible du moment.

Cédric éclata de rire.

— Je veux bien le croire. Je vous attendrai dans la salle de billard.

Elle entendit le cliquetis de la porte qui se refermait.

Lucien poussa un long soupir et Horatia y fit écho. Elle ne voulait pas penser à ce qui se serait produit si Cédric avait trouvé la porte déverrouillée. Lucien l'aida à sortir de sous le bureau et il la tint en place tout en l'examinant d'un œil critique. Puis elle sentit ses mains sur ses cheveux, qui remettaient en place des mèches folles et quelques épingles.

— C'est mieux, dit-il en travaillant.

— Avez-vous eu beaucoup d'entraînement ?

Elle regretta ses paroles à l'instant où elle les prononça.

Lucien arqua un sourcil.

— Voulez-vous que je le nie ?

Elle ne lui demanderait jamais de nier ce qu'il était. Elle aimait tout de lui, même ses côtés négatifs.

— Non.

— Allons. Je crois que c'est suffisant.

Il recula pour l'examiner, redevenu froid et distant. Ses sautes d'humeur étaient incroyablement frustrantes.

— Vous pouvez utiliser le passage secret. Il donne sur le couloir. Je vous présente mes excuses. Je n'aurais pas dû agir ainsi avec vous. Vous ne méritez pas d'être tripotée ainsi sous mon toit. Je vous jure que cela ne se reproduira pas.

Avant qu'Horatia ne puisse trouver la force de répondre, il était parti.

— J'aurais préféré que vous ne fassiez pas cette promesse, dit-elle à l'étude vide.

Patientant dans l'étude vide de Lucien, elle se prit à regarder les étagères de livres. Il y avait près de la fenêtre une section qui attira son attention. Six livres étaient soigneusement alignés et les titres lui étaient tous familiers. Parmi eux se trouvaient *Lady Eustace et le Marquis Joyeux*. Ces volumes étaient un ensemble assorti des romans qu'elle avait reçus pour les six Noëls précédents. Curieuse, Horatia cala son index au sommet de la tranche de *Lady Eustace* et retira le livre de l'étagère. Elle l'ouvrit et découvrit une inscription sur la première page qui disait « Offert à Horatia Sheridan, 1819 ». Lucien tenait un registre des cadeaux qu'il lui faisait ? À quelle fin ?

Elle examina les cinq autres livres, trouvant à l'intérieur des notations similaires. Tous paraissaient avoir été lus plusieurs fois. Horatia eut la vision très étonnante de Lucien en train de lire tous les romans en même temps qu'elle, comme pour voir ce qu'elle ressentirait à chaque lecture. Elle était vraiment heureuse de savoir qu'il faisait d'aussi grands efforts pour se rapprocher d'elle, même d'une façon aussi indirecte. La douleur causée par sa promesse de ne pas réitérer ses tentatives de séduction s'estompa à la lumière de ces petits trésors.

Quand Horatia sortit enfin de l'étude de Lucien, elle n'était pas seule dans le couloir. Lady Rochester quittait la pièce de l'autre côté du vestibule.

— Horatia.

Elle lui fit signe de la rejoindre. La jeune femme déglutit maladroitement et se rapprocha de la mère de Lucien.

— Vous rougissez, ma chère, fit observer lady Rochester. Ne vous inquiétez pas, je n'insisterai pas pour vous demander pourquoi. Je soupçonne que mon fils est impliqué.

— Linus ?

Lady Rochester lui décocha un regard qui lui demandait si Horatia la prenait vraiment pour une imbécile.

— Nous savons toutes les deux que vous aimez Lucien depuis votre enfance. Cessons donc de nous mentir. À présent, venez. Nous allons discuter un peu, vous et moi.

— Mais...

— Ne protestez pas, Horatia. Je suis une vieille femme qui suis habituée à obtenir ce que je veux.

Horatia essaya de ne pas montrer son incrédulité. Lady Rochester avait peut-être la cinquantaine confirmée, mais elle ne semblait pas vieille pour autant. Elle la suivit donc jusqu'à quelques portes de là, à l'intérieur d'une petite chambre personnelle de la marquise.

— Asseyez-vous, Horatia. Et pour l'amour du ciel, essayez d'avoir l'air un peu moins stressée. Je ne vais pas vous mordre.

Lady Rochester s'installa en face d'elle sur une chaise longue.

— Donc, vous êtes toujours amoureuse de mon fils.

Horatia s'abstint de répondre.

— Souhaitez-vous le séduire ?

— Je crois qu'il est crédible de dire que je n'aurai jamais la moindre chance de le conquérir.

Lady Rochester frappa son accoudoir avec une force surprenante.

— Foutaises ! Il est tout à fait susceptible d'être conquis par une femme telle que vous !

— Une femme telle que moi ?

Horatia n'apprécia pas vraiment l'expression, vu le contexte de leur conversation.

— Vous êtes intelligente, belle, et vous représentez un défi pour lui. Il ne s'en rend peut-être pas compte, mais il ne sera pas satisfait tant qu'il ne vous aura pas possédée. Ai-je raison de croire qu'il ne vous a pas encore entièrement conquise ?

Horatia fut prise d'un vertige, elle qui ne s'était jamais évanouie de toute sa vie.

— Je suis désolée, Lady Rochester, mais votre question...

— Allons, Horatia. Nous sommes des femmes du monde. La société voudrait nous faire croire le contraire, mais ces sujets devraient être fréquemment discutés. Je n'ai jamais encouragé mes enfants à cacher leur curiosité ou leur plaisir concernant l'acte de chair. Que la société polie et toutes leurs ridicules pudeurs bigotes aillent au diable ! Avec un peu plus d'audace et beaucoup plus de franchise sur ces questions, les gens auraient beaucoup moins de mal à trouver à se marier.

Le soupçon de sourire de lady Rochester évoquait celui de Lucien. Il tenait de sa mère, tant par le physique que par le caractère.

— Donc, il ne vous a pas encore compromise. Pleinement, je veux dire ?

— Non, Lady Rochester, nous n'avons pas..., parvint-elle enfin à dire.

— Cela nous facilitera la tâche.

— Quoi donc ? ne put s'empêcher de demander Horatia.

— Il ne vous a pas encore possédée. Il vous désire clairement. Si nous utilisons à notre avantage l'attrait du fruit interdit, je pourrai encore voir un mariage avant de mourir.

— Je ne souhaite pas le piéger dans un mariage. Il me mépriserait. Je ne voudrais rien faire qui puisse à nouveau me valoir sa colère.

Cette déclaration fit grand effet sur Lady Rochester.

— Qu'avez-vous déjà fait pour subir sa colère ?

Horatia rit amèrement.

— Je croyais que toute la maison était au courant. Vous ne savez vraiment pas pourquoi Lucien s'est montré froid avec moi au cours des six années qui viennent de s'écouler.

Lady Rochester secoua la tête.

— Vous vous souvenez de la dernière fois où je suis venue, quand j'avais quatorze ans ?

— Naturellement. Je me suis souvent demandé pourquoi Audrey et vous n'aviez plus jamais accompagné Cédric quand il revenait nous rendre visite. Cela étant dit, votre frère a toujours été un brin surprotecteur, et j'ai vu des pères et des frères commettre ce même genre d'erreurs avec de bonnes intentions.

— Le jour où vous m'avez trouvée dans les jardins, dévastée à cause de Lucien et Miss Burns, j'ai surpris Linus plaçant un seau d'eau en haut du kiosque. J'ai grimpé pour le récupérer, mais Lucien a choisi ce moment pour amener Miss Burns dans le kiosque afin de lui faire sa demande. J'ai agi sans réfléchir, puérilement, et j'ai renversé le seau sur sa tête. Elle s'est enfuie et Lucien m'a crié dessus. Je lui ai dit que je l'aimais et il m'a ri au nez. Il me reproche le refus de Miss Burns de l'épouser et depuis, c'est une souffrance de tous les instants. Voilà pourquoi je ne peux pas le conquérir.

Lady Rochester avait écouté toute l'explication sans piper mot, mais la fin du récit la trouva curieusement pâle.

— Lady Rochester, vous vous sentez bien ?

— Ma chère, c'était moi. Dieu du ciel, c'était moi ! déclara lady Rochester.

— Que voulez-vous dire ? C'était vous ?

— Lorsque Miss Burns est rentrée, trempée et furieuse, Linus et Audrey l'ont vue. Mon garçon l'a taquinée en agitant un seau vide et j'ai supposé qu'il le lui avait renversé dessus. Puis je l'ai vue frapper mon fils. Je lui ai alors demandé en termes non équivoques de quitter Rochester Hall sur-le-champ. Je lui ai dit que si Lucien continuait à lui faire la cour ou bien lui faisait sa demande – et si elle ne la refusait pas –, je la détruirais. Je ne l'ai pas laissée douter que j'en étais incapable. Je n'avais aucune idée que mon idiot de fils vous associerait à son départ d'une manière aussi stupide.

Horatia ne savait pas quoi dire. Cela faisait sept ans qu'elle s'était crue seule responsable de ce qui s'était passé en ce jour terrible. Sa vision du monde bascula sur son axe comme un globe terrestre bancal, et elle ne put s'empêcher de se demander s'il lui manquait plus qu'à faire un tour sur elle-même pour partir dans le décor.

Lady Rochester s'approcha d'elle et lui passa les bras autour des épaules.

— Je vais tout arranger. J'ai vraiment espéré que vous épouseriez l'un de mes fils, et je ne vais certainement pas rester passive sans corriger mes erreurs. Vous et moi allons montrer à Lucien que vous êtes vraiment merveilleuse et je vous promets qu'il retrouvera la raison. Et puis je pourrais avoir des petits-enfants à gâter durant ma vieillesse.

Horatia ravala ses larmes. Lady Rochester avait prononcé ces paroles avec une telle conviction que pendant un instant, elle fut totalement certaine d'être capable de le faire.

— Allons, maintenant séchez vos larmes et allez retrouver votre sœur. Je suis certaine que ce dont nous avons tous besoin est d'une petite promenade. À Hexby, peut-être. Il y a une modiste correcte et un chapelier talentueux que votre sœur approuvera, j'en suis certaine.

Lady Rochester escorta Horatia jusque dans le couloir principal et insista pour qu'elle l'y attende jusqu'à ce qu'on localise Audrey. Enfin seule, Horatia prit quelques instants pour se reprendre. Elle entendait les rires distants de Lucien et de Cédric, en pleine partie. C'était tellement bon de les entendre s'amuser !

CHAPITRE 16

Dans une salle privée de Boodle's, un club pour gentlemen, Sir Hugo Waverly se prélassait dans un fauteuil, faisant tourner un verre de brandy tout en écoutant le rapport de Daniel Shefford. Cet homme travaillait pour lui depuis des années. Loyal et hautement qualifié, il aurait fait tout ce qu'il lui aurait demandé pour le roi, le pays... ou pour satisfaire ses caprices plus personnels. Shefford se tenait devant Waverly, lui relatant calmement les événements qui s'étaient produits le matin précédent, lorsque lord Lennox avait échappé de peu à la mort.

— J'ai réussi à retrouver l'homme que vous m'aviez envoyé rencontrer au Jardin. Il a affirmé que lord Lennox attendait sur les lieux. Il vous soupçonne d'avoir été surpris la nuit dernière. Notre homme sur place nous a confirmé que Rochester se trouvait bien au Jardin hier soir. Le scénario semble probable.

— Rochester était présent ?

Hugo fronça les sourcils. N'existait-il donc aucun endroit de Londres où il pourrait trouver refuge contre ces satanés rebelles ? Comment était-il censé mener ses affaires sans tomber sur l'un de ces hommes ?

— Et qu'a-t-il fait quand il a vu Lennox ?

— Il lui a tiré dessus. La tenancière du Jardin, en tant qu'amie inquiète, m'a confié qu'il avait reçu une balle dans le bras. La blessure n'a apparemment pas été fatale, sans être non plus une égratignure.

C'était un coup de chance que Lennox n'ait subi qu'une blessure mineure. Ce n'était qu'une question de temps avant que Lennox et ses amis ne se décomposent six pieds sous terre... mais pas avant que le moment parfait ne soit venu !

Shefford croisa les bras.

— J'ai regagné mon poste devant la maison des Sheridan. Apparemment, ils ont quitté Londres, et ma source m'a informé que leur destination était Rochester Hall, dans le Kent.

— Lord Rochester a donc l'honneur de jouer les nounous pour les sœurs de Sheridan ? Comme c'est amusant ! Je crois que voir la Ligue divisée nous rendra la tâche beaucoup plus facile. L'un de vos hommes a-t-il trouvé un poste ? demanda Waverly.

Shefford hocha la tête.

Deux mois auparavant, Shefford avait acquis cinq hommes destinés à infiltrer les rangs de la Ligue. La plupart l'avaient déjà fait et lui avaient fourni des informations précieuses, et à moins de recevoir l'ordre du contraire, ils n'en feraient pas davantage. L'un d'eux, cependant, n'avait jusqu'à présent été qu'en mesure de trouver un emploi au club de gentlemen qu'ils fréquentaient. Néanmoins, cette personne avait un potentiel unique et, contrairement aux autres, la quantité parfaite de désespoir.

— Excellent. J'aimerais maintenant que vous fassiez parvenir un message à Sheridan et Lonsdale. Je pense qu'il est temps de leur laisser à tous les deux un petit cadeau.

— Voulez-vous faire parvenir ce message à la maison de Lonsdale sur Curzon Street ?

— Oui. Je suis sûr que cet imbécile de Lennox surveille attentivement la maison de Sheridan, car elle est proche de la sienne. Je veux que vous infiltriez ces deux maisons pour faire ce que vous faites le mieux.

Tout se mettait en place. Avec le temps, le cœur de la Ligue serait détruit et leur pouvoir reviendrait à des hommes plus faibles et des héritiers moins unifiés. Et alors ? Alors le reste serait une partie de plaisir.

— Je communiquerai un message approprié, Monsieur. Ce sera tout ?

— Oui, à cet égard. Il nous reste encore à parler de questions plus sérieuses.

Waverly redirigea son attention sur sa boisson.

Tuer les membres de la Ligue serait chose facile, même s'il ne pouvait pas le faire rapidement sans risquer de se trahir. La précipitation n'était cependant pas son but. Il avait des préoccupations plus pressantes, comme la protection de l'Angleterre. C'était ainsi qu'il avait été fait chevalier. Gérer des réseaux d'espionnage sur le continent n'était pas une mince besogne. Même l'un des frères de Rochester était impliqué dans les différents tentacules de ses opérations ! Cette ironie ne lui échappait pas.

C'était ce qui importait vraiment à Waverly : protéger les choses qui lui tenaient à cœur. La Ligue lui en avait tant dérobé ! Deux vies étaient perdues à cause d'eux. Il les considérait comme une menace pour lui-même, et donc pour l'Angleterre.

Normalement, il aurait éliminé une menace envers la nation rapidement et sans la moindre pitié, mais dans le cas présent, ce n'était pas son intention. Ces hommes méritaient... une attention particulière. Il savait que c'était une faiblesse de se laisser aller à ce genre de mélodrames et subterfuges. Pire encore, c'était imprudent. De tels risques pimentaient pourtant l'existence. Ils représentaient certes un vice, mais qui l'animait et lui fournissait un objectif. Un arbre de haine croissait à l'intérieur de son cœur, et il donnerait bientôt des fruits amers.

Il regarda à nouveau Shefford.

— Bon, où en sommes-nous sur la question espagnole ? Cela fait presque un mois que le Panama a déclaré son indépendance. Il faut que nous sachions quelles répercussions cela aura sur le reste de l'Europe. Je veux des hommes dans toutes les Cours et les familles nobles que nous serons en mesure d'atteindre. Si l'Espagne veut entrer en guerre pour récupérer le Panama, nous pourrions avoir l'occasion d'affaiblir la mainmise de l'Espagne sur leurs autres colonies et de détruire leurs places fortes.

— Bien entendu.

Shefford embraya sans effort sur le sujet, mais Waverly l'écoutait à peine.

Son esprit était déjà revenu à la Ligue et aux projets qu'il fomentait pour ces hommes.

⁂

CÉDRIC SE PENCHA SUR LA TABLE DE BILLARD ET VISA UNE boule.

— Dites-moi la vérité, Lucien.

— À quel propos ?

Lucien s'adossa au rebord de la table, les bras croisés.

— Cela ne vous fait vraiment rien qu'Horatia soit ici ? Je sais que je vous ai poussé à accepter qu'elle revienne dans votre vie, mais je peux tout arrêter. J'espérais qu'il se serait écoulé suffisamment de temps et qu'on pourrait mettre tout cela derrière nous.

Cédric frappa en pinçant les lèvres. Il empocha la boule verte et sourit joyeusement. Il était compétitif et excellait dans pratiquement tous les jeux et sports.

— Vous avez tous les droits d'insister. Je suis obstiné et stupide.

Après tout ce qu'ils avaient traversé, résister à la sœur de Cédric n'allait pas les séparer. Pas s'il pouvait s'assurer du contraire.

— Je suis soulagé de vous l'entendre dire, avoua Cédric.

Tous les deux perdus dans leurs pensées, ils ne dirent plus rien. Lucien était revisité par le souvenir horrible du jour où les parents de Cédric étaient morts.

Lucien avait su que Cédric gardait Audrey à la maison des Sheridan sur Curzon Street quand un valet était arrivé en courant. Cédric lui avait raconté qu'à partir de ce moment, tout avait paru ralentir. Le valet, tout rouge, avait balbutié quelques paroles à propos d'un accident de calèche avant de dire :

— Morts, Monsieur. Lord et lady Sheridan sont morts, tous les deux. Votre sœur souffre d'un bras cassé, mais elle est vivante. Lord Rochester était dans les parages et il a aidé à la secourir.

Lucien n'oublierait jamais le moment où il avait ramené Horatia chez elle après l'accident. Cédric avait fait deux pas vers la porte puis ses jambes avaient cédé et il était tombé à genoux. Lucien s'était occupé d'Horatia puis était retourné au lieu de l'accident afin de s'occuper des corps.

Les corps... Ils n'étaient plus lord et lady Sheridan. Il ne pouvait plus se permettre de les considérer comme tels. Pas avant un bon moment.

Quand Lucien était revenu, il avait trouvé Cédric assis dans le salon sur un canapé en brocart, un des endroits préférés de lady Sheridan pour broder ou lire un livre. Il tenait dans ses bras la petite Audrey, âgée de dix ans. Elle ne disait rien et n'avait plus adressé la moindre parole à qui que ce soit pendant encore trois mois. La lumière dans ses petits yeux bruns s'était tellement éteinte qu'ils avaient craint qu'elle ne leur échappe.

Il n'oublierait jamais la sensation de tenir Horatia dans ses bras. Elle serrait contre elle son bras cassé, sur lequel on avait posé des attelles et des bandes. Elle se blottit contre lui et refusa de le lâcher jusqu'à ce que Cédric se mette à lui murmurer des paroles réconfortantes. Horatia ne lui avait jamais raconté ce qui s'était passé ce jour-là dans la voiture, avant ou après l'accident. Certains souvenirs étaient faits pour rester enfouis et Lucien n'avait pas insisté.

Cédric lui-même, à devenir chef de famille à un si jeune âge, avait été perdu. Il ne savait rien de l'éducation des enfants, et la pauvre Horatia était sortie de l'enfance le lendemain des funérailles de ses parents pour aider son frère à élever Audrey. Lucien avait épaulé Cédric, l'aidant à mettre de l'ordre dans la succession de son père puis à endosser son titre et ses responsabilités. Hormis ses sœurs, personne d'autre n'avait jamais vu son chagrin. Il avait fait front devant leurs autres amis, mais Lucien avait vu Cédric pleurer comme un petit enfant. Ce lien, la force de leur amitié devrait être en mesure de survivre à tout. Sans quoi... Non, il refusait d'entretenir des idées aussi sombres !

Les pensées de Lucien revinrent au présent, mais pas au jeu.

— Horatia a grandi dernièrement, dit-il.

— Elle n'est plus l'enfant qu'elle était autrefois, en convint Cédric. Plus depuis un certain temps.

La note mélancolique dans sa voix alourdit l'atmosphère.

— Certainement pas. Elle est en âge de songer à se marier. Quelqu'un lui a-t-il fait sa demande ?

Lucien tenta cette question désinvolte avant de frapper un coup, empochant une rouge.

Cédric secoua la tête.

— Non. Elle a eu quelques prétendants au début, mais elle reste discrète, vous savez. La plupart des hommes trouvent rebutante l'idée d'une femme qui a des idées arrêtées. Ils n'ont pas continué à la courtiser. Je n'ai pas eu à les effrayer comme je l'ai fait avec Audrey. Je connais trop d'hommes qui préfèrent avoir de plaisantes pipelettes pour épouses. Et vous ? Je sais que vous n'avez demandé personne en mariage depuis Mélanie Burns. Avez-vous baissé les bras ?

Cédric posa sa queue et braqua toute son attention sur Lucien.

Celui-ci s'éclaircit la gorge.

— Vous savez... Après septembre...

— Après Émily Parr, vous voulez dire ? précisa Cédric avec un petit ricanement amusé. Nous devrions instaurer un nouveau calendrier avec cette date. Avant Jésus Christ, après Jésus Christ et maintenant : après Émily Parr.

— Tout à fait. Mais après avoir vu Émily et Godric tomber amoureux, je me suis rendu compte que je n'avais jamais aimé Mélanie. Nous avions tout simplement joué nos rôles à la perfection. La charmée et le charmeur. Je crois que j'aimais l'idée d'être amoureux d'elle. Cela a-t-il un sens ?

Cédric rit, braquant ses yeux bruns sur Lucien, des yeux qui lui rappelèrent beaucoup ceux d'Horatia, quelques instants auparavant. C'était plus qu'une simple ressemblance familiale. Cédric et sa sœur souriaient souvent avec leurs yeux ; c'était dans leur nature.

— Plus que vous le croyez. Vous étiez épris d'un idéal, d'une femme debout sur un piédestal. On peut adorer les femmes sur des piédestaux, mais elles ne pourront jamais vous aimer de la même manière. D'un autre côté, une femme de chair et de sang est une tout autre histoire... d'après ce qu'on m'en a dit.

Le ricanement désabusé de Cédric était révélateur.

Lucien acquiesça.

— Une fois que je m'en suis rendu compte, je me suis dit que j'aurais peut-être dû remercier Horatia davantage d'avoir interféré en temps voulu.

— C'est peut-être la chose la plus intelligente que je vous ai entendu dire, sourit Cédric.

Les deux hommes terminèrent leur partie dans un silence amical. C'était une des choses que Lucien aimait le mieux chez son ami. Il n'était pas bavard. Charles était enclin à raconter des récits fantastiques ; Ashton se perdait toujours dans des discours philosophiques. Godric et Cédric, de leurs côtés, étaient plus souvent calmes, soit perdus dans le jeu auquel ils s'adonnaient ou bien accaparés par leurs propres pensées. Lucien appréciait cela : le soutien subtil d'amis fidèles. Il n'était pas nécessaire de s'enivrer ou de courir les jupons pour passer du bon temps. Cette époque était révolue et il en était ravi. Il était reconnaissant d'avoir de tels amis intimes.

Un bruit dans le vestibule les alerta de la présence d'autres personnes.

— Apparemment, les dames sont revenues de leurs emplettes, dit Lucien. Je nous suggère de nous éclipser.

Mais avant que les deux hommes ne puissent décamper pour

rejoindre un lieu plus secret, Audrey déboula dans la pièce, tirant derrière elle un Linus contrarié.

— Cédric ! Vous devez corriger Linus et lui dire que mon nouveau bonnet est ravissant. Il me dit qu'il ressemble à une botte de foin mal assemblée.

Audrey désigna son chapeau à larges bords qui affichait un style très particulier de chaume.

—Je crois que mes paroles exactes étaient « une botte de foin assemblée à la hâte ».

Linus sourit devant l'expression estomaquée d'Audrey, mais son amusement fut de courte durée. La jeune fille retira la queue de billard des mains de Lucien et lui enfonça l'épaisse poignée dans les côtes, le faisant se plier en deux.

—Je crois que c'est mon signal pour partir.

Lucien ricana et s'éclipsa hors de la pièce, laissant Cédric se dépatouiller avec sa sœur et Linus.

— C'est très mal de votre part, Russell, de m'abandonner à une mort certaine par queue de billard ! cria Cédric en évitant le bâton qu'Audrey faisait tournoyer, tentant d'empaler Linus avec le bout pointu.

Lucien s'attendait à trouver Horatia quelque part dans le vestibule, mais c'était sa mère qui l'attendait. Elle avait l'air plus dangereuse qu'un cobra niché dans un panier.

—Je souhaiterais vous entretenir en privé, Lucien.

Son ton ne présageait rien de bon. Il était trop proche de celui qu'elle utilisait quand il était enfant pour l'attirer dans un faux sentiment de sécurité... avant qu'il ne se fasse fesser. Il avait largement passé l'âge de se faire fesser, mais si c'était ce que sa mère avait en tête, il n'hésiterait pas à s'échapper par la fenêtre ou la porte la plus proche avant qu'elle ne puisse poser les mains sur lui.

Il se demandait souvent si une mère recevait à la naissance de son premier enfant une brochure secrète qui enseignait comment instiller la peur chez son enfant d'un simple regard. Si elle existait, sa mère l'avait intégrée rapidement. Peut-être même avait-elle rédigé la dernière édition.

— Lucien, ne traînez pas. Suivez-moi tout de suite.

Sa mère se dirigea vers ses quartiers personnels. Elle s'assit et attendit qu'il l'imite. Il s'exécuta, regardant avec réticence la porte qu'il avait bêtement refermée derrière lui.

— Qu'y a-t-il, Mère ?

Une agitation nerveuse s'empara de lui quand il reconnut son expression déterminée.

— Je viens d'apprendre que j'ai commis une grave erreur. Une erreur qui a eu des ramifications involontaires sur les années qui viennent de s'écouler.

Lucien était stupéfait. Sa mère admettait avoir commis une erreur ? La lune était certainement faite de fromage et les poules avaient des dents ! Il considéra sa génitrice avec prudence, attendant qu'elle continue.

— Le jour où vous avez fait votre demande à Miss Burns...

Lucien s'était redressé d'un bond, ne voulant pas en entendre davantage.

— Ce jour-là.

Ce fut les trois mots qu'elle prononça. Son ton, cependant, signifiait « asseyez-vous ».

Lucien la fusilla du regard et retourna à son fauteuil.

— J'ai croisé Miss Burns après l'incident dans le kiosque. Linus l'a vue et a commencé à la taquiner avec un seau vide. Elle l'a frappé, Lucien. Elle a frappé votre frère, et ce n'était pas la première fois. Je l'ai informée qu'elle devait refuser de vous épouser sans quoi je m'assurerais de le lui faire regretter. Elle se montrait désobligeante envers toutes les personnes d'un rang inférieur et particulièrement cruelle envers les enfants. Je n'aurais jamais toléré une telle alliance, ou bien qu'une femme de ce genre donne naissance à mes petits-enfants. Je vous le dis maintenant parce que je viens de découvrir que vous avez accablé une personne innocente durant toutes ces années.

Ayant l'impression d'avoir reçu une balle, il digéra ses paroles.

Vous avez accablé une personne innocente durant toutes ces années. Miss Burns l'avait rejeté, lui avait dit que s'il ne pouvait pas tenir tête à une simple enfant pour la défendre, alors il n'était pas digne de prendre femme. Sur le moment, il avait été furieux, mais il avait compris le véritable caractère de Miss Burns plus tard, lorsqu'elle avait épousé Waverly.

Il ne pouvait pas dire à sa mère que Miss Burns n'avait plus la moindre espèce d'importance. Il n'osait pas lui avouer que c'était un prétexte commode pour se protéger de la tentation, même si dernièrement, il avait perdu de son efficacité. Il était seul responsable de la douleur que les paroles de sa mère lui provoquaient. Il venait tout juste de commencer à essayer de réparer les torts qu'il avait causés à Horatia, et entendre sa mère lui jeter ses péchés au visage était pire que ce qu'il aurait pu imaginer.

— Je vois que vous avez besoin de temps pour digérer ce que je viens de dire.

Elle se redressa.

— Je vais vous laisser, maintenant, mais, Lucien, ne repoussez pas le moment de lui présenter vos excuses.

Lucien leva les yeux vers sa mère.

— Que pourrais-je dire pour rattraper sept années de froideur ?

Cela faisait des années qu'il n'avait pas vu une lueur aussi douce et maternelle dans les yeux de lady Rochester.

— Une parole aimable, pour commencer. Malgré toutes vos tentatives pour la repousser, elle s'est accrochée au souvenir de votre gentillesse comme à un bout de bois dans la tempête. Ce conflit l'a épuisée, mais un peu de tendresse apaisera ses souffrances et ranimera la foi qu'elle a en vous.

Pas pour la première fois, Lucien se rendit compte que sa mère était réellement sage. Malgré toutes ses obsessions pour les dernières tendances et ses tentatives horripilantes pour marier ses enfants, c'était une femme fine et intelligente.

— Merci, Mère, chuchota-t-il.

Lady Rochester inclina la tête, posa une main légère sur sa

joue et le laissa seul. Lucien s'écroula à nouveau dans son fauteuil. Qu'allait-il donc faire ? Par où devait-il commencer ? Mais avant qu'il ne puisse réfléchir à un plan d'action, il fut interrompu par le spectacle distrayant et absurde qu'il apercevait par la fenêtre qui donnait sur les immenses jardins.

— Que diable se passe-t-il ? marmonna-t-il en s'approchant de la fenêtre.

CHAPITRE 17

L'après-midi s'éternisait. Linley avait mal au dos à force de se dissimuler dans la cour devant le salon de Jackson. Sombre, son costume d'emprunt était légèrement trop grand, tout comme le gilet et les culottes. L'ensemble de sa tenue était quasiment élimé et ne le protégeait pas du vent glacial de l'hiver. À chaque rafale, il saisissait rapidement les bords de sa perruque poudrée de blanc afin de la maintenir en place.

Il priait pour que l'homme qu'on l'avait envoyé surveiller fasse vite son apparition. Ses doigts viraient au bleu et son sang était comme de la glace dans ses veines. Sa cible, le comte de Lonsdale, un boxeur compétent, pouvait passer des heures au salon. Linley n'aurait pu prévoir quand il serait en mesure d'échapper au froid et de trouver refuge à l'intérieur. Il se frotta les mains, essayant de générer de la chaleur. Rien n'y fit.

Une soudaine vague d'épuisement s'abattit sur lui. Il ne voulait pas être là. Son maître l'avait fait venir ici. Sir Hugo Waverly. Un véritable bâtard, à n'en pas douter ! Tom essaya de ne pas y penser, mais c'était peine perdue.

Cet homme avait profité de lui... et lui avait dérobé quelque chose de précieux. Lui avait tout volé, d'ailleurs. Y compris sa liberté.

Le mois suivant l'agression de son maître, l'épouse de Waverly l'avait congédié sans références. Cela suffisait à menacer son futur et à présent, il avait quelqu'un qui dépendait de lui. Mais Hugo risquait toujours d'aggraver la situation. Il avait été facile pour son maître de tirer profit de son désespoir et de le forcer à accepter ce travail. Cette nouvelle identité. Cette nouvelle vie d'ombres et de subterfuges.

Ma pauvre petite fille ! Il songea avec douleur à Katherine, l'enfant dont il s'occupait. Sa Kate était la chose la plus importante de sa vie. Waverly avait menacé de la lui retirer, et Dieu seul savait ce qu'il avait l'intention de faire d'elle...

C'est-à-dire, à moins qu'il ne gagne la confiance du comte de Lonsdale et infiltre son foyer. Tom percevait qu'il se tramait quelque chose de plus sombre et de plus horrifiant, mais il aurait été incapable de faire quoi que ce soit pour contrevenir à ce que son maître avait projeté. Ses consignes étaient simples, bien que loin d'être faciles : se faire embaucher par Lonsdale pour remplacer le valet qui venait de quitter son poste, et faire des rapports réguliers à Waverly.

Tom ne voulait mentir à personne et certainement pas au comte. Après une semaine de surveillance discrète, il en avait appris suffisamment sur Lonsdale pour ne pas vouloir le trahir. L'homme était un libertin, mais pas un vaurien. Il aurait tendu la main pour aider ceux qui en avaient besoin. Plus d'une fois, Tom l'avait vu jeter plusieurs pièces de monnaie aux pauvres en passant, et il n'avait jamais de mot dur pour personne, même lorsque des ivrognes lui cherchaient des noises. Mais pour sauver la petite Kate, Tom devrait se damner et nuire à un homme bon sur les ordres d'un méchant.

LUCIEN NE PARVENAIT PAS À DÉTOURNER LES YEUX DU spectacle saugrenu d'Audrey et de Linus qui pourchassaient une chèvre en fuite vêtue d'un spencer pour dame. Le vêtement, qui affichait une jolie teinte bleu clair, était à présent déchiré en plusieurs endroits et commençait à se déliter aux ourlets.

Depuis la fenêtre, Lucien vit Audrey qui criait au meurtre. Elle bondit sur la chèvre et s'écroula sur le sol gelé quand l'animal l'esquiva. Linus avait pris un outil de jardin et allait se précipiter sur l'animal quand un cri le retint. Horatia, qui avait enfilé des vêtements chauds à la hâte, arriva et demanda à Linus de s'écarter de la chèvre en colère.

Lucien ricana en voyant la créature bêlante dont les yeux promettaient vengeance contre tous ceux qui oseraient s'approcher à nouveau d'elle.

Horatia se pencha et tendit une carotte, geste qui poussa l'animal entêté à la considérer avec moins d'agressivité. Il fit quelques pas prudents vers elle puis mordilla la carotte. Quand Horatia posa le légume par terre, la chèvre ne prêta plus la moindre attention à la jeune femme qui lui retira facilement le spencer. Elle rendit alors le vêtement abîmé à une Audrey bouleversée.

Depuis sa fenêtre, Lucien retenait son souffle, appréciant le spectacle. Les cheveux d'Horatia étaient légèrement ébouriffés par le vent et ses joues étaient rouges à cause de l'excitation de la poursuite. Le corps féminin d'Horatia, avec ses courbes généreuses, était fait pour l'amour charnel passionné et les fantasmes libertins. Elle était, en vérité, la femme qu'il avait toujours voulue, dont il avait toujours eu besoin. Mais même à la lumière des révélations de sa mère, cela ne pourrait jamais se produire.

Elle était la sœur de Cédric et la Ligue avait des règles.

Lucien savait qu'en sa présence, il perdrait le contrôle. Il aurait voulu lui faire l'amour aux chandelles, pour mieux voir les ombres jouer sur les courbes de son corps. Il aimait attacher une femme et l'emmener jusqu'à des apogées du plaisir. Il ne faisait jamais mal, non. Mais il aimait dominer une femme et, plus encore, posséder sa confiance. Il pourrait apprendre chaque endroit sensible et tous ses sombres désirs avant de pouvoir les combler. Il ne laissait jamais une femme insatisfaite après une nuit passée attachée à son lit et il refusait de prendre son propre plaisir avant que son amante n'ait d'abord été entièrement contentée.

À présent, ce talent finement aiguisé ne servirait plus à rien. La seule femme pour laquelle il soupirait était la seule qu'il ne pourrait jamais avoir. Il voulait être avec elle comme il n'avait jamais désiré l'être avec d'autres femmes, pour lui montrer un côté de lui-même qu'il avait toujours caché aux autres. L'attrait d'Horatia tenait peut-être à son caractère inaccessible. Le fruit interdit ! Il ne pouvait que prier pour qu'elle soit à l'abri de lui, pour autant qu'il ravive ce satané auto-contrôle qui lui avait dernièrement fait défaut.

Lucien s'arracha de la fenêtre en entendant la voix stridente d'Audrey résonner dans le hall d'entrée.

— Je jure, Linus, que vous êtes le pire homme qui soit ! Comment avez-vous pu faire enfiler à une chèvre mon meilleur spencer ?

— Je me suis dit que la pauvre bête avait peut-être un peu froid.

— Elle a déjà un pelage. De quoi d'autre a-t-elle besoin ?

— C'est la saison des cadeaux. Vous devriez être reconnaissante que je m'assure que cette chèvre reste au chaud.

— La saison des cadeaux ? J'en ai un pour vous !

On entendit un coup suivi d'un cri de douleur.

— Que diable avez-vous mis là-dedans ? Des pierres ? hurla Linus.

Lucien émergea de la chambre de sa mère à temps pour qu'Audrey vienne se positionner derrière lui, l'utilisant comme bouclier pour s'abriter de la revanche de Linus.

— Sauvez-moi, Lucien ! l'implora Audrey tandis que ses petites mains battaient près de ses épaules, accompagnées d'un réticule relativement lourd.

— Remettez-la-moi, Lucien ! Il est grand temps que je lui donne la fessée.

Linus fusilla la jeune femme d'un regard absolument barbare.

— Vous avez abîmé son spencer avec cette chèvre, Linus, et je suis certain qu'il coûtait cher.

Lucien croisa les bras et fusilla du regard son benjamin, soulagé d'avoir l'avantage de l'âge, puisque Linus faisait la même taille que lui.

— Cette veste a coûté six semaines d'argent de poche que je ne récupèrerai jamais, dit Audrey. Je devrais peut-être me rembourser sur votre allocation trimestrielle ?

Audrey sourit d'un air mutin.

Linus rougit.

— Ah, mais non...

Il fit un pas en avant, mais Lucien l'arrêta d'une main ferme.

— Je crois que c'est une excellente idée. Vous rembourserez la totalité du spencer, n'est-ce pas, Linus ?

Linus grogna, mais il s'inclina sèchement et s'en alla à grands pas.

— Linus, autre chose ! l'appela Lucien. Vous avez une semaine, sans quoi je la rembourserai moi-même et déduirai cette somme de votre allocation.

Audrey battit des mains et dansa autour de Lucien.

— Oh, vous êtes vraiment adorable ! Mon champion !

Elle se hissa sur la pointe des pieds pour lui embrasser sa joue avant de filer à l'extérieur, sans nul doute pour aller relancer son frère et faire durer les problèmes. Il fallait bien que jeunesse se passe...

— C'était très gentil de votre part.

La voix de Horatia fit sursauter Lucien. Elle s'était cachée près de la porte du jardin de derrière.

— Ce n'était que justice. Linus a plus de vingt ans mainte-nant. Il devrait grandir. Il n'a plus l'âge de faire des plaisanteries, mais il semble déterminé à ne pas retenir la leçon. Je ne comprends pas pourquoi il se comporte toujours comme un enfant. Je suppose que Mère le materne trop.

— Les provocations d'Audrey n'arrangent rien, ajouta Horatia. Ils ont trop souvent joué ensemble durant leur enfance pour pouvoir réellement s'ajuster à des rôles plus matures dans l'existence. C'est l'une des raisons pour lesquelles je ne m'inquiète jamais de mon manque de diligence en tant que chaperon, confessa Horatia avec un petit sourire.

La poitrine de Lucien se contracta alors qu'il fut frappé par une vague de culpabilité. Un silence gêné s'établit entre eux. Le sourire chaleureux d'Horatia faiblit puis s'estompa quand le silence s'éternisa.

— Pardonnez-moi, dit Lucien d'un ton bourru en se tournant pour partir.

Il ne pouvait plus supporter de rester près d'elle. Déchiré entre une culpabilité méritée et un désir dévoyé, il serait damné s'il la faisait sienne et damné s'il ne le faisait pas.

Lucien demanda que Gordon, le valet de pied, communique aux écuries de seller son cheval, puis il partit chercher sa redingote et ses gants d'équitation. Une promenade lui ferait du bien. L'air froid et la solitude refroidiraient ses ardeurs et lui donneraient le temps de réfléchir. Heureusement, Horatia ne le suivit pas.

Un groom amena l'étalon de Lucien jusqu'à l'entrée de la demeure. L'animal battait de la queue. Lucien adressa un geste du menton à Gordon puis se mit en selle. Il quitta au trot la cour principale et traversa la prairie couverte de neige vers l'est de la demeure. Son cheval s'avança sur la neige glacée, marchant soigneusement jusqu'à ce que la neige devienne plus épaisse. C'est alors que Lucien l'encouragea à accélérer le pas. Puis le vent battit son manteau alors qu'il galopait à travers la prairie.

Des nuages gris formaient un épais mur d'hiver qui, entre deux giboulées de neige, transformait le paysage qui s'étendait devant lui en un monde fantomatique. Il y avait quelque chose de magnifique dans la désolation du Kent en hiver, surtout cette année-là. Le plus souvent, la neige était rare, mais en ce moment, le domaine en était couvert. À quelques centimètres sous la neige, en secret, se trouvait la dégradation de la vie. Ce monde recelait bien des secrets. Comme durant cette seconde avant qu'un nageur ne brise la surface pour reprendre sa respiration, les graines plantées dans le sol attendaient pour respirer, pour se révéler. Lucien ressentait la même chose, attendant de respirer, attendant de se libérer.

Il se souvenait de la multitude de baisers qu'il avait dérobés à Horatia, tant dans sa colère que dans le désir. À présent, sans son ire pour alimenter sa cécité émotionnelle, il discernait la vérité. Ce n'était pas seulement du désir ni l'envie du fruit défendu. C'était quelque chose de plus. Quelque chose de secret se dissimulait sous les flammes de sa passion.

Je ne le devrais pas, mais... Il regarda son souffle former un nuage pâle alors qu'il examinait ses pensées déroutantes à propos des sentiments qu'il ressentait pour Horatia.

Le cheval de Lucien s'était complètement arrêté, ce que la bête n'avait encore jamais fait sans qu'il ne le lui ordonne.

C'était étrange...

Il enfonça les talons dans les flancs du cheval pour l'encourager. Celui-ci secoua violemment la tête. Lucien lui donna un autre coup de talon et cette fois, sa monture regimba et hennit. Lucien se raccrocha aux rênes, cherchant à se maintenir en selle. L'animal réagit encore plus férocement et cette fois, Lucien n'était pas préparé. Il fut jeté à bas du cheval, ses bras s'emmêlèrent dans les rênes et il atterrit avec un grand craquement sur le sol glacé. La douleur explosa à travers sa tête et son corps. Sa vision tournoya lentement, puis commença à s'estomper...

CHAPITRE 18

Voir Ashton blessé avait ébranlé les fondations mêmes de l'existence de Charles. Il devait restaurer un certain sens de l'ordre dans son monde, afin de réaffirmer sa force et ses défenses. Il se tenait dans le ring du salon de Jackson's, affinant ses techniques de boxe. De la sueur luisait sur son front et lui mouillait les cheveux.

Il se battait comme un possédé. Les coups et les adversaires s'étaient succédé et il luttait toujours, ignorant ses muscles douloureux. Alors qu'il donnait des coups de poing et esquivait, il ne voyait qu'Ashton. Pâle après sa perte de sang, se reposant à Essex House le temps de se remettre de sa blessure. Le médecin avait assuré à tout le monde qu'il n'y avait presque pas de souci à se faire et qu'Ashton finirait par récupérer entièrement l'usage de son bras.

La plupart des hommes dans les meilleurs cercles aimaient pratiquer la boxe, mais pas Charles. Il prenait cet art au sérieux. Un combat de boxe était sa manière personnelle de se battre contre ses craintes et ses insécurités.

Conquérir le ring signifiait conquérir ses démons.

Aujourd'hui, il n'arborait qu'un œil au beurre noir, qu'il avait mérité, mais ne s'était pas fait sur le ring. Charles sourit en acceptant les taquineries des autres gentlemen de Jackson's. Ils avaient tous cru qu'il avait enfin perdu un combat et il ne souhaitait pas leur en révéler la véritable origine.

À l'heure actuelle, son adversaire était un homme nommé Everard Ralph ; un bleu, comparé à Charles, mais désireux de faire ses preuves contre le champion en titre non officiel de Jackson's. Ils s'échangèrent des coups pendant une bonne vingtaine de minutes avant que Ralph ne commence à faiblir.

— Vous en avez eu assez ? demanda Charles.

Son ton généralement désinvolte était tendu.

Ralph tituba à reculons tandis que Charles s'engouffrait dans la brèche.

— Assez, Lonsdale, assez ! hoqueta Ralph en esquivant un autre coup de poing. Seigneur ! Vous vous êtes battu comme le diable en personne, aujourd'hui.

Il était relativement beau, avec ce genre de sourire qui faisait se pâmer les jeunes filles et pousser les veuves à lui glisser leurs cartes dans la poche. Mais il n'avait rien à remontrer à Charles. Celui-ci s'était comporté comme un véritable diable depuis l'âge de dix-sept ans, et plus sa réputation se noircissait, plus les femmes paraissaient « s'égarer » en travers de sa route. Cependant, le jeu commençait à changer.

C'était une chose d'enlever une fille comme Émily Parr et de se délecter du plaisir d'un plan aussi diabolique. C'en était une tout autre que de monter dans sa calèche après une nuit de ripaille et d'y trouver une dame qui attendait qu'il vienne la compromettre. Ce n'était pas ainsi que le jeu devrait être joué. Il était censé mener la chasse et la dame devait s'enfuir, mais cela faisait environ deux ans qu'il avait l'impression que c'était lui qui s'enfuyait.

Les mères entremetteuses commençaient à comploter quand il pénétrait dans une salle de bal et paraissaient entendre les cloches du mariage sonner quand on annonçait son nom à Almack. Malgré sa triste réputation, il parvenait toujours à se faire inviter dans les salles de bal du club, probablement parce que le risque de le laisser entrer valait bien la peine que quel-qu'un parvienne à lui passer la corde au cou.

Lorsque Charles avait rapporté à Ashton la tournure malheureuse que prenaient les événements, celui-ci lui avait dit, avec sa sagesse habituelle :

« Peut-être qu'un brin de respectabilité et de retenue atténuerait votre attrait auprès des femmes célibataires. »

À l'époque, Charles avait émis un rire méprisant.

« Ash, vous et moi savons tous les deux que je suis capable de beaucoup de choses, mais la respectabilité et la retenue ne comptent pas parmi elles. »

Ce à quoi Ashton avait fait remarquer :

« Cela a parfaitement marché pour Godric. Regardez-le avec Émily. »

Charles avait soufflé et était parti.

— Merci pour le combat, Lonsdale. Cela s'est avéré très instructif.

Ralph tendit une main à Charles. Ce dernier la serra avant de quitter le ring et de récupérer sa serviette. Il s'essuya le visage et considéra le triste état de ses vêtements. Son valet venait de quitter son service afin d'épouser une bonne employée dans une maison voisine. Charles aimait être habillé de façon impeccable et aurait rapidement besoin d'un nouveau valet. Un nouveau problème sur une liste qui ne cessait de s'allonger !

Il avait besoin d'un verre. Sans attendre. C'est dans cette optique qu'il se dirigea vers son club pour gentlemen, Berkley's. Aucun de ses amis n'y serait présent, ce qui était une bénédiction. Il n'avait pas envie de compagnie. Il était de mauvaise humeur et allait bientôt boire suffisamment pour atteindre un état d'oubli bienheureux pour le reste de la soirée. Il pourrait également demander si quelqu'un connaissait un valet qui recherchait un nouveau poste.

Une demi-heure plus tard, il était assis seul dans une salle privée, un verre à la main, écoutant le feu qui crépitait dans le foyer. À l'extérieur, les couloirs résonnaient de voix joyeuses, entièrement à l'opposé de son humeur actuelle. La porte s'ouvrit, laissant entrer un serviteur. Berkley's employait de nombreux jeunes hommes et garçons de courses. Charles interagissait rarement avec eux, à moins qu'il ne soit déterminé à s'enivrer profondément et besoin qu'ils veillent à l'approvisionner en brandy.

— Bon après-midi, Milord. Voulez-vous une autre carafe ? demanda le jeune homme.

Il était petit pour son âge, avec des cheveux clairs cachés par une calotte et des yeux bleus. Ses traits étaient peut-être un peu trop délicats, sa silhouette un peu bizarre par endroits ; les signes caractéristiques d'un adolescent maladroit. Il finirait par s'étoffer, comme le faisaient tous les hommes. Étrangement, il n'avait encore jamais beaucoup songé au personnel qui travaillait ici. Cependant, ce garçon dégageait quelque chose qui retint son attention.

— Ai-je déjà terminé la première ?

Charles sembla surpris. Il regarda la console où se trouvait le plateau de brandy et d'autres verres. Effectivement, il était vide. Le garçon en apporta un autre à Charles et remplit à nouveau son verre du liquide ambré chaud.

— Je vous remercie.

Charles porta rapidement le verre à ses lèvres et en vida le contenu.

Le garçon ouvrit de grands yeux choqués.

Charles se contenta de ricaner.

— Avez-vous déjà bu du brandy ? demanda-t-il.

Le garçon secoua la tête et une mèche de cheveux s'échappa de sa perruque poudrée pour lui retomber devant les yeux. Juste alors, quelque chose de mélancolique remua à l'intérieur de Charles, comme des ombres qui se contorsionnaient. Avait-il déjà été aussi jeune ? Si c'était le cas, il ne s'en souvenait pas.

— Quel âge avez-vous ? demanda Charles au garçon.

— Vingt ans, Milord.

— Vingt ans ? Je sais reconnaître un mensonge quand j'en entends un. Vous êtes bien trop... frêle.

Charles savait qu'il était un peu trop ivre pour tenir sa langue et les yeux du garçon se rétrécirent.

Charles leva les mains pour se défendre.

— Toutes mes excuses, mon garçon. Je suis déterminé à me saouler et vous êtes la victime de mon ivresse. Venez vous asseoir. Je crois qu'ils n'auront pas besoin de vous en bas pendant un certain temps.

Charles désigna une chaise vide près du feu. Il n'avait pas cru vouloir que quelqu'un lui tienne compagnie, mais le jeune homme avait l'air d'avoir besoin de se reposer un peu. Ses yeux arboraient des cernes sombres dus au manque de sommeil. Charles pouvait tout aussi bien permettre au garçon de se reposer tout en comblant le besoin qu'il avait d'un peu de compagnie.

— Oh, je ne pourrais pas, Milord ! protesta le jeune homme. C'est contraire au règlement.

Charles mit la main dans sa poche, en tira une poignée de shillings et les lui tendit.

— Je suis membre de ce club. En tant que tel, les règles s'adaptent quand j'en ai besoin. J'exige que vous veilliez à combler mon désir. L'un de ces désirs est que vous vous asseyiez pour me tenir compagnie.

Le garçon poussa un soupir et accepta les shillings qu'il lui tendait avec un sourire reconnaissant. Apparemment, il avait bien besoin d'argent. Il savait que parfois, c'était par fierté qu'on refusait la charité.

— Comment vous appelez-vous ?

Le garçon hésita.

— Linley, Milord. Tom Linley.

— Dites-moi, travaillez-vous ici depuis longtemps ?

Linley secoua la tête.

— Quelques mois seulement. Je travaillais autrefois comme

valet, mais je n'ai pas été capable de trouver un nouvel emploi. Mon ancien maître a refusé de me donner une référence.

— Oh ? demanda Charles en redressant l'échine. Et pourquoi ?

Linley fronça les sourcils.

— Nous ne nous entendions pas au sujet de l'entretien de sa garde-robe. Les vêtements sont faits pour aider à définir le caractère d'un homme, et mon maître n'en respectait pas l'importance.

Ce jeune homme avait des idées semblables à celles de Charles. Une garde-robe appropriée était essentielle pour qu'un homme fasse une forte impression en société. Ce garçon pourrait bien représenter la réponse à ses problèmes de valet.

— Appréciez-vous votre emploi chez Berkley's ? Soyez honnête. Je ne répèterai pas aux propriétaires du club ce que vous m'avez dit.

Alors qu'il attendait la réponse du jeune homme, il fut saisi par l'étrange envie de sauver ce garçon. Il n'aurait su dire pourquoi. Il avait peut-être envie de transmettre la bienveillance que lui avaient montrée ses amis. Linley avait terriblement besoin que quelqu'un veille sur lui. Il n'était pas difficile de déduire que le garçon n'avait pas de père et apparemment, pas de frères non plus.

— Il n'est pas sage de faire confiance à un homme saoul, énonça le garçon avec prudence.

— Ha ! C'est parfaitement vrai ! s'esclaffa Charles en repérant un sourire sur le visage du jeune homme. Je suis assez ivre pour vous proposer un poste, mais assez sobre pour jurer sur la tombe de mon père que mes intentions sont bonnes et que je n'oublierai pas mes promesses demain matin. Cela vous intéresserait-il ? Je vous paierai le double de votre salaire actuel.

— Mais, Milord, vous ne savez pas combien je gagne actuellement ! s'exclama le garçon en ouvrant des yeux grands comme des soucoupes.

— Croyez-moi, Linley, ce que vous recevez ici n'est rien

comparé à ce que je donnerais pour avoir un serviteur compétent. J'ai besoin de quelqu'un pour m'assister quand je suis en ville. Pour moi, un valet est plus qu'un serviteur personnel.

— Mais vous avez sûrement des valets de pied pour ce genre de tâches ? demanda Linley.

— Certes, mais leurs devoirs les retiennent à la maison. Ce sont de bons travailleurs, mais on ne s'amuse guère en leur compagnie. Je ne peux supporter qu'un certain niveau de professionnalisme. Je préfère embaucher un garnement comme vous pour me divertir.

Charles avait remarqué la bonne élocution et la grâce contrôlée de Linley, chose qui ne pouvait venir que d'une personne élevée dans un environnement décent.

— Il me semble que vous êtes suffisamment instruit pour être de conversation agréable.

— Je suis le fils de la femme de chambre personnelle de la comtesse douairière de Haverton, expliqua Linley.

— Haverton ? Je connais le comte. C'est un homme correct. Allons, qu'en dites-vous, Linley ? Vous acceptez ce poste ?

Un agréable bourdonnement réchauffait ses veines alors qu'il se détendait. Linley se révélait déjà être une distraction utile.

— Avant de donner mon accord... j'aurais juste une question, Milord.

— Allez-y.

Linley s'agita sur son siège.

— Je ne suis pas le genre d'homme qui accepterait de... Enfin, je ne vous autorise pas à *m'utiliser*.

Le visage du jeune homme rougit alors qu'il cherchait les mots pour clarifier ce qu'il voulait dire.

— Je veux dire, je n'ai aucun intérêt pour les hommes et je ne vous permettrai pas de... m'utiliser pour des activités physiques. Si c'est votre intention, alors je vous présente un refus respectueux.

— Quoi ? Ne soyez pas ridicule, rit Charles.

Ses intérêts sexuels avaient toujours été tournés vers les femmes et il s'amusait des suppositions du jeune homme.

— Je suis conscient de posséder une réputation quelque peu scandaleuse, mais pas pour cette raison. Monsieur Linley, en vérité, vous me faites penser à moi-même quand j'étais plus jeune. Apeuré, seul et ayant besoin d'un ami.

Il s'interrompit, choqué que la vérité soit sortie aussi facilement.

— Je vous propose seulement un poste et un brin de compagnie. Rien d'autre. Ai-je passé votre test ?

Linley l'étudia avant de répondre.

— J'aimerais savoir exactement combien je serai payé et où je pourrai me loger. J'ai également un problème.

Linley plissa le front. Il s'interrompit pour inspirer lentement.

— Je suis l'unique gardien de ma jeune sœur, un bébé d'un an seulement. Je dois également avoir les moyens de m'occuper d'elle.

Charles digéra cette nouvelle avec un sérieux surprenant. Il voulait que ce jeune homme travaille pour lui, et voilà qu'un bébé faisait également partie du contrat. Il y aurait certainement de la place dans sa demeure.

— Très bien.

Il claqua légèrement les mains sur ses cuisses et se redressa.

— Je voudrais que vous commenciez tout de suite. Il ne sert à rien de vous attarder ici. Je parlerai à la direction pour qu'ils vous libèrent en bons termes de vos obligations. Vous pouvez m'accompagner ce soir à dîner chez les Saint-Laurent. Ensuite, nous nous arrangerons pour vous installer dans mon hôtel particulier et nous trouverons une nourrice pour votre sœur. Je crois que ma gouvernante serait ravie de relever le défi pendant que vous serez occupé par vos devoirs auprès de moi. Son propre enfant vient de partir pour l'école et je crains qu'elle ne se sente seule.

Charles reposa son verre de brandy.

— Je suis prêt à vous proposer un salaire de trente-cinq livres par an. Qu'en dites-vous ?

Les yeux de Linley s'arrondirent encore davantage alors qu'il répétait silencieusement ces paroles, émerveillé.

— Dois-je considérer votre réaction stupéfaite comme un oui ?

Linley hocha la tête sans rien dire.

— Excellent. Prenez donc un verre de brandy pour célébrer votre nouvel emploi.

Charles lui tendit son verre et Linley en avala une petite gorgée, se mettant immédiatement à crachoter. Charles rit et le tapa dans le dos alors qu'il s'étranglait.

— Vous n'avez pas beaucoup d'expérience avec l'alcool ? demanda-t-il.

Le visage de Linley pâlit.

— Seulement celle de recevoir des coups de la part de ceux qui en ont trop avalé.

La poitrine de Charles se serra. Il méprisait ceux qui se servaient de la boisson comme excuse pour abattre leurs démons sur les autres.

— Si ma question ne vous dérange pas, Monsieur, comment vous êtes-vous fait cet œil au beurre noir ? demanda doucement Linley.

— Cela ?

Charles toucha son œil violet.

— Après avoir aidé une amie de ma connaissance.

— Quelqu'un a essayé de vous faire du mal parce que vous avez aidé une jeune femme ?

Linley avait l'air douteux.

Eh bien, si ce jeune homme allait être son valet, il serait préférable que Linley comprenne quel genre d'aventures... ou plutôt de mésaventures, il pourrait s'attendre à voir durant son service.

— Cette dame était la sœur d'un ami proche.

Il s'interrompit, ne sachant pas comment expliquer ce qui passerait certainement pour un comportement horrible.

— Elle souhaite épouser quelqu'un, mais son frère est un peu buté, si vous voulez. Elle m'a donc demandé de lui donner l'air d'avoir été compromise afin que son frère soit prêt à discuter d'un éventuel mariage avec l'homme qui l'intéresse.

— Oh ?

La curiosité pétilla dans les yeux de Linley.

— A-t-elle réussi ?

— En quelque sorte. Son frère a accepté de discuter du mariage, une fois qu'il aura réglé quelques... euh... affaires.

Charles se prit à limiter ses commentaires. On ne pouvait jamais être trop prudent. Waverly exerçait une large influence sur les bas-fonds de Londres et Charles était bien placé pour savoir qu'il reculerait devant rien pour atteindre ses objectifs maléfiques.

— C'est bien venu. Pour la dame, je veux dire, dit Linley. Elle a de la chance que son frère soit si gentil et compréhensif.

— Je n'irai pas jusque-là. Après tout, voici ce que j'en ai tiré, dit-il en désignant à nouveau son œil. Mais tout finira bien par s'arranger. Je n'en doute pas.

Le regard résigné que le garçon avait arboré en entrant dans la pièce avait à présent disparu. Charles sentit se propager à travers sa poitrine une chaleur qui n'avait rien à voir avec le brandy. Aider le garçon l'avait fait se sentir mieux qu'il ne l'avait fait depuis une éternité. Cela lui rappelait la fois où les autres membres de la Ligue lui avaient sauvé la vie.

Linley s'éclaircit la gorge.

— Je vous remercie pour cette opportunité, Milord.

— N'y pensez pas, mon garçon.

Linley émit un petit bruit étrange avant de se réessayer à boire une autre gorgée de son brandy. Cette fois-ci, elle parut descendre plus facilement. Charles profita du silence détendu alors qu'il attendait que Linley termine son verre.

— Bon, nous ferions mieux de partir si nous voulons dîner

chez Essex ce soir. Tout d'abord, nous parlerons à votre employeur, puis j'aurais besoin de rentrer à la maison pour me changer.

⁂

HORATIA REGARDA LE CHEVAL SANS CAVALIER DE LUCIEN FAIRE le tour de la maison au galop avant de retrouver le chemin des écuries. Même s'il galopait vite, il semblait souffrir de la jambe avant gauche. Les rênes pendaient librement devant lui.

Où était Lucien ? Elle courut prendre son manteau et sortit par une porte latérale près des écuries. Elle fila dehors et saisit les rênes. Le cheval la fixa d'un air sinistre. C'est alors qu'Horatia vit la coulée de sang qui dégoulinait de l'arrière de la selle. Elle desserra la sangle et la souleva avec des doigts tremblants.

Une brindille de berbéris s'était incrustée dans la peau du cheval et les épines lui avaient causé une plaie douloureuse. Si Lucien s'était rassis trop fort, il avait dû les enfoncer plus profondément. Horatia tourna le regard vers la prairie. Où était Lucien ? Le cheval lui avait peut-être échappé quand il était revenu.

Elle rapporta la bête à l'écurie, où un garçon prit les rênes.

— Il avait des épines coincées sous la selle, l'informa-t-elle.

— Quoi ?

Le groom avait l'air mortifié. Il ôta la selle du cheval pour inspecter les dégâts.

— Diable ! Les épines ont dû s'accrocher à la couverture de la selle. Sa Seigneurie l'a-t-elle découvert ?

— Non. Je pensais que Lucien était ici. N'est-il pas rentré ?

Lorsque le garçon secoua la tête, Horatia sentit son cœur remonter dans sa gorge. Elle courut jusqu'à la stalle occupée la plus proche, où un cheval corpulent mangeait à cœur joie. Elle prit une bride et la fixa rapidement avant de le tirer de sa stalle.

— Je le selle tout de suite. Permettez-moi de vous accompagner.

Le groom jeta précipitamment une couverture et une selle sur le dos du cheval et les fixa.

— Vous aurez besoin d'aide s'il a eu un accident.

Émily secoua la tête.

— Non. S'il a eu un accident, j'ai besoin que vous alliez immédiatement chercher le médecin à Hexby. On ne peut pas perdre de temps.

Elle leva la main quand il voulut protester.

— Vous êtes capable de chevaucher plus vite que moi jusqu'au village pour aller chercher le médecin.

— Très bien.

Le garçon fronça les sourcils, mais il fit ce qu'elle lui demandait.

Une fois en selle, elle guida le cheval hors des écuries et chercha des empreintes au sol. Une piste solitaire s'éloignait de la demeure. Horatia la suivit, amenant sa monture au galop. Ses gros sabots battaient la neige de façon régulière.

Lucien, où êtes-vous ?

Après ce qui lui parut être des acres d'une blancheur infinie, Horatia repéra au loin une forme sombre. En se rapprochant, elle se rendit compte avec horreur qu'il s'agissait du corps de Lucien.

— Oh, mon Dieu ! souffla-t-elle. Plus vite, bon sang ! cria-t-elle au cheval de trait qui accéléra le pas.

Quand elle ne fut plus qu'à quelques mètres, elle se laissa glisser à bas de la selle et courut vers Lucien. Il était étendu dans la neige face contre terre, son manteau enroulé autour de lui. Horatia le fit rouler sur le dos et pâlit en voyant la coupure sanglante au-dessus de son front. Ses yeux étaient fermés et ses lèvres pâles restaient entrouvertes.

Elle ne pouvait pas le perdre, pas maintenant ni après tout ce qui s'était passé entre eux. Des souvenirs défilèrent devant ses yeux. Ses lèvres qui s'étiraient pour former un sourire coquin, la caresse de ses lèvres contre les siennes, les douces paroles qu'il lui avait adressées lorsqu'ils avaient partagé une chambre au Jardin de Minuit.

— Lucien !

Elle colla son oreille à ses lèvres, espérant entendre la chaleur de son souffle. Il était présent, mais très faible. Horatia pressa ses paumes sur ses joues, laissant sa chaleur s'infiltrer dans la peau froide de Lucien. Quand elle eut trop froid aux mains, elle tira son corps jusque sur son giron, le serrant contre elle et le frottant, priant pour que la chaleur de son corps fasse effet. Après ce qui lui parut être une éternité, les cils sombres de Lucien tressaillirent. Quand son regard noisette reprit enfin vie, il n'était pas braqué sur son visage, mais sur sa poitrine, qui n'était qu'à quelques centimètres de lui. Il parvint à lui adresser un léger sourire.

— Le paradis semble très beau vu sous cet angle.

Le sourire se fit mutin et Horatia plissa les paupières.

— Je ne relèverai pas, mais c'est juste parce que vous êtes en vie.

Elle lui prit la joue et avec des lèvres tremblantes, elle déposa sur son front un baiser reconnaissant. Elle aurait pu en pleurer de soulagement, mais elle ravala ses larmes. Il n'était pas encore tiré d'affaire. Elle devait le ramener à la maison et le faire examiner par un médecin.

— Je vous ai fait peur, n'est-ce pas ? La taquina Lucien.

Elle ne parvenait toujours pas à s'arrêter de trembler.

— Plus que je veux bien l'admettre. Que s'est-il passé ?

— Je ne sais pas, je chevauchai et soudain, mon cheval m'a jeté à bas.

— Il y avait des épines sous la couverture de la selle, qui blessaient votre monture.

— Des épines ?

Lucien s'assit maladroitement.

— Elles ont dû rester accrochées à la couverture pendant qu'on le sellait.

Horatia l'autorisa à s'écarter d'elle alors qu'il se libérait de son manteau et essayait de se redresser. Il chancelait tellement qu'elle jeta un bras sur ses épaules pour le soutenir alors qu'elle le guidait vers le cheval.

— Parvenez-vous à l'enfourcher ? demanda-t-elle.

— Je préférerais *vous* enfourcher, répondit-il avec un sourire mutin.

Son regard parut à nouveau se troubler.

Horatia saisit le cou du cheval et sa crinière pour se hisser sur la selle.

— Ce n'est ni le lieu ni l'heure, espèce d'idiot.

Elle lui pinça le bras, le ramenant à la réalité.

— Maintenant, concentrez-vous ! Pouvez-vous monter ou pas ?

— Tenez-le et je verrai bien.

Lucien réussit à se hisser. Il s'écroula immédiatement contre le dos d'Horatia et sa tête tomba sur son épaule.

— Restez conscient, Lucien. Accrochez-vous à moi. Il passa un bras autour de sa taille et elle dirigea le cheval vers Rochester Hall.

Elle eut l'impression qu'ils mirent des heures à retourner à la maison. Lucien menaça de perdre connaissance à plusieurs autres reprises. Horatia savait peu de choses en médecine, mais on lui avait dit qu'on ne pouvait pas se permettre de laisser perdre connaissance à quelqu'un qui souffrait d'une blessure à la tête.

— Restez conscient !

— J'essaie !

Sa voix frustrée vibrait contre son oreille.

— Vous êtes bien trop chaude. J'ai juste envie de vous tenir et de m'endormir...

Ses mots s'estompèrent en un murmure somnolent.

— Qu'est-ce qui vous permettrait de rester éveillé ? siffla-t-elle. Si je pouvais me retourner, je vous collerais volontiers une gifle...

Les mains de Lucien remontèrent de sa taille jusqu'à ses seins, les saisissant et les pétrissant doucement.

Choquée, Horatia arqua le dos, mais pas sans plaisir.

— Cela va me permettre de rester bien éveillé.

— Retirez vos mains de ma personne !

Il lui palpa les seins et ricana avant de se décaler pour se coller encore davantage à elle. Elle sentit une poussée caractéristique contre son dos.

Elle leva les yeux au ciel. Même quand il courait un danger mortel, cet homme était un vaurien.

— Très bien. Si cela vous aide à rester éveillé… mais je jure devant Dieu, Lucien, à la seconde où nous verrons la maison, vous retirerez vos mains, à moins que vous ne souhaitiez que mon frère nous voie !

Ce commentaire avait fait retomber ses mains directement sur sa taille, mais il resta conscient durant le reste du trajet jusqu'à la demeure. Le pincement de déception quand il n'avait pas insisté l'avait surprise. Voulait-elle qu'il la domine et la force à admettre qu'elle voulait… non, qu'elle *aspirait* à ses caresses ? Oui. Elle aimait quand il se comportait de la sorte.

Quand elle guida le cheval par les portes principales, elle fut soulagée de voir qu'une calèche et deux autres chevaux les y attendaient. Elle reconnut immédiatement les deux cavaliers.

— Avery, Lawrence, venez nous aider !

Les deux plus jeunes frères Russell sautèrent à bas de leurs montures et coururent vers elle.

— Que s'est-il passé ?

Avery tendit les bras pour la faire descendre. Elle l'autorisa à la saisir par la taille et la poser délicatement à terre.

— Son cheval l'a fait tomber. Je l'ai trouvé dans la prairie, relativement loin.

Horatia désigna Lucien qui, sans son corps pour la soutenir, s'affaissa immédiatement.

— Il était inconscient et souffre d'une méchante blessure à la tête. Avant de partir, j'ai envoyé le groom senior aller quérir le médecin à Hexby.

— Bravo, Miss Sheridan. Venez, Lucien. Par ici, vers moi.

Lawrence fit descendre de cheval son frère groggy.

Avery semblait réticent à l'idée de lâcher Horatia.

— Et vous, vous allez bien ?

— Oui, je vous le jure. Allez aider Lawrence.

Les frères portèrent Lucien à l'intérieur comme s'il rentrait ivre de la taverne. Horatia remit la bride à un garçon d'écurie puis les suivit au pas de course.

Le hall d'entrée de Rochester Hall débordait d'animation. Lady Rochester était apparemment en train d'accueillir les Cavendish, qui étaient arrivés en même temps que Lawrence et Avery.

— Dégagez le passage ! On a un blessé ! hurla Avery alors que Lawrence et lui portaient leur frère à travers la foule vers les marches qui menaient à la chambre de Lucien.

Lady Rochester voulut les suivre, mais ce dernier secoua la tête.

— Je vais bien, Mère. Je vous en prie, restez avec vos invités. Horatia s'occupera de moi et viendra vous chercher quand je serai en état.

Son ton, bien qu'essoufflé, ne tolérait aucune contradiction.

— Je monterai vite vous voir, mon cher, promit-elle.

Horatia essaya de suivre Avery et Lawrence, mais lady Rochester lui prit le bras, exigeant des réponses. Dans une précipitation essoufflée, elle relata les événements pour tenter de calmer la foule. Étrangement, cela l'apaisa aussi momentanément.

— Il a l'air bien, déclara Sir John Cavendish. Ne vous inquiétez pas. S'il marche et parle, il va bien. J'ai subi bien pire pendant la guerre.

Sir John Cavendish et son épouse Marie étaient de vieux amis des familles Sheridan et Russell. Jusqu'à ce que Sir John déménage à Brighton quatre ans auparavant, les trois familles avaient souvent passé leurs vacances ensemble.

Ses paroles calmes lui valurent un hochement de menton tremblant de la part d'Horatia. Il avait raison. Sir John avait toujours raison. Elle n'avait jamais rencontré un homme qui avait davantage la tête sur les épaules.

— Sir John, quel plaisir de vous revoir !

Horatia l'accueillit avec une joie véritable et étreignit la ravissante Marie, tout droit sortie d'un tableau de Rubens. Les Cavendish avaient emmené deux de leurs enfants : Gregory et Lucinda. Lucinda avait l'âge d'Horatia, des cheveux blonds et des yeux bleus. Elle était la version féminine de son frère Gregory, intolérablement séduisant, qui avait été le camarade de classe d'Avery à Eton puis à Cambridge, puisqu'ils n'avaient qu'un an d'écart.

— Pardonnez-moi, je dois aller voir comment se porte Lucien.

Horatia parvint à s'éclipser de la foule pour filer jusqu'en haut des marches.

La porte de Lucien était ouverte et il était allongé dans son lit, dépouillé de ses vêtements mouillés. Ses yeux étaient fermés et sa poitrine dénudée. Les couvertures ne remontaient que jusqu'à sa taille. Ses muscles étaient lisses et sculptés et pendant une seconde, son esprit demeura vide avant que la réalité ne se rappelle à elle. Trois paires d'yeux l'étudiaient et Horatia se sentit rougir.

— Je..., balbutia-t-elle.

Lucien remua.

— Horatia ?

Sa voix était rauque.

— Oui ?

Lawrence fit un pas en arrière, permettant au regard inquisiteur de Lucien de la trouver.

— Entrez, je vous prie. J'ai envie de vous parler. Seuls.

Il adressa un regard appuyé à ses deux frères.

Ils échangèrent un regard de désapprobation et hésitèrent jusqu'à ce que Lawrence finisse par sous-entendre d'un geste en direction de la porte qu'Avery et lui feraient mieux de partir. Un pli lui barrant toujours le front, Lawrence laissa la porte entrouverte d'un mouvement théâtral. Lucien réagit en fusillant la porte ouverte du regard.

— S'il savait qu'il n'était qu'à quelques centimètres de vous au Jardin de Minuit ! dit Lucien avec un ricanement ironique. Je crois qu'il s'évanouirait s'il savait qu'il avait proposé de vous dévaster.

Horatia rougit, esquissant pourtant un sourire involontaire. Le souvenir de cette nuit aurait dû être douloureux et embarrassant, mais il n'en était rien. Une partie d'elle le chérissait. Était-ce le prix à payer pour être tombée amoureuse de Lucien ? Son libertinage avait déteint sur elle.

— Comment vous sentez-vous ?

Horatia retroussa légèrement sa jupe pour s'asseoir sur le rebord du lit. Elle se pencha et rabattit les cheveux de Lucien pour mieux examiner sa blessure. Elle avait été nettoyée et lui laisserait probablement un bleu et non l'infection qu'elle avait crainte.

Lucien ferma les yeux et frotta ses paupières fermées avec son pouce et son index.

— Je crois que je vais survivre.

Quand elle essaya de retirer sa main, il l'attrapa et lui embrassa l'intérieur de la paume. Il leva vers elle ses yeux noisette sombres et tendres.

— Je vous remercie. Sans vous, je serais peut-être encore dans la prairie. Et qui sait ce qui aurait pu se passer ?

Horatia trembla en sentant l'appréhension soudaine qui s'abattit sur elle. Incapable de se contrôler, elle enroula les bras autour de sa poitrine et pressa le visage en tremblant au creux de son cou. Elle se demandait pourquoi l'idée de le perdre était si douloureuse alors qu'il ne lui avait jamais appartenu. Apparemment, aimer quelqu'un qui n'avait jamais été à elle n'avait fait qu'accroître sa peur de le perdre. Que Lucien meure aurait été bien pire que de le perdre au profit d'une autre femme.

Il passa les bras autour de son corps, l'attirant plus près, la serrant contre lui alors qu'il aurait dû la repousser. Une fois qu'elle se fut reprise, elle leva courageusement la tête, lui caressant la joue du bout du nez. Il pressa davantage les bras autour de sa poitrine et en resta le souffle court.

— Ma chère, vous devriez remercier Dieu que je sois aussi faible qu'un chaton. Sinon, je vous remercierai chaleureusement de m'avoir sauvé la vie et cette satanée porte se retrouverait fermée à double tour, murmura Lucien en plaçant un doux baiser appuyé sur le côté de son visage.

Les images que ses paroles évoquèrent firent bouillonner le sang d'Horatia. Un désir trop familier prit naissance en elle. Elle s'arracha de lui quand les mains de Lucien se déplacèrent vers ses seins.

— Non, répondit-elle simplement.

Elle s'éclaircit la gorge et essuya les derniers vestiges de ses larmes. Puis elle lissa sa jupe et regagna la porte ouverte. Elle s'arrêta dans le couloir et se retourna vers lui.

— Je vous souhaite une guérison rapide, Milord.

Pour la première fois de sa vie, elle lui fit la révérence et s'en alla. L'absence de ses bras autour d'elle la rendait déjà malade de désir, mais elle n'osait pas s'attarder.

CHAPITRE 19

Les dîners à Rochester Hall étaient toujours une affaire importante, ce qui convenait parfaitement à Jane. Il y avait quelque chose de merveilleux à voir ses enfants et ses amis réunis autour de sa table pour manger, boire et discuter. La table de la salle à manger formelle pouvait faire asseoir trente personnes quand toutes les rallonges étaient insérées, mais ce soir-là, elle était parfaite pour accueillir leur groupe plus intime de treize convives.

Le médecin était venu et reparti, assurant à Jane que son fils se portait assez bien pour dîner avec eux s'il le souhaitait, et qu'il n'avait subi qu'une légère concussion. Ayant pourtant reçu l'ordre de se reposer au cours des jours à venir, il avait exhibé l'entêtement qu'il avait hérité de son père et était descendu dîner. Jane lui coula un regard, toujours préoccupée par la pâleur de son teint.

Elle avait arrangé le plan de table de sorte que les plus jeunes soient installés tous ensemble. Cédric et Horatia se faisaient face au bout de la table, de part et d'autre de Lucien. Lucinda et Linus étaient les suivants, puis venaient Avery, Lawrence, Audrey, Gregory et Lysandra, et enfin John, Marie et elle-même.

Elle avait remarqué beaucoup de choses tout au long de la soirée et ne savait pas si elle devait s'inquiéter de savoir comment la proximité des trois familles durant les fêtes les affecterait tous. Linus ne cessait d'adresser des regards discrets à Lucinda en travers de la table. Pour sa part, celle-ci essayait poliment de l'inclure dans sa conversation avec Cédric, mais Linus ne leur adressait que des réponses rapides avant de détourner le regard... Toute occasion était bonne pour faire croire qu'il ne portait pas à cette jeune femme le moindre intérêt.

Jane n'était pas dupe, mais elle s'inquiétait. Malgré ses vingt-et-un ans, Linus était toujours assez jeune pour agir sans réfléchir. S'il agissait, son intérêt pour Lucinda Cavendish risquait de les précipiter tous les deux à l'autel, et pour Linus, elle craignait que ce ne soit trop tôt. Elle avait beau désirer qu'au moins un de ses enfants se marie, il n'était pas prêt, et un mariage issu d'un scandale n'était désirable pour personne. Son fils était encore immature et s'il se mariait tout de suite, il ferait tourner son épouse en bourrique.

Il n'était pas surprenant de voir Linus intrigué par une femme. Après tout, il était un Russell et possédait le même sang passionné qu'elle. Cependant, le développement le plus intéressant de la soirée était Lysandra. La fille unique de Jane avait toujours eu l'air d'une anomalie après tant de chenapans, mais elle s'avérait être aussi contrariante que ses frères. La jeune femme ne portait pas le moindre intérêt à la mode et passait beaucoup trop de temps dans sa bibliothèque. Ce n'est pas que les livres n'étaient pas une occupation saine pour une femme. Il était important d'être cultivée. Jane percevait comme le devoir d'une femme de se montrer plus intelligente que la plupart des hommes, mais on ne pouvait pas épouser des livres, et les livres ne donneraient pas à Jane les petits-enfants dont elle avait terriblement envie.

Il n'y avait rien d'aussi important dans une vie que de voir ses enfants grandir, se marier et avoir leurs propres enfants. Les petits-enfants étaient un véritable cadeau et Jane enviait ses amies qui en avaient. Elle aspirait à tenir une fois de plus un bébé endormi entre ses bras, respirer l'attendrissant parfum propre de sa peau et susurrer de douces berceuses. Elle s'assurerait que tous ses enfants se marient et produisent des enfants, même si c'était la dernière chose qu'elle allait accomplir sur cette Terre.

Plus le dîner progressait, plus Jane percevait quelque chose de nouveau chez sa fille. Il y avait une rougeur dans ses joues, une luminosité dans ses yeux et un regard effaré, comme si Lysandra s'était éveillée d'un rêve de pastels pâles pour percevoir enfin la vitalité du monde. Seul le désir du cœur pourrait offrir cette nouvelle vision. Et la façon dont Gregory Cavendish avalait son vin avec un abandon insouciant révélait à Jane tout ce qu'elle avait besoin de savoir. Si elle était capable de faire de tels ravages sur ce fringant jeune homme avec de simples regards, Lysandra était bien une Russell. Il représenterait un excellent parti pour sa fille.

Jane résista à l'envie de s'enorgueillir de savoir qu'elle et son amie Marie seraient bientôt parentes, une fois que leurs enfants se seraient épousés. Ce n'était qu'une question de temps.

Cependant, ce qui s'était passé entre eux – car il s'était passé quelque chose, elle le sentait – ne s'était pas déroulé comme prévu. On ne pouvait jamais reprendre un baiser qui avait été donné... ou peut-être volé, comme cela pouvait être le cas. Jane espérait seulement que les pulsions de sa fille n'aient pas été trop audacieuses. Il serait particulièrement inacceptable d'avoir à marier sa fille pour des raisons qui se feraient évidentes d'ici quelques mois. Que ses fils se marient dans de telles circonstances était presque attendu de leur part. Aucun d'entre eux ne possédait un iota de maîtrise de soi, mais Lysandra se devait d'être plus forte. Après tout, elle était une femme.

Alors qu'on apportait un assortiment de desserts, Jane braqua son attention sur Lucien et Horatia. Ils parlaient entre eux et Jane regrettait amèrement d'être incapable d'entendre quoi que ce soit.

Il était vraiment évident qu'Horatia l'aimait. Que faudrait-il pour que Lucien réalise la même chose ? Il ne trouverait pas d'autre femme qui possède la même profondeur émotionnelle et sache gérer ses emportements. Elle aurait dû recevoir une médaille de sainteté pour la bravoure dont elle faisait montre en aimant un tel homme.

Je ne dois pas interférer... Enfin, pas trop.

Ce soir, il y aurait de la danse et de la musique sur le pianoforte, et Jane rallierait des alliés à sa mission de pousser Horatia dans les bras de Lucien.

Une fois le dîner terminé, elle se redressa et s'adressa à ses invités.

— Je m'étais dit que nous pourrions tous nous rendre dans la salle de bal pour le reste de la soirée, pour un peu de musique et quelques danses.

Cette suggestion fut accueillie avec joie et le groupe se déplaça d'un même mouvement vers la salle de bal. Jane intercepta ses trois plus jeunes fils, les retenant seuls avec elle dans la salle à manger une fois que les autres furent partis.

— Maman, que vous arrive-t-il ? lui demanda Linus, oubliant qu'elle lui devait toujours une bonne dispute pour ses bêtises de la journée.

— Asseyez-vous tous.

Elle avait passé vingt ans à perfectionner ce ton de voix et Avery, Lawrence et Linus se précipitèrent vers les chaises les plus proches. Une fois qu'ils furent assis, elle se mit à arpenter la pièce, sachant parfaitement qu'elle se comportait comme un commandant des forces armées de Sa Majesté.

— J'ai décidé que ce soir, vous trois devez séduire Horatia, annonça-t-elle.

Avery pâlit, Lawrence fronça les sourcils et Linus, qui s'était trouvé en équilibre sur les deux pieds arrière de sa chaise, s'écroula dans un fracas.

— Quoi ?

Lawrence voulut se redresser.

— Vous ai-je donné l'autorisation de vous lever ?

Lawrence se laissa aussitôt retomber sur son siège.

— Êtes-vous devenue folle, Mère ? demanda Linus en remettant sa chaise en place puis en se rasseyant. Dois-je aller quérir le Dr Lambert à Hexby ?

— Dieu du ciel, non, rit-elle. J'ai l'esprit parfaitement clair et j'ai bien l'intention de rester en vie aussi longtemps que je le devrais pour m'assurer que mes enfants contractent des mariages heureux. Vous allez devoir vous accoutumer à ma présence.

— Alors que signifie tout ceci ?

Lawrence croisa les bras d'une manière qui rappela à Jane son défunt mari. L'homme le plus doux du monde – quand il le voulait bien –, il avait également su paraître aussi sombre que le diable en personne, un trait dont Lawrence avait hérité.

— Vous souhaitez que l'un d'entre nous se marie, alors vous avez sélectionné Horatia dans l'espoir que l'un de nous s'éprenne d'elle ?

La désapprobation dans son ton était aussi claire qu'une canonnade.

— Ne soyez pas bête. Elle est amoureuse de Lucien.

— Alors pourquoi voulez-vous que nous la séduisions ? s'enquit Linus. Il me semble que c'est votre premier-né que vous auriez dû acculer dans cette impasse.

Il se balança en arrière sur sa chaise, oubliant son récent accident, affichant un sourire apaisant comme s'il amadouait un petit enfant. Jane était au bord de l'exaspération. Aucun d'eux n'avait donc hérité de son intelligence et de sa ruse ?

— Je jure en voyant votre comportement que j'ai dû vous laisser tomber sur la tête quand vous étiez bébés. Si Lucien vous voit tous vous battre pour les attentions d'Horatia, il deviendra jaloux et laissera s'exprimer ses sentiments pour elle. Il a besoin d'encouragement et dans cette maison, la rivalité entre frères n'a jamais fait défaut. Je crois qu'il est temps de mettre ces énergies à profit.

— Cela se tient, dit Avery qui jusque-là, avait gardé le silence.

Linus souffla.

— Qui dit que Lucien a des sentiments pour elle ? Je pensais qu'après Miss Burns et le fiasco du kiosque, il ne l'appréciait pas du tout.

Son ton irritable découlait probablement de la culpabilité, puisque c'est lui qui avait causé le « fiasco » en question.

— Miss Burns est partie ce jour-là à cause de quelque chose que je lui avais dit, Linus. Je n'ai informé Lucien de la vérité que récemment. Je crois que l'opinion qu'il a d'Horatia a changé... en bien.

— Un changement d'opinion ne présage pas d'un mariage, Mère, déclara Lawrence.

— Il a des sentiments pour elle et il la désire, insista Jane.

Lawrence et Linus poussèrent des grommèlements d'incrédulité.

Avery redressa l'échine.

— Pour ma part, je crois que Mère a peut-être raison. Je suis plus que disposé à croire que Lucien ressent quelque chose pour Horatia.

Ses frères tournèrent brusquement la tête dans sa direction.

— Et comment le savez-vous ? demanda Lawrence.

Avery afficha un large sourire.

— Vous souvenez-vous du soir où vous avez retrouvé Lucien au Jardin de Minuit ?

Jane laissa échapper un bruit horrifié, mais Avery l'ignora.

— Comment diable savez-vous où j'étais ? demanda Lawrence.

Avery continua de sourire.

— Vous souvenez-vous de cette femme vêtue d'une robe et d'un masque argentés, celle qui intéressait tant Lucien ?

— Bien sûr, répondit Lawrence. Elle était très belle. Il se dégageait d'elle une naïveté charmante qui... Oh, mon Dieu !

Le sourire d'Avery s'élargit.

— Oui, c'était Horatia. Elle a payé Madame Chanson pour qu'elle l'envoie à Lucien ce soir-là.

Jane poussa un petit cri et s'évanouit à moitié dans un fauteuil. Elle jeta un regard à son fils à travers ses cils. Personne ne lui prêtait la moindre attention. Ils étaient plus intéressés par la source des informations d'Avery. Ne se rendaient-ils pas compte de ce que leur comportement sauvage et téméraire faisait à ses nerfs ? Eh bien, s'ils devaient se comporter comme des diables, alors par Dieu, elle s'assurerait que leurs talents diaboliques servent ses intérêts !

❧

LAWRENCE ÉTAIT À DEUX DOIGTS DE VOMIR. IL SE SOUVENAIT de tous les détails de cette nuit-là et de sa jalousie quand Lucien avait offert de laisser cette femme – Horatia – le choisir à la place de son frère. Lawrence avait pratiquement jeté sa propre compagne à terre dans l'espoir de dérober la conquête de Lucien... Une femme sur laquelle il n'avait jamais eu de velléités romantiques. C'était difficile à accepter.

— Êtes-vous en train de me dire que la femme que j'ai presque imploré de dérober à mon frère cette nuit-là, celle qu'il a effrontément séduite en face de moi, était...

— En effet, confirma Avery, mais je dois revenir au but de cette révélation. Lucien savait qui c'était dès le début. Il a déclaré très clairement son désir pour elle et vice versa.

Sa mère avait fini par se redresser après son évanouissement théâtral et elle se retrouva une fois de plus engagée dans la conversation.

— Est-ce qu'il... Ont-ils... Horatia m'a dit qu'ils n'avaient pas...

— Non, pas du tout, la rassura Avery. Enfin, pas complètement.

Il fit ensuite un mouvement suggestif avec ses doigts.

Linus se redressa et tendit les bras, s'attendant cette fois à ce que leur mère s'évanouisse pour de bon.

Celle-ci poussa un cri perçant.

— Seigneur Dieu, j'ai élevé une meute de libertins et d'hédonistes ! Céder à la passion est une chose, mais ceci… ?

Lawrence ignora les exclamations de sa mère concernant la damnation des âmes de ses fils et se concentra à la place sur son frère cadet.

— Avery, comment l'avez-vous appris ? Vous n'étiez pas au Jardin cette nuit-là.

— J'ai mes sources, répondit l'intéressé de manière cryptique.

Ce n'était pas la première fois qu'il faisait ce commentaire.

— Vous et vos satanées sources ! Un de ces jours, vous allez vous attirer des ennuis, le prévint Lawrence. La guerre est terminée. Ne pensez-vous pas que vous devriez également cesser ce type de travail ?

— Les guerres ne se terminent jamais, déclara Avery. Seuls les champs de bataille et les objectifs changent.

Les missions d'Avery sur le continent étaient un secret familial bien gardé, comme le démontrait le fait qu'ils en sachent aussi peu. C'était un travail dangereux et il ne voulait pas qu'Avery ramène le danger et les problèmes au sein de sa famille.

— Lucien et Horatia doivent se marier, dit sa mère. À ce stade, ma conscience ne permettra pas le contraire. « Pas complètement ». Vraiment ?

Lawrence réfléchit à la question.

— Pensez-vous vraiment que la jalousie attisera son désir pour elle ?

Ils n'étaient plus des garçons ; ils ne faisaient plus des batailles de soldats de plomb dans les jardins. Les femmes étaient une affaire sérieuse.

— Vous connaissant tous les trois, si vous faites de votre mieux pour la tenter de céder à la passion, il s'en rendra compte et réagira.

— Pas avec des balles, je l'espère, songea Avery. Être rappelé à l'ordre par mon propre frère... ce serait très embarrassant.

— Ne vous inquiétez pas, Avery, ricana Linus. J'assisterai à vos funérailles. Ce sera un service charmant. Je m'arrangerai pour que votre tombe soit gravée des mots « Ci-gît Avery Russell, voleur de cœurs et de secrets ». Je suis sûr qu'elles seront au moins quelques-unes à pleurer votre perte.

— Silence, frérot ! lâcha Avery.

Lawrence étira ses jambes et les croisa aux chevilles.

— C'est Cédric qui me fait le plus peur. On ne pourra pas l'éviter.

Lawrence savait à quel point il se montrait protecteur envers ses sœurs.

— Il verra forcément nos démarches amoureuses envers Horatia. Imaginez sa réaction !

— Je m'en occupe, dit sa mère.

Lawrence supposait qu'elle allait s'adjoindre l'aide d'Audrey afin de distraire Cédric. Que Dieu les préserve tous si cela ne fonctionnait pas !

❦

JANE ATTENDIT D'AVOIR RÉCUPÉRÉ L'ATTENTION DE TOUS SES fils avant de faire signe à Avery de parler.

— Maintenant, passons aux détails, Mère. Que voulez-vous que nous fassions pour le rendre jaloux ?

Avery regardait sa mère avec une innocence faussement naïve. Ce voyou voulait qu'elle le dise ! Il ne la pensait pas capable de communiquer son plan avec des détails explicites, mais il se trompait complètement.

— Ne faites pas semblant d'être doux comme un agneau, mon enfant, le prévint Jane. Vous trois avez suffisamment péché pour remplir le deuxième cercle de l'enfer à vous seuls, sans laisser de la place pour d'autres. Vous vous comporterez avec elle comme avec n'importe quelle femme bien née. Complimentez-la.

Séduisez-la. Allumez le feu au plus profond d'elle. Amenez-la à la passion. Mais ne faites rien qui puisse m'inquiéter dans quelques semaines. C'est compris ?

Si elle avait été d'une meilleure humeur, elle aurait ri de leurs visages rouges d'embarras.

— Quoi ? Voulez-vous donc que je prétende ignorer de telles choses ? J'ai donné naissance à cinq enfants, et je vous assure que je ne l'ai pas fait toute seule. Votre père a eu un rôle considérable à jouer dans la création de vos misérables petites existences. Il existe un fin volume venu d'Inde que je crois que vous possédez tous ? Celui avec toutes les illustrations. Ne prétendez pas que vous ne savez pas, parce que je l'ai lu aussi.

— Mère ! Pour l'amour de Dieu ! implora Lawrence, interrompant sa génitrice.

Jane s'autorisa une ébauche de sourire.

— C'est moins amusant quand on devient l'objet de pensées désagréables, n'est-ce pas ?

Elle pressa ses mains l'une contre l'autre.

— Maintenant, à la salle de bal ! Et rappelez-vous, faites ce que je vous ai demandé, sans quoi je vous ferai implorer ma miséricorde... Et je n'en ai aucune à offrir. Je vous ai mis au monde et si vous me contrariez, je pourrais parfaitement vous en retirer.

Elle émit cette menace d'un ton si doucereux que ses trois fils tremblèrent.

◈

Au moment où Avery, Linus et Lawrence entrèrent dans la salle de bal, ce dernier se tourna vers ses frères et s'adressa à eux à voix basse.

— Et si on jouait au coquillage ?

— Qui sera le joueur principal ? demanda Avery dans un murmure bas.

Lawrence prit la parole.

— Ce sera moi. Vous vous souvenez tous les deux de ce qu'il faut faire ?

Les trois frères s'étaient adonnés plusieurs fois au jeu du coquillage. Quelle que soit la forme que le jeu prenait, chacun connaissait son rôle. Linus et Avery hochèrent la tête et les trois frères se séparèrent. Linus se dirigea vers leur proie innocente, alors qu'Avery et Lawrence partaient dans des directions opposées.

CHAPITRE 20

Assise sur une chaise placée contre le mur, Horatia écoutait la performance de lady Rochester au piano-forte. Cédric l'assistait, tournant les pages en suivant sa progression sur la partition. Audrey dansait avec Grégory Cavendish et ils paraissaient tous les deux mettre à profit la majeure partie de la salle de bal. Avery et Lucinda dansaient près d'eux et Lysandra était la partenaire de son plus jeune frère.

Un sourire passa sur les lèvres d'Horatia. Cela la réchauffait de voir Audrey si heureusement occupée. Sa première saison avait été une déception après que la rumeur de la nature autoritaire de Cédric eut circulé parmi les jeunes célibataires de la haute. Audrey avait pleuré pendant des journées entières quand on ne lui avait livré aucune fleur ou carte. Rien n'était aussi cruel que de voir ses frères ou ses sœurs souffrir. La pauvre fille ne désirait rien d'autre que le mariage, mais sous le regard insistant de Cédric, elle n'avait pas la moindre chance.

De l'autre côté de la pièce, elle aperçut Lucien en compagnie de Lawrence et de leurs invités. Il semblait avoir récupéré, même s'il était encore pâle. Il y avait dans ses yeux un regard hanté qui lui tiraillait le cœur. Il se passa une main à travers les cheveux, ébouriffant ses mèches rousses alors qu'il parlait à John et Marie. Sir John rit fort, sa voix s'entendant par-dessus la musique.

Lucien avait toutes les qualités pour être un homme remarquable, chaleureux et aimant, irrésistible et doté d'un charme peu commun. Les yeux d'Horatia la brûlèrent légèrement. Elle avait envie de pleurer parce qu'il avait été blessé, et elle aurait voulu verser des larmes de soulagement parce que sa blessure guérissait.

Elle était tellement concentrée sur Lucien qu'elle ne remarqua pas qu'un tout autre Russell cherchait à attirer son attention.

— Horatia ? s'enquit Linus en ajoutant une toux polie.

Il se tenait devant sa chaise, la considérant avec une expression qui la rendit anxieuse. Chez lui, les manigances et les plaisanteries suivaient toujours ce genre de regard.

Horatia se rendit compte qu'il paraissait attendre qu'elle dise quelque chose.

— Je vous demande pardon ?

— Je vous invitais à danser. Cela vous ferait-il plaisir ?

Linus lui offrit son bras en lui adressant un sourire charmant. Horatia fut brusquement tirée de sa contemplation assidue de Lucien.

— Vous voulez danser avec moi ?

Elle n'avait pas eu l'intention d'avoir l'air aussi incrédule, mais Linus n'avait encore jamais manifesté la moindre envie de danser avec elle. Cela la poussa à se demander ce que ce plaisantin désirait exactement.

— Bien sûr ! Vous êtes une danseuse accomplie et l'on m'a déjà vu danser un quadrille ou deux quand l'occasion se présente.

Il fit jouer ses sourcils et elle réprima un rire. Linus était un vrai diable, mais il était charmant.

— Et la valse ? demanda Horatia quand la musique de lady Rochester se changea en une mélodie entraînante et légère. La maîtrisez-vous ?

Lors d'un bal officiel à Almack, une femme célibataire n'aurait pas eu le droit de danser la valse dans l'accord de la patron-nesse. Cependant, lady Rochester n'imposait pas ces normes à ses amis. C'était quelque chose qu'Horatia appréciait chez la famille Russell et à Rochester Hall. Elle était libérée de ces convenances écrasantes.

— Les valses sont ma spécialité. Vous devez me laisser vous le prouver.

Linus lui adressa un clin d'œil comme s'il confessait un secret.

— Alors volontiers. Prenons place.

Horatia prit le bras que lui tendait Linus. Elle le soupçonnait toujours de mijoter quelque chose sans parvenir à deviner quoi.

Il l'entraîna sur la piste et la fit lentement tourner sur elle-même avant de la reprendre dans ses bras. Elle pressa une paume contre sa poitrine, essayant de placer une certaine distance entre leurs corps.

— Je ne pense pas qu'il soit nécessaire de danser aussi près l'un de l'autre, le prévint-elle.

— Balivernes ! Un homme ne doit jamais perdre l'occasion de tenir une jolie jeune femme contre lui.

— Une jolie jeune femme ? répéta-t-elle. Vraiment, Linus, vous êtes bizarre ce soir. À quel jeu jouez-vous ?

Son ton, bien que doux, l'avait averti qu'elle savait qu'il n'était pas sincère. Il ne lui avait encore jamais donné la moindre indication qu'il s'intéressait à elle sur le plan romantique.

— Parfois, un homme se réveille soudainement et comprend ce qu'il avait devant lui pendant tout ce temps.

Il détourna le regard d'elle pendant une très brève seconde, trahissant ses véritables pensées. *Elle* n'était pas la femme qu'il désirait, mais pour une raison quelconque, il faisait semblant que oui.

Quand la valse accéléra, les tours constants faillirent lui donner le vertige. Elle s'habituait à peine au rythme de Linus qu'il l'écarta adroitement de lui, la laissant se faire attraper par un autre danseur.

. . .

Lucien divertissait ses invités, appréciant la conversation plaisante du couple Cavendish. Sir John avait été un ami proche du père de Lucien et l'entendre raconter des histoires sur leur jeunesse téméraire le remplissait toujours d'une profonde chaleur. Son père lui manquait beaucoup et il pleurait toujours sa mort malgré les années qui s'étaient écoulées.

— Votre père serait fier de voir que ses enfants ont aussi bien tourné, dit Sir John à Lucien avec un hochement de tête sérieux. Il vous aimait tous tellement qu'il doit sourire, où qu'il se trouve.

Les yeux de Marie se remplirent de larmes et elle s'appuya contre son époux.

— Oh, John, mon cher, vous me rendez très triste. Vous ne devez pas parler ainsi, et surtout pas un soir comme celui-ci.

Elle passa sa main au creux du bras de Sir John et adressa un regard désolé à Lucien.

— Avez-vous hâte d'amener Lysandra à Londres l'année prochaine pour la saison ? Je pense qu'elle s'attirera de nombreux prétendants.

Lady Rochester répondit d'un petit rire.

— Certes, elle risque d'attirer l'intérêt au début, mais je doute que des gentlemen intéressent Lysandra.

Devant les visages confus de Marie et Sir John, Lucien éclata de rire.

— C'est un bas-bleu. Elle est plus intéressée par les livres. Je crois qu'elle préférerait faire des expériences sur ses prétendants plutôt que de danser avec.

Lawrence rejoignit leur groupe.

— Vous parlez de Lysa ? demanda-t-il en secouant la tête. Vous avez entièrement raison, j'en ai bien peur.

— Oh, non ! rit doucement Marie. Mais je suppose que quand elle rencontrera le gentleman parfait, elle sera aussi intoxiquée que le reste d'entre nous quand nous tombons amoureux.

Le groupe aborda d'autres discussions et Lawrence détourna l'attention de Lucien avec un commentaire inattendu.

— Horatia est très bien, ce soir.

Lucien braqua sur son frère un regard plein de doutes.

— Très bien ? Elle est spectaculaire, comme toujours.

L'expression de Lawrence se fit indéchiffrable.

— Bien sûr, vous avez tout à fait raison. Cela me fait penser que Linus aimerait vous entretenir en privé. Il se trouve dans votre étude.

— Un mot en privé ? Que veut-il ?

Son frère haussa les épaules.

— Je crois qu'il souhaite vous demander la permission de courtiser Horatia. Il sait qu'elle a eu des sentiments pour vous par le passé, mais il veut s'assurer avant de faire sa cour que vous ne ressentez rien de votre côté.

— Certainement pas ! grogna Lucien en partant retrouver son frère.

Horatia dansait toujours avec Avery et serait pour l'instant à l'abri de son benjamin.

✦

— Avery ?

Horatia balbutia avec surprise en se laissant étreindre par un nouveau partenaire. Le cadet des Russell lui sourit.

— Et comment vous portez-vous, ravissante Horatia ?

Ce diable osait lui faire du charme. De toute la fratrie, c'était lui qui ressemblait le moins aux autres qui tenaient de leur mère. Ayant hérité des traits de son père, il semblait toujours légère- ment à l'écart du reste de la troupe des Russell.

— Je me porte bien, et vous ?

Elle essaya de rester attentive à la conversation, mais elle pensait à toute autre chose.

— Parfaitement, à présent que je vous tiens dans mes bras.

Horatia resta bouche bée un instant avant de se reprendre.

— Que... Quoi ? D'abord Linus, et maintenant Avery ? C'était vraiment très étrange.

Le tempo de la valse changea et Horatia sentit la main d'Avery lui caresser la taille avec des gestes à peine perceptibles, mais sensuels qui la firent s'empourprer.

— Je crois que mon frère s'est comporté comme un idiot. Vous vous morfondez à son propos depuis trop longtemps, ma chère. Pourquoi ne pas offrir à un autre d'entre nous l'occasion de vous courtiser ?

— Sincèrement, c'est plutôt...

Mais elle fut incapable d'achever sa phrase, car il l'interrompit.

— Je vois que vous avez encore trop de sentiments pour lui. J'avais pensé que c'était peut-être le cas. Il vous attend dans le vestibule. Voulez-vous le retrouver ?

Elle jeta un petit coup d'œil furtif par-dessus son épaule et se rendit compte qu'effectivement, Lucien avait quitté la pièce.

— Il souhaite vraiment me voir ?

Si c'était vrai, c'était trop espérer.

— Bien sûr. Nous l'avons convaincu qu'il ne devait pas nier les élans de son cœur.

— Très bien, alors cela me plairait.

Avery les entraîna tous les deux vers la porte de la salle de bal, qui était ouverte, et il les fit tournoyer dans le couloir plongé dans la pénombre. Horatia serait tombée si des bras ne l'avaient pas rattrapée, la serrant contre un corps dur et chaud. Dans la pénombre du couloir, elle leva les yeux vers l'homme qui l'étreignait aussi scandaleusement.

— Lucien ? chuchota-t-elle.

L'homme qui la tenait glissa doucement le long du couloir obscur avec des pas qui exprimaient toujours les échos d'une danse. Les serviteurs n'avaient pas allumé les lampes... ou bien quelqu'un les avait soufflées. Elle ressentit un frisson d'appréhension.

— Lucien, nous ne devrions pas nous éloigner.

Une main la fit sursauter et elle enfonça ses chaussons dans le tapis en essayant de le faire ralentir.

— Allons, Horatia. Lucien et moi ne nous ressemblons pas à ce point, n'est-ce pas ?

Le rire amusé de Lawrence la fit piler net. Il tira à nouveau sur son bras et elle faillit trébucher.

— Lawrence, lâchez-moi. Nous devrions retourner à la salle de bal. Ce n'est pas... Où m'emmenez-vous ?

Son pouls fit un bond lorsque Lawrence choisit une porte au milieu du couloir, l'ouvrit et l'attira à l'intérieur. Horatia trébucha sur un pli de la moquette et s'écroula sur le meuble le plus proche, qui était un lit. Lawrence l'avait amenée dans une chambre... seuls !

— Lawrence, que se passe-t-il ? Pourquoi m'avez-vous emmenée ici ?

Elle lutta pour se redresser et entendit l'ourlet de sa robe se déchirer quand elle essaya de quitter le lit.

Lawrence ignora ses questions.

— Je crois que cela fera très bien l'affaire. Nous n'avons pas beaucoup de temps et il faut faire les choses correctement.

Horatia se redressa et se tourna pour lui faire face. Elle sentit son cœur s'arrêter quand il lui sourit et laissa la porte ouverte de quelques centimètres d'un geste théâtral. Il n'y avait aucune lumière dans la chambre, excepté deux bougies au-dessus de la cheminée. Des ombres passèrent sur le visage de Lawrence alors qu'il retira sa redingote et la laissa tomber sur le dossier de la chaise la plus proche. Horatia fit deux pas lents vers la porte, mais il imita ses mouvements avec une expression amusée.

— Vous allez quelque part ? la taquina-t-il.

— Lawrence, dit-elle doucement, remplie d'une sensation de malaise renouvelé.

Elle était acculée et quelque peu effrayée. En cet instant, elle ne lui faisait absolument plus confiance.

— Laissez-moi partir !

Horatia espérait qu'il entendrait raison.

— Vous devez bien voir que cela n'est pas correct du tout, même pour votre famille.

Les bras croisés, il s'appuya contre le mur près de la porte, dévorant du regard le corps d'Horatia.

— Ma famille ignore la décence même dans ses meilleurs moments et, ma chère Miss Sheridan, vous êtes devenue le dernier jouet que mes frères et moi allons nous disputer. Félicitations ! Lucien est bien imbécile de ne pas vouloir de vous, mais je ne suis pas aussi bête.

— Vous ne feriez pas... Vous ne pouvez pas !

Quasiment en état de choc, Horatia regarda Lawrence retirer sa cravate et déboutonner sa chemise.

C'était un cauchemar ! Il était un ami, quelqu'un en qui elle avait confiance et qu'elle respectait.

— Vous n'allez pas me toucher. Vous n'allez pas le faire.

Il sourit davantage et elle en frissonna.

— Approchez-vous et je crie...

À la vérité, elle ferait bien plus que cela, mais ses instincts la prévenaient de garder ses intentions pour elle. Il ne servirait à rien de lui rappeler de quoi elle était capable.

Il la regarda avec une expression si primitive qu'Horatia tenta de s'échapper alors qu'il s'écartait de la porte pour s'avancer vers elle. Elle aurait vraiment voulu que ses mains arrêtent de trembler. Elle savait que sa réputation était tout aussi libertine que celle de Lucien. Elle se rappelait également l'avoir vu au Jardin de Minuit et n'avait pas oublié la façon dont il avait séduit la femme qu'il avait choisie cette nuit-là. Elle ne deviendrait pas sa prochaine conquête. Impossible !

Une partie d'elle était encore stupéfaite que ce soit Lawrence qui la traite ainsi. Il s'était toujours montré très protecteur, presque autant que Cédric. Qu'est-ce qui avait donc changé en lui pour donner lieu à une telle tentative de séduction forcée ?

Comme s'il avait lu dans ses pensées, Lawrence dit :

— Je sais que c'était vous cette nuit-là au Jardin de Minuit. Vous étiez cette belle femme assise sur les genoux de mon frère.

Quand je ferme les yeux, je peux encore voir votre rougeur féroce sous votre masque argenté. Je suis hanté par des rêves de votre corps souple sous le mien... Cela vous réchauffe les sangs, n'est-ce pas ? Cette idée d'une lutte en quête d'un plaisir exquis ?

Lawrence paraissait exprimer à la perfection ce qui se passait dans son corps, mais c'était un abandon à un tout autre homme qu'elle se représentait.

À présent terrifiée, Horatia essaya de faire la chose la plus sensée du monde, c'est-à-dire crier à pleins poumons. Mais le son mourut sur ses lèvres quand Lawrence s'abattit sur elle. Il lutta avec elle, enroulant une main autour de sa bouche, et elle réagit.

Horatia le mordit.

Poussant un cri de surprise, il fit un pas en arrière.

— Seigneur ! Je ne vais pas vous faire de mal !

Son air profondément choqué la surprit, comme s'il n'avait pas vraiment eu l'intention de la toucher et qu'il était encore plus choqué qu'elle ait été capable de le mordre comme un putois pris au piège.

— Horatia..., dit-il comme s'il essayait de calmer un cheval piqué au vif. Écoutez-moi ! Il arrive. Nous devons faire semblant de nous embrasser...

Il se jeta en avant, l'attrapant et la plaquant contre le mur.

Elle ne parvint pas à le repousser. La panique embrouillait sa vision. *Il arrive* ? Avery ou Linus allaient-ils se joindre à cette folie ? Elle était prise au piège et sans défense ! Il ne fit pas le moindre geste pour la déshabiller, mais son souffle chaud sortit en petits halètements.

— Laissez-moi juste vous embrasser pendant une petite seconde ! C'est pour votre propre bien !

Il pencha la tête vers elle.

Horatia balança le crâne en avant, son front entrant en collision avec celui de Lawrence.

Celui-ci fit quelques pas en arrière, plaquant une main sur son front.

— Par tous les saints ! Si vous me laissez seulement vous expliquer...

N'ayant pas mieux survécu au coup que lui, Horatia tituba en arrière, surprise par la douleur.

C'est alors que Lucien pénétra en trombe dans la pièce avec un regard noir qu'Horatia ne lui avait encore jamais vu.

— Espèce de saligaud !

La voix de Lucien se changea en grognement alors qu'il se jetait sur son frère.

Ils entrèrent tous les deux en collision et s'effondrèrent contre le mur. Lucien avait le meurtre dans les yeux, mais Lawrence avait l'air de s'être attendu à ce que son frère débarque dans la pièce pour l'étrangler.

— Lucien ! s'écria Horatia. Arrêtez ! Je vous en prie ! Ramenez-moi simplement dans ma chambre... Je vous en prie.

Seuls ces derniers mots parurent l'atteindre. Il libéra son frère, marmonnant une bordée d'injures. Lawrence rajustait ses vêtements quand Horatia s'approcha de lui. Elle avait terriblement envie de le gifler, mais pas avant qu'elle ne puisse lui dire ce qu'elle avait sur le cœur.

— Je ne sais pas ce que vous essayiez de faire ce soir, Lawrence, mais sachez juste une chose : vous allez encourir ma colère et cela fera pâlir celle de Lucien par comparaison.

Elle fut à peine en mesure de se retenir de lui crier dessus. Il plissa les paupières et ce défi lui retira le peu de contrôle qui lui restait encore. Elle gifla Lawrence de toutes ses forces, un son rude qui résonna dans toute la pièce.

Malgré la marque qui rougissait sur son visage, Lawrence n'émit pas le moindre son. Horatia pointa haut son menton tremblant et se dirigea d'un pas énergique vers la porte. Elle marqua un temps d'arrêt quand elle se rendit compte que Lucien ne l'avait pas suivie. Il dévisageait toujours son frère avec une lueur meurtrière dans le regard.

— Lucien, laissez-le. J'ai besoin de vous.

Il arracha le regard d'elle et la suivit jusqu'à la porte, ne s'arrêtant que pour lancer un dernier regard furieux à son frère avant de passer un bras protecteur autour de la taille d'Horatia et de l'escorter jusqu'à sa chambre. Un valet se présenta, l'air inquiet.

— Milord, j'ai entendu du bruit. Miss Sheridan et vous-même avez besoin de quelque chose ? Devrais-je faire venir la femme de chambre personnelle de Miss Sheridan ?

— Non. Pas besoin. Vous vous appelez Gordon, n'est-ce pas ?

Lucien était encore peu familier du nouveau personnel de sa mère.

— Oui, Milord.

— Merci, Gordon. Pas besoin de faire quérir Ursula, mais si vous vouliez bien avoir la gentillesse de tenir les autres serviteurs à l'écart de ma chambre et de celle de Miss Sheridan. Elle a besoin qu'on veille sur elle et je ne voudrais pas que sa réputation en pâtisse.

Le valet carra les épaules.

— Bien sûr, Milord. Je m'assurerai que vous ne soyez pas dérangés.

Le valet leur souhaita bonne nuit et se glissa dans le couloir, disparaissant à travers une des portes qui menaient aux quartiers des serviteurs.

Au moment où sa porte se referma, Horatia se laissa tomber sur le siège le plus proche, le corps tremblant des suites de sa peur. Elle eut soudainement envie de pleurer, mais elle étouffa les sanglots qui essayaient de remonter dans sa gorge. Elle aurait voulu remercier Lucien pour son intervention, mais au lieu de cela, elle éclata en sanglots, incapable de rester forte plus long-temps. Ce n'était pas tant ce que Lawrence avait fait, ou du moins failli faire. C'était quelque chose de plus profond, quelque chose de plus douloureux qu'elle ne comprenait pas entièrement. Regarder Lucien était comme verser du sel sur une plaie à vif. Pourquoi se délitait-elle toujours en sa présence ?

Détestant cette distance entre eux, Lucien s'approcha d'Horatia et la souleva de son fauteuil pour la prendre dans ses bras. Elle resserra les poings sur son gilet et enfonça le visage au creux de son cou. Cette recherche intime de protection et de réconfort fit tournebouler le cœur de Lucien. Malgré la froideur prolongée qu'il lui avait témoignée, elle restait convaincue qu'il allait s'occuper d'elle. Elle le fascinait.

Lucien referma les bras autour de son dos, la serrant fermement contre lui. Il déposa de doux baisers réconfortants sur le sommet de son crâne, la faisant taire par des roucoulements bienveillants et réconfortants. Sa rage envers Lawrence et Linus restait présente, mais c'était Horatia qui comptait davantage pour le moment, et elle avait besoin qu'il reste auprès d'elle. Il punirait ses frères pour l'avoir éloigné alors qu'elle avait eu besoin de sa protection. Même Avery paraissait être impliqué. Il s'occuperait d'eux le jour suivant.

— Pourquoi a-t-il... Pourquoi a-t-il essayé de faire cela ? Il n'a aucun intérêt pour moi, alors pourquoi ? C'était cruel de jouer avec moi, et dans quel but ? demanda-t-elle entre deux sanglots choqués.

— Je ne sais pas, mon amour. Je ne sais pas.

Puis, pendant un long moment, ils ne dirent plus rien, l'un comme l'autre. Il aurait aimé avoir des réponses. Il verrait demain et Lawrence aurait de la chance d'être encore vivant une fois que Lucien en aurait terminé avec lui.

Lucien la tenait serrée, stupéfait du bonheur que c'était de la sentir : chaque courbe, chaque parfum, chaque petit souffle. Il ne s'imaginait ni la laisser filer ni exister dans un monde dans lequel elle ne lui appartiendrait pas.

Horatia pleura toutes les larmes de son corps jusqu'à l'épuisement. Elle s'affaissa dans les bras de Lucien et il la souleva pour la porter jusqu'au lit. Quelque part, se retrouver étendue chassa ses larmes et le besoin d'en verser d'autres. Ses pensées s'éloignèrent de Lawrence et revinrent à l'aîné des Rochester.

— Vous vous sentez mieux ? Pourquoi n'irais-je pas chercher Ursula pour vous déshabiller et vous mettre au lit ? suggéra Lucien.

Elle avança la main et la referma sur son poignet.

— Non, restez, je vous prie.

— Quelqu'un a besoin de vous mettre à l'aise et de vous déshabiller.

Il fronça les sourcils, étrangement plus attirant dans la façon dont il était déterminé à s'occuper d'elle.

— Vous pouvez me déshabiller, lui sourit-elle. Vous avez suffisamment d'entraînement.

— Horatia, vous vous rendez compte à quel point il serait inapproprié pour moi de...

Il fit un geste de bas en haut en désignant ses vêtements.

Elle leva les yeux au ciel et poussa un soupir.

— Vous êtes le spécialiste de « l'inapproprié ». J'ai envie que *vous* me déshabilliez. Je vous fais confiance.

Après l'avoir reposée, il se mit à la déshabiller avec la tendresse dont il aurait fait preuve envers un bébé. Il n'y avait rien de sensuel ou de séduisant dans ses mouvements.

Du revers de la main, Horatia essuya ses joues maculées de larmes, se demandant si elle avait des plaques rouges. Elle regarda Lucien qui se pencha pour lui retirer ses chaussons de danse avant de glisser ses mains le long de ses jambes afin de rouler ses bas. La lumière de la lampe se reflétait sur ses cheveux, rendant brillantes et invitantes les ondulations cramoisies. Elle mourait d'envie de passer les doigts à travers sa chevelure pour voir si cela égalait son souvenir de cette nuit passée au Jardin de Minuit.

Elle tendit les doigts vers lui au moment exact où il se redressait. Horatia laissa retomber la main sur ses genoux quand il commença à faire descendre sa robe sur ses épaules. Elle était trop fatiguée pour protester quand il la souleva pour lui retirer sa

robe jusqu'à ce qu'elle ne porte plus que son corsage et sa camisole. Il tendit le bras et dénoua son corsage, le lui retira délicatement et le laissa tomber à terre. Elle retint son souffle en
croisant les bras devant ses seins, espérant dissimuler son corps
avec sa chemise transparente.

Lucien se rendit ensuite jusqu'à l'armoire et fouilla parmi les
vêtements jusqu'à ce qu'il trouve une épaisse chemise de nuit en
flanelle qu'il lui tendit. Elle la prit et s'apprêta à retirer sa camisole. Il tourna le dos, se montrant gentleman contre toute
attente. Cela la fit sourire, ne serait-ce qu'un peu, alors qu'elle
passait la chemise de nuit sur sa tête. Il se retourna et son
expression lui coupa le souffle. Il avait l'air dévasté, mais soulagé,
comme si tout ce qu'elle avait ressenti à l'intérieur d'elle était à
présent peint sur ses traits séduisants. Les genoux d'Horatia
cédèrent et elle s'assit sur le lit, reconnaissante qu'il ait été là
pour la soutenir.

Quand Lucien s'assit sur le rebord du lit à côté d'elle, il la fit
doucement tourner de côté et se mit à retirer des épingles à
cheveux de sa coiffure désordonnée avec une douceur dont
Horatia ne l'aurait pas cru capable. Ayant déposé la dernière
épingle sur la table de nuit, Lucien enfonça ses doigts dans la
masse bouclée de ses cheveux sombres. Le sentir démêler ses
nœuds et passer les mains à travers les mèches fit naître en elle
une vague de désir. Quand ses mains se retirèrent enfin, Horatia
se tourna vers lui et ses yeux insondables.

— Lucien...

— Oui ?

Le mot hésita sur ses lèvres.

— Je vous en prie, ne me quittez pas, ce soir !

Elle fut choquée par sa propre requête. Elle avait simplement
eu envie de le remercier de l'avoir sauvée.

— Horatia, vous savez que je ne devrais pas rester...

Sa voix incertaine mourut, mais il ne battit pas en retraite.
Au lieu de cela, il se pencha et lui écarta les cheveux du visage.

— Je me sentirais mieux si vous restiez. Plus en sécurité.

Elle leva le bras et lui prit la joue dans une main, passant un doigt sur ses lèvres, se remémorant leur sensation sous les siennes. Il leva la main et lui attrapa le poignet, frottant son pouce sur la peau délicate, sur la face intérieure, juste au-dessus de son pouls qui s'emballait.

— Restez, je vous en prie. J'ai besoin de vous.

Horatia se sentit à nouveau comme une enfant, prise au piège des débris brisés et éclatés de la calèche de ses parents, entendant des cris de douleur et se rendant compte par la suite que c'étaient les siens. Elle avait besoin qu'il la réconforte et reste pour l'étreindre dans ses bras comme il l'avait fait alors.

Quelque chose dans sa supplique lui fit hocher la tête et il ouvrit les couvertures.

— Allez, grimpez.

Il la fit se placer sous les couvertures et les remonta. Lucien se redressa alors du lit et commença à se dévêtir. Horatia eut le souffle coupé quand il retira sa chemise et verrouilla la porte de sa chambre.

Généralement, il y avait chez lui un air de contrôle et d'autorité, mais ce soir-là, il semblait dénué de ces qualités. Ses jambes tremblaient et il respirait plus rapidement, comme s'il se sentait testé et se trouvait au bord de l'échec.

La lampe jouait sur sa silhouette sculptée alors qu'il se retrouvait seulement vêtu de ses sous-vêtements. Elle aurait pu passer une vie entière à mémoriser la sensation, la forme, le goût de ce corps que cela n'ait pas suffi à la satisfaire. Lucien représentait une puissante addiction, et elle n'avait aucun espoir et pas le moindre désir de se libérer de l'influence enivrante de son corps.

Alors qu'il s'approchait du lit, elle se recula un peu pour lui donner largement la place de venir la rejoindre. Il souffla la lampe, les enveloppant tous les deux dans l'obscurité alors qu'il s'installait dans le lit à côté d'elle. Il tapota un oreiller derrière sa tête puis, sans la moindre hésitation, il amena son corps contre lui, ses bras l'ancrant à sa personne.

Quoi qu'il advienne, il était ici avec elle, la réconfortant comme il ne l'avait jamais fait pendant sept ans. Les actes inconsidérés de Lawrence valaient bien la peine qu'elle soit récompensée par ce moment tranquille et intime avec Lucien. Elle savoura son souffle chaud sur son cou et la chaleur de son corps contre elle. Alors que le sommeil s'emparait d'elle, elle n'eut presque plus conscience d'autre chose que de sa présence.

⁂

LUCIEN RESTAIT ÉVEILLÉ, SACHANT DOULOUREUSEMENT QUE partager un lit avec Horatia était dangereux. Il ne se parvenait à se retenir qu'à cause de la peur que Lawrence lui avait faite. Il se concentra à la place sur son frère. Qu'est-ce qui lui avait pris ? Lucien connaissait ses frères mieux qu'il se connaissait lui-même. Lawrence n'aurait jamais fait de mal à Horatia ni à aucune autre femme. Alors pourquoi l'avait-il placée dans une situation aussi terrifiante ? Était-ce une plaisanterie ? C'était plus le domaine de Linus. Lucien repassa la soirée dans son esprit, cherchant n'importe quel indice, n'importe quel détail qui aurait pu expliquer les actes de son frère. Lawrence l'avait entraîné à l'écart sous prétexte de parler à Linus, qui avait soi-disant des attentions amoureuses envers Horatia, mais quand il était arrivé à son étude, il avait trouvé la pièce vide et était retourné à la salle de bal. Apercevant Linus qui pénétrait dans une pièce au bout du couloir, il avait voulu le suivre, mais était passé devant une chambre qui n'avait pas été occupée quelques minutes auparavant.

C'était là qu'il était tombé sur Horatia et Lawrence.

Lucien ne parviendrait jamais à se sortir ce spectacle de la tête. La peur lui griffa les entrailles et l'angoisse lui serra l'estomac. Quelle que soit l'histoire dans laquelle ses frères avaient été impliqués, le lendemain, ils en paieraient le prix. Lucien s'en assurerait, quelles que soient leurs justifications. Horatia lui appartenait à *lui*, pas à Lawrence ni à aucun autre homme. Et personne ne faisait du mal à celle qu'il possédait. Une femme aussi merveilleuse et gentille qu'Horatia méritait d'être chérie, protégée et... aimée.

Il la serra davantage contre lui. Elle remua, murmura quelque chose et redevint immobile. Il ne manqua pas de remarquer que son corps s'imbriquait parfaitement avec le sien, comme si elle lui avait toujours appartenu.

Il venait à peine de se rendre compte que depuis de nombreuses années, il lui avait appartenu aussi, et cette révélation le troubla profondément.

Ressentir cela envers elle ne présageait rien de bon. Les règles de la Ligue ne pouvaient pas être brisées, et leurs amitiés ne résisteraient pas à une telle intrusion. Lucien ne voulait pas être contraint de choisir entre Horatia et son frère. Il pria silencieusement pour ne pas avoir à le faire.

CHAPITRE 21

Lawrence se jeta dans un grand fauteuil d'un parloir privé, flanqué par ses frères. Sa tête lui faisait un mal de chien. Il aurait probablement une bosse sur le front le lendemain matin. Avery fronçait les sourcils et le fusillait du regard tandis que Linus faisait les cent pas. Le reste des invités étaient tous allés dormir et les trois Russell restaient à présent seuls pour discuter de la possible victoire de leur plan.

— Alors, Lawrence, comment cela s'est-il passé ? s'enquit Linus.

Lawrence lui répondit d'un grognement. Il ne voulait pas songer à ce qu'il venait de faire.

— J'ai le mauvais pressentiment que demain, Lucien va me coller une balle. Et si Cédric l'apprend, je pourrais m'en prendre deux.

— Quoi ? demanda Avery en écarquillant les yeux.

— Je suis allé trop loin. Lucien a mis trop de temps à nous retrouver.

Lawrence se frotta les yeux d'un geste las.

— Comment cela, « trop loin » ? s'enquit Linus.

— En essayant de faire durer les choses, je l'ai peut-être trop bien convaincue de mes intentions et j'ai effrayé la pauvre fille.

Elle m'a donné un coup de tête quand j'ai essayé de l'embrasser. Je n'ai jamais eu l'intention de lui faire peur. Je pensais pouvoir la convaincre de jouer le jeu et de m'embrasser pour que Lucien soit jaloux, mais elle a paniqué avant que je puisse m'expliquer.

Lawrence grimaça en voyant le visage choqué de ses frères.

— Lucien est arrivé juste à temps... ou au pire moment possible, je suppose. Pourquoi a-t-il mis tellement de temps ?

— Vous avez vraiment fait cela à Horatia ? demanda Linus. Vous étiez à deux doigts de...

— Bien sûr que non ! Mais elle pensait que j'allais le faire. Elle était terrifiée et je me sens...

Il se frotta le visage avec la main.

— Mon Dieu ! Je doute qu'elle me le pardonne un jour. J'espère que je ne lui ai pas causé de dommages durables. Lucien ferait mieux de l'épouser, sans quoi j'aurais détruit une belle amitié pour rien.

Lawrence se redressa et alla ouvrir le cabinet le plus proche pour en tirer une bouteille de brandy.

— J'ai besoin d'un verre, déclara-t-il.

Ses deux frères l'imitèrent, l'air assombri par le spectacle qu'ils avaient contribué à créer ce soir-là.

— Savons-nous comment Lucien a pris la chose ? demanda Avery à Lawrence.

— Non. Il l'a ramenée jusqu'à sa chambre. Je ne l'ai pas vu depuis. J'ai demandé aux serviteurs de ne pas s'approcher de la chambre d'Horatia jusqu'après le petit-déjeuner. J'espère qu'il a l'intention de passer la nuit auprès d'elle. Si c'est le cas, nous aurons probablement gagné. Nous savons tous à quel point il est doux, particulièrement s'il pense que cela peut réconforter une femme triste.

— C'est certainement vrai. Il est beaucoup trop sentimental pour la laisser seule ce soir après...

Avery n'acheva pas sa phrase.

— Après que Lawrence a été à deux doigts de la dévaster ? L'aida Linus.

— Les Russell ne dévastent pas, déclara Avery. Nous sommes beaucoup trop doués pour la persuasion naturelle. Il n'est pas nécessaire de forcer une femme alors que quelques caresses bien placées vous permettent d'obtenir tout ce que vous leur demandez.

— Ne l'encouragez pas, Avery, dit Lawrence en avisant l'expression du visage de Linus. Il a déjà suffisamment de problèmes avec Miss Cavendish.

Le regard de Linus passa brusquement d'Avery à Lawrence.

— Que voulez-vous dire ? Quels problèmes ?

— Elle a pris personnellement le fait de vous avoir vu danser avec Miss Sheridan. Après tout, vous ne l'aviez pas invitée.

Les lèvres de Linus s'entrouvrirent et il clapota.

— Mais nous étions... Oh, damnation ! Vous pensez qu'elle est vraiment contrariée ?

Avery afficha un large sourire.

— Je crois qu'elle a passé la soirée à vous fusiller du regard. J'ai été surpris que vous ne vous soyez pas transformé en un pilier de sel. J'ai bien peur que ce soit complètement fichu.

Avery tapota Linus sur l'épaule d'un geste rude, mais affectueux.

— Vous pourriez lui refaire la cour demain ?

Lawrence continua à siroter son brandy, regardant l'échange avec amusement, mais il était toujours rongé par la culpabilité concernant ses actes de tantôt.

— Je suppose que oui. Je lui en dois une, après l'avoir embrassée. Je suppose que je devrais aussi parler à son père. Je sais que je suis un peu jeune pour lui proposer le mariage, mais... Nous pourrions profiter d'une période de fiançailles plus longue jusqu'à ce que je sois prêt à prendre en charge une épouse.

Le visage plein d'espoir de son plus jeune frère retint Lawrence de remplir à nouveau son verre.

— Attendez un peu, Linus ! le prévint Avery. Qu'est-ce que c'est que cette histoire de demande en mariage ? Ce n'est pas nécessaire, surtout à votre âge.

Lawrence dévisagea son frère avec curiosité.

— Mais... vous l'avez embrassée ?

L'expression de merlan frit dans les yeux de Linus était quelque peu troublante. Il l'avait déjà vue, et toujours chez les jeunes.

— Oui. Mais c'était plutôt chaste. Je crois que c'était sa première fois, songea Linus à haute voix alors qu'une rougeur lui montait aux joues.

— Elle vous plaît ! affirma Avery d'un ton sagace.

— Elle a quelque chose... d'indéniablement attachant, admit Linus.

Lawrence grogna. Son frère était sur le point de tomber pour une femme. *Une* femme. Mais il y en existait tellement d'autres à goûter, sentir et explorer. Il n'aurait pas dû se limiter aussi tôt dans l'existence. Il allait devoir sauver Linus de lui-même.

— Elle a beau être gentille, un baiser ne présage pas d'un mariage, dit Lawrence en reposant son verre de brandy. Si c'était le cas, j'aurais été marié mille fois à une centaine de femmes différentes. Leurs pères s'attendent peut-être à une demande après un simple baiser, mais nous, les Russell, ne nous laissons pas facilement passer la corde au cou.

— Alors pourquoi aidons-nous Lucien et Horatia ? Ne finiront-ils pas par se marier ?

— C'est le plan, dit Avery.

Linus, absolument perplexe, fronça les sourcils.

— Alors pourquoi...

— Lucien n'est plus de la première jeunesse et il devrait se poser. Alors pourquoi pas avec quelqu'un qui l'adore ? Miss Sheridan est la jeune femme idéale pour le préparer à devenir père de l'héritier si nécessaire au marquisat.

— *Nous* n'avons pas besoin d'héritier, répliqua Linus. Nous sommes trois autres dans la succession.

— Ne me dites pas que *vous* voulez endosser l'intégralité de cette responsabilité, Linus, ricana Avery.

— Mieux vaut que Lucien engendre une troupe de garçons et

une armée de filles, déclara Lawrence. De cette façon, il y aura un héritier et suffisamment de petits-enfants pour que Maman les cajole, et nous autres serons libres de faire ce que nous voulons.

La simple pensée que Lucien puisse avoir des enfants apaisait quelque peu Lawrence. Quel merveilleux sentiment de soulagement il ressentirait quand sa mère le laisserait enfin tranquille ! Il aurait tout fait pour décrocher cette liberté, même subir la colère de son frère. Quoique... à la lumière des événements récents, cette liberté risquait d'être de courte durée.

— Je suppose que cela a du sens, d'un certain point de vue. Maman adorerait tous ces petits-enfants, ricana Linus.

Lawrence versa du brandy à ses frères et ils levèrent leurs verres pour porter un toast.

— À Lucien, Horatia et tous les petits-enfants que désire Maman !

CHARLES SOUHAITA BONNE NUIT À TOUS SES AMIS D'ESSEX House avant d'aller chercher son nouveau serviteur, Tom Linley. Il se cala contre les coussins moelleux de sa calèche alors que Linley grimpait à côté du cocher. Il ordonna à ce dernier de les emmener à la maison où se trouvait la petite sœur de Linley. Il était près de minuit et ils dérangeraient probablement la nourrice du bébé. Charles était prêt à payer pour apaiser la contrariété que causerait leur arrivée tardive. Quand Linley rejoignit enfin Charles à l'intérieur de la calèche, il haussa un sourcil interrogateur.

— Je lui ai demandé de nous emmener à Bennett Street, Milord, dit Linley.

— Bennett Street ?

Charles se rassit.

— Où vivez-vous exactement ?

— Je loue une petite chambre au-dessus de Dandy House, Milord.

— Dandy House ? Êtes-vous en train de me dire que vous vivez au-dessus d'un satané tripot ?

Tous les « satanés tripots » n'étaient pas des lieux infernaux, malgré cette appellation, mais c'étaient des endroits souvent animés et parfois dangereux. Il était épouvantable de songer que Linley essayait d'élever un bébé dans un tel endroit.

— Je ne pouvais pas me permettre mieux, Monsieur.

Le visage de Linley s'obscurcit et Charles eut l'impression d'avoir commis une erreur en réagissant.

— Je suis seulement surpris que vous y viviez. Je dois admettre que je me suis rendu au Dandy à plusieurs reprises. Certains de mes amis et connaissances sont des officiers férus d'enjeux élevés. Cela les amuse. J'étais simplement étonné d'apprendre que vous puissiez y garder un enfant.

Linley se détendit, mais il eut un mouvement de recul quand Charles essaya de nouveau de lui tapoter le bras.

— Je suis désolé. Je ne voulais pas vous effrayer.

— C'est ma faute, Milord. Mon dernier maître ne me touchait que lorsqu'il avait besoin de se défouler sur quelque chose pour passer sa colère.

— Qui était votre ancien maître avant votre emploi à Berkeley's ?

— Je ne devrais pas le dire. Ce ne serait pas approprié de parler de lui en mal, protesta Linley.

Charles leva les mains en l'air.

— Du calme, mon garçon, je ne vous demande pas de révéler tous vos secrets, ou du moins pas ce soir. Nous avons le diable à nos trousses.

Charles devint silencieux, saisi d'une rare contemplation.

Ni lui ni Linley ne dirent quoi que ce soit jusqu'à ce qu'ils atteignent Bennett Street. Linley essaya d'insister pour que Charles attende dans la calèche, mais celui-ci en descendit d'un bond et observa le tripot d'un œil vaguement intéressé.

Cela faisait un certain temps qu'il n'avait plus tenté de gaspiller au jeu son vaste héritage. Des hommes en uniformes rouges empesés et d'autres aux airs d'aristocrates s'attardaient devant l'entrée du club, parlant et riant. Quelques-uns reconnurent Charles et lui firent signe. Il les salua et suivit Linley dans la ruelle la plus proche, jusqu'à une porte dérobée.

Linley entra et Charles le suivit, appréciant cette curieuse petite aventure. Il entendait les bruits rauques de l'autre côté des parois fines alors qu'ils gravissaient l'escalier de derrière. Il y avait des cris et les gloussements des femmes qui félicitaient les gagnants et consolaient les perdants. Charles ne s'en était jamais préoccupé avant, mais soudain, il voyait son mode de vie à travers les yeux de ce jeune homme qui ouvrait la marche. Celui-ci endossait une immense responsabilité en prenant soin de sa petite sœur tout seul. C'était admirable et en cet instant, il se sentit aux antipodes.

Linley s'arrêta devant une porte solitaire au sommet des marches et toqua du revers de la main à un rythme particulier. Au bout d'un moment, la porte s'entrouvrit.

— C'est moi, Mme Bertie, dit Linley.

La porte s'ouvrit davantage pour le laisser entrer. Mais quand Charles voulut le suivre, une femme corpulente d'environ trente-cinq ans lui bloqua le passage.

— Euh, Linley ? Qui est-ce, mon chéri ? Je pensais que tu évitais ces lords qui aiment les garçons...

Que Mme Bertie sous-entende qu'il avait ce genre d'intentions fit se hérisser Charles.

Il ne se mêlait pas de ce que les autres hommes faisaient en privé, mais les abus n'étaient pas rares, et parfois, quand il s'agissait de désirs et de vices dévoyés, il y avait des victimes.

— Voici lord Lonsdale. C'est un comte, Mme Bertie, alors tenez-vous bien et laissez-le entrer.

Linley se dirigea droit vers le berceau en bois placé contre le mur. Un petit paquet bougea quand il inclina la tête vers le berceau. Mme Bertie dévisagea Charles avec une profonde suspicion avant de faire un pas en arrière pour le laisser entrer.

— Linley, mon chéri, tu es en retard, cela fait des heures que je t'attends. Cela te coûtera le double puisque je n'ai pas pu passer du temps avec les gentlemen en bas.

Mme Bertie ne sembla pas perturbée par la présence de Charles et reporta son attention sur Linley qui avait commencé à rassembler quelques affaires dans un sac en toile.

— Je... Je ne peux pas vous payer extra ce soir, Mme Bertie, mais dans une semaine, j'en aurai suffisamment pour régler ma dette.

— Je veux mon argent tout de suite ! siffla Mme Bertie, irritée.

Linley pâlit, mais Charles s'interposa entre la femme et lui.

— Ma chère et charmante Mmme Bertie, je suis certain que nous pouvons parvenir à un accord. Ce garçon est à présent mon employé. Je vais lui faire une avance sur son salaire afin que vous soyez rémunérée généreusement pour vos services.

Charles prit la main de Mme Bertie et y déposa plusieurs pièces. La femme, choquée, ouvrit de grands yeux avant de se pencher pour regarder Linley qui se tenait derrière Charles.

— Quoi qu'il veuille faire de toi, mon garçon, laisse-le faire !

Mme Bertie avait chuchoté ces trois derniers mots, mais Charles les entendit quand même et leva les yeux au ciel, priant Dieu en silence de lui donner suffisamment de patience.

— Euh, merci pour tout, Mme Bertie. Mais nous devrions vraiment y aller, maintenant.

D'une main, Linley cala le sac de toile sur son épaule avant de saisir avec une aisance naturelle le petit paquet qui se tortillait.

Portant le bébé et le sac, Linley se dirigea vers la porte. Charles le suivit à l'extérieur, ricanant de l'expression choquée du visage de Mme Bertie alors qu'ils descendaient les escaliers.

Une fois dans la calèche, Linley laissa tomber son sac sur le plancher pour mieux s'occuper du bébé. Les boucles dorées ébouriffées de l'enfant étaient fines comme un duvet et paraissaient briller, même dans la pénombre.

Charles passa une main à travers les boucles de la tête du bébé et continua à la contempler durant tout le trajet du retour jusqu'à sa maison de Curzon Street. Il y avait quelque chose chez ce bébé, quelque chose de familier, juste aux abords de sa mémoire... Mais il ne parvenait pas à mettre le doigt dessus.

La calèche s'arrêta devant son hôtel particulier.

Un valet se précipita pour l'accueillir alors qu'ils descendaient du véhicule.

— Timothée, vous n'avez pas l'air bien, que s'est-il passé ? demanda Charles alors que le valet blafard prenait leurs manteaux.

— C'est terrible, Milord, terrible. Entrez.

Timothy les précéda tandis que Charles sentait son sang se glacer dans ses veines.

Quand ils entrèrent dans la maison, plusieurs serviteurs y étaient assemblés, ayant tous l'air aussi affligés que Timothy. Une jeune femme de chambre s'avança et brandit quelque chose enroulé dans un tissu.

— Milord, nous avons trouvé cela dans votre baignoire.

Quand Charles prit le paquet, elle sécha ses larmes et reprit la parole.

— Il a été noyé, Milord.

Noyé ? Charles retira le tissu et prit une inspiration brusque. Un chat noir était étendu, mort, entre ses mains. Le petit corps était raide, froid et encore humide. Malgré tout, il reconnaissait les marques distinctives de l'animal. C'était Manchon, un des deux chats de la maison Sheridan.

— Pauvre petite bête !

Les yeux de Linley brillaient alors qu'il serrait Kate plus fort contre sa poitrine. Le bébé dormait et le jeune homme la souleva plus haut entre ses bras.

— Qui pourrait tuer un chat ? demanda Linley en cherchant à protéger le bébé.

— Un ennemi. Un ennemi qui veut m'envoyer un message.

— Quel message ?

— Il veut que je sache qu'il peut nous atteindre, moi et mes amis. Ce chat n'a jamais quitté la maison des Sheridan. Quelqu'un l'y a capturé et l'a amené ici. Mon ennemi, l'ennemi de la Ligue, est peut-être prêt à frapper.

— La Ligue ?

— Oui. Il est temps de vous habituer à ce nom. Mes amis, le vicomte Sheridan, le baron Lennox, le duc d'Essex, le marquis de Rochester et moi-même sommes parfois désignés dans les journaux mondains comme « la Ligue des Rebelles ». Nous avons adopté ce nom par plaisanterie, mais apparemment, il nous est resté.

— Alors cet ennemi... Il veut détruire cette ligue ? demanda Linley.

— Oui.

— Savez-vous qui il est ?

Charles hocha lentement la tête alors qu'il regardait toujours le corps recouvert du tissu. Au plus profond de lui, il avait le sentiment horrible que Manchon ne serait que la première victime d'une guerre qui couvait depuis des années.

— Sir Hugo Waverly. Je crois qu'il a l'intention de tous nous tuer, prédit Charles.

Une ombre marquée passa sur le visage de Linley.

— Le pire sera d'annoncer la nouvelle à Cédric et à ses sœurs. Ils adoraient cette petite bête. C'est une bénédiction qu'ils se trouvent dans le Kent. Je ne pourrais pas supporter de voir les filles apprendre la nouvelle. Des femmes en pleurs sont la pire chose qui soit. Je ne sais jamais quoi dire ou quoi faire pour arrêter le flot de larmes.

Charles inclina la tête en arrière, poussant un soupir.

Il essaya de ne pas songer à la façon dont le chat était mort. Le choix de l'exécution n'était pas une coïncidence. Charles frissonna, se souvenant de la sensation de l'eau froide qui l'étranglait, recouvrant son nez et sa bouche, aveuglant sa vision alors qu'il coulait sous les eaux sombres, des poids attachés à ses jambes et ses mains attachées pour qu'il ne puisse pas nager. Oui. L'identité de celui qui avait commis ce péché contre une créature innocente ne laissait aucun doute.

— Ce serait bien de pouvoir l'enterrer, mais le sol est gelé. Nous allons devoir l'incinérer. Cela pourrait aider à consoler lord Sheridan et ses sœurs de savoir que nous nous sommes occupés de la pauvre créature, suggéra Linley.

— C'est une idée très attentionnée. Nous nous en occuperons demain.

Charles passa une main tremblante dans ses cheveux. Waverly avait fait monter la tension d'un cran.

— Je crois que vous avez choisi le mauvais moment pour trouver un nouvel employeur, Linley, murmura Charles.

Le garçon enfonça le visage dans les couvertures qui entouraient la petite Katherine, déposant un baiser sur le front du bébé comme pour repousser le mal. Mais Charles n'était pas naïf. Les baisers tendres et les pensées d'amour ne sauveraient personne des machinations d'Hugo Waverly.

CHAPITRE 22

Rêver était une chose merveilleuse, personne n'aurait pu soutenir le contraire. Mais le moment où une vision intangible de vos désirs devient réalité ? Voilà quelque chose d'infiniment plus puissant et époustouflant que les visions de la nuit, inspirées par le clair de lune. C'était l'impression d'Horatia en se réveillant aux côtés de Lucien. Elle cligna plusieurs fois des paupières pour éclaircir sa vision et regarda la neige qui tombait par la grande fenêtre en face d'elle.

Les flocons s'étaient agglutinés en cercles larges comme des pièces de monnaie, dérivant comme des plumes. Il était encore tôt. La lumière dans le ciel était réduite à un gris lourd par les immenses nuages d'hiver. Horatia était nichée à côté de lui, la chaleur du corps de Lucien lui réchauffant le dos. Elle se retourna, s'enfonçant plus profondément dans le matelas en plume alors qu'elle étudiait son compagnon à la faible lumière matinale.

Lucien était étendu sur le ventre. Il resserrait le poing sur la partie inférieure de son oreiller, le faisant bouffer sous sa joue. Son autre bras pendait par-dessus le rebord du lit. La vaste étendue de ses épaules et de son dos était exposée alors que le drap descendait très bas sur ses hanches. Son visage était tourné vers elle et ses cils sombres retombaient en pointe sur ses joues pendant qu'il dormait. Bien que Lucien ait trente-trois ans, Horatia apercevait le garçon dans ses traits qui s'adoucissaient pendant le sommeil. Elle avait terriblement envie de faire courir une main le long de ses sourcils et de tracer les contours de son nez puissant, droit et aristocratique, puis de ses lèvres sensuelles.

Les lignes de son corps étaient sculptées par les muscles. Une longue cicatrice rose pâle courait le long de son flanc, s'arrêtant au sommet de sa hanche. Sans réfléchir, Horatia fit courir un doigt curieux le long de la surface surélevée de la marque. Lucien remua à son contact et ses yeux s'ouvrirent. Horatia aurait voulu connaître de lui les détails les plus insignifiants – les choses que seule une amante ou une femme connaissait – comme de savoir s'il se réveillait facilement ou pas.

— Lucien, avez-vous le sommeil léger ? demanda-t-elle.

Son regard se réchauffa alors qu'il parut considérer sa question.

— Pourquoi souhaitez-vous le savoir ?

Il la regarda sans bouger, leur proximité exacerbant ses sens.

— J'étais curieuse, se déroba-t-elle.

Elle se rendit alors compte que son doigt le touchait toujours, près de la hanche gauche. Elle ne retira pas sa main.

Je devrais arrêter de le toucher, se dit-elle. Mais au lieu de cela, elle laissa le reste de ses doigts s'étendre sur sa peau avec défiance ; un contact intime et possessif. Lucien ne détourna pas le regard d'elle.

— J'ai le sommeil léger. Et vous ?

Il paraissait avoir conscience de l'intimité du moment et de la conversation.

— Parfois, quand je suis inquiète ou contrariée, j'ai du mal à dormir.

— Vous avez bien dormi la nuit dernière, observa Lucien.

— C'est parce que...

Horatia se sentit rougir.

— Parce que ?

— Parce que je me sens en sécurité quand vous êtes à proximité.

Elle ne pouvait pas lui dire ce qu'elle ressentait vraiment. Qu'être près de lui la rendait à la fois agitée et paisible, et qu'elle aurait pu lui confier son corps, son cœur et son âme. Quand il était avec elle, les souvenirs sombres qui la hantaient ne parvenaient pas à pénétrer le halo de lumière qu'il faisait rayonner autour d'elle.

Lucien ne répondit pas. Il cala sa tête sur une main et retira de sa hanche la main inquisitrice d'Horatia. Il étudia ses doigts et sa paume, son pouce traçant des motifs sur sa peau. Il lui écarta les doigts et plaça sa propre paume contre la sienne, plaquant leurs mains ensemble, malgré leur différence de taille. Puis il enlaça leurs doigts et l'attira vers lui.

Encore une fois, Horatia fut frappée par leur proximité et elle en perdit le souffle. Et s'il la repoussait, comme il l'avait toujours fait jusque-là ? L'idée était intolérable. Il fallait qu'elle se protège émotionnellement par la conversation.

— Lucien, comment vous êtes-vous fait cette cicatrice ?

— Laquelle ?

— Celle... celle sur votre hanche.

Elle n'arrivait pas à croire qu'elle était au lit avec Lucien, à discuter de ses hanches. Sans la fascination émerveillée qu'elle ressentait pour son corps, elle aurait ri de sa timidité prude.

— Oh, celle-là !

Lucien rit et déposa un léger baiser sur le revers de ses doigts.

Horatia frémit en sentant la chaleur de ses lèvres. Cet homme était irrésistible ! Son cœur était prêt à craquer, débordant tout à la fois d'amour et de tristesse.

— Je me suis fait cette cicatrice lorsque j'étais à l'université. Ashton et moi venions de nous rencontrer, et nous ne nous sommes vraiment pas appréciés.

— Vous et Ashton ? Mais vous êtes de si bons amis !

Horatia était incapable de s'imaginer un monde où Lucien et Ashton ne s'appréciaient pas.

— C'est vrai. Mais au début, nous ne nous entendions pas. Ashton croyait aux règles et aux principes. Pour lui, j'étais l'homme le plus dénué de scrupules qu'il avait jamais rencontré... et je crois qu'il n'avait pas entièrement tort à ce sujet.

Elle se pencha vers lui, enchantée par son récit.

— Et que cela a-t-il à voir avec votre cicatrice ?

Le visage de Lucien rougit de manière peu caractéristique.

— Eh bien... c'est plutôt embarrassant.

— Allons, donc... Maintenant, j'ai envie de tout savoir !

— Étudiant à Cambridge, j'avais le dessein de séduire la jeune épouse de l'un de nos professeurs. Il s'intéressait aux... euh... aux messieurs, et elle se sentait plutôt seule.

Lucien sourit d'un air coquin.

— C'était pour me venger des mauvaises notes que j'avais récoltées à mes examens. Je ne sais pas comment Ashton a découvert mes intentions, mais une nuit, il m'a suivi. J'avais à moitié escaladé le treillis qui menait à la chambre de cette dame quand Ashton a bondi hors des buissons et m'a fait sursauter. J'ai lâché prise et le treillis de bois m'a entaillé la chair pendant ma chute.

Horatia poussa un petit cri. Son air choqué fit rire Lucien.

— Effectivement ! J'ai atterri dans un sale état et Ashton était bien trop noble pour m'abandonner. Il m'a aidé à me redresser et quand il a vu la profondeur de ma blessure, il m'a emmené à l'auberge la plus proche pour trouver un médecin. Quelque part entre ma chute et les sept points de suture qu'on m'a faits – sans même une goutte d'eau-de-vie pour atténuer ma douleur –, Ashton a décidé qu'après tout, il m'aimait bien. Il regrettait que je ne me comporte pas davantage comme le gentleman que j'étais, mais il savait également que je ne parvenais pas toujours à réprimer ma nature sauvage. Il s'est réconcilié avec l'idée de notre amitié et depuis, nous avons été tels que nous le sommes à présent.

La bouche de Lucien se posa à nouveau sur la peau d'Horatia, atterrissant cette fois sur son poignet. Il embrassa la peau sensible, là où son pouls battait encore plus rapidement.

Elle avait mille questions, mais quand elle sentit sa langue venir l'effleurer, toute pensée rationnelle s'évanouit. Avec un lent glissement sensuel, il plaqua entièrement son corps contre le sien.

— Horatia, je ne suis pas doué pour cela, murmura Lucien, ses lèvres à quelques centimètres de celles de la jeune femme.

— Doué pour quoi ?

La voix d'Horatia tremblait légèrement ; elle redoutait ce qu'il pourrait dire.

— Pour être un gentleman. À Londres, j'avais promis que vous n'aviez rien à craindre de moi, mais j'ai laissé Lawrence vous faire du mal et maintenant, j'entretiens à votre égard les pensées les plus dévoyées.

Elle sentit son cœur faire un bond dans sa poitrine.

— Ah oui ?

Il laissa ses lèvres frôler les siennes, souriant comme s'il appréciait sa réponse ébahie.

— Oh, absolument ! Je n'arrête pas de penser à cette nuit au Jardin de Minuit et au courage que vous avez eu de me faire face. Et j'ai adoré votre goût ! Et à présent, j'aurais aimé que ce soit moi, la nuit dernière, qui vous ai eue seule dans une chambre, à ma merci.

Lucien lui mordilla la lèvre inférieure et elle sentit l'endroit entre ses cuisses s'éveiller.

— Lucien, je suis toujours à votre merci.

Horatia passa la main à travers ses cheveux roux foncé alors qu'il continuait de la taquiner.

— Et vous m'avez toute seule dans une chambre.

— Oui, n'est-ce pas ?

Il lui prit le visage entre les mains et conquit sa bouche d'une façon qui la laissa confuse et palpitante.

— Et si nous...

Quelqu'un toqua alors à la porte verrouillée.

Horatia fronça les sourcils.

— Mince. Ce doit être Ursula, ma femme de chambre. Elle est en avance.

Lucien la libéra et se glissa hors du lit avec un soupir lent.

— C'est peut-être pour le mieux. Je... Diable ! C'est une erreur, Horatia. Je n'ai pas les pensées claires quand vous êtes là.

La voix de Lucien était rauque et il s'habilla rapidement.

❦

Quand Lucien ouvrit la porte, la femme de chambre le regarda avec désapprobation. Il avait affronté bien pire, pourtant il ne voulait pas que cette femme cause des ennuis à Horatia.

— Je vous fais confiance pour garder le silence à propos de ce que vous avez vu ici ?

— Bien sûr, Milord, répondit Ursula sans chaleur. La réputation de ma dame signifie tout pour moi. Je n'ose pas vous demander quelles sont vos intentions.

— Mon intention est de continuer à voir Horatia sans que personne le sache. Pour son bien, pas le mien. Je n'ai pas honte d'être avec elle, mais si son frère le découvrait, cela nous placerait tous dans une situation difficile.

La femme de chambre hocha la tête.

— Lord Sheridan serait certainement furieux. Je ne voudrais pas être la cause de sa colère. Je ne dirai rien tant que vous la traitez correctement.

Lucien salua Horatia de la tête puis se glissa dans le couloir afin de sonner son valet, Félix.

Il devait effacer de son esprit l'image d'elle dans son lit. Son apparence si chaude, douce et parfaite, sa chevelure retombant en vague sur ses épaules, ses yeux toujours légèrement embués par le sommeil et ses lèvres roses appelant aux baisers... Cela suffirait à vous rendre fou !

Une fois lavé et habillé, Lucien tomba sur ses trois frères qui sortaient de la salle du petit-déjeuner et se dirigeaient vers la sortie la plus proche.

— Tous les trois, arrêtez-vous ! aboya-t-il.

Il était temps de rendre des comptes.

Ils l'aperçurent et détalèrent comme des lapins, mais Lucien réussit à attraper Linus par le col de son long manteau noir.

— Avery, à l'aide !

Linus envoya les griffes vers son frère qui l'évita alors que Lawrence considérait Lucien comme il aurait regardé un tigre mangeur d'hommes.

Une rage meurtrière faisait bouillonner le sang de Lucien et il était bien disposé à l'affranchir après ce qui était arrivé à Horatia.

— Je dois vous parler, Lawrence, grogna Lucien. À vous *tous*, d'ailleurs.

Linus donnait des coups de pied, mais la poigne de Lucien le réduisait à l'impuissance. Avery et Lawrence échangèrent un regard, hochèrent la tête et revinrent vers Lucien. Celui-ci desserra sa prise sur Linus sans le libérer entièrement.

— Hier soir ! Ce que vous avez fait, Lawrence, ferait mieux d'être une autre de vos manigances stupides, parce que si vous me dites que vous aviez l'intention de faire du mal à Horatia, vous ne serez plus jamais le bienvenu dans cette demeure.

— Du calme, Lucien, dit doucement Avery comme s'il parlait à un étalon effrayé.

— C'était l'idée de Maman ! haleta Linus. C'est elle la responsable !

— Quoi ?

— Silence ! siffla Lawrence.

— Maman nous a demandé de séduire Horatia pour vous rendre jaloux et accentuer votre désir pour elle.

Lucien lâcha Linus, le faisant tomber à genoux.

— Vous avez essayé de me rendre jaloux ? Alors vous trois l'avez tenue éloignée jusqu'à ce que...

Lucien braqua le regard sur Lawrence, qui déglutit fort.

— Vous étiez censé nous retrouver bien plus tôt ! dit Lawrence. J'essayais de lui expliquer, mais elle n'arrêtait pas de... Je n'ai pas eu l'intention d'aller aussi loin.

— Dites-le à la jeune femme que vous avez effrayée. Seigneur, Lawrence !

Lucien enjamba Linus.

— Je vous croyais plus intelligent. Ses suppliques n'ont-elles rien signifié pour vous ?

— Je regrette chaque seconde, lâcha Lawrence. Mais c'est fait. Vous avez passé toute la nuit avec elle, comme nous en avions eu l'intention.

Lucien lançait le poing en arrière quand une voix en provenance de la maison l'interrompit.

— Tout va bien ? demanda Cédric en descendant le couloir, enfilant ses gants et son manteau.

Lucien changea son mouvement en un étirement et il se frotta les cheveux.

— Oui. Tout va bien.

Lucien enregistra que Cédric portait un manteau et des gants épais.

— Où allez-vous ?

— Construire les forts. Vous savez, pour la bataille de boules de neige que votre mère a organisée ? Vos frères et moi-même devons construire deux forts de chaque côté du jardin. Les dames viendront nous rejoindre dans une heure environ.

— Les dames ?

Lucien était déconcerté. Cela faisait une éternité que sa famille n'avait pas organisé une bataille de boules de neige, du moins pas depuis qu'il avait tout au plus seize ans. Que mijotait sa mère ?

Cédric sourit.

— Qui d'autre ? Hier soir, nous avons décidé que s'il neigeait suffisamment, nous devrions faire une bataille. Les hommes contre les femmes, bien sûr. Même Sir John et lady Cavendish ont accepté de se joindre à nous. Nous avons l'avantage numérique, mais j'imagine que plusieurs gentlemen passeront du côté ennemi quand notre sens de la chevalerie nous le dictera.

Heureusement, Cédric n'avait pas surpris le moindre mot de leur discussion précédente. Lucien s'occuperait de ses frères plus tard. Pour l'instant, il désirait juste avoir la paix et passer du temps avec Cédric.

— Eh bien, montrez-nous le chemin, Avery.

Lucien demanda à un valet qui se tenait là de lui amener son manteau et ses gants. Avery, Cédric et Linus sortirent, mais Lawrence s'attarda.

— Lucien, à propos d'Horatia..., commença-t-il.

Lucien l'interrompit d'un doigt levé, mais Lawrence lança une main en avant et le retint quand il voulut s'éloigner.

— Je ne lui aurais jamais fait quoi que ce soit de plus. Je le jure. C'est... Eh bien, c'est Horatia.

Le ton de Lawrence lui permit de se faire comprendre quand les mots lui manquèrent.

Lucien lui écarta la main.

— Ne la touchez plus jamais, plus *jamais*. Si jamais vous la mettez mal à l'aise, ne serait-ce qu'une seconde...

Il n'acheva pas sa phrase, car elle se terminerait par une menace et il ne souhaitait pas gâcher la journée par des pensées aussi noires.

Lawrence étudia le visage de son frère.

— Mère avait raison. Vous avez vraiment des sentiments pour elle. C'est une bonne personne et elle fera une épouse et une mère merveilleuse.

La vision soudaine d'Horatia tenant un enfant, *leur* enfant, dans les bras s'installa dans le cœur de Lucien. La douleur, une douleur et un désir si doux s'embrasèrent à l'intérieur de lui. Mais Cédric n'approuverait jamais ce mariage... Chose qu'il oubliait chaque fois qu'il se retrouvait près d'elle.

— N'en parlez plus. Je veux que vous trouviez un moment plus tard dans la journée pour présenter vos excuses à Horatia. Et si jamais vous laissez Mère vous entraîner à nouveau dans quelque chose d'aussi stupide, je ne vous épargnerai pas, quelles que soient les circonstances, le prévint Lucien.

— Je m'excuserai auprès d'elle.

Lawrence glissa son manteau sur ses épaules, paraissant attendre la permission de son frère pour partir.

Lucien le précéda brusquement en enfilant également son manteau et ses gants.

— Venez, Lawrence. Nous devons construire solidement nos châteaux de neige. Si on laisse Linus prendre les devants, il nous créera une imbécillité délicate qui aura l'air impressionnante, mais qui s'écroulera à la première bourrasque.

Se concentrant sur les frivolités à venir, il pria pour être capable de se délester du désir qu'il ressentait pour Horatia. La nuit précédente ne devait plus se reproduire.

CHAPITRE 23

Une heure plus tard, Horatia et les autres dames étaient assemblées du côté est, admirant le fort que les messieurs avaient construit pour elles. Il s'agissait d'un mur haut jusqu'à la taille qui s'arquait en un demi-cercle d'environ trois mètres de large, offrant largement assez de protection aux femmes qui étaient tapies derrière, occupées à préparer leur arsenal. Les vastes jardins à l'arrière de Rochester Hall avaient été transformés en un champ de bataille géant prêt pour la guerre à venir.

Lady Cavendish aidait lady Rochester à fabriquer leurs munitions. Horatia, Audrey, Lysandra et Lucinda formaient un cercle serré, et elles avaient toutes relevé les lourdes capuches de leurs pelisses rouges doublées de fourrure. Audrey avait fait la remarque qu'elles étaient l'armée la plus à la mode d'Europe. Elles discutèrent des pièges et des endroits variés à éviter dans le jardin, ainsi que zones où l'on pouvait se retrouver acculées et tomber sous les armes de l'ennemi.

— Et si nous essayions de les attirer hors de leur fort ? demanda Lucinda.

Par-dessus son épaule, Horatia jeta un œil au fort adverse qui se trouvait à une quinzaine de mètres de distance. Les hommes accroupis n'étaient pas visibles, à part pour une tête qui surgissait à l'occasion pour jeter un coup d'œil prudent aux alentours. Son regard croisa celui de Grégory Cavendish quand celui-ci osa un regard par-dessus le rebord du fort avant de redescendre. Ils ressemblaient à une troupe d'écureuils, à remonter et descendre de la sorte. Horatia sourit en voyant de si nobles gentlemen se comporter de façon aussi décalée.

— Je pense que le leurre n'est pas une mauvaise idée, déclara Audrey. Mais nous devons nous y prendre intelligemment. Nous ne devrions créer un piège que lorsque l'un d'eux se trouvera séparé des autres. Sans quoi, ils risqueraient de nous dominer facilement.

— Et quelqu'un devrait surveiller attentivement le fort, leur rappela Lysandra.

Elle s'éloigna du groupe pour montrer aux autres femmes la chose qu'elle avait gardée recouverte d'une couverture de tissu brun. Elle la retira pour révéler un trébuchet en bois, simple, mais bien construit, dont la longueur d'environ un mètre était contrebalancée par un lourd sac de pierres.

— Cela devrait aider celles qui resteront ici.

— C'est un trébuchet ? demanda Horatia, à la fois amusée et appréciant l'ingénuité de Lysandra.

Celle-ci sourit et jeta un regard en direction de ses frères.

— J'ai pensé que nous aurions besoin d'un peu d'aide, puisqu'ils nous dépassent en nombre et peuvent lancer plus loin. J'ai trouvé un livre dans notre bibliothèque qui détaillait sa construction et j'ai fait construire cette petite réplique l'été dernier. J'ai eu bien du mal à empêcher Linus de le découvrir.

Elle retira une boule de la pile grandissante que sa mère et lady Cavendish construisaient et la plaça dans la courroie attachée au long bras en bois du trébuchet. Puis Lysandra prépara le sac de pierres et sous les yeux de toutes les dames, elle visa le fort des hommes avant de laisser retomber le sac. Le trébuchet propulsa la boule en un joli arc de cercle, la projetant contre un arbre à environ un mètre derrière les hommes.

— Hé ! Qui a lancé cela ? leur cria Linus en sortant la tête pour leur adresser un regard noir.

Horatia se mordit la lèvre inférieure pour ne pas rire.

— Désolée, Linus ! Nous ne faisions que nous entraîner.

Lysandra agita une main enneigée et gantée dans sa direction, puis revint vers les dames.

— Comme vous voyez, nous aurons peut-être besoin d'une boule plus grande, mais c'est une bonne façon de les forcer à garder la tête baissée.

— Bien pensé ! dit Lucinda alors que les autres dames acquiescèrent.

C'est alors que Sir John Cavendish les interpela depuis l'autre côté du jardin.

— Mesdames, êtes-vous prêtes à commencer ?

— Nous le sommes ! répondit lady Cavendish à son mari.

— Bien. On m'a informé que je dois maintenant énoncer les règles, dit Sir John. Ce sont les suivantes : celui qui capture le fort ennemi est déclaré vainqueur. Il est possible de prendre des prisonniers qui seront marqués par des rubans rouges fournis par le leader de votre camp. Négocier les prisonniers est impossible, ils resteront captifs jusqu'à la fin de la bataille, et enfin... il n'y a pas d'autre règle. Commencez ! hurla Sir John avant de s'accroupir à nouveau derrière son fort.

Les dames se dissimulèrent derrière leur rempart de neige alors qu'une immense volée de boules de neige filaient dans leur direction. Audrey poussa un cri quand une coulée de neige et de glace atterrit sur son bonnet. Il y eut un chœur de rires distants qui leur provint de l'autre côté. Audrey se redressa pour leur crier dessus puisque les munitions étaient censées être faites de neige légère et non compacte, mêlée à de la gadoue et de la glace. Horatia la fit brusquement redescendre quand les hommes tirèrent une autre volée. Les boules fendirent l'espace vide qu'avait occupé Audrey quelques secondes auparavant.

— Ces satanés diables ! siffla-t-elle en rampant vers le trébuchet. Vite, distrayez-les pendant que j'ajoute plus de contrepoids.

— Mais les boules vont atterrir trop loin ! dit lady Cavendish.

— Pas nécessairement.

Lady Rochester regarda par-dessus le rebord du fort, son visage s'illuminant d'un sourire ravi.

— Hou hou ! s'écria-t-elle sans la moindre élégance, agitant les bras en guise de leurre afin qu'Horatia et Lysandra puissent riposter.

Malheureusement, les quelque quinze mètres de distance entre les deux forts assuraient manifestement que leurs jets soient trop courts.

— Vous voyez ? Nous n'avons pas à nous inquiéter. Elles ne parviennent même pas à nous atteindre ! se vanta Linus alors qu'il se redressait avec témérité pour prendre le temps de viser sa mère.

Pendant ce temps, Audrey ajustait la cible du trébuchet. Puis, après un bref hochement de tête à lady Rochester, elle laissa tomber le lourd contrepoids et fit voler leur vengeance neigeuse. Avec joie, les femmes virent une boule de neige de la taille d'une tête masculine venir frapper Linus en plein dans la poitrine, le projetant à terre.

— Que diable ? entendirent-elles prononcer faiblement de derrière le fort.

Les femmes éclatèrent de rire.

❦

Lucien et le reste de son régiment contemplaient le corps étendu de Linus. Enfin, il se redressa et s'épousseta.

— N'avons-nous pas compté quinze mètres ? demanda Lawrence. J'ai cru qu'Avery avait dit qu'elles ne seraient pas capables de jeter quelque chose aussi loin ?

— Ou d'aussi lourd, ajouta Avery.

— Peut-être pas aussi loin, dit Linus. L'une d'elles a dû s'approcher en douce et nous ne l'avons pas vue. Parcourez les arbres pour trouver des éclaireuses. Mère a un bras étonnamment puissant.

Les lèvres de Sir John tressautèrent.

— Êtes-vous en train de me dire que vous autres avez volontairement placé les dames en position de désavantage tant sur le plan physique que numérique ?

— Vous n'avez clairement jamais combattu nos femmes pendant une bataille de boules de neige, Sir John, dit Lucien avec un petit ricanement. Ce sont des tricheuses et donc toute mesure que nous prenons est une simple précaution qui nous garde de l'inévitable.

Ses frères hochèrent tous la tête.

— Elles sont impitoyables, affirma Avery d'un ton parfaitement sérieux.

— Comment pourrions-nous les éloigner de leur fort ? demanda Grégory.

Regardant par-dessus le rebord du fort, Cédric émit une idée.

— Nous aussi devrions envoyer un éclaireur, quelqu'un pour vérifier l'état de leurs réserves et comment elles s'organisent. Le reste d'entre nous pourra rester ici.

— J'y vais, se proposa Gregory.

— Prenez par le sud et faites un grand tour par-derrière, lui conseilla Lucien. Nous ne voulons pas qu'elles devinent nos intentions.

Gregory les avait à peine quittés que les femmes profitèrent de leur avantage. Plusieurs les flanquèrent par le côté, les distrayant depuis leur position entre les arbres. Et de temps en temps, venus de nulle part, un boulet de canon blanc ou une volée de boules plus petites s'abattaient tous en même temps, paraissant descendus du ciel lui-même.

Un peu plus tard, Gregory revint avec un trophée. Lawrence et Avery furent les premiers à les remarquer et rirent en voyant Lysandra à sa suite, un ruban rouge noué autour du poignet.

— J'ai fait une prisonnière à mon retour du camp ennemi, déclara-t-il en faisant signe à Lysandra de s'asseoir derrière un arbre à quelques mètres de là. Elle a essayé de me prendre par surprise, mais son tir a manqué sa cible et j'ai menacé de glisser ma boule de neige dans sa capuche si elle ne se rendait pas.

— Bien joué. Quel est le statut des forces adverses ? demanda Avery.

— Lady Rochester et ma mère produisent les munitions. Luce et Miss Sheridan sont les lanceuses principales, mais comme nous l'avions prévu, elles ne peuvent pas nous atteindre à cette distance. Elles ont quitté le fort pour nous prendre par le côté.

— On le sait. On vient juste de les repousser.

— Alors comment font-elles pour nous frapper si fort ? demanda Lucien.

— Ces dames ont à leur disposition une petite catapulte.

Grégory étouffa un rire en entendant sa prisonnière souffler.

— Alors c'est ainsi qu'elles font pleuvoir la mort sur nous, dit Linus.

Une grosse boule frappa le côté du fort, faisant trembler les remparts.

— Par le diable ! Elles vont bientôt nous tirer de véritables boulets de canon, dit Lawrence.

Linus jeta un coup d'œil calculateur à Lysandra puis étudia les autres hommes qui étaient accroupis derrière leur rempart. Puis il tira un mouchoir blanc de la poche de son manteau et bondit sur ses pieds.

— Que faites-vous donc ? demanda Lawrence.

Linus sautilla en arrière de quelques pas puis se précipita vers le fort des dames, agitant son mouchoir en signe de reddition. Lucien le regarda filer en travers de la pelouse enneigée.

— Traître !

Il secoua la tête face à la défection rapide de son plus jeune frère vers la partie adverse.

❧

— PITIÉ, MESDAMES ! JE DEMANDE SANCTUAIRE ! S'ÉCRIA Linus alors qu'Horatia et Lucinda bondissaient, prêtes à le cribler de boules de neige.

— Espèce de traître ! s'écria Lucien en travers du jardin.

— Il faut bien suivre les progrès de la technologie ! Pourquoi se battre avec des bâtons alors que l'autre camp a des armes de bronze ?

Il se dissimula derrière le fort des dames alors qu'une volée furieuse de boules de neige venues des hommes enragés le suivit.

Linus roula à terre et atterrit sur la plante des pieds comme un guerrier confirmé. Horatia ne put s'empêcher de rire de lui. Il pourrait être très impressionnant quand il ne faisait pas de blagues, et elle ne manqua pas la lueur d'excitation dans les yeux de Lucinda qui considérait leur nouvel allié.

Horatia leur cria à tous les deux de s'accroupir et ils se couvrirent la tête des mains quand une bordée s'abattit sur eux.

— Vous êtes toujours un fauteur de troubles, n'est-ce pas ? Pouffa Lucinda en s'adressant à Linus.

— Sans quoi, je ne serais pas moi, répondit-il avant de remonter pour répliquer. Prenez cela, sales tricheurs !

Il jeta trois boules de neige l'une à la suite de l'autre. Il était le chevalier errant de ces dames, prêt à assiéger ses anciens alliés.

De l'autre côté de la cour, Lucien se redressa coura-geusement.

— Silence, gros bêta ! Nous allons capturer votre fort et vous allez devoir nous céder toutes ces ravissantes jeunes femmes derrière les jupes desquelles vous vous cachez !

Il s'exprimait comme le méchant d'une comédie théâtrale.

Mais tout ce qu'Horatia ressentait était l'amour et la joie qu'elle avait toujours entretenus pour lui. Elle avait la tête alourdie comme par le vin et avait hâte de retrouver le moyen de retourner dans ses bras. Même à bonne distance, le sourire qu'il lui rendait était intime, comme s'il n'était destiné qu'à elle. Du plus profond de son cœur, elle pria en silence pour que le rêve qu'elle chérissait le plus devienne réalité.

La bataille de boules de neige dura près de deux heures, mais après quoi, l'excitation retomba et le mordant de l'air ainsi que l'humidité froide de la neige commencèrent à se faire sentir. Ils se déclarèrent à égalité et Horatia fut soulagée quand les autres acceptèrent de rentrer. Elle aurait voulu avoir plus de temps avec Lucien, mais ce n'était pas dans les cartes. Elle suivit le reste du groupe à l'intérieur, son cœur se serrant davantage à chaque pas.

CHAPITRE 24

Le cavalier en provenance de Londres arriva en début de soirée, juste à temps pour retarder le dîner. Lucien prit le mot et Cédric et lui retournèrent à son étude pour le lire en privé. Horatia et sa sœur demeurèrent dehors, dans le couloir. Elle se disait que c'étaient peut-être des nouvelles de ses amis de Londres.

Pressant l'oreille contre la porte en bois, Horatia sursauta quand elle entendit Cédric jurer. Il y eut un bruit sourd, comme si quelque chose avait heurté le mur. Lucien marmonna quelque chose qu'elle ne comprit pas, puis on entendit un grognement en provenance de son frère avant que des pas s'approchent de la porte. Audrey et Horatia se reculèrent précipitamment, espérant dissimuler leur vaine tentative d'espionnage.

Quand la porte s'ouvrit, le ventre d'Horatia se serra en voyant le visage de Cédric saisi par un masque de douleur et d'une rage à peine contrôlée.

— Que se passe-t-il ? demanda Audrey en regardant successivement Cédric et Lucien.

— Charles nous communique de mauvaises nouvelles, répondit prudemment Lucien.

Il regarda autour de lui, s'assurant qu'ils n'étaient que tous les quatre. Horatia comprit que ce devait être une affaire privée concernant la Ligue, puisqu'il ne voulait pas que ses frères ou quiconque l'entende.

— Que s'est-il passé ?

Sa gorge se serra.

— Ashton a été blessé pendant que Godric et lui enquêtaient sur les menaces que nous avons entendues, dit Lucien. Quelqu'un lui a tiré dessus, mais il va bien.

Horatia scruta son expression.

— Ce n'est pas tout, n'est-ce pas ? Vous ne nous dites pas tout.

Elle avait eu très peur de poser cette question à son frère ou à Lucien, mais elle avait senti qu'il y avait dans cette situation plus de choses que les deux hommes ne voulaient bien lui dire. Étaient-ils tous plus en danger qu'elle ne l'avait d'abord cru ?

— Je suis désolé. Quelqu'un a tué Manchon.

Le ton bas et acéré de Cédric fit grimacer Horatia.

Audrey poussa un cri.

— Non !

— Waverly a réussi à pénétrer dans notre maison.

Les poings de Cédric se resserrèrent au fil de ses paroles.

— Quelqu'un a tué Manchon. Ils l'ont noyé et l'ont déposé dans une baignoire chez Charles.

— Mais pourquoi ? gémit Audrey, ses larmes menaçant de déborder.

— Parce qu'il en est capable. Il voulait qu'on sache que nos maisons ne sont pas sûres. Et il a réussi. Personne ne rentrera tant que cette histoire ne sera pas réglée.

Horatia n'avait encore jamais entendu son frère s'exprimer d'un ton aussi sombre.

— Comment savez-vous que c'était Waverly ? demanda-t-elle.

Sa voix s'était brisée, mais elle parvint à articuler.

Son frère et Lucien ne dirent plus rien pendant un moment.

— Nous n'avons aucune preuve, dit ce dernier. C'est plus un sentiment.

Cédric ajouta ses propres pensées sombres.

— Il a essayé de noyer Charles une fois. À présent, il a noyé un chat. C'est évident qu'il s'agit de lui.

Il y avait dans ses yeux bruns une vengeance dont Horatia s'effraya. Il était plongé dans une rage qu'elle comprenait parfaitement. Elle-même parvenait à peine à penser, la colère et la tristesse se mêlant violemment à l'intérieur d'elle.

Audrey se jeta contre la poitrine de son frère et pleura alors qu'il refermait les bras sur elle.

— Emmenez-la dans sa chambre, Cédric, dit Lucien. Je vous ferai monter à dîner.

Cédric hocha la tête en silence avant d'accompagner Audrey, qui reniflait toujours, jusqu'à sa chambre à coucher.

— Horatia ?

Lucien se plaça à ses côtés, le visage marqué par la lassitude. Jusque-là, il lui avait toujours paru confiant et plein d'assurance, mais cette apparence était pour elle chose nouvelle. Il semblait vulnérable.

— Oui ?

— Y a-t-il quelque chose que je peux faire pour vous ? Je sais que vous aimiez Manchon et que cette nouvelle doit être un terrible choc pour vous.

— Non... merci. J'aimerais juste rester seule.

Son ton était lugubrement froid. Elle n'avait même pas la force de feindre qu'elle allait bien.

Lucien sembla blessé, comme si ce ton lui avait été destiné.

— Bien sûr. Je vais vous laisser seule. Appelez-moi si vous avez besoin de quoi que ce soit.

Lucien la laissa seule dans le couloir obscur. La cloche du dîner sonna, mais elle semblait très lointaine.

La chaleur qui l'entourait était étouffante, comme si elle lui enserrait la gorge et l'empêchait de respirer. Elle se mit à suer et tituba vers la porte qui menait aux jardins. Elle avait besoin d'air frais. Elle ne pouvait pas respirer à l'intérieur. Elle avait soif d'engourdissement. L'air froid de l'hiver était la seule façon d'y parvenir. Sans manteau ni gants, elle avança difficilement à travers la neige qui lui montait jusqu'au mi-mollet. Au bout de quelques minutes à l'extérieur, elle put enfin enregistrer cette horrible nouvelle. Quelqu'un avait pénétré dans leur maison. Un lieu sûr. Et si cela avait été Audrey ou elle, et pas ce pauvre Manchon ? Manchon... son adorable compagnon. Parti !

Elle essayait de ne plus penser, mais les souvenirs s'imposaient à elle : les joues rouges d'Audrey, si jeune et angélique alors qu'elle tenait les deux minuscules chatons de Noël entre les mains. Manchon endormi sur les genoux d'Audrey tandis qu'ils écoutaient Cédric chanter des cantiques. La boule de fourrure noire et blanche qui peinait à monter les escaliers à la suite de Cédric, battant ses bottes avec ses petites pattes pour attirer son attention. Elle lui racontait des histoires sur toutes les constellations et, charmeur comme il l'était, Manchon frottait ses moustaches et sa joue poilue contre son menton en ronronnant fort.

Horatia trébucha dans la neige, tombant à genoux. La douleur lui perça le cœur. Ses parents le lui avaient offert à elle et à Audrey le Noël avant leur mort.

Manchon était plus qu'un chat. Il faisait partie d'elle et représentait un des derniers liens qui l'unissaient à ses parents. Et voilà qu'une autre partie d'eux venait de lui être retirée, arrachée, même. Audrey ou Cédric serait-il les prochains ? Ou bien elle-même ? Qui parmi ses proches deviendrait la cible de la haine de cet homme ?

Horatia était allongée dans la neige, trop fatiguée pour songer au froid.

Je ne désire que la paix. S'il vous plaît, laissez-moi être en paix. Ses cils sombres frôlèrent ses joues quand elle referma les paupières.

Mais des pensées horribles la hantaient. Manchon avait-il était terrifié quand son tueur l'avait capturé ? Le chat vieillissant s'était-il débattu ou bien avait-il été trop faible dans son emprise ? Sa mort avait-elle été rapide ? Elle ne le saurait jamais.

Cette pensée lui provoqua un frisson violent. Qui pouvait donc se montrer aussi cruel ?

Une explosion de panique et de peur lui transperça la poitrine. Ce n'était pas seulement un moyen de blesser sa famille. C'était un message, comme son frère l'avait dit. Il pouvait s'en prendre à n'importe lequel d'entre eux. Elle, son frère et sa sœur n'étaient pas en sécurité. Aucun endroit n'était sûr. Il parviendrait toujours à les trouver.

L'image de ses parents morts dans cette calèche lui traversa l'esprit, se mêlant à celle d'un chat noyé, d'une fourrure humide et d'un corps rigide. Le cou de son père brisé ; les lèvres rose pâle de sa mère recouvertes de sang. Leurs corps ressemblant à un duo de marionnettes cassées abandonnées par un enfant.

Elle les avait touchés ; la joue de sa mère, la main de son père. Mais ils étaient partis et elle ne pouvait pas les ramener.

Était-elle bientôt destinée à perdre sa propre vie ? Peut-être n'était-il qu'une question de jours avant que des mains émergent de l'ombre pour lui briser le cou, abandonnant son corps sans vie pour que Lucien ou Cédric la retrouvent.

Elle lutta pour respirer, mais haleter ne servait à rien. Il n'y avait qu'une terreur et une douleur suffocantes.

— Horatia !

Un cri léger, lointain comme les étoiles elles-mêmes.

Quelque chose la souleva. Elle se débattit, cria, mordit, mais elle était si faible et glacée qu'au bout de quelques instants, elle dut céder. Des bruits s'imposèrent à ses oreilles engourdies : le craquement du bois, le bruit précipité de bottes, une respiration essoufflée. Elle sentit une douceur froide sous elle. Horatia remua inconfortablement alors qu'elle forçait ses paupières à s'ouvrir.

Elle se trouvait dans une pièce sombre qu'elle ne reconnut pas. Le décor ne correspondait pas du tout à celui de Rochester Hall. Un homme était accroupi devant la cheminée, ajoutant quelques bûches aux brindilles qui y brûlaient déjà, les agitant avec un tisonnier. Quand il se tourna pour lui faire face, elle vit que c'était Lucien.

Sans un mot, il vint au lit où il l'avait déposée et l'étendit sur le ventre. Il enfonça les doigts sous le col de sa robe et se mit à ouvrir les boutons. Ses mains étaient chaudes et perçantes contre sa peau glacée, et Horatia grimaça.

— Cela vous fait mal ?

Horatia secoua la tête en essayant de parler.

— Vous êtes tellement chaud, parvint-elle enfin à dire.

— Bien. C'est l'idée.

Il ouvrit le dernier bouton de sa robe et la lui retira, sortant ses bras inertes de ses manches avant de lui ôter complètement le vêtement. Lucien ne s'arrêta pas là. Il lui enleva son corsage, sa chemise, ses bas et ses chaussons.

D'ordinaire, Horatia se serait accrochée à une couverture pour dissimuler une partie de sa nudité, mais sa douleur intérieure et sa lassitude l'avaient rendue insensible à des préoccupations aussi inconséquentes. Allongée sur le ventre, elle regardait droit devant elle en écoutant Lucien qui se débarrassait de ses propres vêtements derrière elle.

Il n'y avait rien de sensuel dans ses mouvements. Il faillit même trébucher en retirant ses chaussures. À la seconde où il se retrouva nu, il prit l'épaisse couverture en laine qui recouvrait le bas du lit et s'en enroula comme dans une cape. Alors seulement, il braqua à nouveau son attention sur Horatia et la prit dans ses bras pour la porter jusqu'à l'épais tapis disposé près du feu.

Il s'assit et appuya le corps d'Horatia contre le sien, refermant la couverture autour d'eux. Entre le feu en face d'elle et le feu de sa peau derrière elle, la glace dans ses os fondit, suivie par des picotements vivaces quand ses nerfs s'éveillèrent. Elle se déplaça contre Lucien et sentit son souffle chaud s'accélérer contre sa joue.

— Du calme, mon amour, lui murmura-t-il à l'oreille. Vous ne savez pas pendant combien de temps vous êtes restée dehors, n'est-ce pas ?

La tendresse de sa voix et cette petite appellation tendre et si pure sur ses lèvres la firent trembler d'émotions réprimées.

— Laissez tout sortir, mon amour. Laissez tout sortir. Je suis là.

C'est cette promesse, non diluée par le monde extérieur et ses préoccupations, qui fit s'écrouler la barrière protectrice d'Horatia. Elle s'effondra, se blottissant contre lui comme si elle pouvait forger une connexion incassable entre leurs corps et qu'elle n'aurait plus jamais voulu se retrouver sans lui ou son contact réconfortant. Ses yeux secs se remplirent de grosses larmes chaudes et Lucien retira toute l'humidité du bout des doigts.

— C'est douloureux, s'exclama Horatia quand le poids de toute la situation s'abattit sur elle.

Comme des éclats de couteaux incrustés dans ses poumons, chaque inspiration qu'elle prenait était irrégulière et glaciale.

— C'est une bonne chose, mon amour. Cela signifie que votre cœur est encore vivant. Laissez tout sortir.

Lucien passa doucement les lèvres le long de sa joue maculée de larmes et absorba ses tremblements avec son corps.

Dans sa vie, durant les deux occasions où elle avait eu le plus besoin de quelqu'un, alors qu'elle avait été la plus vulnérable, il avait été là. Elle s'était souvent demandé pourquoi elle aimait Lucien et personne d'autre, malgré sa détermination à se montrer froid avec elle. Ce moment, cette étreinte, était tout ce qui importait. Un homme qui ferait tout cela pour elle était le seul homme qu'elle pourrait avoir, qu'elle désirerait.

Sentant ses tremblements diminuer, Horatia se retourna dans les bras de Lucien. Il la regarda avec une inquiétude mâtinée de tendresse.

— Faites-moi l'amour, plaida-t-elle.

— Non, ma chérie, pas comme cela.

Il lui embrassa délicatement la tempe et écarta ses cheveux de son visage.

— Vous avez traversé tant de choses. Je ne veux rien ajouter à cette douleur.

— J'ai envie de vous, Lucien. Chaque seconde que vous passez sans m'embrasser me tue à l'intérieur.

Horatia lui saisit le visage. Une barbe de cinq heures rousse avait commencé à lui manger les joues, et sa rugosité formait un contraste intéressant avec la douceur lisse de sa poitrine.

Lucien sourit légèrement.

— Je sais que j'embrasse merveilleusement bien, mais d'après mes souvenirs, personne n'est jamais mort d'en avoir été privée.

Horatia, le corps rempli de désir et de l'envie de trouver une certaine sorte de libération, se dégagea de ses bras et se redressa, entièrement nue devant lui. Elle le contourna et s'approcha du lit.

— Je ne reconnais pas cette pièce, dit-elle doucement en se couchant sur le lit.

Lucien suivit son mouvement, ses yeux se concentrant sur les pointes de ses seins, l'air froid faisant durcir ses mamelons.

— Je vous ai retrouvée trop loin de la maison. Je vous ai amenée à la cabane d'été du jardinier, expliqua Lucien.

Il se redressa, la couverture dissimulant toujours son corps.

— La cabane du jardinier ?

Elle décela le désir dans ses yeux alors qu'il s'approchait d'elle, mais il semblait encore disposé à lui résister.

— Oui, elle reste toujours inoccupée en hiver.

La voix de Lucien était encore plus basse et rauque qu'auparavant.

— Nous sommes donc seuls, sans craindre d'être découverts.

Horatia tendit le bras pour lui retirer la couverture.

— Essayez-vous de me séduire ? demanda-t-il avec un sourire coquin au coin des lèvres.

— Peut-être. Est-ce que cela fonctionne ?

Horatia fit courir son pied contre son mollet et il se tendit.

— Vos pieds sont froids, mon amour. Devrais-je vous les réchauffer ?

Pour toute réponse, Horatia tira plus fort sur la couverture. Lucien la laissa tomber à ses pieds, dénudant son corps devant elle. Elle avait l'impression que toute sa vie avait conduit à ce moment. Leurs corps et leurs âmes enfin à nu ! Elle le regarda, examinant son corps finement sculpté, enfin capable de voir toutes les parties de lui qui avaient été cachées.

Insoutenablement, sa sauvagerie intérieure était prête à prendre le dessus. Elle tendit une main et Lucien la prit, embrassant l'intérieur de sa paume avant qu'elle ne l'attire vers le rebord du lit. Horatia recula alors qu'il avançait, leurs corps mimant une ancienne danse de conquête et de soumission alors qu'il rampait sur elle. Lucien laissa tomber sa tête vers la sienne, leurs bouches se rencontrant en un baiser lent qui alluma le feu dans tous les nerfs de son corps. Les mains d'Horatia remontèrent vers ses biceps contractés, sentant ses muscles se tendre quand il libéra sa bouche afin de faire descendre une série de baisers le long de sa gorge.

— Je ne savais pas qu'une clavicule pouvait être aussi désirable, murmura Lucien en léchant les petits creux en haut de sa poitrine.

Horatia éclata de rire jusqu'à ce que sa bouche s'abaisse sur la pointe d'un sein. Il la savoura, la suça, ses dents la mordillant avec des étincelles d'une douleur délicieuse avant de l'encercler de la langue, la faisant se contorsionner sous lui.

Horatia gémit en sentant ses lèvres danser sur son autre sein. Elle passa les doigts à travers son épaisse chevelure rousse, tirant dessus alors qu'il festoyait sur elle.

— Vous ne pourrez pas me dire que je vous ai négligée, ma chère, la taquina-t-il avant de prendre son autre sein dans sa bouche.

Elle enfonça les ongles dans ses bras et arqua le dos, en désirant plus de lui. Elle sentit ses jambes s'écarter quand les mains de Lucien poussèrent sur l'intérieur de ses cuisses. Un flash de déjà vu, un homme masqué, le diable du plaisir, un ange de péché entre ses cuisses.

— Oh, Seigneur ! Si vous refaites cela... cette chose... je vous tue, haleta-t-elle alors qu'il descendait plus bas que sa taille, vers le triangle sombre entre ses cuisses.

— Vous voulez dire si je fais ceci ?

Il prit ses sens d'assaut avec un coup de langue dévastateur, puis il colla sa bouche à ce même petit bouton de nerf. Horatia bondit du lit. Lucien la plaqua plus fort contre le matelas alors qu'il la faisait basculer au-delà de toute raison.

— Espèce de diable...

Elle oublia complètement ce qu'elle voulait dire alors que sa langue traçait des motifs érotiques, et elle se précipita au-dessus du précipice pour une chute qu'elle crut ne jamais prendre fin.

Au bout d'un moment, elle eut conscience que Lucien remontait pour recommencer à l'embrasser. Elle sentait son propre goût sur lui, une réalisation délicieusement érotique. Elle grogna quand il rabattit son poids sur elle. Elle accueillait la pression de son corps ; il la plaquait au lit alors qu'elle se sentait assez légère pour s'envoler dans la brise hivernale. Sa verge était dure contre l'intérieur de sa cuisse et il se balança en avant, son gland glissant sur elle avec un rythme que les instincts de son corps connaissaient mieux que ce qu'elle aurait jamais pu espérer.

— Oui, Lucien, oui.

— Je ne veux pas vous faire de mal, plus jamais... Et cela risque d'être douloureux.

— Si je n'ai plus jamais mal, je ne saurai pas que je suis en vie, lui rappela-t-elle.

Elle était désespérée et avait besoin de le sentir. Elle fit glisser ses mains le long des bosselures de son abdomen musclé jusqu'à ce qu'elle en referme une, possessive, sur sa verge. Il grogna contre ses lèvres avec un plaisir sauvage.

— Vous jouez avec le feu, ma chère, et je ne veux pas vous brûler.

Il essaya de se retirer. Horatia fit glisser la main vers la base de son sexe avant de remonter jusqu'au gland.

— Brûlez-moi. Consumez-moi, Lucien. C'est la seule chose que j'ai jamais désirée.

Horatia embrassa Lucien si profondément que cet assaut parut le rendre fou. Il lui écarta la main de force et lui plaqua les poignets au-dessus de la tête. Se plaçant à l'entrée de son intimité, il commença à la pénétrer, doucement et lentement, un geste bien différent de ce à quoi elle avait appris à s'attendre de lui.

Horatia leva les hanches, l'enfonçant trop profondément trop vite, et il marmonna un juron en essayant de s'écarter. Elle referma les jambes autour de ses hanches, le serrant contre lui. Il propulsa les reins en avant dans un sursaut peu profond. L'intrusion soudaine de sa verge en elle la brûla et une partie d'elle fut perdue à jamais suite à sa pénétration. Mais elle était heureuse. Elle était changée. Elle était à lui.

Elle n'entendit pas ses excuses alors que la passion le poussait à reprendre le mouvement à l'intérieur d'elle.

Lucien la tenait à présent prisonnière sous lui, testant ses limites par le rythme régulier de ses coups de reins. Il couvrit de baisers ses joues, son nez, ses lèvres et son menton, comme s'il était incapable de se retenir de la marquer de son essence de toutes les façons possibles.

La douleur s'amenuisa dans le sillage d'une tension grandissante. La sensation qu'elle avait autrefois confondue avec la nausée était de retour, plus forte qu'auparavant. Horatia s'en délecta, comprenant maintenant ce que cela signifiait, et la palpitation entre ses jambes s'apaisait au fil des coups de reins de Lucien.

Même si ses poignets étaient ligotés, elle arqua les hanches, l'accueillant plus profondément dans elle. Lucien libéra ses poignets afin de glisser ses mains le long de ses côtes et sous elle, lui saisissant le derrière pour la soulever. L'angle changea spectaculairement les choses et sa verge vint frapper un nouvel endroit au plus profond d'elle. Le cri qui émergea de ses lèvres exprima la surprise et Lucien se hâta de recommencer le mouvement, encore et encore, ses cris représentant un encouragement primaire pour qu'il continue. La sueur perla sur leurs corps alors que Lucien accéléra le rythme.

— Lucien, je crois que je...

Horatia fut réduite au silence par un baiser dominateur et possessif qui se termina par l'explosion de plaisir la plus éclatante de sa vie. Elle entendit un cri et ne réalisa qu'après coup que c'était le sien. Lucien cria son nom alors qu'il tressautait contre elle. Il continua à se secouer et à tressaillir, tremblant au-dessus d'elle. Horatia n'oublierait jamais l'étincelle dans son regard, tellement illuminé par la passion, le feu, la tendresse et la confusion.

— Seigneur, Horatia ! Je n'ai jamais... je ne savais pas... que cela pouvait être ainsi.

Il semblait effrayé, comme un jeune homme confronté à ses peurs pour la première fois. Horatia fit courir ses doigts à travers ses cheveux et leva la tête pour l'embrasser.

— N'ayez pas peur, Lucien. Je vous tiens.

Il était trop tôt pour espérer qu'il puisse l'aimer un jour, mais elle savait qu'il avait des sentiments pour elle. Ce n'était pas une simple aventure. Cet acte était faire l'amour, forger une connexion. Lucien s'installa dans ses bras, leurs êtres toujours liés alors qu'elle frôlait son corps avec ses mains. Il enfonça le visage dans sa chevelure brun foncé. Une brise fraîche les titilla et Lucien se dégagea d'elle.

— Je vous en prie, ne partez pas, l'implora-t-elle dans un murmure essoufflé.

— Jamais, mon cœur. Jamais.

Il rabattit les couvertures du lit afin de pouvoir se glisser à l'intérieur et la rejoindre, protégeant le corps d'Horatia avec le sien. Les seuls sons qu'ils entendaient étaient leurs respirations mêlées et les craquements et crépitements du feu dans l'âtre.

Tout avait changé. Qu'allait faire Lucien à présent ? Ne voulant pas s'attarder sur les possibilités, elle se blottit dans ses bras et s'allongea pour dormir.

CHAPITRE 25

Ashton était assis dans son étude de Half Moon Street. Des lettres de nature financière étaient répandues sur la surface de son bureau en chêne. Les chiffres sur les lettres se brouillèrent alors que la douleur remonta le long de son bras gauche qui, inutilisable, pendait encore mollement dans une écharpe accrochée à son cou.

Quelle terrible gêne c'était de s'être pris une balle ! Il avait perdu tant de sa force que son valet de pied devait accomplir beaucoup d'actes quotidiens à sa place et que son valet personnel, qui représentait autrefois une irritation minime, était devenu indispensable. Il ne parvenait pas à enfiler une chemise, et encore moins à nouer sa cravate ou boutonner ses culottes sans assistance.

C'était particulièrement humiliant. Tout le monde le traitait comme un enfant qui apprenait à marcher et il était las. Et sa blessure ne remontait qu'à quelques jours. Le médecin lui avait donné l'ordre de se reposer pendant les cinq *semaines* à venir. L'idée était intolérable. Un homme comme lui ne pouvait pas se permettre de se reposer. Il avait tellement de choses à faire en plus de ses affaires : à savoir traquer Waverly et mettre un terme à cette bataille avant qu'elle ne se transforme en véritable guerre.

En poussant un profond soupir, Ashton tendit le bras vers la lettre la plus proche, ce mouvement provoquant une pointe de douleur dans son épaule blessée. Il plaqua la lettre sur le bureau avec sa main en écharpe, ignorant la douleur que cela lui provoqua, et il se servit de l'autre pour rompre le sceau. Il marmonna des jurons jusqu'à ce que le sceau cède.

La lettre provenait de M. Jared Simms, son banquier à la banque de Drummond. Simms avait fourni à Ashton un rapport détaillé de ses fonds actuellement liés à des obligations perpétuelles. C'était un investissement sûr. Ces rentes étaient des obligations d'État qui versaient des dividendes de trois pour cent deux fois par an.

Ashton y avait placé cinquante mille livres et avait reçu en retour une fortune immense qu'il dépensait sagement et avec caution. Contrairement à ses amis, il n'était pas né riche. Toute sa vie, il avait amassé une fortune grandiose, alors même s'il ne se distinguait pas par son influence politique, il le faisait par ses comptes bancaires. Faisant rarement étalage de sa fortune, il n'hésitait pas à s'en servir quand cela lui permettait d'obtenir un avantage notoire.

À l'heure actuelle, il était pris dans une guerre de surenchères au sujet d'une société appelée « les transports de l'Étoile du Sud ». Ashton possédait sa propre compagnie de fret, Lennox Lines, mais acquérir l'Étoile du Sud placerait ses bateaux au centre des marchés antillais et des routes plus proches d'Afrique, une zone qu'il n'avait pas encore pénétrée.

Mais ce n'était pas le seul intérêt qu'il vouait à cette ligne.

Depuis des mois, il avait entendu dire que Waverly était impliqué dans des expéditions discutables, amenant Dieu sait quoi jusqu'en Angleterre. Ashton soupçonnait que cela concernait des esclaves, mais cela aurait pu impliquer n'importe quoi. S'il pouvait prendre le contrôle de cette ligne, il pourrait nettoyer les vaisseaux, y placer de nouveaux capitaines et équipages en qui il avait confiance, et commencer à éliminer les sources illicites de revenus de Waverly, une par une. C'était la seule chose qu'il savait pouvoir faire mieux que Waverly, et si c'était sa meilleure arme, il avait besoin de s'en servir. Un homme ne pouvait pas embaucher des tueurs pour détruire la Ligue s'il n'avait pas d'argent.

Il aurait déjà possédé l'Étoile du Sud à l'heure qu'il était, mais une société de transport rivale avait égalé ses offres d'achat. En fin de compte, son notaire, M. Danfort, avait contacté le propriétaire de Melbourne, Shelley et Company pour rencontrer Ashton dans moins d'une heure afin de discuter de la question et trouver un accord.

Un coup à la porte de son étude fit lever la tête d'Ashton. Wimbley, son butler, un homme dégarni d'environ quarante ans, s'avança à l'intérieur.

— Qu'y a-t-il ? demanda-t-il en rabaissant les yeux vers son rapport d'investissement.

— Quelqu'un souhaite vous voir, Milord. Une dame, précisa Wimbley.

— Si c'est Sa Grâce, dites-lui que je la rejoindrai dans quelques instants.

Il ne savait pas ce qu'Émily faisait ici, à part venir le gronder pour s'être remis en danger.

— Ce n'est pas Sa Grâce, Milord. Elle dit que son nom est lady Melbourne et que vous l'attendez.

— Lady Melbourne ?

La femme de Melbourne était là ? C'était son mari qu'il avait demandé à voir.

— Faites-la entrer dans le parloir rose et montez-lui du thé. Dites-lui que je viens la rejoindre dans quelques instants.

Il se dit cependant que cela pouvait jouer à son avantage.

— Oui, Milord.

Wimbley disparut.

Ashton rangea son bureau à la hâte avant de vérifier son apparence dans un miroir à proximité. Sa cravate était serrée et son pantalon sans plis. Son gilet en soie bleu foncé était empesé et sa chemise repassée. Il était assez bien mis pour recevoir quelqu'un.

Ses cheveux étaient peut-être trop longs pour les styles conventionnels en vogue en société, mais il avait été trop occupé pour les faire couper. Ses yeux, dernièrement embués par la fatigue et la douleur, brillaient à nouveau sous l'irritation de devoir gérer cette mandataire imprévue.

Ashton ressemblait à un rebelle tiré à quatre épingles, à part pour l'écharpe en tissu blanc qui retenait son bras gauche. Montrer la moindre faiblesse n'était pas ce qu'il souhaitait dans un contexte d'affaires, mais il ne pouvait rien faire pour l'état de son bras.

Il quitta son étude et se rendit au parloir rose. Il était peut-être légèrement inconvenant d'avoir un parloir au même étage que sa chambre, mais il n'utilisait le parloir rose que pour deux choses : les repas intimes avec sa maîtresse quand il en avait une, et quand il n'en avait pas, cela devenait un lieu de séduction.

Il avait découvert que les tons sombres de la pièce faisaient adopter à ces dames une humeur réceptive. Des rideaux en gaze rose voilaient les fenêtres, projetant dans la pièce une pénombre rosée tentante, même à la lumière du matin. Un feu brûlait toujours dans l'âtre pour conserver l'impression d'un rendez-vous nocturne. Le parloir rose n'avait jamais manqué de l'aider dans ses conquêtes.

S'il allait devoir affronter la femme de son compétiteur, il semblait logique qu'un peu de séduction serve sa cause. Ashton n'était pas dupe. Contrairement à d'autres hommes, il avait pris voilà longtemps la pleine mesure de la puissance d'une femme dans le monde masculin des affaires, et savait que les hommes les sous-estimaient. Toutefois, s'il jouait au charmant libertin, lord Melbourne deviendrait un simple pion dans le jeu d'Ashton et la compagnie de l'Étoile du Sud serait à lui.

Ashton ouvrit la porte, s'attendant à trouver une matrone aux cheveux gris. Mais ce qu'il découvrit le fit piler net. Une femme qui devait frôler la trentaine était perchée sur le bord du canapé en velours rouge situé près de la cheminée. Elle avait des cheveux noir corbeau et ses yeux gris en amande étaient encadrés par des cils charbonneux. Elle lui rendit son regard, l'air tout aussi confus que lui. Il était clair qu'aucun des deux ne s'était attendu à l'apparence de l'autre.

— Vous êtes lady Melbourne ? demanda Ashton.

— Oui. Lord Lennox, je présume ?

Ses lèvres affichaient une pâle teinte de rose et n'étaient pas aussi pulpeuses que celles de la plupart des femmes, mais leur forme restait plutôt érotique. Au lieu d'une moue ravissante, elle avait une bouche large, comme si elle était plus encline à sourire, malgré le gris froid de ses yeux. Ashton entretenait rarement des pensées sur les femmes mariées, mais dans son cas, il ferait une exception.

— Je suis lord Lennox.

— Bien. Une longue discussion nous attend, Milord.

Elle s'exprimait avec un léger accent, une cadence écossaise. Ce n'était pas aussi marqué qu'un patois et bien plus raffiné, comme si elle essayait de le cacher. C'était une faiblesse révélatrice et il s'engouffra instinctivement dans la brèche.

— De quelle partie de l'Écosse venez-vous, Lady Melbourne ?

Ashton se réjouit de la voir écarquiller les yeux. Il était clair qu'elle préférait cacher ses origines, chose qu'il ne comprenait que trop bien.

— Je suis née à Falkirk, Milord.

— Falkirk ? *An Eaglais Bhreac*, dit-il avec un sourire supérieur.

— Vous parlez gaélique ?

Elle eut l'air doublement surprise.

— Seulement quelques phrases et quelques noms de villes et villages. J'avais un oncle qui avait épousé une femme d'Édimbourg.

— Oh ? répondit lady Melbourne avec curiosité.

L'ayant déstabilisée, Ashton s'engagea dans la brèche.

— Qu'est-ce qui vous amène, Lady Melbourne ? Non pas que

je ne trouve pas votre présence dans ma demeure charmante, mais je m'attendais à rencontrer lord Melbourne.

— Lord Melbourne ?

Elle haussa des sourcils noirs surpris.

— Oui. J'ai demandé à mon avocat de contacter le propriétaire de la société Melbourne et Shelley. Votre mari, je suppose, ou peut-être votre père ? C'est lui que je devais rencontrer. Je suppose qu'il est parent de William Lamb ?

Perdant leur surprise, les yeux de la dame parurent pétiller d'hilarité. Il manquait clairement à Ashton une information vitale.

— *Je* suis la propriétaire de Melbourne, Shelley et Company, je le crains. Mon mari, qui n'était qu'un parent lointain de William Lamb, est mort l'année dernière. Je possède le contrôle de sa compagnie depuis presque un an.

Ashton en resta bouche bée. Une femme qui gérait une affaire ? Ce n'était pas une première, mais quand même...

— Vous saurez faire affaire avec le sexe opposé, je présume ?

Il n'aimait pas le fait qu'elle ait eu d'emblée l'avantage sur lui. Et la façon dont elle était habillée le distrayait. Cela faisait moins d'un an que son mari était mort et elle ne portait pas la robe en crêpe noir et le voile auxquels on se serait attendu de sa part. Au lieu de cela, elle portait une robe rubis décolletée qui rendait sa peau presque luminescente à la lueur du feu. Elle ressemblait plus à une séductrice qu'à une veuve éplorée. Elle savait que sa beauté était un avantage et elle n'avait pas peur de s'en servir. Une femme dangereuse. Il faudrait qu'il s'en souvienne.

— Et pour Shelley ? Est-il domicilié à Londres ? C'est peut-être lui que je devrais rencontrer.

Un fin sourire de victoire joua sur les lèvres de la jeune femme.

— Ce serait perdre votre temps, Milord. Je lui ai racheté ses parts voilà plusieurs mois et je suis à présent la seule propriétaire de la compagnie que mon mari a fondée. Nous changerons de nom au trimestre prochain. Alors c'est bien moi que vous avez besoin de voir. Elle ponctua cette annonce d'une certaine fierté.

Ashton bouillonnait. Il n'était pas de ces hommes qui croyaient qu'il fallait décourager les femmes de rejoindre le monde des affaires, mais avec Lady Melbourne, il aurait aimé faire une exception. Dans la même pièce qu'elle, il ne parvenait pas à se concentrer, pas alors que son esprit et son corps conspiraient contre lui de la sorte.

— Je remarque que vous êtes blessé, Milord. Asseyez-vous, je vous prie. Comment vous êtes-vous fait une telle blessure ?

Lady Melbourne avait l'aplomb de lui offrir de s'asseoir dans son propre parloir ? Oh, il allait s'asseoir, oui, et attirer son corps sous le sien... Ashton remisa soigneusement ces pensées dans un recoin obscur de son esprit, puis il s'efforça de reprendre sa civilité habituelle.

— Je vous remercie.

Il s'assit dans un fauteuil en face du canapé.

— En réponse à votre question, on m'a récemment tiré dessus.

Il s'était attendu à ce qu'elle montre du dégoût ou une forme d'aversion féminine à la mention du sang.

Elle n'en fit rien. Sa légère surprise se transforma en une curiosité à peine dissimulée. Ce devait être son satané sang écossais.

— Vous êtes-vous battu en duel, Milord ? demanda-t-elle franchement.

— Les duels sont illégaux. N'émettez pas d'hypothèses non fondées à mon sujet, Lady Melbourne. Je vous garantis que vous auriez faux chaque fois.

Son ton était si rude qu'il le reconnaissait à peine. C'était le ton de sa jeunesse, avant qu'il ait appris à affiner son tempérament.

Lady Melbourne avait éveillé en lui un incendie dangereux. Elle pointa le menton avec insolence dans un défi silencieux à son emportement, mais ce mouvement ne fit que rapprocher ses lèvres tentantes de celles d'Ashton. Il se força à se reculer d'un pas avant de reprendre la parole.

— Mes excuses, Lady Melbourne. Mon bras me fait mal et cela m'empêche de jouer à l'hôte poli.

C'était vrai, mais seulement en partie.

— Je vais accepter vos excuses, Milord, si vous accédez à ma curiosité et me révélez comment vous avez été blessé, répondit-elle. Son impertinence le mettait en colère et l'étonnait tout à la fois.

— L'histoire qui a conduit à ma blessure est de nature personnelle et je ne vais pas la divulguer juste pour satisfaire votre curiosité. À présent, parlons affaires, si vous le voulez bien.

Elle parut vouloir ajouter quelque chose, puis se ravisa.

— Très bien, soupira-t-elle.

À cet instant-là, une bonne entra, chargée d'un plateau de thé. Lady Melbourne en retira la théière et coula un regard à Ashton.

— Puis-je verser ?

C'était généralement le travail d'une bonne quand un homme n'avait ni femme ni dame de la maison pour effectuer cette tâche. Mais dans le cas présent, la bonne ne lui adressa qu'un seul regard et déguerpit de la pièce sans se retourner une seule fois.

— Oui, bien sûr, marmonna Ashton froidement, se rasseyant alors qu'elle versait deux tasses de thé.

— Quand votre notaire a contacté mon bureau, j'ai été informée que la question qui vous concernait impliquait l'achat de la compagnie de l'Étoile du Sud.

— En effet.

Ashton avala une gorgée de thé sans détourner le regard d'elle... et il faillit la recracher en travers de la table.

Cette satanée bonne femme n'y avait pas ajouté de lait, le laissant brûlant. Elle paraissait chercher une réaction, une exclamation de douleur, alors qu'il luttait pour rester calme et prétendre qu'il n'avait pas simplement perdu toute sensation dans sa langue à cause du thé saboté. Cette femme était impitoyable.

— Ce qui me turlupine c'est pourquoi vous souhaitez avoir les navires de l'Étoile du Sud.

Ashton fit un autre pas dans sa direction, essayant de récupérer le terrain perdu.

— À ce que j'en sais, votre entreprise n'en a pas besoin.

— Pourquoi souhaite-t-on les choses ? Je désire la puissance de ces navires. Et contrairement aux recherches approfondies que vous avez sans doute menées sur mes intérêts, j'en ai bel et bien besoin pour accéder aux ports des Caraïbes.

C'était une réponse professionnelle, mais pas la vérité, et sans qu'il comprenne pourquoi, cela le mit en colère. Il ne pouvait pas négocier avec quelqu'un entouré de défenses aussi solides. Si seulement il parvenait à abattre ces murs, d'une façon ou d'une autre.

— Je vous propose un accord. Si vous me dites comment vous avez reçu une balle, je cesserai mes enchères pour l'Étoile du Sud.

C'était inattendu. Un autre stratagème pour le déstabiliser, peut-être ? Ashton se frotta la mâchoire d'une main, réfléchissant à cette proposition. Normalement, ses affaires restaient privées, particulièrement celles qui avaient trait à la Ligue, mais il ne voyait aucun mal à lui donner une réponse quelque peu censurée. Cela dit, il ne lui faisait pas confiance. Absolument pas.

— Vous me céderiez la ligne aussi facilement ?

Elle haussa gracieusement une épaule.

— Il existe d'autres lignes, bien sûr. J'ai assez de capital pour pouvoir construire la mienne si j'y étais contrainte. Acheter l'Étoile du Sud était simplement une façon plus efficace d'atteindre mes objectifs.

Lucien trouva sa réponse satisfaisante.

— J'accepte vos conditions.

Il inspira profondément.

— J'ai reçu une balle alors que j'enquêtais dans un endroit

mal famé à la recherche de preuves que quelqu'un de ma connaissance avait engagé un homme pour assassiner un de mes amis proches. Ce même homme nous y a découverts et a tiré avant de s'enfuir.

— Vous vous êtes fait tirer dessus en tentant de prouver que quelqu'un voulait assassiner votre ami ?

Lady Melbourne semblait surprise.

— Oui.

Il n'allait pas lui en dire plus.

Sa réaction le dérouta davantage, comme si ces mots en avaient appris à la jeune femme plus qu'il n'en avait eu l'intention, et lui avaient révélé tout ce qu'elle avait voulu savoir à son propos.

— Très bien. L'Étoile du Sud est à vous, Lord Lennox. Profitez bien des bénéfices.

— Oh, je n'y manquerai pas, Lady Melbourne, lui assura-t-il.

Si toutes ses affaires avaient pu être menées à ce prix-là, à l'heure qu'il est, il serait deux fois plus riche !

Elle prit son réticule et Ashton la raccompagna au bas des escaliers puis jusqu'à la porte. Il l'aida à enfiler sa pelisse avant qu'elle se tourne pour partir.

— C'était intéressant de vous rencontrer, Lord Lennox.

Elle lui adressa à nouveau ce sourire entendu et il s'inclina sur sa main, l'embrassant plus longtemps qu'il n'était approprié.

— Moi de même, Lady Melbourne. Je pense que nos chemins viendront à se recroiser.

Leurs yeux se croisèrent brièvement et Ashton sentit son monde basculer. Lady Melbourne allait faire du tort à ses affaires.

Quand il lui ouvrit la porte, il découvrit Charles, la main levée comme pour frapper.

— Bonjour, Ash, est-ce que je... vous interromps ?

Ses yeux passèrent d'Ashton à lady Melbourne.

— Non.

La dame et lui avaient répondu en même temps.

— Très bien, euh, Ash, j'ai besoin de vous entretenir sur-le-champ.

Charles lui fit comprendre d'un regard froid qu'un nouveau développement s'était produit.

— C'était… intéressant de vous rencontrer, dit lady Melbourne avant de descendre les marches à la hâte.

Il la regarda s'en aller pendant juste une seconde avant que Charles ne l'entraîne à l'intérieur par son bras valide.

— Que se passe-t-il ? demanda Ashton.

Charles jeta un œil autour de lui, comme s'il cherchait des espions dans tous les coins. Les inquiétudes d'Ashton s'approfondirent, comme un gouffre sans fond dans son estomac.

— Je parcourais ma correspondance avec la mère de Lucien. Elle s'accumulait depuis un certain temps. Vous savez qu'elle m'écrit à propos de Lysa.

— Oui.

Charles faisait peu de tentatives de répondre à la mère de Lucien puisque les lettres contenaient souvent des propositions de mariage à la sœur de ce dernier, ce qui n'avait jamais plu à aucun d'entre eux pour un certain nombre de raisons.

— Eh bien, j'ai remarqué un motif étrange dans ses lettres. Elle a eu plusieurs valets au cours des derniers mois. Six en tout. Elle parle d'accidents, de jambes cassées, de se faire jeter à bas d'un cheval. Certains sont même partis sans la moindre raison. Je ne l'aurais pas remarqué si je n'avais pas lu les lettres toute en même temps, et cela m'a frappé.

Ashton plissa le front.

— Qu'est-ce qui vous a frappé ?

— Le motif, Ash. *Le motif.*

Il frappa la poitrine d'Ashton d'une poignée de lettres.

— Elle a dit que son dernier valet n'a pas eu un seul des problèmes que les autres ont connus et que la malédiction est peut-être levée.

— Et vous ne croyez pas qu'il s'agisse d'une série d'accidents dus au hasard, dit Ashton, voyant où il voulait en venir. Vous pensez qu'il a éliminé les autres valets de pied pour s'assurer une position dans le domaine ?

— Exactement.

Charles faisait les cent pas dans le vestibule, et ses yeux parcouraient les alentours.

— La question est de savoir pourquoi la maison de Lucien si Cédric est la cible ? Peut-être était-ce Lucien qui était la cible depuis le début ? Après tout, la calèche a essayé de le renverser. Quoi qu'il en soit, nous devons les avertir.

— Vous avez absolument raison, confirma Ashton. Mais nous devons faire attention. Après le message envoyé par ce chat, si nous débarquons sans raison, il risque d'agir précipitamment. Nous devrions envoyer une lettre à Lucien, mais l'adresser à sa mère. Si l'homme est sous le contrôle d'Hugo, il a probablement reçu l'ordre d'ouvrir tout courrier adressé à Lucien ou Cédric. Mieux vaut procéder avec précaution.

— Bien pensé, dit Charles.

Ashton grimaça quand son bras lui fit mal.

— Je vais vous laisser écrire la lettre, si cela ne vous fait rien.

Il précéda Charles à son étude et pria pour que cette lettre n'arrive pas trop tard.

CHAPITRE 26

Le corps raide, Cédric s'étira dans son fauteuil au chevet d'Audrey et frotta les muscles contractés de son cou avec une main fatiguée. Sa sœur était recroquevillée dans son lit, profondément endormie. Ses traits délicats et son expression troublée la faisaient ressembler à une reine des fées dont les problèmes l'avaient suivie jusque dans le domaine sacré des rêves.

La serrer contre lui avait fait remonter d'un lointain passé des souvenirs horribles. Il ne pouvait pas la protéger de ceci, ne pouvait pas la sauver de toutes les douleurs du monde. De bien des façons, il avait été le père et la mère de ses sœurs après la perte de leurs parents, et peut-être le coût le plus élevé avait été qu'il n'avait eu personne pour le soutenir alors qu'il souffrait en silence.

Des souvenirs de la veille le frappèrent à nouveau et Cédric ferma les yeux. Il aimait bien Manchon. Le chat avait été l'un des derniers liens que ses sœurs et lui conservaient avec leurs parents d'avant l'accident.

L'accident. Combien d'années s'écouleraient-elles avant que la douleur de la mort de ses parents ne s'estompe ? Il y avait une limite à ce qu'on pouvait tolérer avant de se rompre.

Audrey s'agita nerveusement et quand elle se réveilla, elle découvrit le regard de Cédric braqué sur elle alors qu'il était perdu dans ses pensées.

— Cédric ?

Sa voix était légèrement rauque. Elle s'était endormie en pleurant la nuit précédente après avoir mangé et s'être effondrée d'épuisement. Un sourire pâle informa Cédric qu'elle faisait de son mieux pour accepter les événements. Cette mort l'avait profondément marquée, mais elle avait déjà commencé à tourner la page. *Bonne petite*, se dit-il en silence.

— Que se passe-t-il, ma chère ?

Il redressa le dos dans son fauteuil. Audrey lui adressa un sourire triste et mélancolique.

— Je suis désolée de vous avoir causé autant de problèmes ces derniers temps.

Elle écarta ses couvertures et se rassit pour lui faire face.

— Vous êtes une femme, Audrey. Mettre la pagaille est le point fort de votre sexe, comme de convaincre Charles de vous suivre dans vos manigances, en pensant que cela ne me mettrait pas en colère. Peu m'importe, à part que j'en suis venu à étrangler mon meilleur ami à cause de cela. Nous devrions en parler, vous savez.

Cédric se prit à sourire malgré lui.

— Je suppose qu'on devrait, oui, en convint Audrey.

— Pourquoi n'êtes-vous pas venue me trouver ? Vous auriez pu me dire que vous souhaitiez vous marier. Je n'avais aucune idée que vous étiez dans un tel état de désespoir.

— C'est différent pour les femmes, Cédric. Je pense que puisque Maman n'est plus là, vous avez du mal à le comprendre. J'ai envie de me marier. Je veux un mari et une vie au-delà de Curzon Street. Je redoute un futur comme celui d'Horatia.

Cédric était prêt à bondir de son siège.

— C'est-à-dire ?

— Elle a presque vingt-et-un ans et pourtant, elle ne se mariera jamais parce qu'elle est...

Audrey se plaqua une main sur la bouche.

La rapidité de son mouvement inquiéta Cédric.

— Parce qu'elle est quoi ?

— Oh, je ne devrais pas le dire. Elle ne voudrait pas que je trahisse sa confiance.

Cédric se redressa, la dominant de toute sa taille.

— Vous feriez mieux de tout me dire, sans quoi je ne serai pas très généreux avec votre argent de poche au cours des mois à venir.

Audrey se rebiffa.

— Trahir ma sœur pour de nouvelles robes ? Ne soyez pas bête.

— Et si je doublais votre argent pour le mois qui vient ?

— Me laisser acheter ? Jamais !

— Et si je vous expédiais dans un endroit où il n'y aurait pas d'hommes en âge de se marier ?

Les yeux d'Audrey prirent l'épaisseur de fentes et elle le regarda d'un air noir.

— Vous jouez à un jeu cruel, Cédric. Je vais vous le dire, mais si Horatia découvre que vous l'avez appris de ma bouche, je trouverai le premier homme venu, qu'il soit allumeur de réverbères ou ramoneur, et je...

Cédric sourit.

— Vous n'épouseriez jamais un ramoneur. La suie abîmerait vos jolies robes. Alors, quid d'Horatia ? Vous savez que j'aspire simplement à la rendre heureuse. Dites-moi et nous nous assurerons de garder la chose pour nous.

Il usait sa meilleure voix convaincante de frère, mais sa sœur ne se laissait pas amadouer.

— Cédric, je ne devrais pas vous en parler. Vous allez vous mettre en colère, et il n'en sortira rien de bon de toute façon. Oubliez ce que je viens de dire.

Elle pinça les lèvres comme si elle était décidée à ne plus jamais parler.

— Ai-je jamais été en colère contre vous ou Horatia ? Je sais que j'ai menacé vos prétendants, mais ai-je jamais montré la moindre colère contre vous ou votre sœur ?

Elle haussa un sourcil, comme si elle y réfléchissait en silence. Enfin, avec un profond soupir, elle céda.

— Pas plus que les autres frères, je dirais. Mais si je vous le dis, vous ne devez pas en faire un drame. Elle ne se mariera jamais parce qu'elle est toujours amoureuse de Lucien. Elle n'a jamais aimé ou désiré qui que ce soit d'autre.

La gorge de Cédric se dessécha douloureusement.

— Lucien ?

Il savait qu'autrefois, Horatia s'était prise d'une affection adolescente pour Lucien, mais il pensait que cela s'était terminé voilà longtemps. À présent, il comprenait tout. La contrariété de sa sœur chaque fois qu'on mentionnait Lucien, son comportement étrange durant les rares occasions où ils avaient été forcés de partager la même pièce.

— Vous êtes sûre qu'elle l'aime encore ?

— Oui, et je crois que Lucien commence peut-être à lui rendre ses sentiments.

C'était pire que ce qu'il aurait pu imaginer. Lucien était comme un frère, mais s'il entretenait des pensées de nature amoureuse envers Horatia... Les règles de la Ligue existaient pour une bonne raison. La dernière chose que lui et les autres voulaient était de se battre pour la sœur de l'un d'entre eux, ou bien de ramasser les morceaux si la séduction prenait un mauvais tournant. Il pouvait envisager de laisser Audrey épouser Jonathan parce que cet homme était jeune et ne portait pas le poids des péchés du reste de la Ligue. Mais qu'Horatia épouse Lucien était hors de question.

Il avait un goût pour les plaisirs pervers et Cédric préférait mourir plutôt que de laisser Horatia jouer un rôle dans ces fantasmes ténébreux. Il pourrait avoir n'importe quelle femme au monde, mais pas Horatia. Horatia méritait un gentleman qui l'aimerait et prendrait soin d'elle comme la femme réservée et profondément loyale qu'elle était. Elle n'avait pas besoin de se laisser brûler dans le sillage des passions fugaces de Lucien.

Cédric frissonna en se remémorant sa discussion de la veille avec Lucien dans la salle de billard. Lucien avait parlé de ses nouveaux sentiments envers Horatia, et Cédric avait bêtement supposé qu'il avait recommencé à la voir comme une simple sœur.

— Quelle preuve avez-vous de ses sentiments envers elle ? demanda Cédric.

— Je ne suis pas censée le dire...

— Audrey, grogna Cédric.

— Lucien lui a acheté une robe pour Noël. Elle est arrivée hier de Londres.

— Quelle sorte de robe ?

— Une jolie robe de soirée pour remplacer celle qui a été abîmée. Je l'ai aidé à la commander, puisque j'ai le meilleur œil pour la mode de tout Londres.

— Naturellement.

Le sarcasme de Cédric passa au-dessus de la tête de sa sœur.

— Mais vous ne devez pas vous mettre en colère, Cédric. Cela n'aboutira sur rien, mais... ne serait-ce pas merveilleux que Lucien et Horatia se marient ?

Audrey sourit et battit des mains.

Imaginer Lucien au lit avec sa sœur suffit à faire descendre un voile rouge sur les yeux de Cédric.

— Fantastique ? Bon Dieu, Audrey ! Vous êtes trop innocente. Lucien n'est pas du genre à se marier. Aucun d'entre nous ne l'est, mais *particulièrement* pas lui.

Elle ne comprenait pas. Lucien rejetterait Horatia quand les feux de sa passion deviendraient des braises. Il l'avait déjà vu de nombreuses fois, même si c'était toujours avec des femmes qui trouvaient ce genre de conditions agréables. Horatia n'était pas ce genre de femme.

— Est-ce là une façon de parler de votre ami ?

Les yeux d'Audrey s'élargirent comme si elle était surprise par cette sombre prédiction.

— C'est un ami, mais c'est aussi un diable. Et moi aussi. Je le connais parfaitement et je sais qu'il ne l'épousera pas.

— Vous avez tort. Godric a épousé Émily et il est semblable au reste d'entre vous.

— Émily était différente... Elle était parfaite pour Godric.

— Et qui est en droit de dire qu'Horatia n'est pas la compagne idéale de Lucien ? demanda Audrey.

— Si c'est le cas, je frémis en songeant à ce que cela signifie pour notre sœur, marmonna Cédric.

— Vous pensez que cela signifierait qu'elle est une femme libertine et dévoyée, comme Évangéline Mirabeau ?

Audrey pouffa devant l'expression horrifiée de son frère.

— Quelque chose dans ce genre. D'autres penseraient certainement qu'elle l'est.

— Oh, ce sont des bêtises, Cédric. Personne ne pourrait penser cela de Horatia. Elle est bien trop sensée pour faire quoi que ce soit de téméraire ou de romantique. C'est Horatia, dit Audrey comme si cela expliquait tout et qu'il n'y avait aucune raison de s'inquiéter.

— Si Lucien est déterminé à l'avoir, il ne la laissera pas être sensée. C'est l'essence même de la séduction. Les hommes utilisent la passion pour dérober la raison aux femmes bien nées. Comme Charles aurait pu le faire quand il a fait semblant de vous avoir compromise. Il aurait pu profiter de vous, chaton.

— Tout d'abord, mon très cher frère, c'est *moi* qui *l*'ai embrassé.

Ces paroles prirent Cédric par surprise.

— Et j'ai dû sérieusement insister pour y parvenir. Deuxièmement, il savait que vous seriez en colère. J'ai été contrainte de le supplier de m'aider, quel que soit le prix à payer. Et troisièmement, je n'ai pas autant perdu la raison en l'embrassant que lorsque j'ai embrassé Jonathan.

Cédric interrompit ses déambulations.

— Jonathan ? Vous voulez dire que vous l'avez déjà embrassé ? Y a-t-il quelqu'un à Mayfair que vous n'avez pas embrassé ? grogna-t-il.

Ses sœurs se comportaient donc comme des gourgandines de Whitechapel ? Depuis combien de temps lui faisaient-elles cela ? Ne savaient-ils pas que c'était son travail de les protéger, même si cela signifiait les protéger d'elles-mêmes ?

Cédric s'écroula à nouveau dans son fauteuil.

— Dieu du ciel ! Je crois que vos exploits vont me faire mourir avant que je puisse atteindre l'âge de la retraite.

Audrey le regarda avec prudence.

— Êtes-vous très en colère contre moi ?

Sa voix tremblait et Cédric grimaça.

— Je ne suis pas en colère. Mais je suis contrarié d'apprendre que vous soyez aussi déterminée à ce sujet. Je veux la vérité maintenant. Êtes-vous certaine que c'est Jonathan que vous voulez épouser ?

Audrey hocha la tête avec enthousiasme.

— Le connaissez-vous vraiment ? Audrey, vous ne l'avez rencontré qu'en septembre. Je ne vais pas vous laisser épouser un homme pour des raisons superficielles ?

— Comment puis-je connaître un homme quand vous les menacez tous d'un duel ?

— Vous exagérez, souffla Cédric.

— Ah oui ?

Elle haussa un sourcil délicat et son accusation le mit légèrement mal à l'aise.

— Oui, ce n'était qu'une seule fois. Les autres se sont enfuis avant que je n'aie le temps de le leur crier.

— Et vous trouvez que c'est un argument de poids ?

— J'apprécie Jonathan, chaton. Vraiment. Il est beau à voir, mais ce n'est pas une raison pour se marier. Vous devriez vous marier par amour. Cédric n'arrivait pas à croire ce qu'il disait. Quelque part en chemin, il avait réussi à devenir comme son père. C'était quelque chose qu'il aurait dit.

L'ancien vicomte Sheridan avait été noble et s'était comporté avec la décence et le décorum les plus exemplaires. Mais enterré en dessous de tout cela se trouvait un cœur en or qui le rendait sage. Apparemment, une partie de la sagesse de son père s'était développée en lui, même s'il était un peu tard.

— Vous avez raison, bien sûr. Mais je sais ce que je ressens en sa présence, Cédric. J'ai l'impression que ma vie avant lui n'était qu'une simple inspiration avant que la véritable vie ne commence.

— Oh, non, vous avez recommencé à lire ces horribles romans gothiques !

— Certainement pas !

Mais la lueur qu'il lisait dans ses yeux le déconcertait. C'était comme si elle voyait quelque chose qu'il ne voyait pas, un endroit qui la remplissait d'émerveillement et de rêves.

— J'ai envie de le connaître, dit-elle. Je veux tout apprendre de lui. Mais je ne pourrai pas le faire si vous ne m'en donnez pas l'occasion. Allez-vous l'envisager comme prétendant si je parviens à le convaincre de me faire la cour ?

— S'il a besoin qu'on le convainque de vous courtiser, alors il ne vous mérite pas. Mais je lui parlerai et je mentionnerai votre intérêt. S'il est d'accord, nous nous arrangerons pour que vous vous voyiez davantage. Vous pourriez bien vous dégotter un mari, après tout. Il n'aurait fait confiance à aucun de ses amis auprès de sa sœur. Jonathan, d'un autre côté, était nouveau dans leur cercle et ne semblait pas être aussi cavalier avec ses affections que son frère Godric l'avait été au même âge. Il y avait quelque chose de sérieux dans ce jeune homme que Cédric trouvait apaisant et aux antipodes du valet plus sauvage qu'il était autrefois. C'est comme si la nouvelle position de Jonathan dans l'existence l'avait fait mûrir plutôt que de lui donner des airs.

— Oh, merci, Cédric !

Audrey se glissa hors de ses couvertures et courut à lui, enroulant ses bras autour de son cou et l'étreignant.

— Je vous préviens que tout le monde ne possède pas votre

cœur doux et aimant. Si vous vous croyez capable de supporter les commérages, vous pouvez poursuivre à votre guise.

Elle afficha un sourire espiègle.

— Je crois que je peux tolérer la société et ses commérages.

Comme de coutume, il ne savait absolument pas comment lui dire non. Cette petite fée problématique représentait son monde tout entier, tout comme Horatia.

— Je vous en prie, ma chère. Promettez-moi simplement une chose : plus d'actes téméraires. J'ai besoin de gérer cette histoire avec Horatia et je suis seulement en mesure de survivre à une catastrophe à la fois concernant mes sœurs.

Audrey étouffa un petit rire en le relâchant.

— Je vous promets de bien me tenir.

— Pourquoi ai-je du mal à vous croire ? répliqua Cédric avec un soupir théâtral. Habillez-vous donc. Je reviendrai vous chercher pour vous accompagner prendre le petit-déjeuner.

Cédric prit congé d'Audrey avec largement assez de temps pour se changer. Il descendit jusqu'à sa propre chambre pour se rafraîchir un peu. Après coup, il devrait trouver Horatia et sonder la profondeur de ses affections pour Lucien, et voir si les troubles qui se préparaient étaient aussi mauvais qu'il l'avait craint.

Cédric venait de finir de se nettoyer le visage quand il entendit des pas dans le couloir devant sa chambre. Il enfila ses bottes à la hâte et alla ouvrir la porte. Horatia retournait à sa chambre. Elle avait l'air fatiguée et chiffonnée, et elle portait la même robe que la veille. C'est rongé d'inquiétude qu'il descendit le couloir d'un pas vif et la surprit au moment où elle ouvrait la porte.

— Puis-je entrer, Horatia ? demanda-t-il doucement.

Elle hocha la tête et le laissa la suivre à l'intérieur.

— Vous n'avez pas dormi ici ?

— Non, après avoir reçu les nouvelles de Manchon, j'ai perdu l'esprit. Cela a fait remonter trop de souvenirs. Je suis sortie dans les jardins et je me suis perdue. Je crois que je suis tombée deux fois et, si Lucien ne m'avait pas retrouvée, j'aurais pu geler à mort. Il m'a secourue, m'a emmenée à la cabane du jardinier et m'a réchauffée près du feu en veillant sur moi pendant que je dormais.

— Mon Dieu, parvint à dire Cédric, déchiré entre ce qu'elle avait traversé et le fait que Lucien ait passé la nuit avec elle.

— J'avais espéré me sentir mieux ou plus en sécurité aujourd'hui...

Elle n'eut pas besoin de terminer sa phrase pour qu'il comprenne que ce n'était pas le cas.

Son ton exprimait bien la douleur de son cœur. Cédric avait passé la nuit précédente à étreindre une sœur en pleurs et il ne souhaitait pas réitérer l'expérience. Mais il était d'abord un frère et ensuite un rebelle.

— Venez ici.

Il écarta les bras et Horatia enfonça le visage contre sa poitrine. Elle ne pleura pas ; ses larmes semblaient asséchées depuis longtemps. Il passa doucement une main sur le haut de son dos d'un geste apaisant tout en lui caressant les cheveux.

— Vous n'avez pas à toujours vous montrer aussi forte. Le chagrin ne récompense que ceux qui l'acceptent, et non ceux qui le combattent. Lucien le lui avait enseigné voilà longtemps, quand Cédric avait été convaincu que sa vie allait se terminer.

— Vous avez raison. Mais qui se montrera forte pour vous ?

Elle éclata de rire en hoquetant et se recula pour pouvoir le regarder.

— Vous êtes vraiment un bon frère, Cédric.

Elle se libéra délicatement de son étreinte et il la laissa partir.

Horatia s'approcha de sa commode et rit de son apparence ébouriffée et sauvage.

— Seigneur, j'ai une tête horrible !

— Horatia, j'ai bien peur que nous devions parler de quelque chose.

— Oh... Je n'aime pas que vous utilisiez ce ton-là. Cela me rend nerveuse.

Elle essaya de le taquiner, mais le cœur n'y était pas.

— Vous avez dit que Lucien vous avait trouvée et qu'il avait veillé sur vous toute la nuit.

— Oui, répondit-elle avec prudence.

— Avec un autre homme, j'aurais pu exiger le mariage si j'avais senti qu'il risquait de profiter de vous.

— Mais pas pour Lucien ? demanda-t-elle, déchiffrant correctement le ton de sa voix.

— Non. C'est pour cela que je suis ici. Je sais que vous avez encore des sentiments forts pour lui et cela me pousse à me demander si Lucien ne s'en est pas servi contre vous.

— Cédric, que me demandez-vous exactement ? s'enquit Horatia avec un épuisement frustré.

— S'est-il servi de vous ? Vous devez me le dire immédiatement. Je ne peux lui permettre de le faire.

— Non. Il ne l'a pas fait.

Horatia mit du temps à répondre et Cédric ne parvint pas à déceler si elle lui mentait ou non.

— Je ne me mettrais pas en colère contre vous si c'était le cas. Vos sentiments pour lui vous placent en position de faiblesse. Ils vous rendent vulnérable et il est assez cruel pour...

— Lucien n'est pas cruel, protesta Horatia. C'est votre ami !

— Et je le connais bien mieux que vous. Dois-je vous rappeler comment il vous a traitée au cours des sept dernières années ? Il n'a jamais raté une occasion de vous rejeter. Que vous puissiez ressentir la moindre chose pour lui me dépasse.

— Cédric, s'il changeait, si mes sentiments étaient réciproques, s'il m'appréciait, nous permettriez-vous de nous marier ? Horatia n'était jamais timide ou hésitante à propos de quoi que ce soit, et pourtant son être tout entier semblait fragile et délicat.

— Peu m'importerait ce que sont ses sentiments ou ses affections. Je ne le permettrai jamais, dit Cédric sans ménagement.

— Mais pourquoi ? Ne serait-ce pas plus à votre goût d'avoir un ami proche comme beau-frère ? Encore une fois, elle s'exprimait avec cette satanée hésitation.

— Choisissez n'importe quel homme dans toute l'Angleterre, mais pas *lui*. Je ne permettrai pas à l'une de mes sœurs de se soumettre à ses désirs. Vous ne savez rien de son passé amoureux, de ses innombrables maîtresses, des nuits passées dans les maisons closes. Pas comme je le fais. Même si vous pouvez ignorer tout ceci, je n'oublie pas la façon dont il vous a traitée durant toutes ces années, et crains également ce qu'il pourra faire ensuite. Je suis le chef de notre famille. Si je dis que vous ne pouvez pas épouser Lucien, alors vous accepterez mon jugement et passerez à autre chose. Trouvez un homme plus digne de vous.

— Pourquoi êtes-vous si prompt à le condamner ? Lucien n'a jamais fait que vous soutenir.

Ses mots le blessèrent et Cédric aurait voulu pouvoir la réduire au silence.

— Ai-je besoin de vous rappeler que c'est lui qui m'a ramenée à la maison ce jour-là, lorsque Maman et Papa sont morts ? C'est lui qui m'a sauvée, Cédric, et qui vous a consolé ! Pour moi, cela veut dire quelque chose, et si vous êtes suffisamment aveugle pour ne pas voir sa valeur, alors je vous prie de quitter ma chambre immédiatement. Nous n'avons plus rien à nous dire. Horatia se dirigea vers la porte de sa chambre à coucher, attendant qu'il s'en aille.

Il s'arrêta au milieu du couloir, l'étudiant. Pensait-elle pouvoir lui désobéir ? Elle n'aurait certainement pas cette audace. Il devait lui faire bien comprendre qu'elle ne pouvait pas être avec Lucien. C'était sans appel.

— Vous ne le connaissez pas aussi bien que moi, Horatia. Il fait des choses aux femmes que... Eh bien, je ne veux pas que cela vous arrive.

La rougeur soudaine d'Horatia invoqua sa colère comme une lame de fond.

— Qu'est-ce que cela peut vous faire ? Et si j'aime ce que je ressens quand je suis avec lui ?

Cédric pointa l'index dans sa direction.

— Vous ne savez rien de ce qu'il est vraiment. En tant qu'ami, je tolère son comportement, je le comprends même, et je sais qu'il existe des femmes qui seraient plus ouvertes à ses goûts. Mais en tant qu'épouse, vous ne connaîtriez jamais le bonheur avec lui.

Les yeux d'Horatia s'obscurcirent de colère.

— Je ne connaîtrais pas le bonheur ? Cédric, je *l'aime*. Je vous le dis du plus profond de moi : je suis à lui et il est à moi. Vous ne pouvez rien y changer. C'est fait.

Voulait-elle dire ce qu'il pensait ? Horatia et Lucien avaient-ils ?

— Mon Dieu, souffla-t-il avant de faire un pas en arrière. Vous avez couché avec lui, n'est-ce pas ?

Elle ne cligna pas les paupières. Elle ne dit pas un mot. Elle lui répondit d'un simple petit hochement de tête ferme qui lui serra le cœur. Si seulement elle avait su ce qu'était Lucien et qu'il aimait attacher les femmes au lit pour les dominer... et bien plus. Horatia n'était pas le genre de femme à désirer cela dans sa vie. Mais elle était éprise. Comment allait-il pouvoir briser ce sort ?

— Je pensais ce que j'ai dit, Horatia. Vous ne l'épouserez pas, et si vous pensez pouvoir l'autoriser à vous emmener à Gretna Green, vous ne serez plus la bienvenue dans ma maison ou sur mon domaine. Vous serez une étrangère pour moi. C'est compris ?

C'était du bluff, il ne la déposséderait jamais... mais il ne pouvait pas lui permettre de croire qu'il la laisserait épouser un tel homme.

— Vous avez un cœur si froid. Non, je retire ce que je viens de dire. Vous n'avez pas de cœur du tout, murmura tristement Horatia, ses yeux marron foncé se remplissant de larmes alors qu'elle refermait la porte.

— Pardonnez-moi, Milord, désirez-vous quelque chose ? demanda un valet de pied qui sortait d'une pièce toute proche, des draps propres à la main.

— Oui, pendant que j'y pense. Il prit quelques secondes pour étudier le serviteur.

— Depuis notre arrivée, avez-vous vu Miss Sheridan partir seule avec lord Rochester ?

Le valet hésita et se passa nerveusement la langue sur les lèvres.

— Je suis désolé, Monsieur, mais il ne serait pas approprié de parler de tels sujets. J'espère que vous comprenez.

— Oui. Merci. Le valet venait de lui confirmer qu'Horatia et Lucien se rencontraient en secret.

Il n'aurait rien pu dire pour faire comprendre à sa sœur pourquoi elle ne pouvait pas être avec Lucien. Elle était prise dans ses filets, et il ne lui restait que peu d'alternatives. Tout ce que Cédric avait fait était pour la protéger, même si c'était de ses propres amis. Ce n'est que lorsqu'il vit un valet passer, les bras chargés de guirlandes de gui, qu'il se rappela que ce jour était la veille de Noël.

CHAPITRE 27

Ce matin-là, un silence pesant régnait sur la salle à manger. Horatia ne mangeait que parce qu'elle ne savait pas quoi faire d'autre. Et même alors, elle prolongeait la scène en faisant passer sa nourriture d'un côté à l'autre de l'assiette. Lady Rochester essayait de lui faire la conversation, mais le cœur d'Horatia était trop meurtri pour répondre avec enthousiasme aux questions polies de son aînée.

Le regard d'Horatia était tiraillé entre son frère à l'autre bout de la table et Lucien qui était assis à deux sièges d'elle. Cela aurait dû être un matin phénoménal et joyeux. Elle était à présent une femme. La nuit dernière, elle avait franchi entre les bras de Lucien ce seuil entre la jeune fille innocente et la déesse sensuelle, et pourtant, elle se sentait dépouillée de son bonheur. Le décret de Cédric qu'elle devait faire un choix lui provoquait une boule d'angoisse au creux de l'estomac.

Elle leva les yeux de son assiette et découvrit que Lucien observait ses moindres gestes. Toute la douleur des paroles de son frère parut s'estomper. Elle avait pris sa décision. Elle donnerait du temps à Lucien, le laisserait décider de ses sentiments. Si pour finir, il voulait d'elle, elle serait avec lui. Elle aimait Cédric et Audrey, mais celle-ci finirait bien par se marier. Peut-être même Cédric se marierait-il un jour. Si elle les choisissait, elle finirait toute seule. Et repousser Lucien était comme refuser de respirer.

Lady Rochester brisa enfin ce silence inconfortable.

— Comme vous le savez tous, ce soir est la veille de Noël. Pour alléger nos esprits, je crois que nous devrions nous échanger nos cadeaux ce soir après le dîner. Est-ce une bonne idée ? Il y eut des murmures d'assentiment et des sourires renouvelés. Horatia accrocha le regard de Lucien et il lui adressa un sourire secret qui lui réchauffa les sangs. Des valets de pied vinrent ramasser les assiettes et tout le monde se leva pour poursuivre sa journée.

Horatia s'attarda dans le couloir, observant avec amusement le tourbillon d'activité, quand un valet de pied l'aborda.

— Pardonnez-moi, Miss Sheridan. Sa Seigneurie me prie de vous donner ce mot et de vous montrer un moyen secret de le retrouver quand vous serez prête.

Il lui glissa discrètement un bout de papier dans la main.

— Merci, Gordon.

Elle alla se réfugier dans une alcôve voisine pour lire le message en paix.

Venez à notre cabane, ma petite astronome.

La promesse de cette unique phrase commença à faire vibrer le corps d'Horatia.

Gordon s'éclaircit la gorge.

— Au besoin, j'ai reçu l'ordre de vous montrer un passage qui vous emmènera dehors sans que le reste de la maisonnée s'en rende compte.

— Oui, j'apprécierais.

Elle récupéra sa pelisse et se dirigea vers le passage qui la mènerait aux jardins. Elle jeta un regard par-dessus son épaule afin de s'assurer qu'elle ne soit pas suivie, puis elle se dirigea rapidement vers la lointaine cabane du jardinier. De la fumée nouvelle sortait déjà de la cheminée, faisant de ce lieu un refuge invitant. Elle trouva la porte déverrouillée et ce qu'elle découvrit à l'intérieur fit s'emballer son cœur. Des pétales écarlates jonchaient le hall d'entrée et le couloir qui menait à la chambre. L'odeur des orchidées et d'autres fleurs lui remplit les sens.

— Lucien ? l'appela-t-elle nerveusement.

— Dans la chambre, mon amour. Venez à moi.

Sa voix sensuelle l'attira en avant. En entrant dans la pièce, elle le découvrit patientant dans un fauteuil près du feu. Les fleurs qu'elle avait senties en entrant couvraient toutes les surfaces. Horatia se sentit coupable de fouler les pétales qui entouraient son amant et le lit comme des douves écarlates.

— Comment avez-vous réussi à faire tout cela ? demanda-t-elle d'un ton admiratif. Comment avez-vous trouvé le temps ?

— Après vous avoir escortée jusqu'à la maison, j'ai convaincu quelques valets de pied de m'aider à faire une razzia sur la serre de ma mère pour y trouver les meilleures fleurs, que j'ai fait amener ici. Vous méritez que cet endroit soit chaud, ensoleillé et plein de fleurs, mais j'ai bien peur de ne pas pouvoir faire plus au milieu d'un hiver anglais. Lucien se redressa, mais elle perçut sa nervosité, comme s'il craignait qu'elle n'apprécie pas ses efforts.

— Oh, Lucien, c'est beau !

Elle lui adressa un sourire honnête et lumineux en laissant retomber sa pelisse à terre, repoussant les pétales en cercle. Sur la pointe des pieds, elle alla le rejoindre, posa doucement une main sur sa poitrine et le refit s'asseoir sur sa chaise. Sa respiration s'accéléra quand elle glissa de ses genoux et lui passa les bras autour du cou. Lucien attendit alors qu'elle se collait à lui et le récompensait d'un baiser. Il poussa un doux grondement de plaisir quand ses lèvres rencontrèrent les siennes, mais il mit un terme au baiser trop rapidement.

— J'ai un cadeau pour vous !

Il désigna le lit. Horatia remarqua alors la grande boîte disposée au centre.

— Mais nous devons ouvrir nos cadeaux ce soir, lui rappela-t-elle avec ce qu'elle espérait être un ton de réprimande.

Il se contenta de baisser la tête et de lui mordiller la gorge jusqu'à ce qu'elle soit prête à accepter tout ce qu'il aurait pu lui demander.

— Ce n'est pas un cadeau que je pourrais vous offrir en public. Allez-y, mon amour. Ouvrez-le.

Il la déposa doucement à terre et la fit s'avancer vers le lit. Horatia souleva le couvercle de l'écrin couleur crème et rabattit le fin papier afin de révéler la plus belle robe qu'elle avait jamais vue. C'est alors qu'elle se remémora ce qu'il lui avait déjà dit : qu'il lui avait acheté une robe pour remplacer celle qui avait été abîmée.

L'idée de la robe, qu'elle avait cru autrefois que Lucien avait achetée pour se venger de l'attaque de Waverly, adoptait à présent une signification bien différente. Elle sortit la robe et la leva pour la voir dans toute sa gloire. Une mélodie de soie rouge et verte ornée de dentelles belges et de broderies délicates se déplia sous ses yeux. Une brindille de houx artificielle décorait le décolleté d'une façon presque scandaleuse. Lucien avait participé à sa création, c'était certain.

— Eh bien ? demanda Lucien en venant se positionner derrière elle.

Il émanait de lui des vagues enivrantes de chaleur. Horatia referma brièvement les yeux, savourant ce moment privé de paradis.

— C'est trop cher. Vous n'auriez pas dû dépenser autant d'argent pour moi.

Malgré ses remontrances, elle plaqua la robe contre sa poitrine et se tourna vers lui, exprimant clairement qu'elle ne lui rendrait pas ce cadeau.

Les lèvres de Lucien affichèrent un sourire en coin.

— Si vous pensez qu'elle coûte trop cher... Je pourrais vous autoriser à me repayer en nature.

— Hum... Que proposez-vous, exactement ?

Horatia essayait de passer pour une femme détachée et confiante qui troquait ses charmes, mais elle était incapable de dissimuler son désir.

— Pour une robe, cela vous coûtera la matinée et l'après-midi entre ses draps. Je demande des membres enchevêtrés, des gémissements de plaisir et un abandon sauvage.

Il lui retira la robe des mains, la replia et la remit dans la boîte avec une tendresse qui fit mollir de plaisir le corps d'Horatia. Puis il la posa par terre à l'écart.

— Vous souhaitez être repayé tout de suite ?

Horatia pouffa à moitié en apercevant son regard prédateur. Le désir sauvage qu'elle lisait dans ses yeux chassa tout l'air de ses poumons.

— Abandonnez-vous à moi tout de suite, Horatia. Laissez-moi vous posséder de milliers de façons, des milliers de fois.

Lucien n'avait encore jamais plaidé de la sorte, provoquant chez elle une excitation à laquelle elle ne s'était pas attendue.

Elle désirait posséder le pouvoir de le faire l'implorer, pas à cause de la douleur, mais du désir et du besoin de contrôler cette passion, lui permettant de s'exprimer que lorsqu'elle le choisirait. C'était ce qu'il lui avait fait ressentir cette nuit-là au Jardin de Minuit, et elle voulait en faire l'expérience personnelle avant de lui céder à nouveau. Quand il la regardait de la sorte, c'était comme si elle était la dernière femme qu'il embrasserait, la seule femme qui allumerait le feu dans ses yeux et peut-être un jour dans son cœur...

— Si vous me voulez, je crois que c'est vous qui allez devoir me céder. C'est moi qui souhaite avoir le contrôle.

Soudain, elle tendit la main et lui demanda la soie rouge qu'elle savait qu'il gardait sur sa personne. Dans un silence surpris, il lui céda les rubans. Elle désigna sa chemise et son gilet.

— Retirez-les, lui ordonna-t-elle.

Lucien s'exécuta, mais Horatia leva la main.

— Pas trop rapidement.

L'expression de Lucien resta sombre et illisible quand elle lui fit ralentir le mouvement.

— Vos bottes, maintenant.

Encore une fois, il lui obéit sans mot dire, prenant garde à prendre son temps. Une fois qu'il ne fut plus vêtu que de ses culottes, qui collaient à ses cuisses comme des amantes, Horatia désigna le lit.

— Allongez-vous sur le dos. Étendez les bras.

Il lui obéit et Horatia se mordit la lèvre en regardant les muscles de son dos se contracter comme sous la fourrure lisse d'une panthère. Il s'allongea et attendit qu'elle vienne à lui. Avec des mains étonnamment fermes, elle lui saisit un poignet et l'attacha à une colonne de lit. Faisant courir le bout de ses doigts le long de son biceps, elle sentit ses muscles se contracter sous elle alors qu'elle faisait le tour pour lui lier l'autre poignet. Elle lui laissa les jambes libres pour qu'il puisse conserver une certaine mobilité, mais sans avoir l'occasion de pouvoir les faire rouler tous les deux pour se retrouver au-dessus. Il testa les liens d'un mouvement expérimental, son regard toujours indiscernable.

Quand Horatia fut assurée qu'il n'était pas en mesure de se libérer, elle se positionna au bout du lit et commença à se déshabiller. Heureusement, sa robe était boutonnée sur le devant. La langue de Lucien vint humecter ses lèvres et Horatia s'imagina cette langue venir la lécher, mais seulement si elle se permettait de rester à sa portée. Elle ne s'était jamais sentie plus puissante, plus consciente de son pouvoir sur un homme.

Avec Lucien, cela semblait naturel. Elle ne pouvait pas se tromper avec lui et il ne la jugerait jamais pour des péchés qui n'étaient pas de sa création. C'était une pensée libératrice de savoir qu'il était là avec elle, débarrassés de la noirceur de leur passé.

Une fois la robe déboutonnée, elle la fit descendre sur ses épaules et glisser sur ses hanches d'un lent mouvement sensuel qui poussa Lucien à tester la force de ses liens et à s'arquer contre le matelas. Elle laissa tomber la robe à terre et commença à retirer son corsage et ses jupons. Le visage de Lucien rougit alors qu'elle se dressait devant lui, vêtue uniquement de sa camisole. Ses seins étaient lourds et les mamelons pointaient sous le tissu diaphane. Horatia se caressa, appréciant la sensation de ses propres mains sur son corps tout autant que la façon dont cela torturait Lucien.

Elle en avait appris beaucoup sur l'amour durant les quelques heures qu'il avait prises pour le lui enseigner. Ils avaient parlé jusqu'à tard dans la nuit des choses qu'un homme et une femme pouvaient faire ensemble. Horatia avait à présent l'intention d'en explorer certaines.

— Laissez-moi vous toucher, mon amour, l'implora-t-il. Laissez-moi saisir ces seins parfaits.

— Silence, Milord.

Elle se rendit jusqu'au rebord du lit et grimpa entre ses jambes écartées. Horatia remonta le long de son corps jusqu'à ce qu'elle atteigne sa bouche et elle l'embrassa, enfonçant profondément sa langue, mais se retirant avant qu'il ne puisse l'attraper avec ses lèvres. Puis elle passa à sa lèvre gauche, suçant son lobe. Lucien grogna et se contorsionna sous elle. Elle pouvait sentir la tension dans son corps, le besoin de la capturer avec ses bras, mais il était incapable de le faire. Lucien, le marquis de Rochester, était à sa merci, et c'était bon, tellement bon.

— Ne bougez pas, Milord, ou bien vous serez puni.

Elle lui mordit le cou d'un geste taquin.

— Oh, Seigneur ! siffla-t-il.

Son érection se tendit entre leurs corps, contenue par ses culottes. Horatia fit courir une paume sur le renflement, une lente caresse d'exploration qui tira de Lucien une bordée de jurons marmonnés. Horatia sourit et plaqua sur ses lèvres un autre baiser enflammé. Puis, inspirée, elle lui pinça un mamelon. Pour toute réponse, il fit un bond au-dessus du matelas.

— Seigneur, femme ! Je suis fini si vous recommencez !

— Oh, non ! Si vous jouissez avant que je l'ordonne, je m'arrêterai et vous laisserai ici jusqu'à ce que vous soyez prêt à m'obéir.

Horatia répéta son geste sur l'autre mamelon, avec les dents, cette fois. Il le supporta en silence, se tendant sous elle. Elle était ravie qu'il garde le contrôle, mais elle tirait sa véritable satisfaction de la torture qu'elle lui faisait subir. C'était pour chaque sourire sombrement moqueur qu'il lui avait adressé, pour chaque baiser violent, pour chaque caresse rude destinée à lui faire peur afin qu'elle le quitte. Elle n'avait plus peur. C'était elle qui le dominerait.

Déposant des baisers le long de sa poitrine, léchant les étendues musclées de son ventre bosselé, elle atteignit son pantalon et se mit à le défaire. Quand elle le libéra, sa hampe se dressa au garde-à-vous devant elle. Elle prit l'organe rigide entre ses mains et avec un ricanement, elle le lécha sur toute la longueur et encercla le gland avec sa langue. Lucien jeta la tête en arrière, les yeux fermés, haletant alors qu'il cherchait à combattre la réaction de son corps. Le lit craqua quand il tira sur ses liens.

— Vous pouvez vous accorder votre plaisir, à présent, Milord. Je vous le permets, dit-elle avant de le prendre entièrement dans sa bouche.

Elle n'avait encore jamais fait une telle chose, mais elle avait entendu des femmes de chambre en parler et elle avait décidé que cela valait bien un bout d'essai. Il paraissait vraiment apprécier. Il murmurait des encouragements et était à peine capable de respirer alors qu'il arquait les hanches vers sa bouche.

— Oui, là, oui ! Ne vous arrêtez pas. Je vous en prie, mon amour, ne vous arrêtez pas...

La tête de Lucien se renversa brusquement contre le coussin alors qu'elle le suçait et le léchait.

Tremblant violemment, il jouit dans sa bouche avec un cri désespéré. Elle ressentit une vague de surprise en le goûtant. Il était à elle et cela lui provoqua un plaisir profondément charnel. Lucien respirait fort alors qu'il se reprenait lentement, mais Horatia était loin d'en avoir terminé avec lui. Elle remonta le long de son corps et conquit sa bouche tandis que ses mains se dirigeaient vers ses poignets et les maintenaient fort.

— À qui appartenez-vous, Lucien ? demanda-t-elle entre deux baisers chauds et enivrants.

— À vous, mon amour. Et rien qu'à vous.

Il avait répondu sans hésitation, son corps se détendant sous le sien. Ses yeux noisette restaient toujours insondables et sombres, mais il y avait au fond d'eux une vérité inflexible.

— N'oubliez pas qu'en cet instant, vous étiez à moi.

Elle colla ses lèvres contre les siennes tandis qu'elle dénouait la soie et le libérait. Il resta sous elle pendant un moment, ne bougeant pas le temps de se remettre de son orgasme.

— Je n'ai jamais fait suffisamment confiance à une femme pour la laisser agir avec moi comme vous venez de le faire, dit-il enfin.

— Vraiment ?

Horatia, le corps toujours étendu en travers du sien, baissa les yeux vers lui avec surprise.

— Je n'ai jamais été capable de céder le contrôle avant. Je n'aurais jamais cru cela possible. Vous êtes la première.

Il y avait une importance dans ces propos, mais sur le moment, elle n'en saisit pas toute la profondeur. Son esprit était trop embrumé par la passion qu'ils avaient partagée.

— Et à présent, c'est mon tour.

Avec un sourire séducteur, il la fit rouler sous lui, fit passer sa camisole au-dessus de sa tête et la jeta de côté. Lucien lui captura les mains et lui ligota les poignets ensemble au-dessus de sa tête, les attachant à une colonne. Cette position força les seins d'Horatia à pointer et son dos à s'arquer sous lui. Il fit courir la pointe de ses doigts le long de l'ouverture de ses lèvres puis jusqu'en bas de sa gorge, vers ses seins. Ce même doigt traça des petits cercles autour de son mamelon avant qu'il n'abaisse la bouche vers son sommet. Il mordilla cette pointe et Horatia haleta de douleur autant que de plaisir.

— Vous voyez comme il est difficile de se contrôler quand une autre personne vous fait cela ? Je devrais vous punir, mon amour, d'être si innocente que vous m'avez pratiquement tué de désir.

Il fit courir son souffle chaud sur sa peau avant d'abaisser la tête vers son autre sein, suçant et mordillant jusqu'à ce qu'Horatia en tremble.

Lucien lui écarta les cuisses et inséra un doigt, y trouvant la moiteur qui l'y attendait. Il la complimenta d'être prête pour lui avec des mots doux puis caressa tendrement ses petites lèvres avant de s'enfoncer plus profondément en elle. Après l'avoir torturée pendant ce qui parut être une éternité, il lui écarta davantage les cuisses et il se recula pour se positionner à l'orée de son intimité. Il ne retira même pas son pantalon ; le tissu râpeux glissa contre la peau soyeuse de l'intérieur des cuisses d'Horatia, et cette sensation la fit hoqueter. Quand il s'enfonça profondément en elle, Horatia poussa un cri alors que la douleur se mêlait au plaisir de le sentir, une invasion puissante qui la rendait folle de plaisir.

Lucien se rassit sur ses talons, toujours profondément en elle alors qu'il regardait l'endroit où leurs corps se rejoignaient. Il se retira et donna un coup de reins si puissant qu'elle s'arqua sur le matelas, s'offrant à lui. Lucien tendit le bras et saisit sa gorge d'une main, puis il fit glisser cette main le long de ses seins, sur le petit ventre lisse et jusqu'au sommet de ses cuisses. Cette même main exploratrice encercla alors le petit bouton de nerfs qu'il n'avait juste alors que titillé. Il pinça et Horatia poussa un cri face à l'orgasme qui s'ensuivit, la secouant jusque dans ses fondations. Elle avait l'impression d'être un miroir brisé et que des éclats d'elle-même s'étaient éparpillés en milliers de petits reflets.

— Oh, mon Dieu, gémit-elle en la repinçant alors qu'elle sentait qu'elle se délitait depuis l'intérieur.

— Je préfère qu'on m'appelle Lucien.

Horatia était trop perdue dans le plaisir d'être connectée à lui pour partager sa plaisanterie alors qu'il continuait à plonger profondément en elle. C'était comme s'il la faisait sauvagement sienne, et elle se délecta de cette férocité alors qu'il la tenait captive des coups de boutoir de ses hanches contre les siennes.

Il était au bord de la jouissance, elle le lisait dans son regard. Mais soudain, Lucien se retira et la retourna sur le ventre. Il tendit le bras, prit deux coussins supplémentaires et lui souleva les hanches afin de glisser les coussins dessous. Les fesses en l'air, elle se sentait terriblement exposée.

— Tellement belle, ma ravissante et coupable Horatia.

Il s'exprimait à voix basse alors qu'il caressait sa nuque, redescendant le long de sa colonne vertébrale avant d'atteindre ses fesses. Il lui donna une gifle sur le derrière et elle sursauta. Un filin enflammé remonta le long de son corps et elle sentit se raviver une palpitation douloureuse entre ses cuisses.

— Ceci est pour m'avoir torturé. Considérez-vous comme punie, mon amour.

Il embrassa chaque fesse, la douleur de son coup se transformant en une chaleur délicieuse. Horatia était choquée de découvrir à quel point cela était excitant. Elle n'était pas en mesure de le voir, à moins de tordre le cou. Elle devait lui faire confiance entièrement sans pouvoir le voir.

— Lucien, je vous en prie...

Elle remua les fesses, tentant désespérément de lui redonner envie de la pénétrer. Puis elle sentit une main lui écarter la vulve, lui permettant de revenir à l'intérieur.

— Oui, oui, là !

L'animal en elle reprit le dessus quand elle se réjouit qu'il la pénètre à nouveau. Elle alla à la rencontre de son mouvement en arquant à son tour les hanches. Il était enfoncé jusqu'à la garde, s'appuyant sur les mains des deux côtés alors que chaque coup frappait un point précis au plus profond d'elle, la privant de toute pensée rationnelle. Elle poussa des cris alors qu'il la ravissait, leurs peaux couvertes de sueur et l'arôme de leur amour lui embuant les sens.

Ce moment avait presque failli lui dérober son âme. Quand elle jouit, c'était fort, sidérant et primitif. Elle oublia qui elle était, qui il était. Il n'existait plus que ce moment, cette explosion du plus grand plaisir qu'elle avait jamais connu. Elle eut vaguement conscience de Lucien qui la pénétrait à un rythme et avec une rudesse qui aurait fait honte à un étalon, et même cette pensée la propulsa vers un autre orgasme sauvage.

Lucien poussa des cris incohérents et s'écroula sur elle, leurs corps toujours en fusion. Au bout d'un moment, il descendit d'elle et elle se tourna pour lui faire face. Leurs membres s'emmêlèrent et leurs âmes se confondirent ; ils échangèrent des soupirs et des sourires. Les mots étaient inutiles. L'air du désir marquait si profondément le visage de Lucien qu'Horatia sentit ses yeux brûler de larmes.

— J'ai été bête d'avoir attendu aussi longtemps.

Il lui détacha délicatement les poignets et la fit rouler sur le dos sous elle. Elle savoura sa chaleur, appréciant les battements rapides de son cœur contre sa joue.

— Je vous en prie, dites-moi que vous m'avez toujours appartenu.

Il embrassa sa bouche, ses joues, son nez, son front.

— Je vous ai toujours appartenu.

Elle fit glisser les mains le long de ses épaules puis de ses bras avec des caresses apaisantes.

— J'ai envie de vous faire ceci tous les soirs et tous les matins. J'ai envie de partager mon nom et mon âme avec vous, Horatia.

— Je n'ai jamais eu envie que de votre cœur, répliqua-t-elle.

Lucien sourit tendrement et fit courir des baisers le long de sa mâchoire. Mais à présent, elle était timide et hésitante.

— Durant toutes ces années, alors que vous avez connu d'autres femmes ? Comment allez-vous pouvoir vous satisfaire de moi ? Comment puis-je être suffisante ?

Ce qu'il allait dire la terrifiait.

— Je ne peux pas me débarrasser du passé, mon amour, mais sachez ceci : vous n'avez jamais été loin de mon cœur ou de mon esprit. Même lorsque j'étais déterminé à me montrer froid envers vous, vous m'avez rendu la tâche difficile. Il est à présent impossible pour moi d'être sans vous. Quand je suis avec vous, je ne suis jamais repu ; quand vous me quittez, j'ai envie que vous reveniez à mes côtés. L'arôme de votre peau me manque, la texture soyeuse de vos cheveux contre mes lèvres, le sourire éblouissant que vous cachez si souvent au monde à cause de votre timidité. Je me délecte de vous entendre me parler des étoiles et de voir votre loyauté envers ceux que vous aimez. Je ne suis pas certain que les poètes s'accordent sur ce qu'est l'amour, mais je crois que quelque part au fil du temps, je suis tombé amoureux de vous. Et j'ai bien peur d'être tombé fort. Puis-je vous offrir mon cœur, Horatia ?

La voix de Lucien était tremblante, et cela n'avait rien à voir avec leur récente explosion de passion.

— Oh, Lucien...

Elle m'embrassa profondément.

— Considérez votre cœur en sécurité entre mes mains.

Il inclina la bouche vers la sienne, sa langue s'enfonçant entre ses lèvres. Quand Horatia fut enfin capable de recommencer à respirer, elle se remémora que tout n'allait pas bien dans le meilleur des mondes.

— Cédric sait que nous avons une relation. Il m'a donné un ultimatum. Je dois choisir entre vous et ma famille. Je ne peux pas avoir les deux. Il ne m'accueillera plus jamais à la maison si je vous choisis.

Elle essaya de s'exprimer aussi calmement que possible, mais la tristesse lui serrait la gorge. Pourquoi donc son frère souhaitait-il la dénier de la sorte ? Elle était bien placée pour savoir que la vie n'était pas juste, mais son frère n'aurait-il pas plutôt dû essayer de compenser cette injustice de l'existence par des expériences positives ? Ou du moins, il n'aurait pas dû lui dénier le droit de la rendre heureuse.

Lucien fronça les sourcils.

— Je lui parlerai. Il n'est pas juste que vous ayez à choisir. Ni l'un ni l'autre ne devrions avoir à choisir entre notre amour mutuel et lui.

Lucien ouvrit les couvertures pour qu'ils s'y glissent dessous afin de se réchauffer. Une fois qu'elle se retrouva blottie contre lui, au chaud et ensommeillée entre ses bras, il enfonça ses lèvres dans ses cheveux, inhalant son odeur.

— Si j'avais à choisir, dit Horatia, je vous choisirais vous, Lucien. Je vous choisirais toujours.

Elle blottit son visage contre son cou avant de s'abandonner au sommeil. Elle n'entendit pas la réponse murmurée de Lucien.

— Et je vous choisirais, ma petite astronome. Mais je ferai tout ce qui est en mon pouvoir pour m'assurer que vous n'ayez pas à le faire.

CHAPITRE 28

Une demi-heure avant le dîner de la veille de Noël, Lucien faisait nerveusement les cent pas dans l'immense bibliothèque des Russell, attendant l'arrivée de Cédric. Les derniers vestiges de sa froideur déplacée envers Horatia avaient disparu. Il ne restait plus que la graine profonde de l'amour. Il avait passé des années à saler son âme pour empêcher cette graine de prendre racine. Mais Horatia était devenue son soleil, son eau, et avait nourri cette graine profonde. Les pétales s'ouvraient, les racines s'enroulaient profondément dans son cœur. Il allait avoir un long entretien avec son ami, Cédric finirait bien par accepter et laisserait Horatia être avec lui, et ce serait fait. Il ne pouvait pas revenir en arrière. Il avait franchi le dernier pont et l'avait réduit en cendres.

La porte de la bibliothèque s'ouvrit et Cédric entra, l'air aussi froid que l'armure qui la gardait.

— J'ai reçu votre convocation.

Son ami paraissait choisir ses paroles avec soin. Lucien essaya de sourire, mais ses nerfs étaient à vif.

— Je n'ai pas eu l'intention de vous « convoquer ». Je voulais discuter de quelque chose d'important.

Il avait l'impression que quelqu'un venait de lâcher une horde de papillons dans son ventre. C'était presque risible d'être aussi effrayé, comme un enfant qui tenait tête à son professeur. Cédric referma la porte de la bibliothèque et s'approcha de Lucien à pas mesurés, les mains serrées derrière le dos.

— Me voici. De quoi souhaitez-vous parler ?

Le langage corporel de Cédric n'était pas de bon augure, pas du tout.

— Au cours des deux derniers mois, j'ai connu un revirement sentimental. Profond. Très profond.

Ce n'était pas la formulation la plus flatteuse ou la plus élégante, mais il fallait bien amorcer cette conversation redoutée d'une façon ou d'une autre.

— Je n'avais pas remarqué.

La voix de Cédric exprimait un certain soupçon.

— Je ne voulais pas qu'on le remarque, Cédric. Écoutez, ce que j'essaie de vous dire...

Les mots étaient là, mais le regard froid de Cédric les immobilisait sur la langue de Lucien, le mettant au défi de lui demander une chose sur laquelle il n'avait aucune prétention. Lucien prit une inspiration tremblante avant de continuer.

— J'aimerais vous demander la permission d'épouser Horatia.

Cela ne lui ressemblait pas, mais il devait maintenir le contrôle pendant ce bref instant, et rester formel lui paraissait être la chose la plus simple.

— C'est donc vrai ? Vous avez des vues sur ma sœur ?

Lucien connaissait Cédric comme seuls de véritables amis pouvaient le faire, et il reconnut le soupçon familier du danger dans le ton de ce dernier.

— Je l'aime, Cédric...

— Arrêtez ! Vous ne l'aimez *pas*. Vous pouvez aimer son corps et le plaisir qu'il vous apporte, mais elle ne deviendra pas une femme de plus dans la longue lignée de celles dont vous avez brisé le cœur. Pas mon Horatia.

Cédric serra les poings contre son corps. Même à six mètres de distance, Lucien ne se sentait pas en sécurité.

— Du calme, Cédric. Je ne suis plus cet homme. Laissez-moi vous expliquer...

— Je n'écouterai pas vos mensonges, Lucien.

Cédric se précipita vers lui et enfonça profondément l'index dans la poitrine de Lucien.

— Gardez cela pour la prochaine femme qui retiendra votre attention ! Vous enfreignez les règles sur lesquelles notre Ligue a été fondée. J'exige que vous ne vous approchiez pas d'Horatia. Que vous ne la *regardiez* même pas.

— Non.

Lucien prit garde de se contrôler. Cédric allait l'écouter, même s'il devait le ligoter à une chaise.

Cédric le regarda en plissant les yeux.

— Quoi ?

— J'ai dit non. Nous nous sommes mis d'accord sur la deuxième règle parce que nous ne pouvons pas nous faire confiance en présence du beau sexe... et à juste titre. Mais le temps nous change tous. J'aime Horatia et je souhaite l'épouser. J'ai envie d'une flopée d'enfants et de son amour dans ma vie pour le reste de mes jours. Je lui ai demandé de m'épouser et elle a accepté. Je suis venu vous trouver par amitié et parce que vous êtes sa famille. Je n'ai pas *besoin* de votre permission pour l'avoir, parce que je la possède déjà.

C'était la pire chose qu'il aurait pu dire, mais il ne s'en rendit compte que trop tard.

Le poing de Cédric s'abattit dans le ventre de Lucien, le faisant tituber en arrière. Son adversaire le suivit et lui donna un second coup de poing violent dans la poitrine, tellement fort que celui-ci retomba en arrière et heurta une bibliothèque.

— Comment *osez*-vous tenter de la posséder ! Elle n'est pas à vous !

Cédric lui décocha un autre uppercut et Lucien reçut un autre coup alors qu'il était acculé contre les étagères.

— Et vous n'avez pas à la mettre sous clé ! Horatia a toujours été et restera toujours sa propre personne. C'était un don du cœur et même si je n'ai absolument rien fait pour la mériter, c'est moi qu'elle veut et personne d'autre. Alors je vais la prendre pour épouse et faire de mon mieux pour être digne d'elle. Vous ne soutenez peut-être pas sa décision, mais par Dieu, vous n'allez pas la punir parce qu'elle m'aime.

Le corps de Lucien tremblait de rage alors que Cédric le tirait en arrière et lui donnait un autre coup de poing. Cédric trébucha contre l'une des armures de la bibliothèque, la renversant à terre avec un grand fracas.

— Vous l'avez déjà prise, espèce de misérable ?

Lucien ne dit rien.

— Elle a réchauffé votre lit. Elle pourrait déjà porter votre enfant !

La vérité de cette accusation piqua Lucien. Cédric le connaissait trop bien.

— Oui, répondit-il. Et si elle porte à présent un enfant, cette pensée me remplit d'un amour que je ne peux absolument pas comprendre.

— Vous dites cela maintenant. Peut-être même le croyez-vous. Mais cela ne fait rien. Je sais comment vous êtes et la froideur dont vous avez fait preuve, non seulement avec elle, mais également avec d'autres femmes. Peu m'importe que ma sœur soit votre seule chance de salut, vous ne l'aurez pas. Pas tant que je serai en vie.

La menace frappa Lucien comme un éclair. Ses sens s'échauffèrent quand Cédric recommença à l'agresser de ses poings, se remettant à le battre contre l'étagère. Lucien s'abstint de contre-attaquer. Cela ne servirait à rien.

— Que voulez-vous dire ? demanda Lucien.

Cédric gonfla la poitrine, comme s'il s'adressait à un condamné.

— Je demande satisfaction, comme j'en ai le droit. Demain à l'aube. Choisissez un second et votre arme de choix.

— Je ne me battrai pas en duel avec vous, Cédric.

Lucien ne parvenait pas à croire qu'ils en arriveraient là. La

Ligue plaisantait souvent sur le fait que Cédric était capable de ce genre de choses, mais personne n'y croyait.

— Vous le ferez, ou bien je convoquerai le reste de la Ligue et nous choisirons comment vous punir pour avoir contrevenu à la deuxième règle.

Lucien savait que Cédric resterait implacable sur la question, même si les autres s'y opposaient. Cette pensée lui glaça le sang.

— Très bien. Je me trouverai dans le champ du nord à l'aube avec mon second. J'apporterai l'arme de mon choix.

— C'est bien.

Les yeux de Cédric se remplirent de colère et de regret, mais il ne dit plus rien et se tourna pour partir.

Lucien aurait voulu revenir sur les paroles qui les avaient amenés jusque-là, mais Cédric était parti et il se retrouvait seul dans la bibliothèque. La douleur s'empara de lui, lui rappelant tous les coups que son ami avait abattus sur lui.

Il resta à côté de la bibliothèque pendant ce qui lui parut être une éternité. Il reprenait son souffle lorsqu'il se rendit compte qu'il n'était pas seul. Sa sœur Lysandra émergea de derrière l'étagère contre laquelle il s'appuyait.

— Depuis combien de temps êtes-vous ici ?

Il essaya de paraître dur, mais ses mots sortirent d'un ton plat.

Lysandra se passa les mains sur les yeux, essuyant les larmes qui perlaient aux coins de ses paupières.

— Oh, Lucien !

Elle courut vers lui et il s'effondra faiblement dans ses bras. Quand il tomba à genoux sur le plancher de bois, Lysandra fut entraînée avec lui, ne cessant de le bercer contre elle alors qu'il cherchait à reprendre son souffle. Quelle folie était-ce là ? Aimer Horatia, mais perdre Cédric dans le processus ? Ce n'était pas juste et il n'aurait pas dû avoir à choisir.

— Allons, allons, dit Lysandra en lui caressant les cheveux comme il l'avait fait pour elle d'innombrables fois.

Au bout de quelques minutes, il parvint à se reprendre.

— Vous ne devez le dire à personne, Lysa. Personne ne doit savoir ce qui s'est passé ici. Vous comprenez ?

— Oui. Mère ne vous pardonnera jamais de vous être battu en duel à Noël.

— Je ne serai peut-être plus là pour subir son mécontentement.

Lucien n'avait pas peur de mourir, même de la main de son ami, mais songer à toutes ces années gaspillées sans Horatia lui serrait le cœur comme rien d'autre n'aurait su le faire.

— Se battre en duel est illégal. Vous n'avez pas à le faire.

— C'est une question d'honneur. Et d'amour.

— Quelle valeur auront ces mots, gravés sur une tombe ?

— Cédric ne va pas renoncer, simplement parce que je refuse. Il me traitera de lâche en plus de tout le reste. Horatia ne peut pas épouser un lâche. Et même si épouser un lâche n'est pas illégal, ce devrait l'être.

— Vous êtes ridicule et vous ne parviendrez pas à détourner une balle avec votre langue bien pendue.

Les paroles de Lysandra firent réfléchir Lucien.

— Oui... Les duels sont ridicules, n'est-ce pas ? Peu importe. Nous ferons notre devoir, même si c'est ridicule.

Il fit l'état des dégâts que leur combat à sens unique avait laissé dans son sillage. Une idée commença à germer. Une idée absolument ridicule.

— Alors vous allez lui tirer dessus ? demanda Lysandra.

— Je l'aime comme un frère. Jusqu'ici, je n'ai jamais tiré sur mes frères de sang, et je ne vais pas commencer avec Cédric. Il est peut-être trop stupide pour comprendre la vérité, mais quoi qu'il advienne, je ne lui tirerai pas dessus.

⁂

CETTE NUIT-LÀ, APRÈS LE DÎNER, HORATIA ÉTAIT LA PLUS belle femme dans la pièce. Lucien le remarqua avec dans le cœur un profond pincement de douleur. Le regret et le désir d'un futur qu'il risquait à présent de ne pas connaître lui nouaient la langue. Tous avaient profité d'une fête merveilleuse, que venait seulement gâcher le silence de Cédric et de Lucien l'un envers l'autre. À présent, la famille et les amis étaient réunis dans la salle de bal des Russell, dansant sur la musique de Noël jouée par un quatuor de cordes engagé pour l'occasion. Toute la soirée avait plus d'importance que jamais pour Lucien.

Il dansa une fois avec toutes les dames, mais il n'avait de cesse de revenir à Horatia, comme si la garder dans ses bras lui garantirait que la nuit ne se terminerait jamais et que l'aube n'aurait pas la moindre chance d'arriver. Cédric, pour sa part, gardait ses distances, lui autorisant cette nuit-là comme un dernier souhait avant l'échafaud.

La main de Lucien reposait au creux de ses reins. Il pouvait sentir la chaleur de son corps sous sa paume. Sa main gantée reposait sur son épaule large, ses doigts se refermant légèrement en un geste de possessivité tendre. Horatia portait sa robe et elle lui allait à la perfection, les soies brodées s'accrochant à son corps comme lui-même aurait aimé le faire. Ce soir, elle n'avait eu que des sourires radieux, et toute la tristesse avait été bannie par les réjouissances de la saison de Noël. Elle ne lui avait jamais paru plus ravissante et il ne se gêna pas pour le lui dire.

— Je suis heureuse, Lucien. C'est grâce à vous.

Elle resserra sa prise sur son épaule et sa main pendant leur valse sans fin.

— Si seulement je pouvais toujours vous rendre aussi heureuse, mon amour, murmura-t-il trop doucement pour qu'elle puisse l'entendre par-dessus la musique.

Quand la musique s'arrêta enfin, lady Rochester battit des mains.

— Très bien, tout le monde ! Cessons de danser. C'est l'heure des cadeaux !

L'annonce fut suivie par des vivats enthousiastes en provenance des plus jeunes occupants de la salle de bal. Le groupe se dirigea vers le grand salon qui jouxtait la salle de bal, où ils furent accueillis par un feu rugissant, quelques petits desserts de Noël et des carafes nouvellement remplies prêtes à être bues. Cependant, l'esprit de Lucien n'était pas aux desserts de Noël. Il fit de son mieux pour ignorer les regards que sa sœur continuait à lui adresser depuis l'autre bout de la pièce.

Permettez-moi de profiter de ces dernières heures... s'il vous plaît, implora-t-il le destin, impuissant.

À présent, Lucien se sentait presque téméraire, souhaitant tenir Horatia dans ses bras sans se préoccuper de qui pourrait les voir. Dieu, il la désirait et l'aimait tellement ! Semblant enhardie par la soirée, Horatia l'accompagna vers un petit canapé. Sous les vagues de soie rouge de sa robe, il lui prit la main et s'y accrocha comme un homme assoiffé l'aurait fait avec un verre d'eau.

De l'autre côté de la pièce, le regard de Cédric les transperçait, mais il ne fit rien pour les retenir. Le corps de Lucien se souvenait douloureusement de la fureur méritée de Cédric. Chaque inspiration et contorsion de son corps lui rappelaient l'animosité qui lui avait dérobé l'amitié de Cédric comme un voleur cruel. Il était à l'agonie, et ce choix n'en était pas vraiment un.

— Tenez, Lucien. C'est pour vous, dit Horatia essoufflée.

Elle avait l'air de craindre que cela ne soit pas à son goût. Lucien lui sourit, reconnaissant de cette distraction, et il ouvrit le paquet. Sur ses genoux, il découvrit un livre intitulé *Astronomie et Mythologie*. C'était une histoire des récits tournant autour des constellations.

Souriant comme l'imbécile qu'il était, il ouvrit le volume et découvrit l'inscription : *Joyeux Noël, Lucien. Que nous puissions à jamais partager les étoiles*. Il n'avait jamais apprécié la poésie, mais ce vers unique fit s'élever et se briser son cœur tout à la fois. Après l'aube à venir, il n'y aurait plus d'étoiles, plus de contes, plus d'amour... Pas sans y perdre son meilleur ami. Les chances de mourir dans un duel n'étaient pas aussi grandes que certains voulaient le faire croire. C'était dû à la fierté des participants. Mais la vérité était qu'indépendamment du résultat, ce serait dévastateur, car il allait déchirer leurs familles. Horatia perdrait ou bien lui ou alors son frère. Personne n'en sortirait indemne.

— Il y a autre chose, insista Horatia avec un sourire coquin en lui désignant le centre du livre.

Il retira des pages centrales une longue bande fine de soie écarlate. Trop longue pour être un marque-page, elle était brodée d'étoiles et de croissants de lune argentés.

— J'ai pensé que vous pourriez y trouver d'autres usages.

Horatia se mordilla la lèvre inférieure avec une lueur dans le regard. Cette satanée bonne femme était parfaite ! Trop parfaite...

L'attention des autres occupants de la pièce fut détournée vers Lucinda et Lysandra qui admiraient les nouveaux gants fauves d'Audrey.

— Je vous aime, souffla-t-il.

— Je vous aime aussi, lui souffla Horatia en retour.

— Et voici votre cadeau, dit doucement Lucien en lui glissant un petit paquet sous le couvert de ses jupes.

— Mais vous m'avez déjà donné le mien ! dit-elle.

— Quand c'est pour vous, mon amour, je ne peux de toute évidence pas me contrôler.

Lucien sourit en la voyant déballer le petit cadeau, découvrant une pochette en velours. Avec un regard curieux, elle ouvrit les cordons et la renversa. Un fin bracelet de saphirs encerclés de diamants tomba sur ses genoux. Les mains d'Horatia volèrent jusqu'à sa bouche.

— Cela appartenait à ma grand-mère maternelle. Elle me l'a donné quand j'avais quinze ans. Elle m'a dit de l'offrir à la femme à qui mon cœur appartient. Je me souviens que j'avais ri en lui disant que personne ne possèderait jamais mon cœur, mais cette vieille femme rusée me connaissait mieux que je ne le faisais à l'époque. Elle m'a dit de le garder et qu'un jour, je saurais à qui le donner.

« Cette nuit-là dans le Jardin de Minuit, quand vous avez parlé des étoiles... J'ai su qu'il vous était destiné. Même si je me suis emporté contre vous, j'ai su que ce bracelet vous revenait. Vous êtes la gardienne de mon cœur. Acceptez ce cadeau et portez-le quand vous pensez à moi. Grâce à ce bijou, c'est comme si je décrochai les étoiles pour vous en faire une parure.

Lucien prit sa main droite et referma délicatement le bracelet autour de son poignet.

Horatia s'émerveilla devant le reflet éblouissant des pierres précieuses à la lumière du feu, puis Lucien fit glisser son gant par-dessus le bracelet et l'en recouvrit. Elle tourna le regard vers lui sans dire un mot. Elle n'avait jamais été aussi belle, aussi magnifique. Les anges pâlissaient par comparaison, et aucun saint ne possédait des halos plus lumineux d'innocence et de pureté de l'âme que sa très chère Horatia.

— Lucien.

Elle essaya d'en dire plus, mais il entendit sa voix se briser. Elle était enchantée et emplie d'amour, et cela le comblait d'humilité.

Une fois les derniers cadeaux déballés, Sir John se mit à chanter des cantiques à pleine gorge de son profond baryton puissant. Son fils, Avery et Lawrence se joignirent tous à lui alors que Lysandra et Audrey pouffaient de rire chaque fois que les quatre hommes massacraient les paroles. Linus se tenait devant la cheminée, jouant avec une écharpe bleu marine qu'il avait reçue de Lucinda Cavendish. Elle le rejoignit près du feu et, avec un petit sourire, repoussa ses mains afin d'ajuster l'écharpe elle-même. Linus la regardait avec un désir et une admiration évidents. Seul Lucien parut remarquer que Linus avait posé la main sur la taille de la jeune femme et l'avait rapprochée de lui de quelques centimètres.

Une bonne leur apporta du cidre chaud et une fois de plus, la conversation remplit la pièce comme le bourdonnement distant des abeilles un jour d'été.

— J'aimerais que cela reste ainsi pour toujours, soupira Horatia d'un air mélancolique.

Lucien en convint. Rien n'était plus merveilleux que d'être au chaud et somnolent dans un salon éclairé par une cheminée, entouré par la famille et les amis tandis que la neige recouvrait le monde à l'extérieur.

— Moi aussi.

Lucien resserra sa main autour de celle d'Horatia et se délecta de la vision d'elle et de sa propre famille : l'étincelle dans les prunelles de sa sœur et les sourires espiègles de ses frères. Il appréciait même le sourire réticent de Cédric qui permettait à Audrey de s'affairer autour de lui alors qu'il essayait sa nouvelle veste de chasse rouge.

Il était largement plus de minuit quand ils décidèrent tous d'aller au lit et que le groupe se dispersa à contrecœur. Lucien battit en retraite vers sa chambre et laissa Félix, son valet, le préparer au coucher. Félix tenta de dissimuler un bâillement et adressa à Lucien un sourire fatigué avant de regagner les quartiers des serviteurs. Lucien enfila ses vêtements de nuit et s'apprêtait à refermer sa robe de chambre autour de son corps meurtri quand on toqua à la porte de sa chambre.

Il alla ouvrir et découvrit Horatia en chemise de nuit dans le couloir plongé dans la pénombre.

— Puis-je entrer ?

Elle se glissa devant lui avant qu'il ne puisse répondre et se dirigea droit vers le lit, se faufilant entre les couvertures rabattues.

— Et Ursula ? Ne s'inquiètera-t-elle pas de vous trouver partie ?

Il referma la porte de sa chambre.

— Elle sait que je suis ici et qu'elle doit garder le silence sur l'endroit où je me trouve. Je crois qu'elle vous aime bien, même si elle pense que vous êtes un voyou.

— Je suis un voyou.

Il raidit le dos et lui adressa un regard faussement noir.

— Bien entendu, répondit-elle du ton qu'on utilise pour apaiser un enfant capricieux, tout en tapotant un endroit sur les draps à côté d'elle. Votre lit est glacé, Milord. Venez donc me réchauffer.

Elle parlait comme une princesse qui voulait que son chevalier servant obéisse au moindre de ses désirs. Et Lucien était ce chevalier.

— Oui, ma dame.

Il s'inclina avec un sourire moqueur et elle lui jeta un oreiller.

— Il faudra plus que quelques oreillers pour m'arrêter, mon amour.

Il souffla les bougies qui restaient avant de lui retirer sa robe de chambre. Il ne voulait pas qu'Horatia voie les ecchymoses que son frère lui avait infligées.

— Et maintenant, si nous vous réchauffions ?

Sous la couverture, Lucien la prit dans ses bras.

Ce qui s'ensuivit fut une sorte d'union charnelle qu'il n'avait encore jamais connue auparavant. Pas de liens, pas d'exploration de ses passions plus sombres. Il se montra tendre et mesuré, déversant toute son âme dans chaque baiser et offrant son cœur à chaque caresse. Sous lui, Horatia ne cessait de pousser des petits cris. Lucien se représenta son visage dans son esprit, l'extase ravissant ses traits dans le clair de lune. Il voulait capturer la beauté qui n'appartenait qu'à elle.

Cela..., songea-t-il avant de se permettre enfin d'atteindre son climax avant l'aube, entre ses bras, *vaut bien de mourir*. Il ferma brièvement les yeux, espérant profiter d'une heure de sommeil avant que Félix ne vienne le réveiller.

CHAPITRE 29

— C'est l'heure, Milord, murmura Félix, tirant Lucien de ses rêves doux-amers.

Faisant très attention, il délia son corps de celui d'Horatia. Demeurant endormie, elle tendit inconsciemment un bras, cherchant sa chaleur disparue. Lucien ressentit douloureusement sa perte. Il n'osait pas la toucher, n'osait pas trop se rapprocher, sans quoi il la réveillerait et ne serait jamais capable de partir.

Lucien enfila un pantalon, puis il passa à la hâte une chemise et un gilet vert. Négligeant de mettre une cravate, il remonta ses bottes et quitta la pièce. Jetant un seul dernier coup d'œil vers son lit, Lucien lui dit au revoir en silence.

— Dormez, ma chère, et rêvez des étoiles.

Il se glissa dans le couloir puis vers la chambre de Lawrence. Il trouva la porte déverrouillée et vit l'intéressé étendu sur le lit, entièrement nu, d'après ce qu'il en voyait. Il s'approcha du lit de son frère et lui secoua l'épaule.

— Réveillez-vous, Lawrence.

Celui-ci envoya une main dans la direction vague de son aîné.

— Encore cinq minutes, Tom.

Tom était son valet. Lawrence essaya de rouler sur lui-même

pour lui tourner le dos. Lucien répliqua en lui donnant une gifle à l'arrière de la tête.

— Levez-vous, Lawrence. J'ai besoin de vous.

— Hum... Lucien ?

— Allons. J'ai besoin que vous m'accompagniez immédiatement dans le champ du nord.

— Le champ du nord ? Pourquoi donc ?

Lawrence se rassit, se frottant les yeux et clignant des paupières.

— J'ai rendez-vous avec un pistolet, répondit Lucien.

Cela piqua l'attention de Lawrence qui bondit hors de son lit.

— Quoi ?

— Habillez-vous et je vous expliquerai en chemin.

Lucien se tint impatiemment près la porte alors que Lawrence se vêtissait à la hâte. Ce n'est que lorsqu'ils furent dans le couloir que Lucien expliqua l'histoire du duel.

— Vous allez sérieusement vous battre en duel avec Sheridan ? Je n'y crois pas. Pas vous deux.

— Croyez-le, Lawrence. C'est la faute de Mère. Si elle n'avait pas essayé de me forcer la main avec Horatia, j'aurais pu présenter lentement l'idée à Cédric de courtiser Horatia sans encourir de réaction volatile.

Lawrence grimaça.

— C'est *ma* faute. Je peux l'expliquer à Sheridan. Il reprendra peut-être ses esprits et cessera ces bêtises.

Lucien continua de marcher, son frère gardant le rythme.

— Mieux vaut que je subisse seul sa colère. J'espère qu'elle aura refroidi durant la nuit. Sans quoi...

Ils parcoururent les couloirs en silence et Lucien s'arrêta juste à l'extérieur des portes de la bibliothèque, tendant sa redingote à Lawrence.

— Attendez ici, j'ai besoin d'une chose de plus avant de partir...

Quand ils atteignirent le champ le plus au nord, Cédric les attendait avec un Gregory Cavendish confus et ensommeillé.

Lawrence et Gregory échangèrent des regards inquiets alors que Lucien tendait une boîte contenant deux pistolets. Gregory et Lawrence endossèrent la tâche d'inspecter les armes pour vérifier qu'elles n'étaient ni enrayées ni sabotées. Une fois que les seconds eurent déterminé que ces pistolets étaient en bon état de marche, les hommes firent un pas en arrière. Cédric et Lucien prirent chacun un pistolet puis se firent face. Les nuages de leur haleine à la lumière pâle qui précédait l'aube ne faisaient que renforcer le silence entre eux.

— C'est votre dernière occasion pour tout annuler, Messieurs.

Gregory attendit, mais aucun des deux partis ne tenta de mettre un terme au duel.

Cédric vacilla d'un pied sur l'autre, écartant les lèvres comme s'il avait voulu dire quelque chose, puis il secoua légèrement la tête.

— Vingt pas chacun, dit Cédric.

— D'accord, répondit Lucien.

Son cœur hurla à l'intérieur de sa poitrine alors qu'il tournait les talons et commençait à compter les pas. *Seigneur Dieu, faites qu'il recouvre la raison !* Il s'assura de faire des pas lents et mesurés, grimaçant chaque fois que les petits cliquètements et craquements trahissaient le meilleur espoir qu'il lui restait de survivre à tout ceci... si Cédric ne l'en délivrait pas par un soudain éclair de raison.

Quand ils se retrouvèrent à quarante pieds de distance, ils levèrent leurs pistolets pour saluer et attendirent. Lucien glissa son index hors du cercle de métal qui protégeait la gâchette, afin de ne pas déclencher son arme accidentellement si jamais il se faisait toucher.

L'air le pénétrait comme du feu, tous ses sens en alerte maximale. L'odeur de l'herbe morte et le craquement de la neige sous ses pieds, le froid mordant de l'atmosphère et les cieux gris sans fin qui se mêlaient aux vastes étendues de neige immaculée... *Il est bien triste que cette dernière vision soit si froide et dénuée de vie !*

— Vous tirerez à trois, cria Grégory dont la voix résonna en travers du champ.

— Un...

Arrêtez, espèce d'imbécile, pensa Lucien en se plaçant de profil pour offrir à Cédric la plus petite surface possible.

— Deux...

Cédric baissa son pistolet pour viser. Lucien laissa retomber le bras davantage, braquant le pistolet vers ses pieds. L'esprit de Lucien passa en revue chaque instant de la nuit précédente. Il se força à invoquer chaque once de sa force émotionnelle afin de rester ferme pour Horatia.

— Trois...

La main de Cédric trembla visiblement, puis il poussa un juron et tira.

Pang !

La balle frappa Lucien à l'épaule et ricocha, lui frôlant la tête. Lucien poussa un soupir de soulagement, même si la douleur était terrible. Il n'était pas mort. La douleur s'atténua légèrement. C'était bien, il allait s'en sortir. Ce n'était qu'une petite coupure.

— Vous devez tirer à votre tour, l'informa Lawrence à contrecœur.

Il y avait des règles à ce genre de choses.

Lucien tira vers le sol. C'était fini.

Comme si l'acte l'avait d'une certaine façon libéré, il ressentit une faiblesse et un vertige soudain. Il s'effondra à terre dans un grand fracas. Sa blessure à la tête était peut-être plus grave qu'il ne l'avait cru.

— Espèce d'imbécile !

Cédric lança son pistolet à Gregory avant de se précipiter vers l'endroit où se trouvait Lucien.

— Aidez-moi à retirer ceci.

Lucien enfonça les mains dans son manteau, espérant retirer les plaques de métal qui se trouvait en dessous.

— Que diable ? demanda Cédric en avisant l'armure qui

couvrait l'épaule de Lucien et descendait sur la longueur de son bras.

— C'est ce que vous aviez récupéré à la bibliothèque ?

Lawrence examina sa tête.

— Vraiment, Lucien, d'où sortez-vous toutes ces idées ? C'est presque aussi retors que le jour où vous vous êtes faufilé hors de la maison de lady Godfrey sous le nez de son mari, déguisé en valet.

Lucien hocha la tête avec un ricanement douloureux.

— Peut-être. Mais c'est également ce qui m'a sauvé la vie. Cédric est un bon tireur et je ne voulais pas m'y risquer.

Il jeta un œil à son épaule.

Des taches écarlates maculaient le métal brillant à l'endroit où du sang coulait de sa tempe.

— Cela étant dit, je me suis peut-être trompé dans mes calculs.

Il se tourna vers Cédric.

— Espèce d'imbécile ! Vous avez tiré !

— Pourquoi ne m'avez-vous pas tiré dessus ?

La voix de Cédric était pleine de désespoir. La blessure paraissait-elle pire qu'il ne le pensait ?

— J'ai tiré !

— Oui. Dans le sol. Vous auriez dû me tirer dessus.

— Et à quoi cela aurait-il servi ? dit Lucien avec un soupir. J'aurais parié ma vie que vous annuleriez tout, ou bien raterez le tir. J'aurais espéré que vous y repenseriez et vous calmeriez avant qu'on en arrive là. L'armure était un plan désespéré au cas où tout le reste échouait. Apparemment, j'ai eu raison de le faire.

Cédric avait l'air touché.

— Je n'avais pas eu l'intention de tirer. Je voulais juste vous regarder jusqu'à ce que vous cédiez. Quand vous avez abaissé votre pistolet, cela m'a irrité et ma main... Ma main a tremblé.

Le sourire de Lucien s'évapora et il devint sérieux.

— Quoi que vous puissiez en dire, je pensais ce que j'ai dit.

J'aime Horatia plus que tout... mais je n'aurais jamais pu tuer mon ami le plus proche, le frère de mon grand amour.

Lucien essaya d'ignorer la douleur brûlante qui lui vrillait le crâne. Il avait l'impression qu'on lui marquait le crâne au fer rouge.

— Vous... vous l'aimez vraiment ? demanda Cédric.

La douleur dans ses yeux fit plus de mal à Lucien que la balle elle-même.

— Elle est tout pour moi. Elle l'a toujours été. J'ai été jusqu'ici incapable de faire face à cette réalité. J'ai essayé de la repousser.

Lucien grimaça.

— Je ne la mérite pas.

Il ferma les yeux tandis que la douleur le submergea. Une obscurité froide s'empara de ses membres, l'anesthésiant à d'autres sensations.

— Aidez-moi à le redresser ! cria Cédric à ses seconds.

Lucien ouvrit les yeux et essaya de rire.

— Je savais qu'elle allait causer ma mort, dit-il avant de s'engourdir à nouveau.

— Mourrez entre mes bras et je vous tue, gronda Cédric alors que les paupières de Lucien se refermaient à nouveau.

— Je n'en ai pas l'intention, répondit-il.

Mais sa vision trouble lui disait le contraire.

Les souvenirs d'Horatia obscurcirent son esprit alors qu'il cherchait à se concentrer sur les meilleurs moments qu'il avait passés avec elle. Il se dit que la mort était cruelle, car seuls lui revinrent les moments terribles. Quand il lui avait crié dessus dans le Jardin de Minuit. Ses paroles dures, ses baisers forcés et ses regards tranchants. *Quel imbécile j'ai été !* se dit-il en se laissant engloutir par l'obscurité.

Horatia se réveilla dans un lit vide et plissa le front. Quelque chose clochait. Elle fut saisie par une appréhension alors que les vestiges d'un cauchemar taquinaient toujours les confins de son esprit en éveil. Elle se glissa hors du lit et renfila sa camisole puis sa robe de chambre. Elle aurait voulu aller retrouver Lucien immédiatement, mais elle trouvait plus décent d'être entièrement habillée, puisqu'elle devrait parcourir l'immense manoir pour le retrouver. Elle descendit le couloir et se glissa dans sa chambre.

Elle choisit une robe boutonnée sur le devant, afin d'éviter d'avoir à appeler Ursula. Une seconde après avoir refermé le dernier bouton, elle entendit un coup de feu lointain. Horatia courut à la fenêtre qui donnait sur le champ nord. Elle aperçut quatre silhouettes distantes puis un second coup de feu résonna sur le champ. Une des silhouettes s'écroula à terre.

Un duel ! Pourquoi n'avait-elle pas interrogé Lucien ? Elle avait senti que quelque chose n'allait pas la veille au soir, mais elle l'avait ignoré. Pourquoi l'avait-elle fait ? Dans sa panique, elle entendit à peine la porte s'ouvrir derrière elle.

— Une histoire terrible, n'est-ce pas, Miss Sheridan ? interrogea doucement une voix juste au-dessus de son épaule.

Elle essaya de crier quand un bras s'enroula autour de son cou et l'étouffa. Puis une main se referma sur sa bouche.

— Mais j'ai peur d'arriver à court de temps et il reste encore beaucoup à faire.

La voix était étrangement familière. Mais même alors qu'Horatia se débattait contre son ravisseur, elle ne voyait toujours pas son visage.

— Je n'aurais jamais envisagé qu'une petite souris comme vous soit capable de pousser deux hommes à se battre en duel. Je prendrai peut-être le temps de goûter à vos charmes, juste pour voir ce qui a causé toute cette histoire.

Elle sentit une langue parcourir le contour de son oreille. Horatia essaya de lui griffer le bras, mais il lui serra la gorge plus fort. Des points noirs et gris parsemèrent sa vision tandis qu'elle luttait pour respirer.

— Petite chatte sauvage ! Je ne m'y attendais pas de la part de quelqu'un comme vous.

Horatia entrevit une occasion et elle cessa ses tentatives pour lui griffer le bras. Au lieu de cela, elle avança la tête puis la jeta en arrière, faisant entrer leurs deux crânes en collision. Son assaillant jura et desserra sa prise. Horatia tomba à genoux, échappant au bras enroulé autour de son cou. Elle se retourna juste à temps pour voir le visage de l'homme qui l'avait agressée.

— Vous ! souffla-t-elle, choquée.

Un coup l'atteignit à la tempe et Horatia ne vit plus rien.

❦

CÉDRIC JURA ALORS QUE LAWRENCE ET LUI TRANSPORTAIENT le corps de Lucien entre eux en travers du champ et jusque dans la maison. Gregory les avait précédés au pas de course pour alerter la maisonnée et dépêcher quelqu'un à Hexby. Alors que Cédric et Lawrence approchaient des écuries, ils apprirent que ce quelqu'un était Gregory en personne.

— Je pars chercher le médecin, cria-t-il avant de les dépasser à toute vitesse sur un étalon gris pommelé.

Avery et Sir John furent les deux premiers à les accueillir à la porte d'entrée.

— Seigneur Dieu ! souffla Avery en apercevant la blessure sanglante sur la tête de Lucien et l'expression pétrie de chagrin de Cédric.

— Vous êtes-vous battus en duel ? gronda Sir John. Imbéciles !

Il soulagea Lawrence des pieds de Lucien pour aider à transporter le marquis inconscient jusqu'en haut des escaliers, dans une chambre vide. À la seconde où Lucien se retrouva sur le lit, lady Rochester pénétra en trombe dans la pièce, ses yeux lançant des flammes.

— Est-il mort ? demanda-t-elle, laissant la panique s'in-filtrer.

— La balle a frôlé son crâne, expliqua Lawrence. Il se peut qu'il vive.

— « Il se peut » ? Oh, il ne va pas mourir ! Je veux le tuer de mes propres mains et qu'il ne s'avise pas de m'en priver !

Mais quand elle vit son premier-né en sang sur le lit, elle s'écroula à genoux. Avery rattrapa sa mère avant qu'elle ne s'éva-nouisse pour de bon.

— Faites-la sortir d'ici, mon garçon, aboya Sir John.

Avery obéit, traînant à moitié sa mère hors de la pièce. Sir John reporta son attention sur Lucien et se mit à lui arracher sa chemise et à retirer l'armure pour mieux voir les dégâts. Les hommes grimacèrent en voyant les bleus qui descendaient de la clavicule de Lucien jusqu'à ses hanches.

— Qui diable a fait cela ? demanda Lawrence.

— C'est moi, répondit Cédric d'une voix vide d'émotion. Nous nous sommes battus hier soir avant le dîner.

— Pourquoi vous êtes-vous battus avant de vous affronter en duel ?

Sir John tonna tant qu'il s'établit comme le mâle dominant dans une pièce remplie de jeunes garçons imbéciles.

— Il a couché avec ma sœur, se défendit Cédric d'un ton presque dénué d'emportement.

— Vous êtes un véritable crétin, Sheridan. Lucien l'aime, dit Lawrence.

— Je m'en rends compte... maintenant, avoua Cédric.

— « Maintenant » est peut-être un peu trop tard, lui répliqua Lawrence.

— Vous pensez que je ne le regrette pas ? lâcha Cédric comme un animal blessé, laissant voir à Lawrence le désespoir dans son regard. Je n'avais même pas l'intention de le tuer, mais ma main a vraiment tremblé et je...

— Alors, pourquoi proposer un duel ? demanda Lawrence.

— J'espérais qu'il battrait en retraite. J'avais trop peur de lui confier le cœur de ma sœur. Je ne pouvais pas la laisser se faire blesser. Pas encore.

— Je pense que vous devriez aller réveiller votre sœur, Sheridan. Elle devrait être préparée au pire.

Sir John posa une main ferme sur l'épaule de Cédric et le poussa vers la porte.

— Vous avez raison. Horatia doit être mise au courant.

Il quitta la pièce où Lucien était étendu, ensanglanté et inconscient. Qu'allait-il dire ?

— Cédric ?

La voix timide d'Audrey pénétra sa souffrance. Lucinda Cavendish et elle se tenaient à l'autre bout du couloir, seulement vêtues de chemises de nuit et de robes de chambre.

— Où est Horatia ? demanda-t-il quand ils se rejoignirent à mi-chemin.

— Je ne l'ai pas vue. Est-ce vrai ? Vous avez tiré sur Lucien pendant un duel ?

La voix d'Audrey tremblait et elle était au bord des larmes.

— Oui.

— Tout ceci est ma faute ! hurla Audrey. Je n'aurais pas dû vous en parler. Lucien va mourir, Horatia ne sera jamais heureuse et vous serez pendu pour meurtre !

Elle tendit la main vers Cédric, cherchant son réconfort, mais celui-ci la fit basculer vers Lucinda.

— Je suis désolé. Pour le moment, il est beaucoup plus important de retrouver Horatia, s'excusa-t-il.

Pour une fois, il devait faire passer Horatia avant Audrey.

Elle n'était pas dans sa chambre. Le lit défait était vide et sa camisole avait été abandonnée à terre. Sa penderie béait et Cédric devina qu'elle avait dû s'habiller avant de partir. Il se tourna pour aller la chercher ailleurs, mais un bout de papier posé sur l'oreiller retint son attention. Il s'en saisit et le lut à la hâte.

Au vainqueur du duel : Félicitations ! Votre récompense vous attend, vous et vous seul, à la cabane du jardinier.

Il n'y avait aucune signature. La formulation ambiguë était semblable au mot reçu après l'accident de calèche. Une menace entourée d'un voile de civilité. Il ne savait pas qui détenait sa sœur, mais il savait qui tirait les ficelles de cet homme. Poussant un juron, Cédric froissa le mot et le jeta à terre avant de sortir de la pièce en courant. Il espérait arriver à temps.

La maison était en effervescence alors que les serviteurs trottinaient à travers les couloirs. Cédric les dépassa en coup de vent afin de se rendre aux escaliers et sortir par la porte dérobée qui menait aux jardins. Le sort de Lucien n'était plus entre ses mains, mais il pouvait encore aider Horatia.

Il n'avait pas de plan ni aucune arme. Il savait que ce devait forcément être un piège, mais quelque part, il savait que c'était là le prix à payer. Quand il atteignit enfin la cabane, il haletait. Il arracha pratiquement la porte de ses gonds en pénétrant violemment à l'intérieur.

La cabane était sombre et calme, mais il entendit un gémissement de douleur un peu plus loin dans le couloir. Cédric regretta immédiatement le bruit qu'il avait fait en entrant. Il ne faisait aucun doute que le ravisseur de sa sœur savait qu'il était là. On entendit un cri étouffé et Cédric se précipita dans le couloir.

Il entra dans la pièce en trombe et découvrit Horatia près du lit, roulée en boule sur le sol. Des pétales de roses jonchaient le plancher et le lit autour d'elle, se mêlant au sang qui coulait de sa lèvre et des coupures sur ses bras. Un homme se dressait là, un pistolet dans une main et un couteau dans l'autre. Il braqua le pistolet vers la poitrine de Cédric.

— Ravi que vous ayez pu vous joindre à nous, Lord Sheridan. Asseyez-vous. Là.

L'homme désignait une chaise près d'Horatia.

Devant lui se dressait Gordon, un des valets de pied, vêtu de la livrée verte de Rochester Hall. C'était ce même serviteur qui lui avait indirectement confirmé que Lucien et Horatia se voyaient en secret.

— Asseyez-vous. Tout de suite, lui ordonna Gordon en chargeant le pistolet.

— Cédric, sortez d'ici ! siffla Horatia.

— Je ne vous quitterai pas.

Cédric ne s'assit pas, mais il ne fit pas le moindre mouvement pour partir.

Gordon braqua calmement le pistolet vers Horatia.

— La situation est relativement simple. Asseyez-vous sur cette chaise, Sheridan, ou bien je redécore le mur avec son cerveau.

Cédric s'assit lentement et attendit. D'un coup de pied, Gordon envoya à Horatia une longueur de corde.

— Ligotez-lui les pieds et les mains à cette chaise. Serrez fort, ou sinon...

Les mains tremblantes, Horatia prit la corde et se redressa.

— Tout va bien, murmura Cédric. Faites ce qu'il vous dit.

De prime abord, Cédric restait calme, mais la fureur dans son regard la prévint qu'il n'avait pas encore baissé les bras. Horatia attacha la corde autour de ses bottes et de ses poignets. Cédric s'étira et batailla contre ses liens une fois qu'ils furent noués, mais le regard meurtrier qu'il décocha à Gordon fit rire le valet.

— Pour être honnête, ce n'est absolument pas ainsi que je voulais remplir cette commission. Si cela ne tenait qu'à moi, je vous aurais tué le jour de votre arrivée et serais reparti alors que tout le monde dormait encore. Mais je crains que mes instructions soient assez précises sur un certain nombre de points, comme celle de prolonger votre malaise.

— Qui vous a embauché ? demanda Cédric.

— Je pense que vous le savez, répondit simplement Gordon. Sans quoi, eh bien, cela n'aura bientôt plus la même importance. À présent, Miss Sheridan, si vous vouliez bien vous allonger sur le lit. J'aimerais profiter de vous pendant que votre frère regarde. C'est Noël, après tout.

Horrifiée, Horatia s'éloigna du lit en trébuchant.

— Ne la touchez pas ! cria Cédric en tirant sur les cordes. Vous m'avez déjà alors, achevez-moi et qu'on en finisse.

Gordon afficha une confusion toute théâtrale.

— Oh ? Je suis désolé. Vous devez avoir mal compris. Mes instructions concernant l'inconfort prolongé et la mort concernaient votre sœur. On m'a demandé de ne pas vous tuer à moins que cela ne soit absolument nécessaire.

Gordon s'avança vers Horatia, une lueur brillant dans ses yeux gris et froids.

— Allez-vous-en ! Pour l'amour du ciel, enfuyez-vous ! cria-t-il à sa sœur.

Horatia parvint à parcourir la moitié du couloir avant que Gordon ne la rattrape. Il la saisit par les cheveux et la tira violemment en arrière. Elle poussa un cri quand Gordon replaça le couteau froid contre sa gorge, en tirant une coulée de sang. Horatia cessa alors de se débattre contre lui et il la traîna à nouveau jusqu'à la chambre.

— Je vous en prie ! Faites de moi ce que vous voulez… mais ne forcez pas mon frère à regarder.

— Je crois que mon employeur préférerait qu'il le fasse.

Gordon projeta Horatia sur le lit. Elle poussa un grognement de douleur et roula sur le dos alors que Gordon se précipitait vers elle.

— Lucien va vous tuer, promit-elle.

Il se contenta de rire.

— J'en doute réellement. Je serai parti longtemps avant qu'il n'arrive, à supposer qu'il survive. Mais vous n'avez vraiment pas besoin de vous inquiéter pour lui, c'est plutôt pour vous-même que vous devriez vous inquiéter.

— La blessure était vraiment grave ? demanda Horatia à Cédric. L'avez-vous sévèrement blessé ?

— Je n'en suis pas certain. Quand j'ai quitté la maison, il avait perdu connaissance et saignait à profusion, répondit Cédric en détournant le regard.

Gordon adressa à Horatia un sourire satisfait. Elle resta silencieuse pendant un long moment, regardant les braises qui mouraient dans l'âtre.

— Apparemment, la petite furie a perdu son mordant. Vous baissez les bras facilement !

Puis elle se redressa et, sous les yeux confus de Cédric et de Gordon, elle ajouta quelques bûches à la cheminée.

— Que faites-vous ? demanda Gordon d'un ton soupçonneux. Revenez ici tout de suite.

Le visage d'Horatia était si sombre et serein que Gordon coula un regard à Cédric comme pour s'assurer qu'il n'y avait pas de machination entre le frère et la sœur. Mais le visage de Cédric ne brûlait que de honte et de défaite.

Horatia se jeta sur lui avec le tisonnier alors que Gordon levait son arme. La balle se perdit au même moment où l'extrémité acérée du tisonnier lui entaillait la poitrine. Elle le frappa au bras avec le tisonnier avant qu'il ne puisse sortir son couteau. Gordon poussa un cri de douleur quand son bras se courba à un angle peu naturel, mais avant qu'elle ne puisse lui assener un autre coup, il lui arracha le tisonnier avec son bras valide.

— C'était particulièrement stupide.

Gordon la frappa au crâne avec le tisonnier. Elle vit trente-six chandelles avant que tout ne devienne noir.

❧

GORDON REGARDA HORATIA EN FRONÇANT LES SOURCILS. IL déchira une longueur de sa robe et s'en fit une écharpe de fortune.

— Eh bien, je n'ai plus aucune raison de la prendre, maintenant. Pour être honnête, je n'ai plus guère envie de m'attarder. Mais un contrat est un contrat. Maintenant que nous sommes seuls, j'aimerais quand même vous poser la question. Qu'avez-vous fait pour remporter cette inimitié ? Quel péché pourrait vous valoir un tel degré d'attention personnelle ?

Cédric ne répondit pas. Il n'avait rien à faire de ce que cet homme avait prévu pour lui. Il était entièrement concentré sur sa sœur qui était étendue en boule contre le mur.

Ne recevant aucune réponse, Gordon se dirigea d'un pas vif vers la cheminée. Il se servit du tisonnier pour faire rouler de l'âtre une bûche qui tomba sur le plancher. Les flammes se mirent lentement à lécher les lattes. Puis il s'approcha de Cédric et trancha ses liens avec son bras valide. Avant que Cédric ne puisse le repousser, Gordon lui enfonça le pistolet dans le ventre.

— Avancez. J'ai envie que vous sortiez de cette cabine devant moi. Je risque d'avoir besoin de vous si les autres débarquent.

— Je ne quitterai pas ma sœur, gronda Cédric.

— Oh que si, sans quoi je vous colle une balle et vous ne serez plus capable de sauver qui que ce soit. Il vous reste encore une sœur. Ou bien allez-vous l'abandonner, elle aussi ?

La peur explosa à l'intérieur de Cédric, mais il n'abandonnerait pas Horatia. Il ne l'abandonnerait *jamais*.

— Horatia ! Horatia, réveillez-vous ! cria-t-il alors qu'il se faisait entraîner au loin.

Les flammes de la bûche commencèrent à lécher le plancher et à remonter le long des rideaux de la fenêtre.

Horatia ne remuait pas. Du sang coulait de son front. Elle devait être vivante, il fallait qu'elle le soit ! Alors que le petit feu dansait, les pétales de rose écarlates s'illuminèrent un par un, les flammes les dévorant dans des éclairs de lumière qui ressemblaient à des lucioles. Alors qu'ils sortaient de la maison, Gordon tituba sur la marche inférieure.

Cédric se tourna et tenta de lui arracher le pistolet des mains. Il pesa de tout son poids sur le bras cassé du valet, lui tirant un cri et le faisant lâcher l'arme. Cédric l'éloigna d'un coup de pied et repoussa l'homme. Il n'avait que quelques secondes pour lutter contre cet individu et retourner la situation à son avantage, ou bien revenir dans la cabine afin de sauver sa sœur.

Le choix était clair.

Il revint dans l'encadrement assombri de la porte et se précipita dans l'incendie.

CHAPITRE 30

Les pensées dérivaient à travers les eaux troubles de l'esprit de Lucien, entremêlées et floues. Les petits sourires et les soupirs tremblants d'Horatia, le regard hanté de Cédric qui levait son pistolet vers lui.

Ses paupières fermées étaient lourdes et il ne parvenait pas à bouger.

— Lawrence, essayez ceci, dit une voix féminine.

Quelque chose de perçant pénétra le nez de Lucien et lui monta directement au cerveau. Il ouvrit brusquement les paupières et se rassit d'un coup, un mal de tête palpitant et la douleur dans ses côtes manquant lui tirer un cri. Des sels ! On ne s'y habituait jamais.

Lucinda et Lawrence, ainsi que Sir John, se tenaient autour de lui et le regardaient avec de grands yeux inquiets.

— Cédric ! cria-t-il.

La peur pour son ami fit une remontée en force au souvenir du duel. Était-il vivant ? Où était-il à présent ? Sa chambre !

— Du calme, Lucien, il va bien.

Lawrence essaya de l'immobiliser d'une main ferme, mais Lucien l'écarta. Une pensée se formait plus clairement. Jusqu'a-lors, il avait été trop distrait pour y prêter attention.

— Laissez-moi donc me lever ! Où est Cédric ? Où est Horatia ?

Il batailla pour se libérer des draps du lit et s'écroula à terre. La douleur lui déchira le crâne et il sentit qu'une large bande lui enroulait la tête à l'endroit où la balle l'avait frappée. Sir John le saisit par son bras valide et le remit sur pieds, le faisant reculer vers le lit.

— Vous devez vous reposer, Lucien, dit Lawrence.

Lucien jura et referma une main sur sa tête, mais il continua à marcher jusqu'à la porte.

Avery et Linus entrèrent alors dans la pièce.

— La cabane du jardinier est en feu ! cria Avery. Il nous faut des seaux d'eau. Accompagnez-moi tous dans les cuisines.

— Est-ce que quelqu'un a vu Horatia ? hurla Lucien alors que tout le monde se précipitait vers les cuisines.

— Non...

Audrey se précipita vers lui, essoufflée.

— Sa chambre était vide, mais il y avait ceci.

Elle lui fourra dans les mains un morceau de papier qu'il parcourut à la hâte.

— Elle a été kidnappée !

Les mots sur la page confirmaient ses pires craintes. Horatia avait été prise comme appât pour les attirer, lui ou Cédric, jusqu'à la cabane.

— Seigneur, nous arrivons peut-être trop tard ! Dites-le aux autres !

Lucien fila au pas de course. Il devait se rendre à la cabane ! Dans sa hâte, il faillit dégringoler dans les escaliers alors que les gens le croisaient à toute vitesse pour aller trouver des seaux à remplir. Quand il déboula dans les jardins, il vit de la fumée noire s'élever au loin.

— Je vous en prie, faits qu'ils soient en vie, souffla-t-il en se précipitant vers la cabane.

Une question restait cependant sans réponse : qui avait fait cela ? C'était forcément un membre du personnel, il le savait. Ce n'était pas un inconnu sorti de nulle part. C'était le geste de quelqu'un qui avait attendu le bon moment, tapi dans l'ombre.

Quand Lucien se retrouva à vingt mètres de la cabane, il vit le nouveau valet de la maisonnée sortir par la porte principale, poussant Cédric devant lui, le tenant en joue. Gordon trébucha et les deux hommes luttèrent avant que Cédric ne retourne en courant à l'intérieur la cabane en feu.

Le valet regarda Lucien.

— Je pensais que vous étiez mort, Rochester. C'est bien... pour vous.

Lucien fit un pas en avant, voulant retenir le malfrat, mais Gordon leva l'index de sa main valide.

— Votre ami est retourné à l'intérieur pour sauver votre amante. Je ne suis pas venu ici pour le tuer, mais cet imbécile va mourir quand même. Qu'en pensez-vous ?

Gordon contourna Lucien et poursuivit sa route, mais celui-ci n'en avait cure. Cédric et Horatia se trouvaient à l'intérieur de la cabane en feu ! Il plongea dans la maisonnette enfumée sans y réfléchir à deux fois, s'accroupissant autant qu'il le pouvait et se couvrant la bouche de sa chemise trempée de sang.

— Cédric ! Horatia ! cria-t-il.

— Lucien ? lui répondit une voix rauque depuis l'autre bout du couloir, suivie par une toux enrouée.

— Cédric !

Lucien courut jusqu'à la porte ouverte de la chambre à coucher. Il fut repoussé par la chaleur des flammes qui se dressaient devant lui. Il battit l'air de la main en toussant, essayant d'écarter les volutes de fumée. Il vit alors Cédric allongé à terre, pratiquement sans connaissance, et Horatia évanouie, bien plus proche du feu que lui.

— Sortez-la d'ici, grogna Cédric.

— Je suis trop égoïste pour renoncer à l'un ou l'autre d'entre vous, cria Lucien.

Il courut d'abord vers Horatia, éloignant son corps des flammes tentaculaires, puis il aida Cédric à se redresser.

— Je pense qu'en tant qu'ami, vous devriez mieux me connaître à l'heure qu'il est.

— Je vais essayer de vous suivre, toussa Cédric qui regagna la porte en titubant. Allez-y. Faites-la sortir d'ici.

Lucien s'agenouilla et prit la femme évanouie dans ses bras, ravalant la douleur qui lui vrillait toujours le crâne. Le corps d'Horatia était trempé de sueur. La sentir si molle entre ses bras remplit Lucien de terreur.

— Continuez d'avancer, dit-il en serrant les dents alors qu'il se dirigeait vers la porte.

Il croisa le regard de Cédric à travers l'immensité enfumée de la pièce. Ils savaient tous les deux qu'il ne s'en sortirait pas tout seul. Quelque chose se serra dans le cœur de Lucien quand il lut la résignation sombre dans les yeux de son ami.

— Prenez soin d'elle pour moi.

La voix de Cédric était à peine audible au-dessus des craquements de la maison tout autour d'eux.

Lucien réussit à hocher la tête et resserra sa prise sur Horatia alors qu'il la transportait à l'intérieur. Quand il atteignit la porte, il s'éloigna de la cabane en courant sur une bonne distance avant de tomber à genoux. Une petite foule de serviteurs et d'invités se passaient les seaux, jetant de l'eau sur l'extrémité opposée de la cabane, là où l'incendie était le plus important.

Horatia tomba en roulant des bras de Lucien et atterrit sur le sol enneigé, laissant dans son sillage une traînée de suie. Il se pencha sur elle, prit son visage entre ses mains tremblantes et l'embrassa. Elle remua sous lui puis se mit à tousser violemment.

— Lucien ?

— Je vous aime. N'oubliez jamais cela, dit-il en l'embrassant une dernière fois avant de s'arracher à elle pour retourner à l'intérieur de la cabane.

— Lucien ! s'écria Horatia.

Il s'arrêta à l'entrée de la maison, regarda en arrière puis plongea dans les tourbillons de fumée.

Lucien plaqua sa manche ensanglantée sur son visage et se

baissa le plus possible. Il avait parcouru la moitié du couloir quand les poutres du toit craquèrent. L'une d'elles bougea et vint s'écraser derrière lui alors qu'il traversait le seuil de la chambre. Il découvrit Cédric écroulé devant lui.

Lucien frappa quelques flammes qui avaient pris sur sa jambe. Il sentit une brûlure, mais il les éteignit et rampa vers Cédric.

Une autre poutre s'écroula, près de la cheminée. Des étincelles crépitaient autour des deux hommes et Lucien ferma les yeux, faisant un bond pour s'écarter des flammes jusqu'à ce que la chaleur redescende. Un instant après avoir relevé Cédric, une immense portion du plafond s'écroula et vint frapper Cédric par-derrière, envoyant bouler Lucien au sol, la poutre les recouvrant à présent tous les deux. Lucien poussa un cri de douleur quand la poutre prit ses jambes au piège et plaqua Cédric au-dessus de lui. Lucien griffait le bois, même si des échardes enflammées pénétraient ses paumes à vif. Il leva les yeux, espérant trouver quelque chose qui aurait pu l'aider, quand il aperçut une ombre au bout du couloir.

— Laissez-nous ! s'écria-t-il en désespoir de cause. Le toit est en train de s'écrouler !

Mais l'ombre se rapprocha, se révélant être Horatia enveloppée d'un lourd manteau humide. Elle sauta par-dessus les gravats et le bois en feu jusqu'à ce qu'elle parvienne à s'agenouiller près des jambes de Lucien. Puis, en se servant de la pelisse mouillée pour couvrir les flammes, elle poussa la poutre de toutes ses forces. Lucien se libéra et ils se mirent tous les deux à déblayer les débris du corps de Cédric.

Ils lui prirent chacun un bras et l'entraînèrent vers la sortie. Plus d'une fois, les flammes et la fumée faillirent avoir raison d'eux, mais enfin, ils titubèrent tous les trois hors de la cabane avec Cédric au moment où le plafond tout entier s'écroulait. Le soulagement et la douleur traversèrent Lucien alors que ses dernières réserves d'adrénaline s'évaporèrent enfin.

Il s'effondra à côté de Cédric et perdit connaissance.

CHAPITRE 31

Horatia était blottie contre le corps de Lucien, endormi sur son lit. Personne n'osa crier à l'indécence, et si on l'avait fait, elle aurait hurlé. D'ailleurs, tout le monde était très poli, même le médecin d'Hexby avec lequel Grégory était revenu dix minutes après qu'elle, Lucien et Cédric se furent échappés de la cabane.

La blessure que Lucien s'était faite durant le duel avait été mineure, une simple égratignure. Le médecin leur avait assuré que pour les blessures à la tête, même de simples éraflures avaient tendance à saigner abondamment. La commotion avait été beaucoup plus préoccupante, mais cela aussi était passé. À moins que Lucien ne souffre d'une infection inattendue, il s'en sortirait. Horatia n'avait pas quitté le chevet de Lucien depuis qu'ils étaient revenus à la maison, sauf pour se laver et se changer rapidement. À présent, le médecin s'occupait de Cédric, qui se reposait dans la pièce de l'autre côté du couloir. Horatia écarta les cheveux de Lucien de son front et y déposa un baiser délicat.

— Je n'arrive pas à croire que Gordon se soit échappé, murmura-t-elle.

L'idée que l'homme qui avait essayé de la tuer se trouve encore dans la nature était terrifiante.

— Il ne reviendra pas, dit Lucien avec une telle certitude qu'elle se recula légèrement pour le regarder.

— Comment le savez-vous ?

— Nous savons qui il est et qui a été embauché pour le faire. Nous sommes à l'abri de lui.

Le « *mais pas entièrement* » implicite pesait lourdement dans l'air.

— Horatia ? Le médecin voudrait vous parler, dit doucement lady Rochester depuis le pas de la porte.

Ses yeux se posèrent sur Horatia et Lucien, mais elle ne dit rien. Ses lèvres affichaient un sourire triste.

La pauvre lady Rochester était pâle et les lignes qui entouraient ses yeux, autrefois seulement dues à la joie et au rire, la faisaient paraître plus vieille à cause de l'inquiétude causée par son fils.

— Tout va bien ? demanda Horatia en redressant le dos.

— Il... Le médecin a des nouvelles concernant votre frère.

Horatia se glissa hors du lit et se prépara au pire.

— De mauvaises nouvelles ?

L'hésitation de lady Rochester inquiéta Horatia.

— Oui. Il souhaite vous entretenir seul à seules avec Audrey. Cédric dort pour le moment. Le médecin vous verra dans sa chambre.

Horatia était incapable de bouger. Elle avait l'impression que son corps se changeait en marbre. Elle ne pourrait pas en tolérer beaucoup plus. C'était comme si son corps tout entier était tendu comme les cordes d'une harpe et qu'elle était à deux doigts de se rompre.

Elle traversa le couloir et alla trouver Audrey et le médecin qui l'attendaient dans l'autre pièce. Elle referma la porte derrière elle.

— Vous avez des nouvelles ?

Elle était incapable de détourner le regard de la silhouette endormie de son frère.

Le médecin aux cheveux gris s'éclaircit la gorge.

— Oui. Il semble que Lord Sheridan ait subi une blessure très grave à la tête. Je crains qu'il ait perdu la vue... complètement.

Audrey dut se retenir à une colonne du lit. Les larmes commencèrent à rouler le long de ses joues, mais elle ne dit rien.

— Il est aveugle ? demanda-t-elle.

— Je ne suis pas certain que cette condition sera permanente, mais j'ai cru bon de vous en parler immédiatement afin que vous puissiez vous préparer au pire. La vie d'une personne aveugle peut s'avérer très difficile, mais elle est facilitée par le soutien de la famille...

Le médecin poursuivit son discours, mais Horatia avait cessé d'écouter. Elle tourna machinalement la tête vers Cédric. Une bande de gaze avait été enroulée autour de son crâne, sur ses yeux.

Aveugle ! Son frère était aveugle. Sa propre vision parut se brouiller et se noircir avant qu'elle ne reprenne ses sens et se souvienne de respirer.

— Merci, Docteur, dit-elle.

Le médecin la laissa alors seule en compagnie de sa sœur pendant un moment.

— Audrey... Pourquoi n'irais-tu pas nous faire monter du thé ? suggéra Horatia.

Les yeux rougis, sa cadette fila hors de la pièce. Il serait préférable pour Audrey de s'accorder du temps pour pleurer. Horatia ne parvenait pas à penser logiquement avec sa sœur dans la même pièce. Elle s'assit sur le bord du lit et faillit faire un bond quand Cédric s'exprima.

— Ne pleurez pas, Horatia. Je vous en prie. J'ai déjà assez de larmes de la part d'Audrey.

Cédric tira sur le bandage, l'écartant de son visage alors qu'il ouvrait les yeux et regardait dans le vide, mais il y avait une vacuité déroutante dans son regard qui déchira l'âme d'Horatia. Quel pourcentage de la vie d'une personne existait dans leurs yeux ? Tant d'expression, d'émotion et de compréhension étaient à présent perdues pour Cédric. Elle se mordit la lèvre pour se retenir de pleurer.

— Je ne supporte pas d'avoir les yeux couverts, même si je n'y vois rien. Rapprochez-vous. Laissez-moi prendre votre main, dit doucement Cédric, sa main droite cherchant le confort de la sienne.

Horatia se jeta contre la poitrine de son frère et il enroula ses bras autour d'elle. Il embrassa le haut de sa tête et la serra fort. Ce simple geste tendre la déchira. Il ne put arrêter ses larmes. Il était drôle que le réconfort la fasse souvent pleurer. C'était comme si elle n'était forte que lorsqu'elle était seule, ou peut-être faisait-elle simplement confiance à ceux qu'elle aimait pour se permettre ce genre de sentiments. Qui s'occuperait de Cédric ? Il l'aurait elle ainsi qu'Audrey... mais ce ne serait pas suffisant.

La main de son frère lui caressa les cheveux. Elle cala la tête contre son épaule comme elle le faisait quand elle était plus jeune, seulement cette fois, elle espérait le réconforter *lui*.

— Veuillez me pardonner, Horatia, dit-il d'une voix qui se brisa. J'ai commis bien des erreurs dernièrement. Je n'ai pas eu confiance en votre jugement et je n'ai pas cru le cœur de Lucien. Il m'a demandé de croire en son amour pour vous, mais je ne pouvais pas. Je vous ai fait du tort à tous les deux et cela nous a coûté cher.

— Ne dites pas cela, commença Horatia.

Mais Cédric la fit taire.

— Je le dois, Horatia. La vérité est que Lucien vous aime et qu'il vous mérite en tant qu'épouse. Je vous donne volontiers ma bénédiction. Tout homme assez entêté pour se soucier de nous deux, même lorsque le monde autour de lui part en flammes... cet homme-là est autorisé à épouser ma sœur.

— Oh, Cédric !

La culpabilité luttait avec la joie de pouvoir épouser Lucien. Il n'était pas juste de ressentir un tel bonheur alors que son frère était confronté à une vie d'obscurité.

— Je vous ai demandé de ne pas pleurer, dit-il alors que ses mains essuyaient ses larmes.

— Puis-je pleurer de bonheur ? demanda-t-elle.

— Je crois que je peux tolérer des larmes de bonheur, Cédric ricana. Vous serez heureuse avec lui. Lucien, je veux dire.

— Oui. Il m'aime et quand je suis avec lui, je me sens libre. Glorieusement libre d'être moi-même. Je l'aime tellement !

Elle aurait voulu que Cédric puisse lire la vérité dans ses yeux, mais elle savait qu'elle se communiquait à travers sa voix.

— Alors, il ne nous reste plus qu'à publier les bans dans les journaux et préparer Saint George. Votre mariage avec Lucien ne sera pas aussi néfaste que je le craignais. Après tout, il est l'un de mes amis les plus proches, et maintenant, il va être mon beau-frère.

Cédric rit comme si cela l'amusait vraiment.

— Quelle drôle d'idée ! Mais elle ne me dérange plus.

— Allez-vous m'accompagner à l'autel ? demanda Horatia après un instant.

— Vous souhaitez qu'un aveugle vous accompagne à l'autel ? Cela me paraît être un mauvais présage, ma chère.

Horatia étreignit son frère et fit semblant de ne pas voir les larmes couler sur son visage. En cet instant, elle aurait donné sa vie pour qu'il recouvre la vue.

— Vous n'avez pas à me guider. Prenez simplement mon bras et laissez-moi vous guider. Vous avez toujours pris soin de moi. À présent, laissez-moi prendre soin de vous.

Le sourire de Cédric trembla.

— Alors, guidez-moi, car je serai bel et bien là pour vous céder à un autre.

— Vous ne pourriez jamais me céder à un autre. Nous sommes inséparables. En épousant Lucien, je crois que vous ne parviendrez jamais à vous débarrasser de l'un comme de l'autre.

Horatia soupira en pensant à l'heureuse veille de Noël la nuit précédente.

— Joyeux Noël, Cédric.

Son frère ricana.

— J'espère que l'année prochaine, nous aurons les vacances les plus ennuyeuses de l'Histoire.

Les yeux toujours rouges et bouffis, Audrey revint accompagnée d'une bonne chargée d'un plateau à thé.

— Quelqu'un voudrait du thé ? demanda-t-elle d'un ton faussement joyeux qui n'aurait pu duper qu'un jeune enfant.

Cédric se rassit.

— Cela me ferait plaisir.

Quand il lâcha Horatia, elle rejoignit sa sœur pour l'aider avec le plateau de thé. Les mains d'Audrey tremblaient tellement que sa sœur aînée prit la tasse et la soucoupe qu'elle lui tendait avant qu'elles ne se brisent en s'entrechoquant. Horatia prépara le thé de Cédric comme il l'aimait avant de retourner vers le lit et de lui prendre les mains. Elle plaça la tasse dans ses paumes ouvertes et il la porta lentement à ses lèvres. Il buvait à petites gorgées prudentes comme pour ne rien renverser.

— Eh bien... Cela a été plus facile que je l'imaginais. Je remercie le ciel pour ces petites faveurs, fit remarquer Cédric.

La bonne revint et s'adressa à Horatia.

— Sa Seigneurie est éveillée et vous fait demander, Madame.

Horatia regarda le visage de son frère et même s'il ne pouvait pas la voir, il dut sentir son regard sur lui.

— Allons, qu'attendez-vous ? Allez le voir.

Cédric la chassa de la pièce.

— Lucien déteste qu'on soit en retard.

Horatia se précipita de nouveau dans le couloir pour retourner à la chambre de Lucien. Il était assis, sa poitrine nue portant un bandage noué bas sur sa taille. Quand il la vit, ses yeux noisette s'illuminèrent comme des topazes.

— Dieu merci, vous allez bien.

Il tendit les bras vers elle et elle se blottit contre lui comme si elle n'allait jamais le quitter. Il grogna et fit la grimace.

— Ce serait légèrement exagérer ma condition. Il poussa un petit rire.

Lucien l'embrassa doucement. C'était une expression bien-veillante de son amour qui se fit rapidement plus chaude, mena-çant de les consommer les deux. Après un long moment délicieux, il libéra ses lèvres et se contenta de la serrer contre lui.

— Cédric nous a donné sa bénédiction. Si vous voulez toujours de moi...

Horatia était soudainement incertaine. Lucien ne voudrait peut-être pas d'elle, à cause de tous les problèmes qu'elle avait causés. Les duels et les assassins n'étaient pas exactement des obstacles faciles à esquiver.

— Après tout ce que j'ai enduré pour vous ? Si vous pensez que je vous laisserai vous échapper après cela, vous vous trompez. Je prévois de vous épouser le plus tôt possible et si cela nécessite de vous attacher à mon lit, je n'y manquerai pas.

Lucien laissa glisser ses mains le long de son dos pour lui saisir les fesses d'un mouvement taquin. Horatia essaya de ne pas sourire.

— Vous m'avez déjà attachée à votre lit et j'ai vraiment apprécié cette expérience. Devrais-je feindre de m'enfuir pour m'assurer que vous recommenciez ?

Elle lui caressa la poitrine, se délectant de sentir la chaleur de sa peau. Elle s'émerveillerait toujours du fait que ce soit aussi facile d'être avec lui, de taquiner et de jouer d'une façon à laquelle elle avait toujours aspiré.

— C'est un jeu auquel j'aimerais vraiment jouer, quand je ne serai plus à la merci de ma mère.

Lucien grimaça.

— Ou du médecin.

— Vous feriez mieux de guérir vite, mon cher, car j'ai terrible-ment besoin de vous.

Horatia frotta légèrement les lèvres contre les siennes.

— De toutes les parties de vous...

— Et Cédric ? demanda Lucien à Horatia. Personne ne m'a dit comment il allait.

Horatia se contracta entre ses bras et une ombre tomba sur elle.

— Qu'est-ce qui ne va pas ?

Son cœur vint se loger dans sa gorge et il vit des larmes briller au coin de ses yeux.

Elle se mordit la lèvre et détourna le regard. Quand elle ne répondit toujours pas, il lui attrapa le menton pour tourner son visage vers le sien.

— Qu'y a-t-il, mon amour ? Dites-moi.

Son hochement tremblant du menton le déchira.

— Cédric est vivant, mais... il est aveugle.

— Aveugle ? Dieu du ciel ! jura Lucien.

Il ne s'imaginait même pas la torture que représentait cette affliction. Ne plus jamais rien voir ? Lucien resserra les bras autour d'Horatia.

— N'y a-t-il rien que nous puissions faire ? lui demanda-t-il.

— Le médecin ne sait pas si c'est temporaire ou permanent. Nous devons être là pour lui. Pour le soutenir. Sa vie va se compliquer et il aura besoin de sa famille et de ses amis pour l'aider à traverser cette épreuve.

— Vous êtes toujours si courageuse, mon amour. Et vous avez raison. Il aura plus besoin de nous que jamais.

Lucien ferma les yeux et étreignit Horatia afin de lui faire savoir qu'il ne la laisserait plus jamais partir.

— Vous savez, quand je suis allé sur le champ ce matin, je me suis dit que mon plus grand regret était tout le temps que j'avais perdu sans vous, murmura-t-il contre ses doux cheveux bruns.

— Ne vous inquiétez pas, Lucien. J'ai bien l'intention de le rattraper.

Horatia l'embrassa avec tout l'amour qu'elle avait engrangé pour lui et lui seul.

Quand leurs bouches se séparèrent, il lui saisit l'arrière de la tête, pressant le front contre le sien.

Il était comme un homme qui voyait la beauté saisissante de son premier lever de soleil. C'était la sensation qu'il ressentait en songeant au bonheur qu'Horatia et lui allaient connaître. Il était sidéré d'avoir la chance et l'honneur de l'avoir dans sa vie et dans son cœur. Ils avaient combattu les mêmes feux de l'enfer pour se retrouver ensemble et à présent, ils méritaient la joie, une joie immense.

Ce n'était peut-être pas si mal d'être un libertin racheté !

Il sourit et déroba un autre baiser à l'amour de sa vie.

L'avenir ne nous promet que de bonnes choses, lui promit-il en silence, avec ses lèvres et son cœur.

ÉPILOGUE

Dès qu'elle était près du vicomte Sheridan, c'était comme si Anne Chessley oubliait de respirer. Retenant son souffle, elle le regarda descendre l'allée centrale de Saint George. La lumière perçait les vitraux à l'avant de l'église, faisant descendre une pluie de couleurs sur l'autel et les gens rassemblés sur les bancs.

Se tenant par le bras, Miss Sheridan et son frère descendaient l'allée. De l'autre main, il tenait une canne dont il balayait le sol devant eux. La musique résonnait contre les murs et flottait jusqu'au plafond dans un tonnerre de sons merveilleux. Devant l'église, près de l'autel, le marquis de Rochester attendait de recevoir son épouse.

Un mariage mémorable. Un libertin réformé – du moins, c'était ce que la *Gazette de la Lorgnette* avait rapporté – et une femme belle et tranquille, épanouie par l'amour. Anne ressentit une certaine douleur dans la poitrine. Elle aurait aimé avoir cette chance.

Très vite, son attention revint sur Cédric. Penser à lui suffisait à la rendre heureuse. Cela étant, comme des ombres, la tristesse s'attardait aux confins de sa joie. Les yeux sombres de Cédric parcoururent la foule sans la voir. Anne resserra les doigts autour de son mouchoir.

Aveugle... L'homme dont elle rêvait tant durant la nuit était aveugle !

Son père se pencha pour murmurer à son oreille.

— Un homme courageux, ce Sheridan. Je l'avais toujours apprécié, mais à présent, eh bien, je lui trouve sacrément du courage.

Anne était d'accord. Elle ferma les yeux, se demandant si elle aussi aurait le courage d'aller jusqu'à l'autel sans être capable de voir ?

Non. La pensée même la terrifiait. Être aussi impuissante... Aussi dépendante. Comment faisait-il pour le supporter ? Elle n'était pas aussi courageuse que lui. Cédric n'avait pas le choix. Il devait faire face à cette obscurité éternelle chaque seconde de chaque heure de chaque jour. Elle fut prise d'un frisson et se rapprocha de son père. Il passa un bras autour de ses épaules. C'était un homme tellement bon, un bon père.

Anne savait qu'elle avait beaucoup de chance de l'avoir. Sa mère était décédée voilà bien longtemps, mais sa mort ne l'avait pas brisé. Cela n'avait fait que redoubler son amour pour Anne et ils étaient devenus inséparables. Qu'elle n'ait pas l'intention de se marier un jour était une bonne chose. Elle n'aurait pas pu supporter la pensée de laisser son pauvre papa seul.

Ses yeux vinrent se reposer sur Cédric, incapable de détourner le regard de lui pendant très longtemps. Elle adorait la façon dont il adressa à sa sœur un sourire penaud et l'embrassa sur la joue avant de faire un pas en arrière pour lui permettre de rejoindre lord Rochester. Lord Lennox se releva du banc sur la première rangée, murmura quelque chose à Cédric puis, le guidant d'une main, il l'aida à retourner au banc pour s'asseoir.

Ce spectacle toucha Anne. La Ligue des Rebelles l'avait toujours fascinée par leurs vies scandaleuses, mais ce qu'elle admirait était la gentillesse dont ils faisaient preuve l'un envers l'autre. Comme une grande famille. Elle aurait simplement souhaité pouvoir en faire partie. Hélas, cette voie n'était pas pour elle. Elle n'était pas comme Émily, la duchesse d'Essex ou Horatia, qui deviendrait sous peu lady Rochester.

La cérémonie elle-même resta floue pour Anne. Au lieu de cela, elle se concentra sur Cédric. Ses cheveux châtains étaient un peu trop longs et se recourbaient aux pointes. Il était très beau à voir et pourtant, d'une certaine façon, sa personnalité et même son âme ressortaient également à travers ses expressions.

Cédric était différent. Il y avait une véritable chaleur dans ses sourires. Les petites rides autour de ses yeux et de la bouche sautaient aux yeux quand il souriait et riait. Le regarder, l'adorer et savoir qu'il ne lui appartiendrait jamais était doux-amer. C'était comme de tomber sur un tableau dans une galerie secrète. Elle pouvait regarder, admirer et aimer de loin, mais elle ne pénètrerait jamais dans la toile pour entrer dans ce monde.

Si seulement vous étiez à moi, Cédric. Si seulement j'étais à vous...

⊱❧⊰

CÉDRIC S'APPUYAIT CONTRE LA RAMPE DU DERNIER BANC EN bois à l'arrière de l'église, parlant aux derniers invités avant qu'ils ne sortent sur les marches à l'extérieur. Lucien et Horatia étaient déjà partis en calèche vers la maison de Lucien pour se préparer au petit-déjeuner du mariage.

Un gouffre s'ouvrit dans la poitrine de Cédric à la pensée de rentrer à la maison et de trouver la chambre d'Horatia vide. Pour l'instant, il n'y aurait qu'Audrey et lui... et Mitaines, bien sûr. La pauvre chatte ressentait douloureusement l'absence de son frère Manchon. Les premières semaines après sa mort, elle avait erré dans la maison toutes les heures de la journée, pleurant, mais n'entendant jamais Manchon lui répondre.

Au bout d'un mois, elle avait baissé les bras et avait pris l'habitude de suivre Cédric à la trace, le trouvant où qu'il soit, avant de s'installer enfin pour dormir, que ce soit dans son lit, un canapé sur le parloir, ou n'importe où. Au début, il avait détesté ses attentions directes, en particulier la manière dont elle bondissait sur lui sans prévenir, enfonçant les griffes en lui alors qu'elle cherchait sa position pour trouver un état bienheureux de contentement. Mais une fois qu'il s'était habitué aux apparitions nocturnes impromptues de Mitaines, il s'était installé avec elle et s'était délecté de la chaleur de son petit corps et de ses ronronnements réguliers. Le son était peut-être l'aspect le plus réconfortant de cette histoire. Cela le rassurait de savoir que rien n'allait bondir hors des ombres pour lui faire du mal alors qu'il ne pouvait pas le voir. Ses ennemis n'auraient aucune chance de le prendre par surprise, pas tant que Mitaines occupait son poste.

Audrey glissa sa main dans la sienne, attirant à nouveau son attention sur les invités.

— Lord Chessley ! Anne ! les accueillit Audrey avec enthousiasme.

— Miss Sheridan.

Le baryton profond de lord Chessley était plein d'amusement.

— Car vous êtes vraiment devenue Miss Sheridan, puisque votre sœur est à présent mariée. Quelle belle cérémonie, n'est-ce pas ? Anne et moi sommes reconnaissants de votre invitation.

— Bien entendu ! répondit Audrey sans la moindre hésitation.

— Oui, nous étions très heureux de venir, déclara Anne.

Cédric retint son souffle. Il avait toujours aimé le son de sa voix, chaude comme un verre de brandy.

— Merci beaucoup de nous avoir invités. Votre sœur était vraiment belle. Je vois que lord Rochester et elle seront très heureux.

Audrey rit.

— Il vaudrait mieux, après tout ce qui s'est passé.

Cédric détecta une note d'anxiété dans le ton de sa sœur et il lui donna un léger coup de coude pour lui rappeler de garder le silence. La nouvelle de sa cécité avait été inévitable. Cependant, la question de la façon dont il avait perdu la vue – autrement que

« dans un incendie » – était un sujet qu'il avait mieux fallu éviter après leur retour des vacances. Si seulement il pouvait se libérer des cauchemars, se débarrasser des horreurs des souvenirs perdus ! Le pire était de savoir que cela faisait des années que Charles subissait aussi ce genre de rêves. Il revivait trop souvent sa noyade dans la rivière Cam. Comment un homme pouvait-il s'en tirer ? Peut-être jamais.

— Eh bien, Anne et moi devons y aller. Merci encore de nous avoir permis de venir. Lord Sheridan, Miss Sheridan. Lord Chessley leur fit ses adieux.

Cedric tendit la main pour la lui serrer, puis il attendit également qu'Anne lui donne la sienne. Après un moment d'hésitation, Anne lui confia ses doigts gantés, qu'il porta jusqu'à ses lèvres, déposant un léger baiser sur le revers de sa main. Un filin de nostalgie tourbillonna en lui, comme un léger fil diaphane aussi délicat qu'une fleur après un givre féroce.

Dans une autre vie, il lui aurait demandé une danse au bal où ils s'étaient rencontrés la première fois. Dans une autre vie, il aurait pu être le premier et le seul homme à embrasser ses lèvres, à voir son sourire et à entendre son rire.

Dans une autre vie, elle aurait pu être à moi...

☙❧

HUGO WAVERLY ATTENDAIT DANS SA CALÈCHE, JUSTE DEVANT l'église. La porte s'ouvrit et Daniel Shefford se glissa à l'intérieur. Waverly tapa sur le toit avec sa canne et le véhicule se mit en route. Il posa la canne sur ses genoux et fit courir un doigt ganté sur la tête argentée. Autrefois, il avait possédé une canne à tête de lion. Un cadeau de son père ; un cadeau que Cédric Sheridan lui avait volé lorsqu'ils étaient à Cambridge. À présent, sa canne arborait une tête de loup. Les dents de la créature étaient découvertes dans un grognement silencieux et menaçant. Car c'était ainsi qu'il se percevait. Un loup au milieu d'un troupeau de moutons insipides. Dévorer sa proie n'était qu'une question de temps.

— Qu'avez-vous à signaler ? demanda-t-il à Shefford.

— Principalement de bonnes nouvelles. Gordon est arrivé à votre navire de Brighton. Il partira pour l'Espagne dès que possible. Il nous y sera utile, vu qu'il parle couramment la langue.

— Excellent.

Hugo n'avait pas été trop déçu d'apprendre que Gordon n'avait pas réussi à tuer Horatia Sheridan. Après tout, leur véritable objectif avait été atteint. La Ligue savait que leurs proches n'étaient pas plus en sécurité qu'ils ne l'étaient eux-mêmes. L'exercice s'était avéré fructueux, car il avait révélé les faiblesses de la Ligue. Faiblesses qu'il pourrait exploiter à loisir jusqu'à ce qu'il soit prêt. Et il ne pouvait nier que la douleur qu'il avait causée en chemin était agréable. Il était comme un chat malmenant une souris jusqu'à l'inconscience, mais retenant le coup mortel, fasciné par la petite créature étourdie étendue mollement entre ses pattes.

— Monsieur, Avery Russell a été actif dans notre bureau au cours des derniers mois. Devons-nous l'assigner ailleurs pendant que nous poursuivons nos affaires courantes ?

— Non, laissez Russell où il est. Nous pouvons l'utiliser pour garder un œil sur son frère. Il pourrait même nous être utile plus tard. Je veux que vous vous concentriez sur nos connexions à Brighton. Il existe un petit réseau souterrain de traite d'esclaves que je souhaite retirer du port.

— Des esclaves ? demanda Shefford en plissant le front.

— Oui.

— Très bien, Monsieur.

Waverly se cala sur le dossier de son siège, son esprit passant les possibilités en revue.

— Au fait, comment était le mariage ? demanda-t-il à Shefford.

Celui-ci haussa les épaules.

— Bien, je suppose. Je ne me soucie guère d'eux. Depuis que

Sheridan a perdu la vue, il est devenu une source de pitié pour la majeure partie de la bonne société. Ils font de leur mieux pour l'éviter.

— Ah oui ?

Waverly ne put s'empêcher de réprimer un sourire. Quelle belle petite surprise cela avait été d'apprendre la cécité de Sheridan ! Une fin bien méritée pour ce voleur. Le fait que la bonne société lui ait tourné le dos était une récompense en plus.

— Je crois qu'il existe une personne qui passe outre sa condition. Une femme nommée Anne Chessley. Elle et Sheridan discutaient juste avant mon départ.

Il avait entendu parler des Chessley. Son père était un baron fortuné. Cette situation requerrait son attention. Il ne laisserait pas Sheridan prendre épouse. Il ne méritait pas de connaître le bonheur. Peut-être pourrait-il se servir de ce réseau d'esclavage à Brighton avant de le détruire. N'y avait-il pas toujours de la demande à l'étranger pour des ladies bien nées à la peau claire ? Si Sheridan se mariait, ce ne serait pas pour très longtemps.

Merci d'avoir lu *Rebelle séduction*. Tournez la page pour lire le premier chapitre de l'histoire de Cédric : *Une proposition rebelle*.

UNE PROPOSITION REBELLE
CHAPITRE UN

5ᵉ règle de la Ligue :

La meilleure amante d'un homme est une dame pleine d'esprit, mais il faut traiter les femmes intellectuelles de la même manière qu'un cheval sauvage, avec une main ferme et une voix douce.

Extrait de *La Gazette de la Lorgnette*, samedi 21 avril 1821, rubrique de Madame Société :

Madame Société est en deuil. Ce dangereux libertin, le vicomte Sheridan, est devenu aveugle. Elle ne peut s'empêcher de regretter ces yeux d'un brun profond qui ont réduit en cendres plus d'un jeune cœur innocent alors qu'il les observait depuis les confins d'une salle de bal. Oh, mon cher vicomte Sheridan, ne sortirez-vous plus en société ? Madame Société vous met au défi. Ne vous cachez pas d'elle, sans quoi elle dévoilera vos secrets les plus enfouis.

Il existe peut-être une dame capable de tenter vos yeux aveugles et vous convaincre de recommencer à vivre. N'aimeriez-vous pas qu'une femme réchauffe à nouveau votre lit ? Une femme pour apprivoiser votre cœur libertin ?

Londres, avril 1821

À l'aide de sa canne à tête de lion en argent, Cédric, vicomte Sheridan, frappait fort les pavés du sentier sinueux de son jardin de Londres, qu'il essayait de traverser pour se rendre à la fontaine. Tout autour de lui, le monde affichait un gris hivernal. Ses autres sens lui assuraient pourtant que c'était le printemps. La lumière du soleil réchauffait son visage et ses bras, là où il avait retroussé ses manches. Une brise florale parfumée lui chatouillait le nez et ébouriffait ses cheveux. Cédric fit sept pas mesurés, les comptant dans sa tête.

Sept pas vers le centre du jardin, puis cinq pas... La pointe de sa botte s'accrocha à une pierre surélevée. Il tituba et entra en collision avec le sol. Il étouffa un cri quand les pierres s'enfoncèrent dans ses paumes et que les os de ses genoux craquèrent.

Haletant, tous les muscles tendus, il resta étendu à terre pendant un long moment, repoussant les vagues de honte et l'envie puérile de pousser un grognement de douleur. Apparemment, il n'avait pas seulement perdu la vue. Le bon sens et l'équilibre l'avaient également déserté.

Enfin, il se redressa, tâtonna autour de lui pour retrouver sa canne et se redressa sur des jambes tremblantes. Il était un homme adulte de trente-deux ans ! Il pouvait *et* allait supporter cette douleur comme on s'y attendrait de la part de n'importe quel gentleman bien élevé.

C'était une petite miséricorde qu'aucun de ses serviteurs ne soit là pour assister à cet instant de faiblesse.

Encore une fois. Cinq pas jusqu'à la fontaine, se rappela-t-il. Prenant soin de lever ses pieds plus haut, il évita les pierres qui dépassaient. Ayant parcouru ce chemin des centaines de fois, il aurait dû le connaître par cœur. Pourtant, il ne parvenait toujours pas à le visualiser aussi bien dans sa tête qu'il aurait dû le faire. Lorsque le bout de sa canne racla légèrement contre la base en pierre de la fontaine, il se pencha et tendit le bras pour toucher le rebord. Puis, avec un grand soupir de soulagement, il s'assit.

Chaque heure de chaque jour, dès le moment où il se levait pour la journée jusqu'à ce qu'il se retire pour se coucher, il vivait dans la crainte constante de renverser de précieux trésors de famille, de s'embarrasser devant ses amis ou sa famille, ou pis encore, de causer d'autres dommages à son corps. C'était un tour cruel du destin d'avoir été autrefois un homme viril qui n'avait peur de rien, pour se retrouver réduit à être quelqu'un qui redécouvrait chaque matin au réveil qu'il était prisonnier de l'obscurité pour toujours.

Trop souvent au cours des dernières semaines, il était resté assis à son bureau, la tête enfouie dans les mains, les paumes pressées profondément contre les yeux, essayant de ramener la vue dont il avait désespérément besoin.

Son désespoir était trop fort et il ne pouvait plus invoquer la volonté de s'en préoccuper.

Dieu merci, il avait ce jardin ! Paix, calme, personne pour le voir dans cet état. Des moments comme celui-ci étaient une bénédiction. Il n'y avait pas de visiteurs, pas de visites embarrassantes de gens qui ne comprenaient pas les difficultés d'être aveugle. Dans son jardin, il pouvait exister sans soucis, sans anxiété. L'air frais, le soleil chaud et le bruit des oiseaux et des insectes lui donnaient l'impression d'être à nouveau vivant, autant qu'un homme brisé pouvait l'être. La tentation de rester à dehors pour toujours était forte, mais ses mains le brûlaient là où il s'était éraflé, et il faudrait qu'il rentre pour dormir et manger.

Une abeille bourdonnait quelque part à sa droite, butinant probablement les fleurs bourgeonnantes. Le pépiement des oiseaux dans un arbre proche lui taquinait les oreilles, remplissant le silence avec un chant délicat qui était distinct et clair. Il pouvait distinguer chaque note, chaque mélodie singulière ainsi que les changements de tempo et de tonalité alors que les oiseaux se parlaient entre eux.

Il ne pouvait plus se focaliser sur les détails visibles, comme les visages de ses sœurs et de ses amis lorsqu'ils riaient et parlaient, ou la façon dont le vent faisait remuer les arbres en été, comme des vagues ondulantes d'émeraude, ou encore la manière dont la bouche d'une femme adoptait cette teinte parfaite de rouge quand un amant l'embrassait. Les sons, les senteurs et le toucher étaient désormais ses seuls compagnons. Il se raccrochait au son du rire délicat d'Audrey et à la douceur de la main d'Horatia qui lui prenait la sienne pour le guider.

Les pas légers d'un valet sur le gravier le tirèrent de ses pensées. Les pas assurés devaient appartenir à Benjamin Abbot, un des plus vieux valets. Il en avait beaucoup appris sur ses serviteurs au cours des derniers mois. Des femmes de chambre à travers leurs voix et les sons de leurs jupes ; des valets par leur pas plus pesant. Chaque serviteur était unique. C'était une des choses qu'il avait apprises à chérir le plus après avoir perdu la vue. Il avait toujours eu de bonnes relations avec ses serviteurs avant, mais il ne s'était jamais autant appuyé sur eux qu'à présent.

— Il y a une jeune femme qui souhaite vous voir, Milord.

— Oh ?

Cédric ne prit pas la peine de se tourner dans la direction de Benjamin. Cela ne semblait pas très utile de se tourner vers une personne si on ne pouvait pas la voir.

— Cette jeune dame vous a-t-elle donné un nom ? demanda-t-il au valet.

— Miss Chessley. La fille du baron Chessley, répondit le valet.

Surpris, Cédric prit une inspiration sifflante.

Anne est ici ? Pourquoi ?

Il avait été avec de nombreuses femmes au fil des ans, utilisant son pouvoir de séduction pour passer d'un lit à l'autre. Mais pas avec Anne Chessley. Elle était différente. Elle l'intriguait, lui avait résisté et l'avait défié. Une véritable reine des glaces dans sa tour d'ivoire ! Mais chaque fois qu'il croisait son regard, pendant une brève seconde, il sentait la chaleur flamber, si lumineuse et chaude que cela lui donnait envie d'elle. Elle représentait un défi... et il avait toujours été partant.

L'année précédente, il l'avait courtisée, mais elle ne l'avait même pas laissé s'approcher, ne serait-ce que pour un seul baiser. Il avait dépensé une fortune pour lui envoyer des bouquets somptueux, et il avait acheté des places dans la loge d'opéra qui faisait face à celle de son père afin de la regarder apprécier la musique depuis l'autre bout du théâtre. Et pourtant elle était restée inaccessible. Toujours polie, mais jamais vraiment ouverte. Après plusieurs mois de tentatives, Cedric avait été forcé d'admettre sa défaite. Elle ne céderait jamais à lui ou ses tentatives de séduction.

Et puis il avait perdu la vue. Toute perspective de mariage était devenue inconcevable. Bien que sa fortune représente encore une attirance pour des dames éligibles, il ne pouvait plus envisager la danse macabre de la séduction. Pas alors qu'il entendait les femmes murmurer des impolitesses derrière leurs éventails à propos de sa condition. Il ne voulait pas d'une telle révulsion ou d'une telle pitié de la part de sa future femme.

Anne le prendrait certainement en pitié, ou bien elle s'embarrassait de sa nouvelle maladresse. Elle était trop froide pour se soucier de savoir s'il pouvait faire cinq pas sans se blesser ou endommager quelque chose autour de lui. Il ne s'imaginait pas ce qu'elle pouvait faire là, alors qu'elle avait passé tant de temps à l'éviter ! En outre, elle n'était pas férue de visites de bienséance et n'oserait pas lui en faire une. Ajoutez à cela les nouvelles qu'il avait récemment entendues à son sujet, et il ne s'imaginait pas les raisons de sa présence.

La semaine précédente, lorsque son ami Lucien et sa sœur Horatia étaient venus pour leur visite hebdomadaire, Cédric avait appris que le baron Chessley, le père d'Anne, était mort dans son sommeil. Anne était à présent une riche héritière et n'avait besoin de personne, et encore moins de Cédric. Ce qui le ramenait à cette question infernale : *pourquoi était-elle venue ?*

Était-elle si dévastée par la peine d'avoir perdu son unique parent qu'elle venait chercher du réconfort auprès de lui ? Il en doutait. Qu'avait-il à offrir à une femme comme elle ? Il n'était qu'une moitié d'homme, cassé, abîmé. Un bel imbécile !

Il se força à adopter une expression professionnelle. Il la traiterait comme toutes les jeunes femmes qu'il avait croisées depuis qu'il avait perdu la vue : avec une distance polie. Sa fierté exigeait qu'il maintienne la main haute, surtout avec Anne. Elle ne devait jamais savoir qu'il la désirait toujours, avait toujours envie d'elle avec une folie qui échappait à toute logique.

Des visions de ses yeux gris jouaient des tours dans son esprit. Il se souvenait d'elle très vivement, de ces lèvres rose pâle qui s'incurvaient en un sourire que lorsqu'elle baissait la garde, et de la façon dont son nez se plissait quand elle n'était pas d'accord avec lui. Sa poitrine se serra quand il se souvint de leurs discussions souvent passionnées sur les chevaux, leur intérêt commun. C'était la seule façon qu'il avait trouvée pour qu'elle réagisse à lui, en la faisant sortir de sa coquille par ses opinions affirmées. Cette petite diablesse glaciale aimait les disputes, et il avait pris grand plaisir à la provoquer jusqu'à ce qu'elle rougisse.

Seigneur ! Je suis devenu un imbécile sentimental.

Le valet toussota poliment, rappelant à Cédric qu'il l'attendait.

— Veuillez me l'amener, lui ordonna-t-il.

Il perdrait trop de temps à retrouver son chemin pour rentrer. C'était bien plus facile de l'emmener dans les jardins. Le temps était agréable et il connaissait assez Anne pour savoir qu'elle aimait le plein air.

Les pas du valet se retirèrent et une minute plus tard, Cédric entendit le bruit de bottes de femmes sur le chemin du jardin. Il l'entendit pousser un petit cri quand elle s'approcha suffisamment pour le voir.

— Milord ! Vous saignez !

Anne se précipita vers lui. Son parfum le frappa : cette odeur attrayante d'orchidées qui lui appartenait exclusivement. Il sentit la chaleur de ses mains près des siennes quand elle le rejoignit à la fontaine. Elle s'empara de ses paumes et toucha délicatement sa peau meurtrie. Il s'était tellement habitué aux coupures et égratignures qu'il ne les remarquait même pas.

Il réprima un frisson. Sans ses yeux, tout ce qu'il lui restait pour comprendre le monde était le toucher, le goût et l'odeur. Le contact d'Anne allumait un soupçon de feu sous sa peau.

— Je savais ? demanda-t-il bêtement, trop captivé par la sensation de ses jupes de soie qui frôlaient ses genoux.

Ses mains meurtries étaient oubliées depuis longtemps. Une excitation brûlante courrait à travers ses veines, et cette ancienne envie de séduire remonta à la surface. Il ne se souvenait pas d'une époque où elle avait été si près de lui de sa propre volonté.

— Oui, Milord. Vous avez des gravillons enfoncés dans les paumes. Êtes-vous...

Elle hésita à continuer.

Le besoin qu'il avait d'elle se flétrit en décelant la pitié dans sa voix.

— Si je suis tombé ? Oui, répondit-il sèchement.

Il n'avait jamais eu besoin de pitié et il n'en désirait pas maintenant, et certainement pas de sa part. Il gonfla la poitrine et lui adressa un regard noir. Un silence troublant remplit l'air entre eux. Anne avait toujours le pouvoir de le mettre sur les nerfs, de faire se tendre et se contracter tous les muscles de son corps. Quelle expression affichait-elle sur le visage ? Les sourcils délicats dont il se souvenait s'arquaient-ils au-dessus de ses jolis yeux avec surprise, ou bien étaient-ils froncés ? Diable, il aurait vraiment aimé la voir.

— Accepteriez-vous de me laisser vous aider ? demanda doucement Anne.

— Comment ?

Le ton de Cédric était plein de scepticisme.

Au lieu de répondre, elle retira ses gants et lui prit les mains, les plongeant dans l'eau délicieusement froide de la fontaine, et ses doigts frottèrent et récurèrent doucement ses paumes enflammées. Puis elle ressortit ses mains.

— Avez-vous un mouchoir ? demanda-t-elle.

— Dans la poche de ma poitrine, dit-il.

Il sentit sa main plonger dans la poche de sa poitrine et le récupérer. Ce simple geste était étrangement érotique et il sentit son pouls vaciller. Il était toujours partant pour glisser une main sous le corsage ou la jupe d'une jeune femme. C'était une expérience entièrement différente de sentir la main d'une dame bouger sous ses vêtements. Il sentait la chaleur de sa peau près de sa poitrine. Avec un sourire intérieur, il se délecta de la sensation de ses mains douces envahissant ses vêtements.

Quand elle trouva son mouchoir, elle lui en tapota les mains avant de lui faire lever les paumes. Son haleine chaude traça des motifs chauds sur la peau de Cédric alors qu'elle soufflait sur ses coupures pour les faire sécher.

— Je ne pense pas qu'elles saigneront davantage. Vous devez faire attention à ne pas faire d'activités trop violentes pendant quelques jours afin de ne pas rouvrir les coupures.

Son ton de réprimande le prit par surprise et fit éclater la bulle chaude de désir qui l'entourait. — Merci, Madame, répondit-il froidement, plus à cause du choc qu'autre chose. Pardonnez-moi d'être direct, mais pourquoi êtes-vous venue ? Cette question brûlante de savoir *pourquoi* le taraudait toujours.

Anne resta silencieuse pendant un long moment avant de parler. Quand elle le fit enfin, elle retira ses mains des siennes, rompant leur contact.

— Je suis certaine que vous avez entendu, pour mon père.

— Oui, répondit doucement Cédric. C'était un homme bien, et je ne peux pas en dire autant de la plupart des hommes de ma connaissance. Je vous présente mes plus sincères condoléances.

Il ressentit soudain derrière ses côtes une poussée de douleur. *Les cercueils de ses propres parents qu'on descendait dans leur tombe. Ses deux petites sœurs serrant ses bras de chaque côté, leurs visages angéliques maculés de larmes.* C'étaient des souvenirs dont il ne voulait pas, des souvenirs qu'il luttait chaque jour pour les conserver enfouis.

— Je vous remercie.

Sa voix était posée, mais il savait à quel point Anne était forte, et cela le rendait fier d'elle. En même temps, il aurait voulu l'attirer vers lui et lui murmurer des choses douces et tendres à l'oreille pour la réconforter.

Cela le choquait. Depuis quand était-il le genre d'homme à apporter du réconfort ? Il était un libertin, un séducteur et un rebelle de la pire espèce. Pas un homme qui blottissait une femme contre son corps.

— En fait, c'est sa mort qui m'amène à vous.

— Ah oui ? Je ne vois pas comment...

— Si vous me pardonnez ma franchise, Milord, la vérité est que je dois me marier. La mort de mon père m'a rendue riche et je suis devenue une cible, plus que je n'aurais aimé, pour les chasseurs de fortune de la haute société.

Le soupçon de désespoir dans sa voix ne lui échappa pas. Depuis qu'il la connaissait, il l'avait toujours vu éviter l'attention publique, et le fardeau d'être une héritière devait être bien lourd.

— Et qu'ai-je à y voir là-dedans ? demanda Cédric.

Elle ne pensait certainement pas... C'était trop espérer qu'elle lui demande de lui refaire la cour.

— J'ai besoin d'un mari, et la plupart des hommes éligibles à la recherche d'une épouse ne sont pas ce que je considèrerais comme des partenaires appropriés. Je suis venue... en espérant peut-être...

Elle lui saisit les mains, geste qui le fit sursauter, mais il resta calme et se raccrocha doucement à elle.

Qu'espérait-elle ? Sa poitrine se contracta.

— Dites ce que vous pensez, Miss Chessley, lui ordonna Cédric, peut-être un peu trop fort. Elle desserra sa prise sur ses mains qu'il laissa retomber sur ses genoux.

— C'était peut-être une erreur. Je n'aurais pas dû vous déranger, marmonna Anne d'un ton d'excuses. Il l'entendit se lever pour partir.

Cédric se redressa avec elle et tendit la main vers elle à l'aveuglette, espérant lui attraper le poignet pour l'arrêter. Au lieu de cela, sa main se referma autour de la courbe d'une hanche féminine. Au lieu de la libérer, il enfonça ses doigts, juste assez pour freiner son évasion. Ce contact surpris provoqua un petit cri surpris.

— Dites-moi ce que vous êtes venue me dire, je vous prie, implora-t-il à demi, ne souhaitant pas qu'elle s'en aille.

Dernièrement, il avait passé beaucoup de temps seul, ce qu'il préférait, compte tenu de son état. Mais la compagnie d'Anne était la bienvenue. Cela lui rappelait des jours meilleurs, sans réveiller la douleur de sa cécité. Elle allumait plus un feu dans son sang, lui rappelant la façon dont il la taquinait et comment elle lui avait résisté avec ses délicieuses piques verbales. Il réprima un sourire quand elle n'essaya pas d'échapper à son emprise.

— Je suis venue vous demander si vous vouliez bien considérer de vous marier... Avec moi.

Ces deux derniers mots sortirent dans un murmure haletant si léger qu'il se demanda s'il les avait imaginés.

— Vous voulez m'épouser ?

Il pouvait enfin avoir Anne ! Pourtant, il s'était juré que le mariage n'était pas possible, qu'une femme qui s'attacherait à lui ne serait jamais heureuse avec un homme qui n'était qu'une coquille endommagée. Comment Anne pouvait-elle penser qu'il ferait un choix correct ? Si elle s'imaginait qu'elle ne serait sa femme que de nom, elle se trompait.

Si Anne et lui se mariaient, il s'allongerait sur elle dans un lit et trouverait le paradis qu'il savait qu'il y rencontrerait. Si le mariage était son seul recours pour trouver le paradis, il ferait lire les bans immédiatement. Pourtant, tel qu'il connaissait Anne, il devait y avoir un piège.

— Oui. Eh bien... « vouloir » est peut-être un mot fort. Mais je vous épouserais si vous me le demandiez.

— Pourquoi moi ?

Si elle avait l'embarras du choix parmi les chasseurs de fortune et d'autres jeunes hommes vaillants, pourquoi se contenterait-elle d'un pauvre aveugle pathétique ? Cela n'avait aucun sens.

— De tous les hommes que j'ai rencontrés, vous avez gardé un intérêt pour moi et n'avez pas eu le désir de me faire la cour pour ma fortune, puisqu'il est de notoriété publique que la vôtre est plus importante que la mienne. Je ne me fais aucune illusion sur la véritable raison de votre intérêt. Les étalons de mon père deviendraient les vôtres, bien sûr, si nous nous mariions. Vous êtes libre de les accoupler avec vos propres juments. J'ai pensé peut-être que cela pourrait vous attirer. Je serais disposée à travailler avec vous sur la reproduction, car c'est un intérêt commun. Je crois également qu'avec le temps, nous pourrions en venir à bien nous entendre. Vous avez l'approbation de mon père ainsi que celle d'Émily, et cela me rassure sur votre caractère.

Cédric rit intérieurement. Même avec sa réputation de libertin parmi la haute société et les rumeurs dans les journaux, il avait eu l'approbation de son père ? Ils se rencontraient souvent à Tattersalls pour discuter des chevaux de race. L'ancien baron et lui avaient été d'accord sur presque tout, à part la politique, mais ces débats avaient été animés et soutenus par des arguments bien présentés des deux côtés, au-dessus de verre de porto dans des clubs comme White's.

La soudaine sensation de la perte du baron lui provoqua une douleur profonde. Il avait laissé sa cécité devenir une raison de se morfondre dans sa propre obscurité et n'avait pas beaucoup réfléchi à ce qu'Anne devait ressentir. Son père, un homme dont elle était très proche, ayant perdu sa mère si jeune.

Et elle est venue à moi pour se protéger des chasseurs de fortune...

Cette pensée le réchauffait à des endroits profondément enfouis en lui qui étaient restés froids pendant de longs mois depuis qu'il avait perdu la vie.

— Vous accepteriez vraiment de m'épouser ? Je dois vous avertir, Miss Chessley, que je ne suis plus le charmeur que j'étais autrefois. Ma vie est devenue... compliquée.

Cet aveu lui faisait l'aveu d'un uppercut, mais c'était inévitable. Elle avait le droit de savoir à quoi elle serait confrontée si elle l'épousait.

— Je sais, Milord. Quand j'étais enfant, j'ai eu un épagneul favori qui est devenu aveugle. Je connais les difficultés auxquelles vous êtes confronté. Sa voix restait encore légèrement haletante.

— Je ne pense pas que me comparer à un chien aide votre cause, Miss Chessley.

Il rit avec ironie avant de devenir plus sérieux.

— Je ne réponds pas bien à la pitié, et si on s'épousait, je deviendrais entièrement votre mari. Je suis sûr que vous savez ce que cela signifie. Par conséquent, vous devriez partir.

Elle laissa échapper un petit cri, mais il ne parvenait pas à dire si c'était le choc ou l'indignation. Bon sang ! Il n'arrivait pas à la lire, pas comme il le faisait autrefois. Un léger tremblement s'empara d'elle et il le ressentit à travers sa main qui reposait toujours sur sa hanche avec possessivité.

— Je vous proposerais bien de vous escorter jusqu'à la porte, mais il me faut un certain temps pour sortir des jardins une fois que j'y suis. Même s'il lui demandait de partir, il ne retira pas sa main d'elle.

Combattez-moi, Anne. Ne partez pas.

Il détestait lui dire de partir, mais il savait comment les choses se passeraient entre eux. Elle resterait de glace, il resterait aveugle, et ils ne sauraient pas l'un comme l'autre comment se comporter hors du lit. Une telle inquiétude ne l'aurait peut-être pas dérangé auparavant. Une partie de lui s'était toujours attendue à un simple mariage de convenance, mais depuis les épousailles de ses deux meilleurs amis, il avait découvert qu'il aspirait à plus que de la satisfaction sensuelle avec sa femme, s'il devait en prendre une.

Au début, il avait pris cela pour du sentimentalisme, mais se retrouver entouré de couples amoureux avait modifié ses perceptions, et alors qu'il repensait à son enfance plus fréquemment depuis l'accident, il se souvenait de la relation facile de ses parents. Il s'était rendu compte qu'une grande partie de lui avait toujours souhaité quelque chose de semblable. Il voulait ce que ses amis et ses parents avaient : l'amour *et* l'amitié. Il avait l'habitude de rire à propos de telles choses, comme si c'était des aspirations naïves de poètes. Mais à présent, il en avait besoin.

— Je sais que vous auriez droit à votre dû en tant que mari. Je ne vous refuserai pas.

Elle avait prononcé ces paroles d'un ton rigide et courageux, ne s'écartant toujours pas de lui ou lui demandant d'arrêter de la toucher. Les lèvres de Godric se plissèrent légèrement. Il gardait assez de souvenirs d'elle pour se souvenir de l'expression qui accompagnait ce ton de voix. Elle devait avoir le menton levé, ses pommettes hautes rosiraient d'embarras et ses ravissants yeux montreraient une indignation silencieuse. Il retira la main de sa hanche, mais il ne l'entendit pas s'en aller. Elle resta près de lui, le son de sa respiration lui taquinant les oreilles.

— Vous pouvez accepter de rester allongée sans bouger sous moi, mais ce n'est pas ce que je recherche chez une épouse. Je désire une partenaire de lit enthousiaste, chose que vous m'aviez fait comprendre au printemps dernier qu'il vous était impossible d'être.

— Les gens changent, répondit-elle.

— Peut-être, mais généralement pas la nature d'une femme. Vous avez toujours été de glace, Miss Chessley, et je n'ai pas l'intention de faire empirer ma vie déjà en ruines en gelant à mort dans votre lit. Échapper aux chasseurs de fortune ne suffit pas à venir me trouver. Pensez-vous que je sois stupide autant qu'aveugle ?

Il sentit un souffle d'air avant que la gifle ne l'atteigne en plein visage. Cette attaque déclencha en lui le feu de l'excitation à la place de la colère. Il parviendrait peut-être à la faire fondre après tout.

— Comment *osez*-vous parler ainsi ? siffla Anne.

— Je m'excuse si la vérité blesse, mais je suis las des prétentions de la civilité. À présent, partez, sans quoi je risque de vous servir d'autres vérités qui risquent de vous contrarier.

— Espèce de goujat ! Anne voulut le frapper à nouveau, mais il eut l'avantage d'avoir anticipé sa réaction.

Un coup de chance lui permit de lui attraper le poignet et de plaquer son corps contre lui. Son autre main se posa sur son épaule et descendit pour la saisir par la nuque. Il la tint immobile dans sa prise puissante et s'avança doucement vers son visage. Il fut capable de trouver sa joue et de déposer une traînée de baisers vers ses lèvres. Une fois qu'il les trouva, il abandonna toute velléité de tendresse et dévasta sa bouche.

Elle trembla dans son étreinte, sa propre langue battant d'abord en retraite contre la sienne. Mais il poursuivit ses assauts, frottant ses doigts sur son cou d'une manière apaisante afin qu'elle se détende contre lui. La vague de triomphe qu'il ressentit quand elle glissa la langue entre ses lèvres était glorieuse. Puis Cédric se retira, s'écartant d'elle d'un pas, reprenant rapidement sa respiration.

— Si vous pouvez jurer de réagir ainsi à moi dans notre lit, alors je vous demanderais de m'épouser. C'était un défi qu'il ne s'attendait pas à ce qu'elle relève, mais il priait pour qu'elle le fasse. Le désir qu'il avait d'elle et qu'il ressentait depuis des années, protégeant ce feu qui couvait, se transforma lentement en un début d'incendie. Si seulement elle pouvait accepter de s'ouvrir à lui...

—Je... peux.

Sa réponse rauque et essoufflée toucha ses instincts charnels, le bas de son corps se raidissant de besoin. Elle continua de parler, ne se rendant pas compte de l'effet qu'elle lui faisait.

— Ce que je veux dire, c'est que vous embrassez beaucoup mieux que ce à quoi je m'attendais.

— Alors vous jurez ? De réagir de cette manière chaque fois que je viendrai vous trouver ? insista Cédric.

—Je le jure, promit Anne.

Mais Cédric entendit l'hésitation dans sa voix. Il desserra son étreinte autour d'elle et essaya de radoucir sa voix.

— Je ne vous forcerai jamais, si c'est ce qui vous inquiète. Mais je vous préviens que j'ai un appétit vorace pour le plaisir.

Il lui adressa un sourire qui avait brisé beaucoup de cœurs, et il regretta de ne pas voir sa réaction.

— Je préférerais gérer vos appétits, Milord, plutôt que de subir une nuit de plus au bal, à devoir danser avec ces imbéciles qui ne me voient que comme une pile de pièces d'or dans une robe de soirée, déclara Anne.

Cédric faillit éclater de rire. C'était bien là la petite guerrière dont il se souvenait, celle qui relevait tous les défis qu'il lui lançait. Ce n'était peut-être que la faible notion qu'elle était venue le trouver par pitié, ou la conviction qu'il n'essaierait pas de lui imposer une relation maritale complète à présent qu'il était aveugle. Il aimait parier, c'était dans sa nature, et il aurait parié, vu sa réponse, qu'elle aimait ces joutes verbales avec lui autant qu'il le faisait. Cela fonctionnerait peut-être entre eux, après tout.

— Je suppose que c'est réglé, alors. Je vais m'efforcer de le faire correctement.

Cédric tendit le bras pour toucher le rebord de la base de la fontaine et s'y appuya pour descendre sur un genou. Il tendit une main dans sa direction.

— Donnez-moi votre main, je vous prie, Miss Chessley.

Il saisit la main qu'elle lui offrait, sentant les légers contours de petites callosités : une main appartenant à une femme dont le monde comprenait des chevaux. Elle ne portait pas de gants. Étrangement, il ne l'avait pas remarqué jusqu'à présent.

— Miss Chessley, me feriez-vous le grand honneur de devenir mon épouse ?

Il sourit, trouvant l'absurdité de ce moment trop amusante pour être contenue. C'était une tragédie d'être incapable de voir ses yeux. Leurs profondeurs grises brilleraient-elles de passion ou bien seraient-elles assombries par l'incertitude ?

— Oui, Milord, répondit Anne d'une voix redevenue essoufflée.

Cédric se demanda si son sourire avait affecté Anne. Avec son aide, il se redressa et chercha sa canne. Elle la lui posa entre les mains et il sentit sa prise se resserrer quand il lui sourit à nouveau.

Son sourire l'avait-il affectée ? Ou bien était-elle vraiment heureuse qu'il l'ait demandée en mariage ? Comme il regrettait de ne pas voir ! Trop longtemps, il avait compté sur le langage des yeux. À présent, il était perdu, un homme maladroit qui n'avait que ses oreilles et ses mains pour le guider.

— Excellent. Quand préféreriez-vous que nous l'annoncions ? Je crois que la tradition est d'attendre six mois, jusqu'à ce que vous ayez le droit d'être en demi-deuil.

Une main paniquée s'abattit sur sa manche.

— Non ! Je souhaite me marier dans la semaine. La saison bat son plein et un mariage rapide mettra fin aux nombreux assauts perpétrés par les célibataires de Londres sur Chessley Manor.

Le ton de sa voix changea quand elle parla des chasseurs de fortune, et il se demanda si c'était la vérité. Cela étant, il n'allait pas la questionner si elle venait à lui. L'idée d'être marié suscitait en lui un intérêt qu'il n'avait encore jamais cru possible. Il ne serait pas seul. Plus maintenant. Sa voix briserait les ténèbres et l'empêcherait de sombrer dans le désespoir.

Il y aurait néanmoins des conséquences.

— Vous savez que la bonne société ne nous pardonnera pas ce scandale. Ils présumeront que vous êtes enceinte, ou imagineront des motifs encore pires pour justifier une telle hâte.

— Je ne pensais pas, Milord, que vous étiez du genre à craindre le scandale.

Son ton de défi le força à réprimer un autre éclat de rire. Elle le connaissait très bien ! Il savait à présent qu'ils iraient très bien ensemble.

— Bien sûr que non. J'en dépends. Je ne savais pas que vous partagiez mon... *désir* d'attention.

Il aurait aimé pouvoir voir son visage. Ses paroles suggestives l'avaient-elle fait rougir ?

— Je ne le *désire* peut-être pas, comme vous le dites, mais je ne le crains pas.

Son ton suggérait la vérité. Si elle avait menti, il aurait entendu ses respirations irrégulières ou un tremblement dans sa voix.

— Vous préféreriez que je me procure une licence spéciale ?

— Oui, si ce n'est pas trop demander, dit Anne.

— Très bien. Je vous écrirai demain.

— Merci, Milord.

Les mains d'Anne se contractèrent dans les siennes alors qu'il se pencha en avant et passa doucement ses lèvres contre sa joue pour lui donner l'ombre d'un baiser. À l'intérieur de lui, la passion combattit avec la tendresse à ce contact inattendu. Elle resta à proximité.

— Voulez-vous que je vous guide pour retourner à l'intérieur ?

Cette fois, c'était lui qui hésita. Oserait-il accepter et admettre sa peur de trébucher ? Ou bien son refus la contrarierait-il ? Diable, il aurait aimé mieux comprendre les femmes ! Il avait vécu auprès de ses sœurs pendant des années et était suffisamment intelligent pour admettre qu'il ne connaissait pratiquement rien du sexe féminin et de leurs opinions parfois insondables sur l'espèce humaine. Il était peut-être plus sage d'accepter sa proposition au lieu de la contrarier.

— Oui. Ce serait gentil de votre part.

Cédric fut surpris quand elle colla son bras sous le sien et ils descendirent le sentier pavé en silence. Mais ce n'était pas un silence rigide, comme il s'y était attendu. Quelque chose entre eux avait changé. Il aurait seulement voulu savoir ce que cela signifiait. Mais il le découvrirait bientôt. Après tout, ils allaient se marier. Il était étrange qu'il se sente déchiré entre l'appréhension et la fascination.